科幻文学馆
Science Fiction Museum

SHADOW OF THE HEGEMON

安德的游戏

霸主的影子

6

【美】奥森·斯科特·卡德 著

东陆生 译

天津出版传媒集团

百花文艺出版社

图书在版编目（CIP）数据

安德的游戏. 霸主的影子 / (美) 卡德著；东陆生译. -- 天津：百花文艺出版社，2016.1
（科幻文学馆）
ISBN 978-7-5306-6890-0

Ⅰ. ①安… Ⅱ. ①卡… ②东… Ⅲ. ①儿童文学-科学幻想小说-美国-现代 Ⅳ. ①I712.84

中国版本图书馆 CIP 数据核字(2015)第 278043 号

天津市版权局著作权合同登记章
图字 02-2012-158 号

选题策划：成　全　　　　　　　版式设计：郭亚红
责任编辑：成　全　郑　爽　　　封面设计：王　烨
出版人：李勃洋
出版发行：百花文艺出版社
地址：天津市和平区西康路 35 号　　邮编：300051
电话传真：+86-22-23332651（发行部）
　　　　　+86-22-23332656（总编室）
　　　　　+86-22-23332478（邮购部）
主页：http://www.baihuawenyi.com
印刷：天津金彩美术印刷有限公司
开本：880×1230 毫米　1/32
字数：249 千字　插页：2 页
印张：11.75
版次：2016 年 1 月第 1 版
印次：2016 年 1 月第 1 次印刷
定价：38.00 元

本作献给查尔斯·本杰明·卡德

你赐予我们光，
让我们不会在阴霾中彷徨。
你振聋发聩的音浪，
给我们的梦加上了一层羽幻的衣裳。

目 录

第一幕 志愿者

佩特拉

收件人：Chamrajnagar%sacredriver@ifcom.gov
发件人：Locke%espinoza@polnet.gov
主题：您该千方百计地护犊子

亲爱的切瑞纳格舰队司令：

　　我通过您的同僚得到了您的 ID 名，他人前人后地拍您马屁，您该知道我说的那个他是谁了。我了解您现在已是刀枪入库，马放南山了，而您更喜欢遨游太空，不为地球上的钩心斗角所绊。毕竟，在联盟战争的硝烟中，您和您的战友以排山倒海般的攻势粉碎了国家主义者的反扑，至少所有的报道都是如此粉饰的。当然，IF（联合舰队）能够保持中立至今也是值得我们欣慰的一件事。

　　但是好像没有人了解地球上的和平仅仅是昙花一现。那个曾经拥有过沙皇的国家其沙文主义长期累积，它是头号公敌。其他的国家也对邻国虎视眈眈。军事巨头的权威在涣散，霸权组织在失去威慑力，地球正危险地处于战争疑云的层层笼罩之中。

　　在即将到来的战争中什么最昂贵？是那些曾经在战斗学校、战术学校和指挥学校学习过的孩子们，这昂贵的估价是不分国界的。虽然那些训练有素的孩子们在未来的战争中会很自然地各为其主，但还是有一些国家不患寡而患不均，他们肯定会认为他们的对手拥有更优秀的指挥官从而使他们在对抗中落于下风。所以他们也会竭尽所能地网罗人才长自己士气灭他人威风。总而言之,孩子们存在被绑架或被谋杀的严重危险!

我知道您对地球上的事物采取不干涉的态度,但是那是在IF鉴定并训练这些孩子时的事情,那时他们是我们的终极目标。无论这些孩子发生了什么,最终还是由IF负责。即使您马上发布命令警告那些国家或者组织,任何试图伤害或者干扰这些孩子的行为都将立刻面对严厉的军事制裁,把这些孩子全部纳入IF的保护下也仍然是长期的任务。从现实地球上发生的冲突事件来看,大多数国家会赞许这样的举动。无论它有什么价值,您在公众舆论中的行为都将得到我的双手赞成。

我希望您能立刻行动起来,时不我待。

致上敬意

洛克

当佩特拉·阿卡尼亚回到她的祖国亚美尼亚①时,一切看上去恍如隔世。山丘依然美丽如初,童年时候的记忆弹指一挥间。直到她到了家乡马利克城,她才开始依稀觉出身边的亲切。

当佩特拉在电视里出现时,她的父母一眼就把她认出来了。

战争结束后,控制生育政策开始松动,她的母亲正在家里照顾她十一岁的弟弟和一个刚出生的婴儿,她的父亲去接她。现在她的父亲带着佩特拉坐着廉价的小汽车上了狭窄悠长的街道,父亲略感歉意地说:"走南闯北,佩特拉,这样破败的街景对你已经不算什么了吧?"

"爸爸,他们很少让我们看到关于地球的东西,战斗学校根本没有窗户。"

"我的意思是,你见识广了,看过空间站,去过首都,遇到过大人

---

① 亚美尼亚是位于高加索山区的国家,与阿塞拜疆、格鲁吉亚等国接壤。

物和进过老房子……"

"我根本不失望,爸爸。"她用真实的谎言来让他安心。好像她的父亲已经把家乡印象作为礼物送给她了,但是不敢肯定她是不是喜欢。她也不知道是不是喜欢,她肯定不喜欢战斗学校,但是她已经习惯那里,她忍受下来了。她怎么会讨厌地球上的家呢?这里有广阔的天空,人们自由自在,可以去任何想去的地方。

但她还是有所失望的。因为她所有关于马利克城的记忆都是五岁时的事情了,那时的她仰望着高耸的建筑,庞然大物般的交通工具以可怕的速度穿过宽阔的街道。但是现在的她已长大成人,她的身材高挑美丽,汽车比儿时看上去小了,街道也似乎窄了,至于建筑物——都是抗震设计,旧的建筑就不是那样了——都很低矮。它们并不丑陋——它们都很优雅迷人,混合了各种的风格,奥斯曼风格、俄罗斯风格、西班牙风格、里维埃拉①风格,最不可思议的是东瀛风格——看到它们居然能够在色彩上取得和谐真是个奇迹。由于街道很窄,它们的高度都非常统一,真是相得益彰。

上述这些她都有感性的认识,因为她在艾洛斯②上课时读过这些东西,那是当她和其他的孩子不参与战斗的时候。她在网上也浏览过这些照片。但是她仍然没有做好心理准备面对这里,她离开的时候只有五岁,但是现在,她回来了,十四岁大了。

"什么?"她问。她父亲刚才喋喋不休,但她并没有在意。

"我问你在回家之前是不是想停下来买一点糖果,我们以前常常这样的。"

糖果。她哪能忘记糖果这个词呢?

---

① 里维埃拉,地中海沿岸区域,包括意大利的波嫩泰、勒万特和法国的蓝岸地区。
② 前作中和虫族打仗的前沿战线。

学校同期的亚美尼亚人都要长她三岁，他们很快毕业转到战术学校了，她与他们相处的时间只有几个月。她从地面学校转到战斗学校的时候是七岁，他们十岁，离开了却没有指挥过任何军队。他们为什么要对一个少小离家的小不点说亚美尼亚语呢？结果她离开了九年，一句亚美尼亚语也没有说。亚美尼亚语是她在五岁时说过的语言，现在听不太懂也难于开口。

　　她不方便告诉父亲，如果他用 IF 通用的英语对她说话，她会更容易听懂。父亲略懂英语，当然了——当她还很小的时候，她和母亲曾经在家里讲一点英语，这样她到了战斗学校就不会因为语言问题而被困扰。事实上，当她这样想的时候，这已经成为她自己的一个问题了。爸爸曾经用亚美尼亚语说过多少次"糖果"这个词呢？当他带着她出去散步经过城镇的时候，他们停下来买糖果，他要她用英语来要，用英语读出所有的名称。这其实很荒谬，真的——她为什么要知道呢？在战斗学校中，知道亚美尼亚的糖果的英文名称又有什么意义呢？

　　"你刚才在笑什么？"

　　"爸爸，我在太空的时候，好像已经忘记了糖果的味道。可能只是为了找回过去的记忆，我还是希望你能够有时间再带我到镇上散步。对我来说，你没有上次散步时那么高大了。"

　　"是的，你的手放在我的手里也不像原来那么小巧了，"他也笑了，"这么多年，我们的宝贵时光都被剥夺了，缺少了那么多宝贵的记忆留存。"

　　"是的，"佩特拉说，"但是我是在需要我的岗位上服役。"

　　我是在需要我的岗位上服役？我是吗？我是第一个崩溃的人！在那个该死的测试出状况之前，我通过了其余所有测试。就是在那里，我首先崩溃掉了。安德信任我，他说他最依赖我，结果对我的督促太过苛刻了，但是他严格要求我们所有的人，而且也是在仰赖我们所有的人,而我是那个崩溃掉的!

没有人说起过那一点,也许在地球上没有一个活着的人知道那一点,但是其他的战友都知道。直到她在战斗中入睡的那一刻之前,她都是最棒的人之一。从此以后,虽然她没有再度崩溃,但安德已经不再信任她了。其他的人盯着她,如果她突然中断了对她的舰艇的指挥,他们会毫不犹豫地立即接手。她很确信他们中的一个已经被指定这项使命了,但是她从来没问过是谁。丁?豆子①?也许是豆子,是的——不管安德是不是指定他去做,她知道豆子会看着她的。她不再可靠,他们不再信任她,她甚至也不信任她自己了。

但是她会守着这个秘密,不对她的家人说,就像她在与总理以及新闻媒体访谈,或者是与亚美尼亚军方人士以及与在校学生谈话时维护秘密一样,那些人都是被组织来与虫族战争中伟大的亚美尼亚英雄会面的。亚美尼亚需要一个英雄,她则是在这场战争中涌现的唯一候选人。他们给她看,那些在线教科书已经把她列为历史上亚美尼亚十大杰出人士之一了,还有她的照片、她的传记、别人对她的评价,格拉夫上校的、安德森少校的、马泽·雷汉的。

还有安德·维京的:"佩特拉是头一个舍己维护我的人。佩特拉锻炼着我。我军功章的一半都归功于她。在一场接着一场的战斗中,她是我最仰赖的指挥官。"

安德不会知道那些词汇会造成怎样的伤害。无疑地,他是在强调他对她的仰赖以安她的心。但是因为她知道实际的情况,他的话听上去就像是对她的怜悯。它们听上去像善意的谎言。

现在,她回家了。地球上没有别的地方比这里更让她觉得格格不入了,因为她在这里应该有回家的感觉,但是她又找不到这种感觉,

---

① 豆子又名比恩,是系列小说中的主角之一。由于"比恩(Bean)"在英语中的实际意思为"豆子",且其身材矮小,因此取名"豆子"。

因为这里没有人认识她。他们知道有一个很聪明的小姑娘，她向爱她的众人含泪告别，并在勇敢的鼓励中被送走。他们认识的是一个所有的话语和动作都被胜利的光环包裹着的英雄。但是他们不知道，而且永远也不会知道，这个女孩在过度的疲劳下崩溃了，就在一场战斗的中间，她……入睡了。当她带领的舰艇覆灭的时候，当真的有人阵亡的时候，她睡着了，因为她的身体不能继续保持清醒了。那个少女宁可从所有人的关注中消失不见。

她丧失了自信，不再逞强，不再试图去观察围绕着她的男孩子们的一举一动，不再评估他们的能力、猜测他们的意图，以决定该如何得到他们的优势，拒绝向他们中的任何一个人低头。在这里，她应该重新被定义为一个孩子—— 一个大点的，但是仍然是个孩子，一个被护着的犊子。

在九年的高度警惕之后，她的苟且偷生应该给他人带来宁静了吧！不是吗？

"你的母亲本想来的，但是她害怕来接你。"他把这当作玩笑地嗤笑着，"你明白这是为什么吗？"

"不太明白。"佩特拉说。

"她不是害怕你，"父亲说，"她永远不会害怕她的亲生女儿的。但是她怕政客，怕那些群众。她是个下厨房的家庭主妇，大门不出二门不迈。你明白了吗？"

她毫不费力地理解了他说的亚美尼亚语，他已经说得够明白了，他用最言简意赅的语言叙述着这些，每个单词都稍微顿开一点，这样是为了她不会误解交谈的内容。她对他的行为很感激，但是也很困窘，因为明摆着需要这样的帮助。

她不能理解的是，对人群的恐惧会让一个母亲放弃与她分别了九年的女儿相见。

佩特拉知道，她母亲害怕的不是人群或者照相机，她还是害怕佩特拉本身。她永远不是母亲印象里的那个五岁小姑娘了，她的童年是由 IF 照顾的，她的母亲从来没有和她一起做过功课，或者教她如何烹饪。不，等等，她也曾经和她的母亲一起烘焙派的，她还帮忙卷过生面团。除此以外，回想起来，她的母亲真的没让她上手过什么事。对佩特拉来说，她自己就像一个可口的被烘焙的甜点。她的母亲曾经很信赖她。

那让她想起安德在最后的时候对待她的方式就像是在宠溺一个孩子，假装像以前一样信任她，但是实际上一直自己掌控着局面。

想起安德，佩特拉开始无法忍受，她望向小车的窗外："现在是在城里我过去常常嬉戏的地方吗？"

"哦，现在还不是，"父亲说，"但也已近在咫尺了。马利克就是一个巴掌大的城镇。"

"对我来说全都是新鲜的。"佩特拉说。

"实际不是的。它亘古不变的只有建筑结构。全世界都有亚美尼亚人，但是那是因为他们外出挣钱谋生。亚美尼亚人生来就是恋家的。山峰就是母亲的子宫，我们蜗居在那不愿意出生。"他为他说的笑话自嘲起来。

他总是像那样哧哧地笑吗？佩特拉觉得他的冷笑话是在缓解紧张气氛。看来母亲不是唯一害怕她的人。

最后小车到家了，直到这里她才辨认出她身在何地。同她记忆中相比，这里矮小破落，有些年她从不想回到这里。从她十岁的时候，马利克就不再进入她的梦乡了。但是现在，又回到家了，一切都回到她身边了，那些在地面学校夜以继日流下的泪水，当她离开地面前往战斗学校中再次迸发出的泪水，都嵌回到了她的眼中。这就是她长久以来渴望的，最后她再次回来了，她找回了它……她也知道她不再需要它了,不再真的想要它了。汽车中她身边这位精神紧张的男子不再是当年骄傲地带着她走过马利克街道的高大天神了,在房子里面等待的女人也不再是拿出热腾腾的食物,在她生病的时候把冰凉的手放在她头上的女神了。

但是她别无可去。

当佩特拉从车窗中出现的时候,她的母亲就站在窗口。父亲用自己的手掌做了个扫描以接受车费账单。佩特拉向母亲挥了挥手,一个羞涩的微笑很快就变成了露齿的笑容。她的母亲也向她微笑并挥手作答。佩特拉拉起父亲的手,和他一起走向老宅。

在他们走近的时候,门开了。那是斯蒂芬,她的弟弟。她无法从她的记忆中找回他的模样,在她的记忆里,他还是一个两岁大的婴儿,肥得身上有很多皱褶。而且他,当然,根本不认得她。他看待她的方式就和那些学校组织去面见她的孩子们一样,他们颤抖地会见一个名人,但是并没有意识到她也是一个正常人。但是他是她的兄弟,所以她拥抱了他,他也拥抱她作为回应。"你真的是佩特拉啊!"他说。

"你真的是斯蒂芬啊!"她对仗着说道。然后她向她的母亲求助。她仍然站在窗前,向外面看。

"妈妈!"

女人蓦然回首,泪流满面。"我见到你太高兴了,佩特拉。"她说。

但是母亲仍对她保持距离,碰都不碰她。

"你还在寻找那个九年前离开的小女孩?"佩特拉说。

母亲突然号啕大哭,现在她伸出了双臂,佩特拉大步走过去,包裹在她的拥抱中。"你现在是个女人了,"母亲说,"我不了解你,但是我爱你!"

"我也爱你啊,妈妈!"佩特拉说。她高兴地看到这段真情的流露。

他们四口人大概共处了一个小时——当小宝宝醒了就是五口人

了。佩特拉对他们的问题躲躲闪闪——"哦,关于我的所有的事迹都被报纸和广播公之于众了。我更想知道你们的事情。"——然后她知道了她的父亲还在编写教科书并且指导翻译,她的母亲还在照顾邻居,当有人生病的时候给送吃的,当邻家的父母出差时帮他们带孩子,给闯进自家院落的孩子提供玩的。"我记得有一次妈妈和我吃午饭,孤孤单单的只有我们两个,"斯蒂芬开玩笑地说,"我们无言以对,因为最后剩下了那么多的食物。"

"当我还很小的时候就这样了,"佩特拉说,"我为邻家的孩子都非常爱我的妈妈而骄傲,但我又嫉妒她爱他们的方式!"

"我爱你们比爱他们多得多,"母亲说,"但是我确实喜欢孩子,我承认,在上帝的眼里他们每个都是珍宝,我欢迎他们每个人来我的家里。"

"哦,我知道有几个你不爱的。"佩特拉说。

"也许吧。"母亲说。她不想争论,但是明摆着不相信会有这样的孩子。

宝宝吵闹起来,母亲拉高了衬衫把宝宝塞到里面,贴到她胸脯上去。

"我在要吃奶的时候也这么吵闹吗?"佩特拉问。

"不是的。"母亲说。

"哦,我说实话吧。"父亲说,"你把邻居都吵醒了。"

"那我是个饕餮怪物了。"

"不,只是个野蛮人,"父亲说,"不懂用餐礼仪。"

佩特拉决定问一个大胆而且敏感的问题。"这个孩子是在控制生育法制定后一个月出生的?"

她的父母面面相觑,母亲面露幸福,父亲有一点猥琐。"是的,好吧,我们想念你,我们希望再要个小女孩。"

"你会因此丢掉饭碗的。"佩特拉说。

"不是现在。"父亲说。

"亚美尼亚的官员在执行那种法律的时候总是有一点后知后觉。"母亲说。

"但是最终,你们会丧失一切的。"

"不,"母亲说,"当你离开的时候,我们失去了全部的一半,孩子是我们的一切。其余的……什么都不是。"

斯蒂芬笑了:"当我肚饿的时候,好吃的是我的一切。"

"你总是饥肠辘辘的。"父亲说。

"好吃的大过天!"斯蒂芬说。

他们笑了,但是佩特拉明白斯蒂芬对于这个孩子出生所代表的特殊意义毫无知觉。"我们赢了战斗,这总是好事。"

"比失败好。"斯蒂芬说。

"有个宝宝和遵守法律一样好。"母亲说。

"但是你生的不是小女孩。"

"是的,"父亲说,"我们得到了我们的大卫。"

"毕竟现在,我们已经不需要一个小女孩了,"母亲说,"你回来了,我们有你了。"

不是真的,佩特拉想。而且不会很久了。四年,也许不到,我就会去上大学了,而且因为他们将会知道我不再是他们爱着的那个小女孩了,而当他们认识到我曾经是个杀人如麻、满手血腥的退伍军人的时候,他们就更不会想念我了。

一个小时以后,邻居、表亲、父亲工作上的朋友开始一一造访,直到午夜过后很久,父亲不得不宣布明天不是法定假日,他还需要好好休息应付工作。然后又用了一个小时把所有的人赶出屋子,佩特拉想要的不过是蜷缩在一张床上躲开芸芸众生的一个星期。

但是到了第二天的晚上,她就开始坐立不安了,她过不了普通老百姓过的日子。是的,母亲爱她,但是她生活的中心是围着宝宝和邻居转的,当她试图去答应与佩特拉交谈的时候,佩特拉可以看出这对她来说是一种自娱自乐,如果佩特拉和斯蒂芬一样白天去上学并只在预定时间回家的话,那对母亲才是一种解脱。佩特拉明白了,在当天晚上她就宣布她想登记去上学,明日生效。

"实际上,"父亲说,"IF 的人说你可以保送上大学的。"

"我才十四岁,"佩特拉说,"而且我的教育结构里存在着严重的缺陷。"

"她甚至连 DOG 都没有听说过。"斯蒂芬说。

"那是什么?"父亲说,"什么狗狗①?"

"DOG,"斯蒂芬说,"一支流行乐队的缩写,你知道的。"

"一个很有名的音乐团体,"母亲说,"如果你听过他们,你会把汽车送去大修的。"

"哦,就是那个 DOG 啊,"父亲说,"我还以为那是佩特拉谈到的一种教育模式呢。"

"实际上,那也是。"佩特拉说。

"好像她是个外星人,"斯蒂芬说,"昨晚我注意到她对这里的任何事情都闻所未闻。"

"我是来自于外星。或者,确切地说是小行星。"

"当然,"母亲说,"你需要加入到你们这代人中去。"

佩特拉微笑着,但是她的心里很畏缩。她的一代人?她没有同代人,除了少数几千个曾经在战斗学校中学习的孩子们,而且现在他们散居到世界各地,在和平的世界中寻找他们的归宿。

————————————

① 斯蒂芬说的 DOG 是一个乐队的缩写简称,而他的父亲认为是 dog,英文中"狗"的意思。

佩特拉很快就发现,学校也不容易混下去了。没有军事史和军事策略的课程,数学和她在战斗学校中掌握的内容相比简单得可怜,但是关于文学和文法,她显然是落后的:她脑中的亚美尼亚知识实际上还很幼稚,而且她擅长的是用那些在战斗学校中使用的英语版本——包括小孩子在那里使用的俚语——关于文法规则她只知道很少一点,而且根本不了解孩子们在战斗学校中互相使用的那些混合了亚美尼亚语和英语的粗话。

每个人都对她很好,当然了,她在女孩们中间鹤立鸡群,教师们都把她当作小名人来看待。佩特拉由着她们把自己拉扯着到处乱逛,瞧所有的新鲜东西,小心地聆听并学习这些新朋友的唠叨,这样她就能迅速掌握俚语了,并且了解学校的英语和亚美尼亚语有什么区别。她很快就能预见到那些喜欢时髦的少女会对她产生厌倦——特别是当她们知道佩特拉是多么的直言不讳。佩特拉很快就习惯了,那些推崇社会等级的人通常最后会恨她,如果他们明智的话则会畏惧她,既然关于她的存在而引起的骄傲不会长久,她会在下面的几个星期里找到她真正的朋友——如果,实际上,这里有人会评估她实际是什么人的话。那不是问题。这里所有的友谊、所有的社会利益对她来说都无足轻重。她没有在这里投下任何的赌注,除了每个学生自己的社会生活和升学就业的未来,而那又有什么问题呢?

佩特拉的早期学校教育都是在战争的阴云下进行的,人类的命运决定于她的学习成果和她的技术水平。现在还有什么关系呢?她阅读亚美尼亚文学是因为她想了解亚美尼亚,不是为了应试教育,就像萨罗扬①等旅居海外的大作家认为的那样:少小离家、独在异乡为异

---

① 威廉·萨罗扬,小说家、剧作家,祖籍亚美尼亚,生于美国。其作品多为自传或半自传性质,折射出一种离奇的幽默感。作品《快乐时光》曾获得普利策戏剧奖,但他拒绝领受。另作有话剧《你这一辈子》、小说《人间喜剧》等。

客的人会对故乡有长期的饥渴感。

　　学校中她唯一真正喜爱的科目是体育。在她跑步的时候,天空就戴在她的头上,跑道就穿在她的脚上,因为自己爱运动而去运动,不必被限制在被分配的时间里进行有氧练习——这简直是奢侈。身体条件上,她不能和其他的女孩子相提并论。尽管 IF 花费了很大的努力来确保士兵的身体在长年累月的太空生活中不会过度恶化,但是仍然需要花费一段时间来让她的身体在地球高重力的情况下重新调整自身状况,没有什么能够代替训练你在地球表面生活,除了待在那里过日子。但是佩特拉并不在意她已成为所有竞技项目的后进生这个事实,她甚至不能跳过最低的障碍。自由地跑动的感觉真是妙不可言,她身体的弱点给了她要达到的目标。这就是她被送到战斗学校名列前茅的原因之一——她不喜欢竞争,但一旦竞争起来就一定能找到克敌制胜的法宝。

　　如此一来,她就在她的新的生活中找到了归宿。在几星期内她就可以流利地使用亚美尼亚语,而且也掌握了当地方言。那些时髦女孩不出所料地放弃了她,在几个星期后,那些聪明的女孩也已对她冷淡下来。在那些叛逆心强、适应性差的人中她找到了知己,而且很快就有了包括她所谓“心腹”的一圈死党,那是她的“私人军团”。她并不是指挥官或者什么,但是他们全部对彼此忠诚,而且拿老师和同学的荒唐事找乐子。当一个学校顾问邀请她并告诉她,政府部门对于她在学校中的交往有反社会倾向之事越来越关注的时候,佩特拉知道了,她现在真的对马利克了如指掌了。

　　然后有一天,她从学校返家,发现前门被锁上了。她没有带家门钥匙——周围的邻居也没有人带,因为这里夜不闭户,根本没人锁门。她能听到宝贝在室内大哭,她没有等她母亲到前面来给她开门,而是相反,她绕到后面从厨房进去,发现她的母亲被绑在一把椅子上,口中塞了东西。她的眼睛睁得奇大,而且露出发狂的恐惧神色。

在这牵一发而动全身之际,一支注射器扎进了她的胳膊,她甚至没有看到是什么人干的就沉入了无尽的黑暗之中。

豆子

收件人：Locke%espinoza@polnet.gov

发件人：Chamrajnagar%%@ifcom.gov

主题：别再写信烦我

彼得·维京先生：

你真的以为我会对你"英雄不问出处"吗？你也许就是那个写出所谓《洛克提案》的人，它给了你作为所谓的"调解者"之虚名，但是你也要为利用你妹妹作为德摩斯梯尼①的身份宣扬侵略思想造成世界当前的不安定状况负起部分责任。我对于你的不良动机嗤之以鼻。

你提出我危害了 IF 的中立性是为了控制那些已经为 IF 做完军事服务的孩子的论调是让人无法容忍的。如果你试图去操纵公众舆论来迫使我让步的话，我将不得不揭露你同时作为洛克和德摩斯梯尼的双重身份。

我已经改变了我的 ID 名称，而且告诉了我们共同的朋友，让他不要去试图在我们之间再次牵线搭桥。你能从我的信件中得到的唯一安慰是：IF 不会去干扰那些宣称对其他国家或者个人霸权的尝试——即便是你。

切瑞纳格

佩特拉·阿卡尼亚在她的亚美尼亚家中失踪的消息目前是世界

---

① 德摩斯梯尼是古希腊时期雅典城邦的雄辩家、民主派政治家，他用一系列手段极力反对马其顿入侵希腊，最终身死国灭。这里起名"德摩斯梯尼"有隐喻古人之意。

性的头条新闻,报纸的醒目位置充斥着亚美尼亚对邻国的强烈谴责,呆板的闪烁其词、强烈的针锋相对和反向的谴责攻击交相辉映。至于她的母亲,那个唯一的证人此时此刻哭成个泪人般,她确信绑架者是阿塞拜疆人。"我懂那种语言……我听得出来那种口音……就是他们……他们带走了我的女儿!"

那是豆子和他的家人在伊萨卡岛①的海滩上度假的次日,有关佩特拉的新闻,他和他的兄弟——尼可拉一起用心地浏览网上的点点滴滴。他们所见略同:"那不是任何一个讲奥斯曼语的国家干的!"尼可拉向他们的父母宣称:"这是显而易见的事情。"

他们的父亲,已经在政府中供职多年,他也表示同意:"要是奥斯曼绑匪一般都会故意讲俄语的。"

"或者亚美尼亚语。"尼可拉说。

"没有奥斯曼人傻到说亚美尼亚语。"母亲说。她说得对,当然,既然真正的奥斯曼人绝不会屈尊去学习它,那些真的在奥斯曼国中说亚美尼亚语的也不是纯粹的奥斯曼人,而且绝不会被委派去做绑架军事天才这样棘手的任务。

"那么是谁干的呢?"父亲说,"恐怖组织?试图挑起战争?"

"我打赌是亚美尼亚政府内部的事情,"尼可拉说,"让她去接管他们的军队。"

"当他们可以名正言顺地公开雇用她的时候,为什么要选择绑架这种伎俩呢?"父亲问。

"公开把她拉出学校,"尼可拉说,"会是亚美尼亚有意图地进行军事行动的信号,那也许会惹怒其周边的奥斯曼和阿塞拜疆抢先采取行动。"

---

① 伊萨卡岛位于爱琴海上,属于希腊领土。在《荷马史诗》中,伊萨卡岛是英雄奥德赛的故乡。在西方语境中,伊萨卡岛有"家"的含义。

尼可拉的分析从表面上看似乎有理，但是豆子更深谋远虑，他早在那些拥有军事天才的孩子们还在太空的时候就预见到了这种可能性。那个时候主要的危险是来自于官僚组织，豆子写了封匿名信给地球上的两个舆论领袖：洛克和德摩斯梯尼，督促他们让所有在战斗学校的孩子都回到地球上，这样他们在联盟战争中就不会被官僚力量抓住或者被杀害。那个警告起作用了，但现在联盟战争业已宣告结束，地球上的各国政府蠢蠢欲动，世界的长治久安和短暂的停火瞬间就在一念之差。豆子的最初分析仍然有道理。当年，官僚们在联盟战争中的政变尝试背后是俄罗斯在主使，而且有可能佩特拉·阿卡尼亚被绑架的后台也是俄罗斯。

尽管如此，他还是猜测大于实证，而且没办法取证——现在他又不在 IF 供职，他没有权限使用军事计算机系统。所以他保留了自我怀疑的成分，拿他幽默一下。"我都不知道，尼可拉，"他说，"既然发动这次绑架会造成诸多不稳定因素，那真真正正需要她的亚美尼亚政府为何办事情如此打草惊蛇，不老老实实地装聋作哑？"

"如果他们不是哑巴，"父亲说，"那会是谁干的？"

"那些战争狂人们，他们群龙无首，想要一个天才的指挥官。"豆子说，"要么是那些富得流油的国家，或是躲在幕后隐藏得很深的国家，或是离亚美尼亚远到可以不计后果的国家。实际上，我敢打赌当战争在高加索山麓爆发的时候，无论是哪一方得到了她都会稳操胜券的。"

"那么你认为是附近的某些很大的、有势力的国家干的？"父亲问。当然，靠近亚美尼亚只有一个大的、有势力的国家。

"可能吧，但目前没有任何蛛丝马迹表明是它，"豆子说，"企图绑架诸如佩特拉这样的军事天才的一方希望世界陷入骚乱。足够混乱，而且任何人都可能制造那种登峰造极的乱。世界埋下太多武斗的种子了。"现在豆子的话已说出,他还是认可了。只是因为在联盟战争之前俄罗斯是最有攻击性的国家,但并不意味着其他的国家不会搅和到这个游戏当中去。

"天下大乱之时,"尼可拉说,"千军易得,一将难求!"

"谁有本事揪出绑架者,那就寻找那些大谈和平和息事宁人的国家好了。"豆子说。他拿自己开涮,推翻自己事前的推论,想起什么说什么。

"你也太愤世嫉俗了,"尼可拉说,"有的人大谈和平和息事宁人也许真是想要和平和息事宁人。"

"你要警惕——那些企图充当法官做出仲裁的国家就是那些认为他们可以规范整个世界的国家,而且这只是这次游戏中的一步棋而已。"

父亲大笑。"你们扯得太远了,"他说,"大多数充当法官提供仲裁的国家只是试图去恢复他们曾经失去的地位而不是要获取新的力量。美、法等国,他们总是喜欢干预别人,只是因为他们曾经拥有辉煌,但他们并不能认可自己是没落的贵族了。"

豆子笑了:"你察觉不到,不是吗,爸爸? 实际上是你上述一席话更让我们觉得他们是绑架主谋了。"

尼可拉一笑而过表示同意。

"问题是有两个战斗学校的毕业生同处一室,"父亲说,"你们这样想是因为你们了解军事思想,所以也认为你们也了解政治思路。"

"直到你有压倒性优势之前一定要保持中立并避免战争。"豆子说。

"人的欲望与性格使然,"父亲说,"美、法即便有一小撮个体想有小动作,公众亦不会有。他们的领袖怎么也不会听任一小撮个体的摆布。纵观历史,好战的民族都认为他们备受压迫,他们养成了热血而且急躁的毛病。"

"一整个国家塞满了热血的和急躁的民众呢？"尼可拉问。

"听上去像是古代的雅典城邦。"豆子说。

"道不同不相为谋，"父亲说，"从某个角度来看，佩特拉·阿卡尼亚和奥斯曼军队双方水火不容。"

"我看是己所不欲勿施于人，"尼可拉说，"况且自己用不了的锋利刀子，别人也休想拿到，实施绑架就是为了阻止自己的敌人得到她。"

"这真是个有趣的谜题，"豆子说，"我们出发吧，到地方后我们自然就明白了。"

父亲和尼可拉看着他，好像他在发疯。"出发？"父亲问。

还是母亲了解他："坏人正在绑架战斗学校的毕业生。不止于此，她还是儿子们在安德小组中的生死之交。"

"而且还是个好样的。"豆子说。

父亲仍然在怀疑："一个巴掌拍不响。"

"谁将步其后尘？"母亲说，"我们最好知道反应迟钝比悲伤更愚蠢，只因为我们忽略了这种可能性。"

"给几天的时间静观其变，"父亲说，"一切都会被淡忘的。"

"我们已经给了六个小时了，"豆子说，"如果绑架者有耐心的话，他们在数月内是不会再次袭击的。但是如果他们不耐烦的话，就已经瞄准下一个目标行动了。我们都知道，尼可拉和我还没有被他们装到袋子里只是因为我们意外去度假，这在他们的计划之外。"

"或者相反，"尼可拉说，"我们深陷岛上正中了他们的下怀。"

"当爹的，"母亲说，"你怎么没有要求当局保护？"

父亲犹豫了。

豆子明白是为了什么。政治游戏是非常微妙的，父亲现在是小不忍则乱大谋，任何不起眼的小事都会对他整个政治生涯产生影响。

"你不会为自己要求特殊待遇的，"豆子说，"尼可拉和我可是宝贵的国家资源，我相信在报告里面已经声明过多次了。最好的办法是让雅典知道我们在哪里并且保护我们，把我们带离这里。"

父亲取出了移动电话。

他得到的回应是"系统忙"。

"就是了，"豆子说，"在这里，伊萨卡岛上，电话系统无理由这么忙的。我们需要船只。"

"一架小型飞机。"母亲说。

"船只，"尼可拉说，"不要出租的。他们可能就在那里守株待兔。"

"附近有的房子有船只，"父亲说，"但是那里的人我们不熟。"

"他们认识我们，"尼可拉说，"特别是豆子。我们都是战斗英雄，你知道的。"

"但是在附近的任何房子里都有可能正好有监视我们的人，"父亲说，"如果他们在观察我们的话，我们就不能信赖任何人。"

"让我们换上浴袍掩人耳目，"豆子说，"步行去海滩，在找到船之前能走多远走多远。"

既然没有更好的计划，他们就立刻行动了。两分钟内他们便出了门，没有带任何皮夹或钱包，虽然父亲和母亲都在他们的浴袍内塞了些身份证明文件和信用卡。豆子和尼可拉像平常一样笑着并互相戏弄，母亲和父亲牵着手亲昵地窃窃耳语，对他们的儿子们目光期许……就和平常依旧，没有任何一惊一乍的表现。

当他们听到爆炸声的时候，他们大概只向海滩方向走了大约四分之一公里——爆炸声音很大，就好像近在咫尺一般，冲击波让他们站立不稳。母亲跌倒了。当豆子和尼可拉往回看的时候，父亲护着她站了起来。

"是不是我们的房子被端了？"尼可拉说。

"我们别走回头路。"豆子说。

他们开始在海滩上慢跑，就随着他们母亲的速度，当她跌倒的时候伤到了一侧的膝盖而且扭伤了另一侧的脚踝，所以走起来有一点跛。

"妈妈，"尼可拉说，"你也是他们的目标，抓你做人质就等于牵制住了我们，因为我们会为救你而赴汤蹈火的。"

"他们不想带走我们，"豆子说，"他们想留佩特拉的活口，而让我们死。"

"不！"母亲说。

"他说得对，"父亲说，"冲着想把我们一窝端的劲头就不是绑架者。"

"谁知道那是不是我们的房子呢？"母亲坚持说。

"妈妈，"豆子说，"那是最基本的策略。如果你不能控制某些资源，就破坏掉，免得落在敌人手里。"

"什么敌人？"母亲说，"希腊没有敌人。"

"当有人要支配世界的时候，"尼可拉说，"人人皆为其敌。"

"那我觉得我们该跑快点了。"母亲说。

他们照做了。

当他们跑的时候，豆子思索着母亲刚刚说过的话。尼可拉所言极是，当然，豆子又不能不去怀疑：希腊也许没有任何敌人，但是我有。阿喀琉斯！他就活在地球上的某个角落。据说他被严加看管，因为他心理变态，因为他一次次地要取人性命。格拉夫曾经承诺他永远不会被释放的，但是格拉夫也犯了事上了军事法庭——当然，最后审判不了了之，不过也导致他从军界退役了。他现在是殖民部部长，没法兑现他的诺言——让阿喀琉斯永世身陷囹圄。如果阿喀琉斯还想要什么的话,那就是让我一命呜呼。

绑架佩特拉,也许是阿喀琉斯企图要做的事情。他说到做到——如果有邪恶政府或者恐怖组织任他摆布的话——那么下一步就是直取我的首级。

阿喀琉斯会亲临一线指挥吗?

或许不会。阿喀琉斯不是一个虐待狂。当他需要的时候,他会亲手谋杀你,但是他绝不会把自己放到危险的境地。在远处操纵谋杀实际上更可取。让别的人动手做他的工作。

还有别人希望豆子死吗?还有别人会寻找和搜捕他吗?他在战斗学校的名列前茅是在格拉夫的审判之后被公之于众的。每个国家的军队都知道他比安德在诸多方面略胜一筹,每一方都对他求贤若渴,得豆子者得天下,得不到他的任何国家都会对他动杀机。但是他们首先会三顾茅庐地招募他。全世界只有阿喀琉斯没见面就要崩了他。

但是想归想,豆子对家人还是三缄其口。他对阿喀琉斯的恐惧听上去太像妄想狂了。可是,当他沿着海滩和他的家人一起逃命的时候,每迈出一步,他都更进一步地确定,那些绑架佩特拉的人和阿喀琉斯属于一丘之貉。

他们在看到直升机之前就听到了螺旋桨的噪音。尼可拉灵机一动。"现在往回跑!"他喊到。他们抢先爬上了从海滩到悬崖最近的木梯。

在直升机进入视线前他们只爬到半路,无路可逃。其中一架直升机在他们下面的海滩上降落,其他的直接降落在悬崖上。

"上山容易下山难,"父亲说,"直升机上有希腊军队的徽章。"

豆子没有点出这一点,因为众所周知希腊是新华沙公约的参与国,很有可能希腊军队的飞机会在俄罗斯的指挥下行动的。

他们默默地走下梯子。希望、绝望和恐惧轮番折磨着他们。

从直升机中出现的军人身着希腊军队的制服。

"至少他们没有打扮成奥斯曼斗士。"尼可拉说。

"但是希腊军队是怎么先知先觉地赶来帮咱的呢？"母亲说,"爆炸刚发生几分钟。"

当他们到达海滩,答案很快就明了了。一个父亲熟悉点的上校来见他们,向他们行礼。不,是在向豆子行礼,出于对从虫族战争中退伍老兵的尊敬。

"我为你们带来了瑟雷克将军的问候,"上校说,"他本要亲自前来的,但是时不我待,我们要为此争分夺秒。"

"戴卡诺斯上校,我们儿子们的处境危机重重。"父亲说。

"早在佩特拉·阿卡尼亚被绑架时我们就意识到了这一点,"戴卡诺斯说,"但是你们不在家,我们费尽周折才在这找到了你们。"

"我们听到了一声爆炸。"母亲说。

"如果你们够宅的话,"戴卡诺斯说,"你们就和周围房子里的人一样死无全尸了。军队正在本地区实施保护,十五支搜索队被派出寻找你们——我们希望——如果你们死亡的话,同时搜索罪犯。我已经向雅典方面报告你们还活着并且情况良好。"

"他们让移动电话占线。"父亲说。

"绑匪真是组织周密,"戴卡诺斯说,"在佩特拉·阿卡尼亚被绑架时,同样的事情发生在其他的九个孩子身上。"

"都有谁？"豆子要求着。

"我还不知道名字,"戴卡诺斯说,"只有统计数字。"

"有单纯被杀的吗？"豆子问。

"没有,"戴卡诺斯说,"无论如何,至少我这没有听说过。"

"那么他们为什么要炸毁我们的房子？"母亲要求着。

"如果我们知道为什么的话,"戴卡诺斯说,"我们就知道是哪伙人干的了,反之亦然。"

他们登上直升机,入座并系上了安全带。直升机从海滩起飞——低空飞行。现在,其他的直升机排在他们的周围和上面飞行护卫着。

"地面部队正在继续搜寻罪犯,"戴卡诺斯说,"你们的平安高于一切。"

"我们非常感激。"母亲说。

但是豆子无动于衷。希腊的军队做了分内之事,把他们深藏不露。不过军方绝不会向希腊政府隐瞒他们所处的位置的。希腊政府成为在俄罗斯支配下的新华沙公约成员国有一代人那么久了,从虫族战争开始前即是。因此阿喀琉斯——如果是阿喀琉斯的话,如果他为之工作的国家是俄罗斯的话,如果——如果能够找出他们的所在地的话,豆子知道这保护极不安全。他必须消失,找一个没有任何政府能够发现的地方,除了自己没有任何人知道他是谁的地方。

问题是,他不是一个普普通通的孩子,他曾经名噪一时。由于他的年轻有为,他简直不可能在光天化日之下行走而不被路人驻足,他要有人助他一臂之力。所以,等时机成熟,他要在阿喀琉斯到来之前找个机会溜掉。

如果这一切一切的幕后黑手都是阿喀琉斯的话。

瓶中信

收件人：Carlotta%agape@vatican.net/orders/sisters/ind

发件人：Graff%pilgrimage@colmin.gov

主题：危险

我不知道你身处何处？过得好不好？但我确信你那边一定危机四伏，所以，越难找到你就越好。

既然我已经不再在 IF 服役了，我也不能和那里的情况保持同步。但是新闻中充斥了安德的左膀右臂被绑架的消息，那一定是被某个混账背后操纵的，也不乏一些政府或组织可能有此阴谋诡计。但是你可能不知道他们中的一人幸免于难。从我的一个朋友嘴里打听到，豆子一家正在伊萨卡岛度假，他们住的海滩小屋灰飞烟灭——炸弹的威力大到殃及池鱼，他们的邻里死伤惨重。豆子一家命大逃过一劫，并且处于希腊军方的保护伞之下。据说这是一个秘密，那些暗杀者起初以为他们得逞了，但是和多数政府一样，希腊政府也是人多嘴杂，保密工作如筛子一样漏洞百出，现在豆子到底在哪里，暗杀者大概比我还心知肚明。

地球上只有一个人是一心要置豆子于死地的。

把阿喀琉斯弄出精神病牢房的阴谋家正在布他这个棋子。你面临的麻烦很大，豆子则更是祸不单行，他必须深深隐藏起来，而且不能独自行动。为了拯救你们俩的性命，我能想到的唯一补救是让你们都离开地球。本月内有我们一艘殖民飞船首航。如果我是唯——个知道你们身份的人，我可以在发射前保证你们的安全。但是我们必须尽快把豆子救出希腊。你会和我一起干吗？

不要试图告诉我你在哪里，我们会找到见面的方法的。

他们太低估她了。

大约相持了半个小时，佩特拉就确认绑架者并非奥斯曼人。她不是语言天才，但是这些绑架者窃窃私语中不时地冒出几个俄语词汇来。虽然她并不精通俄语，但俄语的有些词和亚美尼亚语差不多，当然阿塞拜疆语里也夹杂着些许外来词汇。实际情况是，亚美尼亚人即使讲俄语也是亚美尼亚味道的俄语。而这些粗粗拉拉的家伙乡音难改，一口土得掉渣的俄国侉调子。她在思考这些人为何要冒充奥斯曼人，并且还装得那么徒有其表。

所以当她闭着眼听，而且确定她知已知彼后，她开始操着 IF 通用的英语说话了："我们是在穿越高加索山吗？我什么时候可以方便一下？"

有人咒骂着什么。

"不，我是想上厕所。"她答道。她睁开眼睛，眨动着。她发觉自己是在某种陆上交通工具的底板上，她开始席地而坐。

一个男绑匪用脚把她踢回了原地。

"哦，你们真是聪明过头了。过会咱们上飞机时停机坪能空无一人吗？押我进飞机时又能让我自然而然？法网恢恢疏而不漏，不是吗？"

"不想上西天的话就得按我说的做！"男绑匪用重音做了结尾。

"如果你们有胆子杀我的话，我在马利克的时候就已经是一具死尸了。"她再次绷起身子，那只脚又再次把她撂倒。

"仔细听着，"她说，"我被绑架是因为有人希望我为他们出谋划策,那意味着我将要去见你们的顶头上司。他们不会笨到让我身在曹营心在汉的,这就是为什么他们不让你们除掉我妈妈的原因。如果我跟他们说,除非把你的睾丸装在纸袋里奉上否则我绝不合作,你认为他们会用多长时间决定哪个对他们更重要?是我的头脑还是你的睾丸?"

"我们确实得到了杀你的授权。"

她不费吹灰之力就了解了为什么这些弱智会得到如此的授权。"只有我被营救的危险迫近之时,对吧?那时他们才宁愿我死而不愿我为他人所用。那我们就看看在盖讷雷机场的跑道上你怎么创造出来这么个状况。"

这次换了句粗话。

有人冒了句俄语。她从话的语调和这些人后来的苦笑中得到了句子的要点:"他们警告过你她是个天才。"

见鬼的天才。如果她聪明绝顶,为什么她没有足够的预见性和洞察力,想不到有坏人要俘获赢得与虫族战争的功臣呢?无独有偶,她绝不是坏分子列表上的唯一。当前门被锁上的时候,她应该跑去找警察而不是游荡到后门去。锁上前门也是绑匪们做的一件蠢事。在俄罗斯你必须锁门,绑匪们可能习以为常了。这些绑匪应该想得更周密一点。但是,现在说这些毫无用处。不是每个人都那么小心翼翼和精明能干,换谁绑架个毫无防备的天才都有可能。

"这么说俄罗斯要用玩火来支配世界了,不是吗?"她问道。

"闭上你的臭嘴。"与她面对面坐着的男绑匪对她吼道。

"你知道我绝口不说俄语,更不屑于去学。"

"那由不得你。"一个女绑匪说。

"不是很讽刺吗?"佩特拉说,"俄罗斯计划要接管世界,但是他们必须操着英语腔办事。"

言毕,踩在她小腹上的笨脚便开始发力碾着。

"记得你的睾丸将会跑到袋子里去。"她说。

刹那间,那笨脚又开始慢慢松开了。

她坐起来,这次没有人再撂倒她了。

"我要松绑,让我回到座位上去。快点!这个姿势我的胳膊太难受了!你们在克格勃当差的日子里学无所成是吗?不知道人体的血液循环是不能停止的吗?一群俄罗斯呆瓜制服一个十四岁亚美尼亚少女还是很轻而易举的吧?"

如今捆绑已经解开,她坐在那个下笨脚的家伙旁边,还有一个家伙她视而不见所以暂时摸不透他,于是她向两边的窗外东张西望。"这么说这里就是盖讷雷机场了?"

"怎么,认不出来了?"

"我从没有到过这里。我哪有机会来机场呢?我只有过两次乘飞机的旅行,一次是在我五岁的时候,离开特洛瓦,另一次是回来,在九年以后。"

"她知道这里是盖讷雷机场是因为这是最近的不做商业飞行的飞机场。"女绑匪说。她说话的语气若即若离、不瘟不火,感觉没有轻蔑也没有尊重,只是……平铺直叙。

"哪位高人献的计策?要知道那些沉迷于美色的将军参谋们可没如此的足智多谋。"

"首先,你觉得会有人告知我们这些吗?"女绑匪说,"其次,为什么在他们出问题的时候你不闭嘴自己找出原因呢?"

"因为我是个乐天、话唠、外向的人,我喜欢交朋友。"佩特拉说。

"你是个蛮横的、好管闲事的闷蛋,喜欢把别人惹毛。"女绑匪说。

"哦,你之前做了不少研究功课嘛。"

"不,只是观察得知。"这么说她确实有幽默感,也许吧。

"你最好祈祷在你不得不遭遇亚美尼亚空军力量之前能够飞过高加索山。"

笨脚绑匪针对佩特拉发出了嘲讽的声音，但他也没意识到佩特拉的话中带刺。

"当然，你们也许只有一架小飞机，我们可以飞过黑海。那意味着IF的人造卫星会确切地知道我在什么地方。"

"你已经不再是IF的人了。"女绑匪说。

"那意味着你是死是活他们将漠不关心。"笨脚绑匪说。

这时，他们在一架小飞机前停下。"喷气机，我有印象，"佩特拉说，"有挂载武器吗？或者只是设置了自爆炸弹，这样如果亚美尼亚空军开始强迫你们降落的时候，你们可以来个玉石俱焚，机毁人亡。"

"看上去还得捆上你。"女绑匪说。

"那在控制塔上的人就会有好戏看了。"

"让她滚下车。"女绑匪说。

两个呆瓜都很蠢，两人各自打开了他们那边的车门下车，他们让她选择从哪边下车。于是她选择了下笨脚家伙的那边，因为她知道他很傻很弱，相反另一个绑匪几斤几两她还摸不透。不出所料，他果然愚蠢到家，因为他只用一只胳膊抓住她并用另一只手去关上车门。于是她突然来了个千斤坠，就好像她被绊倒，这让他失去了平衡，然后，利用他抓着她支撑她身体的重量，她踢了他两次，一次在下体，一次在膝盖。她两次都踢得结结实实，他只能被迫放开她，就在他倒在地上一手捂住下体，一手护着膝盖地翻滚之前。

他们是不是认为她已经把接受过的近距离徒手格斗训练忘得一干二净了？她难道没警告过他要把他的睾丸装进袋子吗？

她飞奔如烟，通过在学校里一个月的锻炼，她的速度能有多快啊，直到她意识到他们没有疯狂奔跑地跟着她，那意味着他们不必那样做。

她刚意识到这点时右肩就被扎了一下，她跑得那么快，来不及减速就再次不省人事了。

这次他们把她搞到了目的地才弄醒她。这里徒有四壁，空无一物，仿佛是个地下掩体，但她猜不出自己身处何地，不过肯定在俄罗斯某处。四肢和脖子上的淤伤疼痛不已，膝盖、鼻子和手掌都被擦破了，估计刚才他们对她不太客气。这就是她蛮横无理、好管闲事的代价，估计跟惹毛他们也脱不了干系。

她躺在她的铺位上，直到一个医生进来，用一种像是混着酒精和酸剂，没有任何麻醉效果的药来给她处理伤口。"你们还嫌我伤得不疼啊？"她问。

医生不置一词，显然他被警告过跟这个女孩说话将会有什么下场。

"那个被我踢中睾丸的家伙，是不是要必须进行切除手术了啊？"

还是没有回答。他对这个话题似乎毫无兴趣，俄罗斯受过教育的人难道都不会说通用的英语吗？

一日三餐准时送到，灯火管制亮了又熄，但是始终没有人进来和她说话，她也不被允许踏出房门半步。厚重的铁门阻隔了外界的信息，看来是为了惩罚她在旅途中的无礼，罚她独处一室。

她绝不会摇尾乞怜，甚至从她意识到自己被隔离时就立即接受了这一点。她把自己隔绝得更彻底，不说话，也不理睬来来去去的人。他们也从不和她搭讪，她的世界寂然无声。

他们不了解她有多么沉默寡言，她自己动动脑筋就能分析出比真实情况还详细的情景。她将回忆层层翻开，重现所有的交谈以及那些交谈的新版本，这样她便能发现刚刚才想到的好点子。

她甚至能够重温和安德并肩作战的每个瞬间，特别是她中途睡着的那场战斗。那时她是多么疲惫不堪啊！她疯狂地挣扎着以保持清醒；她感觉她的思维延迟得厉害，开始忘记自己身在何方、为什么在那，她甚至不知道自己是谁。

　　为了摆脱不断地重复场景，她试着去走神。她的父母，年幼的弟弟，她记得回家之后他们的一言一行，可是过了一会她又陷入战斗学校前的早期记忆里了。她用尽全力压抑了九年的记忆。她失去所有关于家庭生活的许诺；母亲泪流满面送她离开时的告别；父亲牵着她送她上车的手掌，从前那掌心总令她安心，但那次却把她送到让她永远失去安全感的地方。她知道自己是百里挑一，她知道自己被寄予厚望——但她不过是个孩子。她不能屈服于跑向悲伤的母亲的诱惑，尽管她多么希望抱紧母亲大声说不，说我不愿意去，让别人去从军，我只想宅在家里和母亲一起烤蛋糕，和母亲一起玩洋娃娃。我不想去太空里学习如何杀戮那种陌生骇人的生物——甚至杀人，那些人把生命托付给我，而我却昏昏入睡放任自流。

　　对她来说独自回忆都是苦涩的。

　　她试图绝食，无视他们供应的食物，水米不进。她预想会有人求她、哄她吃饭。但她失算了。医生进来在她的胳膊上打了一针，当她醒来的时候胳膊上打点滴的地方还隐隐作痛，她意识到绝食是徒劳无功的。

　　她起初没有想到要数日子，但是在打过点滴以后，她确实需要在自己的身体上记录下日子，她用指甲在手腕上划出血来。七天在左腕，然后转到右腕，她要在脑子里记住的是周期数。

　　先熬过三周再说。她知道他们正在等待她崩溃，毕竟他们已经绑架了其余的人，而且他们之中无疑已经有人妥协了，所以把她关在单间里，让她远远落后于势态，最后等她被释放时，她不管做什么都望尘莫及。

很好，她无所畏惧，她无论如何都不会助纣为虐的。

但是只要还有一线生机，她都要逃出生天，她要逃到一个自由安全的世外桃源去。

现在确信的是，他们预期她会说谎，他们预料她会计划阴谋。因此她必须尽可能让人信任，她长期的孤独状态会是一种保护，当然——每个人都知道孤独会给心理带来巨大的压力。而且毋庸置疑的是，他们现在肯定从别的孩子那里打听到，她是艾洛斯上的战斗中头一个在压力下崩溃的孩子，这会让人先入为主。因此他们会倾向于相信她现在正处于崩溃的边缘。

她开始哭泣，那一点都不难。她心中积满实在的泪水，但她控制着情绪装成低声的啜泣，一发不可收拾。鼻腔塞满鼻涕，可她不去擤；眼泪雨点般落下，可她不去擦。枕头被眼泪和鼻涕弄得湿乎乎的，她根本不知道避开，反而故意在翻身的时候蹭得一头都是，最后她的头发结成一团，脸上哭得僵硬，她知道自己不可能哭得更绝望了——没人以为她是故意引人注意。她想过如有人进来就沉默，但决定还是不那样——无视来往的人们更让人确信不疑。

这个策略发挥作用了。没几日，有人进来，给她进行了另一次注射。这次她在医院的床上醒来，窗外露出晴朗无云的北方天空。丁·米克坐在床畔。

"嗨！丁。"她说。

"嗨！佩特拉。你的头发黏成一坨可真有趣。"

"那又能怎么办，"她说，"还有谁被抓来了？"

"你是最后一个从单人牢房里出来的。他们几乎得到了艾洛斯上的全套人马，除了安德和豆子。"

"他们没有被单独关押吗？"

"不，他们对谁还在牢房里这种事绝不瞒着。我想你的戏演得不错。"

"还有谁仅次于我？"

"没人注意。我们头一个星期就都被放出来了，只有你狂做了五个礼拜的宅女。"

如此说来，在她开始以血来数日期后又过了两个半星期。

"因为我是蠢蠢欲动的那个。"

"确切地说是顽固不化的。"

"知道我们在哪里吗？"

"俄罗斯。"

"我是说俄罗斯的哪里。"

"我们身在腹地，他们对我们担保过。"

"我们有利可图吗？"

"不清楚，这里可是深宅大院，但我们一无所有，还被持续监视着。他们甚至称重我们的便便，我不开玩笑的。"

"他们要我们来做什么？"

"感觉像是地球上的战斗学校。我们硬着头皮忍了很长时间听课，直到一个教官不自量力地引用冯·克劳塞维茨①的乏味理论时，绰号'苍蝇'的小莫洛开始憋不住了，苍蝇一字不落地背诵了整段，我们其他人也附和起来——我的意思是，在过目不忘方面没有人能与他抗衡，但我们也不是吃干饭的——结果是他们终于了解到给我们上这种课有多么弱智。所以现在的活动只是——战争游戏。"

---

① 卡尔·冯·克劳塞维茨，十九世纪德国著名军事理论家，著有《战争论》，其学说又称"冯·克劳塞维茨战争学说"。冯·克劳塞维茨战争学说对战争本质等问题的解读十分深刻。在全世界范围内，冯·克劳塞维茨战争学说一直备受重视，并且拥有大量的拥护者。

"又是战争游戏,估计过过就该实弹演练了吧?"

"不,只是拟定好的沙盘推演。如为俄罗斯单独对中亚的战争制定良策;还有为俄罗斯同时和中亚几个国家与奥斯曼等国联盟的多线战役出谋划策;与美国和加拿大对抗;和除去德国以外的旧北大西洋公约组织开火;与德国单独作战;还有猛攻东方国家。真是没完没了。有些推演愚蠢至极,比如让巴西和秘鲁打仗,那仗打起来毫无道理。我觉得他们就是测试我们的服从力和执行力。"

"一连五周都干这些吗?"

"三周白痴的理论课程,然后两周的战争游戏。当我们制定策略后,他们会在计算机上模拟战争。总有一天他们会认识到,最有意义的沙盘推演是派我们中的一个给敌军制定战略。"

"我猜你已经把这金玉良言透给他们了吧?"

"他们是茅坑里的石头又臭又硬,典型的军阀作风。你该明白战斗学校的理念是如何应运而生的吧。要是战争由成人决定,人类早就是虫族的盘中餐了。"

"但是他们在监听?"

"我认为他们记录了所有的情况,然后慢速播放来观察我们是不是偷偷传递信息,比如唇语和手语。"

佩特拉微笑了。

"你没能冷酷到底,还是选择了良禽择木而栖?"他问。

她耸耸肩:"我不认为我决定了。"

"拜托,你不表现得逆来顺受,他们能让你出来?"

她摇摇头。"我不认为我那样做了。"

"啊哈,很好。无论你做了什么,你都是安德军团中坚持到底的,好样的。"

一阵短促的蜂鸣声。

"时间到了。"丁说。他站起来,侧着身子吻了她的前额,然后转身离开。

　　六个星期过去了,佩特拉是在实实在在地享受着生活。在孩子们的强烈要求下,绑架者们终于提供了一些像样的装备。程序系统使他们能够在非常真实的环境下进行战略战术演习。通过网络,他们能够对地形和军备缜密研究,这样战斗游戏就更加实事求是了——尽管他们知道自己发出的每条信息都被实时监控,很多信息都被以晦涩难明的理由拒绝发出。他们享受着彼此的陪伴,并共同训练,表现出愿为俄罗斯赴犬马之劳之态。

　　但是,佩特拉对一切都心知肚明,整个孩子团队也都彼此默契,他们全在演戏。起初,他们一些人故意制造出难以觉察的疏漏,另一些人则配合着装聋作哑,如果这些疏漏发生在实战中,会被精明的敌人乘虚而入。也许绑架者察觉到了这一点。但至少他们对目前的状况很满意,对有疏漏的地方绝口不提。之后,绑架者填补了疏漏,孩子们也开始不互相"埋雷"了。

　　孩子们惬意地聊到了很多事:不停地拿一些绑架者开涮,追忆关于地面学校、战斗学校、指挥学校的点点滴滴,当然,还有他们的偶像——安德。这些干绑架的杂种还碰不到安德,因此孩子们可以肆无忌惮地谈论他,他们认为 IF 应该与俄罗斯人的蠢动计划针锋相对。不过孩子们知道自己不过是在释放烟雾,因为 IF 什么也不会做的,有些孩子也坦言了这种观点。但是,只要安德还在外面活跃,孩子们就会有一张终极王牌押底。

　　直到有一天,那个昔日给他们上理论课的教官告诉他们,一艘殖民飞船业已离开,上面载着安德和他的姐姐华伦蒂。

　　"我还真不知道他有个姐姐。"热汤说。

全场鸦雀无声。谁都知道安德有姐姐，热汤在玩什么把戏？

"世事如何变化无常，我们只应一条真理，"热汤道，"维京他还和我们在一起。"

孩子们起初糊涂了。但片刻沉默之后，小沈开始拍他的胸口大声喊："他永远在我们的心中。"

"是的，"热汤说，"安德……就在我们的心中。"

他只是微微地强调了"安德"这个名字而已。

之前他言之"维京"的。

安德有一对兄姊。当年在艾洛斯上，安德了解到人类与虫族的战争惨相后不得不卧床修养，马泽·雷汉就开始告知孩子们一些关于安德家族的故事了。豆子也没少给同伴们爆料，他讲述了这对兄姊对安德的不寻常意义：在法律规定只许生两个孩子的情况下安德被允许出生的原因是——他的兄姊都是天才，但是哥哥暴戾无情，姐姐又过于温柔和顺。豆子没有告诉同伴们他是如何知晓这些的，但是这些信息就不可磨灭地印了他们的记忆长河中，与虫族战争和执政官取代 IF 之间那段紧张的日子密不可分。

所以当热汤说"维京他还和我们在一起"的时候，他没有提到安德或者华伦蒂，因为他们确实没有"和我们在一起"。

彼得，那是哥哥的名字——彼得·维京。热汤的意思是彼得和安德在智商上不分伯仲，而且他还在地球上。或许，他们能够飞鸽传书给他，朋友的哥哥也许是朋友，他能让孩子们挣脱牢笼。

当务之急是如何递个口信给彼得。

发送电子邮件是徒劳无功的——给彼得的一连串化名发信也会被绑架者洞悉。阿莱晚上信口开河，讲一个拍打到海岸上的漂流瓶的故事。每个人都装作听得津津有味，但是他们都清楚故事背后的故事。当阿莱说："渔夫一琢磨，也许这个瓶子里有遇难者的信，但是当他拔开软木塞的时候,喷出的是一大堆烟雾……"有人听明白了。发一封漂流瓶中的信,全世界撒网,但那只能被一个人破解,此人就是安德的哥哥——彼得。

佩特拉这几晚一通深思熟虑,她觉得不能全把宝押在彼得·维京身上,他不是唯一的外援。还有豆子,豆子消失得无影无踪,他和彼得·维京相比行动受限,但是并不意味着联系不到他。

她在这一星期的闲暇之余苦思冥想,推翻了一个又一个的计划。

最后她思得了一个瞒天过海之策,能骗过绑架者的耳目。

她小心地在脑中编织出她的信息文本,确信字字无误之后,再凭着记忆将其编程为二进制编码且烂熟于心。这项工作相当不简单,一切都是心算完成,没在纸上或电脑里留下任何痕迹。绑架者装了个键击监控器,她在电脑上写的任何东西都会被他们截获。

在此时期,她在某处网络资源中发现了一个类似龙图腾的黑白花纹,她不露声色地保存,然后将脑中的全编码信息片刻绘制入花纹里,作为她发出的每封信后面的签名。在绑架者看来上述行为不过是她一时兴起的恶作剧而已。如果绑架者问起的话,佩特拉也可解释为仅仅是为了纪念战斗学校中安德的飞龙战队而为。

当然,那不只是一张类似龙的图片文件。下面还有一首小诗:

心中有鸿儒,

飞龙身上涂。

永结兄弟会,

美好在结束。

如果绑架者问起这个小把戏的话,佩特拉可以告诉他们——幽他一默!

从此,她在发送的每封信上均附上它,包括给其他的孩子。后来在孩子们的回信中也有这条龙,说明他们心心相印。信息走漏到外界了吗?她现在还不知道——后来,有信自远方来,不亦乐乎。简单的一瞥就告诉她这计划成功了——她的密码信息仍然藏在图片里,只是还没有被人破解。

　　现在就剩下一个问题了,那就是豆子注意到了没?他破解了没?

监护

收件人：Graff %pilgrimage@colmin.gov
发件人：Chamrajnagar%Jawaharlal@ifcom.gov
主题：进退维谷

　　IF应该高度自治，不受政客们的指手画脚，对于我们而言这是生死攸关的头等大事。因此我坚决反对《洛克提案》。但我错了。现在有个国家想接管IF，借我们之力做他们民族复兴的美梦，这太不能忍了！

　　恐怕我对洛克太尖酸刻薄了。我不敢贸然回信给他，因为，如果洛克可靠的话，没有人知道德摩斯梯尼会对一封从某官员发出的官方道歉信做什么。请安排告诉他我发出的警告到此为止，我希望他一切安好。

　　吃一堑，长一智。既然安德的朋友里还有一人未遭绑架者的黑手，那就把年轻的德尔菲奇保护起来。因为你们在地球上（而我不是），我晋升你指挥一支IFM（联合舰队舰长）分遣队，调用一切可以调用的资源，你可以直接通过六级后备频道下达命令（当然了）。我还要下达一个特别命令：你不能向任何人（包括我在内）透露你为保护德尔菲奇及其家人而采取的行动。IF系统和任何政府都不会有相关记录。

　　顺便提一下，不要信任霸权组织的任何人，那可是孕育野心家的巢穴，但是最近的情况表明那一窝野心家正在干更坏的事情：狂野的范特西空想。

　　立即行动！战争一触即发！

谁在守备森严的环境里待上几周都会觉得自己像个囚犯。豆子在战斗学校学习时没觉得自己有幽闭恐惧症，哪怕是在艾洛斯上深入虫族隧道里蹒跚而行，那窘相如同要从千斤顶上掉下来的汽车一样摇摇欲坠。可这会，他们一家四口在三室一厅的公寓里兜圈子，当然那不是实际意义上的踱步，他只是觉得像在用步幅去丈量，或者干脆就打坐，自我调节情绪，求人不如求己。

被他人强迫受保护的感觉实在够糟的——他不喜欢，虽然以前也确实有过：在鹿特丹的街头颇克保护了他；后来卡萝塔修女从死神手中救出他来，把他送到战斗学校。但本次的不同在于，他是干坐着无所作为。

士兵把整个楼团团包围以保护公寓的安全，他们忠心耿耿，豆子没有理由怀疑这点，军队不可能出卖他。官方把他的所在视为机密——要是谁把他的地址透露给敌人，这无疑是个诚实的疏忽，绝非有意的背叛。

与此同时，豆子只能在保护者的约束下坐以待毙。他们就像蜘蛛网，把他牢牢地黏住等着蜘蛛来。对于如何改变现状他没有发言的余地。希腊一旦参战，豆子和尼可拉就得开始充当幕僚的工作，制订计划、谋划战略。可是只要和人身安全扯上关系，他们就只是小孩子了，需要保护和照顾。即使豆子说得明明白白——保护他的最好办法是离开，完完全全地独自出发，在某个小镇隐姓埋名也毫无用处。在他们眼中他不过是个小孩子而已，谁会听小孩子的话呢？

小孩子是需要被照顾的对象。

被那些没本事却又要罩着他们的大人照顾。

他甚至想破窗而出。

但是他最终还是坐住了，他的手段是上网。他用一大堆马甲 ID

登录网络,到处网上冲浪,寻找各国军方系统泄露出的小道消息,希望能从中得知佩特拉、苍蝇、威列德和达坡的蛛丝马迹。他发现有些国家自以为胜利在握而傲气自露,有些国家则因为背后有智囊操纵战略,其行动更为谨慎和系统。

不过这毫无意义,他知道仅这样不能捞到他的同伴,不到覆水难收之际真相是不会浮出水面的,把网上的信息整理筛选可能就会得到终极答案。历史学家都是马后炮,他们会在未来研究这段历史时发出汗牛充栋的千万言感慨:为什么没人整理? 就因为消息持有者蠢得看不透其中玄机, 但是一个所谓的大明白人这会被锁在一个破败的无游客涉足的旅游点公寓里面发呆。

最糟的是甚至连父母的存在都开始让他心神不宁。豆子从小就孤苦伶仃,孑然一身,是卡萝塔修女帮他寻得了自己的双亲。在战争结束后,所有的孩子都与家人团聚,豆子也没被落下,他也回到了他的家,当然,这是一个没有他童年的家。可尼可拉有,而且尼可拉愿和豆子分享自己童年的点点滴滴。

他的父母全是好人。他们从没有让豆子感觉到自己是个不速之客,他们喜欢他、爱他,除了陪伴着他别无所求,只要他在身边他们就很高兴。和这样的一家人在一起生活是多么幸福啊。

可当一个人已经被幽禁得快要发疯时,无论多么喜欢谁,多么爱谁,多么感激谁的亲切,根本无关紧要。他们会让你发狂。他们做的每件事都像脑海里挥之不去的噪音,你只想大声叫他们闭嘴。但是你不能,你爱他们,知道自己也快要把他们逼疯了,既然毫无获释的希望,你只好缄默不语。

现在终于有人敲门了,当你打开门的时候,你会意识到变数由此而生。

门口站着的是格拉夫上校和卡萝塔修女。现在格拉夫上校戎装在身，卡萝塔修女戴着奢侈的赤褐色假发，看上去实在是傻得可爱。全家人如同雪中送炭，除了尼可拉，他从没有见过卡萝塔修女。但是当豆子和家人准备上前向他们致敬的时候，格拉夫伸手阻止了他们，卡萝塔则把手指竖在嘴唇上。于是，他们二人进屋，关门，招手示意全家人到浴室里集结。

对于他们六个人来说，浴室里狭窄且拥挤。格拉夫麻利地往顶灯上挂了一个小仪器，豆子父母就站在淋浴间里。红灯开始闪耀，格拉夫轻声道：

"嘘……我们想把你们弄出这个地方。"

"为什么要在这里做这些防备呢？"父亲问。

"因为安保系统正在监听公寓里的所有谈话。"

"为了保护我们，他们要监视我们？"母亲问。

"他们当然会这么干。"父亲说。

"由于我们在这里所说的每句话都可能泄露到系统里去，"格拉夫说，"而且肯定会被系统重视，我带来了这个小仪器，它可以听到我们发出的声音，然后输出相反的声波予以抵消，这让我们的谈话近乎于鸦雀无声。"

"近乎于？"豆子问。

"我们在这就提纲挈领，其余细节日后再议。"格拉夫说，"我只能告诉你们这么多，我身为殖民部部长，这几个月要发射一艘飞船，刚好可以把你们带离地球，航行的终点是艾洛斯。"

但是就在他说的时候，他在不停地摇头，卡萝塔修女也嘻嘻笑着摇首否定，其实那都是些掩人耳目的谎言，演戏而已。

"豆子和我以前去过太空，妈妈，"尼可拉附和地加入到演戏中来，"没那么糟的。"

"那就是我们为什么打那些仗，"豆子插嘴道，"虫族想占据地球，就是因为地球跟它们生活的世界很像，现在它们走了，我们得到它们的世界，也是很适合我们的。你不觉得很公平吗？"

他们的父母当然对形势心知肚明，但是豆子很了解他的母亲，她肯定要冒失地问一个毫无用处的危险的问题。

果然，她开口了："但是我们不是真的……"然后，父亲的手便捂住了她的嘴。

"那是唯一能让我们虎口脱险之招了，"父亲说，"一旦咱们以光速离开，咱们的一两年，相对于地球上来说就是十载光阴。等咱们到了另一个星球，想要咱们命的人早就作古了。"

"就如同约瑟和马利亚带耶稣进埃及一样。"①母亲说。

"咱们夫妻所见略同。"父亲说。

"除了他们回到了拿撒勒②以外。"

"如果地球在愚蠢的战争中自我毁灭了的话，"父亲说，"那与我们也没有任何关系了，因为我们会是新世界里的一部分。伊莲娜，为此高兴吧！那说明我们能在一起。"然后他吻了她。

"该走了，德尔菲奇先生和德尔菲奇夫人。请带上孩子们。"格拉夫把顶灯上的小装置猛力拉了下来。

在门厅里等待他们的士兵都穿着 IF 的制服，视野内看不到希腊制服。这些年轻人都被武装到了牙齿。当他们兴致勃勃地走到楼梯口——没有电梯，没有门会突然打开让他们困在一个敌人可能会投

---

① 他们说的都是《圣经》里的故事。这个故事见《圣经·新约·马太福音》的第二章第十三节至第十九节。原文为："他们去后，有主的使者向约瑟梦中显现，说：'起来！带着小孩子同他母亲逃往埃及，住在那里，等我吩咐你，因为希律必寻找小孩子，要除灭他。'……希律死了以后，有主的使者在埃及向约瑟梦中显现，说：'起来！带着小孩子和他母亲往以色列地去，因为要害小孩子性命的人已经死了。'"
② 拿撒勒是以色列北部城市，位于历史上的加利利地区。这个故事见《圣经·新约·马太福音》的第二章第二十二到二十三节。原文为："……又在梦中被主指示，便往加利利境内去了。到了一座城，名叫拿撒勒，就住在那里……"

入手榴弹或者上千发子弹的盒子里——豆子观察着士兵们查看所有东西，检查每个角落，从每扇门下面露出的大厅灯光，这些都不足以让他吃惊。豆子还看到了男性的身躯是如何在制服里强有力地运动着，力量感使得制服看上去像面巾纸一样一触即破，仿佛他只要稍微用点力气就可以把织物给撕裂开，因为除了他自己的克制外没有什么能够捉住他，看上去好像他的汗水就是种纯粹的雄性荷尔蒙。那才是男人该有的样子，是战士的样子。

"我从来都不是一个战士。"豆子想。他试着想象自己在战斗学校的时候，在被截短的闪光服上的皮带从来没有合过他的身，他看上去总像是沐猴而冠，像个从老大哥衣柜里找衣服穿的学步幼童。豆子希望他长大以后会像前面军人一样气壮如牛。但是尽他的努力，他也从来没想过自己确实会长大成人。不，甚至不能想象实际的身高。实际上，人总是会长大。他可能会成为一个男人，一个人类，或者至少是人形的吧，但是他永远也不会成为男子汉。没有人会看着他说："嘿，过来，老爷们！"

一个士兵改变不了历史进程，帅气的制服下并不能掩盖一切。

下了楼梯，是三架直升机，然后是在安全出口后面的一段停顿，两个士兵走出去观察三十米外等待的 IF 直升机发出的信号。信号来了，格拉夫和卡萝塔修女带路，步伐仍然敏捷。他们毫不东张西望，只注意直升机。他们登机，坐下，系好安全带，直升机倾斜着从草地升空，贴水面低飞。

母亲要知道实际的计划，但格拉夫高声打断了所有的讨论。"让我们等到不用大喊大叫的时候再讨论，好吧！"

母亲不喜欢，他们没有人喜欢。但是卡萝塔修女展现出她最好的修女的笑容，就像是在童贞时训练过的那种，除了信赖她以外他们还能做什么呢？

在空中飞行了五分钟后,他们站在了大型潜水艇的甲板上。它很大,有美国的星条旗图案,这让豆子觉得,既然他们不知道是哪个国家绑架了其他的孩子,他们真的能够确信自己不是在自投罗网吗?

但是当下到船舱里的时候,他们看到水手都穿着美军制服,没有武装。唯一配枪的人是带他们来的 IF 士兵,还有一些人在潜水艇里等待他们。既然枪杆子能决定一切,而唯一能指挥枪杆子的人是格拉夫,豆子的担忧稍微减轻了一点。

"如果你想告诉我们不能在这里说话,"母亲刚张嘴——让她惊慌的是格拉夫又一次举起了一只手,而且卡萝塔修女在格拉夫招呼他们跟着领路士兵穿过狭窄逼仄的潜水艇走廊的时候再次做出嘘声的手势。

最后他们六个又挤在一个狭窄的空间——这次是参谋室——他们再次等待格拉夫挂上并打开他的噪音制造器。当灯光开始闪烁,母亲头一个开口了。

"我正在试图了解我们没有像其他的人一样被绑架。"她干巴巴地说。

"如你所知,"格拉夫说,"他们都被一群娘娘腔的恐怖分子和大肚便便的旧官僚带走了。"

"他在开玩笑。"父亲说。他试着去缓和母亲即将爆发的愤怒。

"我知道他在开玩笑,我只是不认为那很好笑,通过我们经历的,然后我们假设我们该一言不发、一个问题不问地跟他们去,只是……信任他们。"

"对不起,"格拉夫说,"但是你们已经信赖了你们背后的希腊政府。你已经信赖过某人,为什么不能信赖我们?"

"至少希腊军方对我们解释过,而且装作我们有权做一些决定。"母亲说。

豆子想说，他们可没有对我和尼可拉做解释。

"来，孩子，不要斗嘴，"卡萝塔修女说，"计划非常简单。希腊军方继续保护公寓楼就好像你们还在里面一样，送饭、洗衣服。这不是在愚弄谁，或许，会让希腊政府感觉到他们仍是程序里的一部分。在此期间，四个旅客化装成你们，使用假名字被送到艾洛斯去，他们将跟第一艘殖民飞船发射到艾洛斯，当飞船发射的时候将发布一个公告，作为一种保护措施，他们会宣布德尔菲奇一家选择永久移民到新的世界去开始新的生活。"

"我们实际要去哪里呢？"父亲问。

"我不知道。"格拉夫的回答非常简单。

"我也不知道。"卡萝塔修女说。

豆子的家人用难以置信的眼光看着他们。

"我猜这意味着我们不会永久待在潜水艇上，"尼可拉说，"然后某个时候你会知道我们实际在那里了。"

"那会进退维谷的，"豆子说，"他们要把我们分开。大路朝天，各走半边。"

"绝不可以。"父亲说。

"我们家已经过够了分崩离析的生活了。"母亲说。

"这是唯一的招，"豆子说，"我知道，我……我想那样做。"

"你要扔下我们吗？"母亲说。

"他们想杀的人是我。"豆子说。

"你怎么这么肯定？！"母亲说。

"我确信，"豆子说，"如果我不在你们身边，即使你们被发现，他们很可能不会理会你们的。"

"而且如果我们分开，"尼可拉说，"他们就要改变他们的搜寻目标了。不再是一对父母两个男孩，现在是一对父母一个男孩，还有一个奶奶和她的孙子。"尼可拉对着卡萝塔修女笑。

"我宁愿自己成为一个阿姨。"卡萝塔修女说。

"你说得好像你已经知道计划了！"母亲说。

"很明显啊，"尼可拉说，"从他们在浴室里告诉我们那个表面故事的时候就知道了，为什么格拉夫上校除了卡萝塔修女没有带别人呢？"

"对我来说不那么显而易见。"母亲说。

"对我也一样，"父亲说，"但是那就是你的孩子具有天才的军事头脑时会发生的事情。"

"多久？"母亲询问着，"什么时候结束？什么时候能让豆子回到我们的身边。"

"我不知道。"格拉夫说。

"他不可能知道，妈妈，"豆子说，"在我们知道到底是谁，他们又为什么要绑架我们之前是不行了。当我们知道威胁到底是什么的时候，我们就可以做出判断，我们该在什么时候采取充分的对策让我们能够安全地不用再躲避。"

母亲突然痛哭起来："那是你希望的吗？朱利安！"

豆子伸出胳膊抱住了她。倒不是因为他自己有这样的需要，而是他知道母亲需要这样的慰藉。一年的家庭生活并没有完善他作为正常人的情感交流，但是至少让他知道了应该是什么样子。而且他确实有了一些正常的反应——为无法发自内心而敷衍母亲感到愧疚。但是对豆子来说，这样的举动是前所未有的。这种话他学得太晚，远不能随意操控，所以他只能用一种浓重的外国口音来说这些本该从心里说出的话。

事实是，尽管他爱他的家人，但他也更渴望找到某个地方能和他的朋友们取得联系。除了安德以外，他是安德的死党中唯一一个自由人,而且他已经浪费了太多的时间。

因此他抱住了他的母亲,她也依恋着他,她流下了太多的泪水。他也拥抱了他的父亲,就是时间短了一点。而他和尼可拉只是互相重重地拍着对方的胳膊。这些动作对豆子来说都是陌生的,但他们知道他在真诚地做着,做得像真的一样。

潜水艇非常快。在他们到达一个拥挤的港口——萨洛尼卡^①前,他们没有在海里待多久,豆子猜测,可能那里有其他的货港在爱琴海上。实际上,潜水艇根本没有进港,而是在两艘平行向港口驶去的船只中间浮出水面。母亲、父亲、尼可拉和格拉夫以及两个士兵一起转移到其中一艘货船上,他们现在都穿着平民的衣服,好像那样就可以隐藏他们军人般的矫健动作。豆子和卡萝塔修女留在后面。谁也不知道另一组人在哪里,他们也不会试图去互相联系。对母亲来说,另一个难以接受的要求是:"我们为什么不能通信?"

"没有什么比电子邮件更容易追踪的了,"父亲说,"即使我们使用伪装的网络身份,如果有人找到我们,发现我们正在定期给朱利安写信,他们就能看到而且顺藤摸瓜地找到他的。"

母亲立刻理解了,只是那理解是理智上的而不是感情上的。

下到潜水艇里面,豆子和卡萝塔修女坐到餐厅的一张桌子旁。

"还好吗?"豆子说。

"还好。"卡萝塔修女说。

"我们要去哪里?"豆子问。

"我真不知道,"卡萝塔修女说,"他们会在另一个港口把我们转移到一条船上,我们会离开的,而且我们应该用一些假身份来掩人耳目,但接下来的目的地我确实没有主意。"

"我们必须不停地转移,在任何地方都不能待过几个星期。"豆子

---

① 萨洛尼卡是希腊的第二大城市以及希腊马其顿地区的首府。

说，"而且我必须在每次移动后用新身份重新登录网络，这样就没有人能够追踪我们的行踪了。"

"你确定有人会记录全世界的邮件地址并且跟踪它的每个转移吗？"卡萝塔修女问。

"是的，"豆子说，"他们可能已经在做了，这是他们布下天罗地网的其中一环节。"

"但是每天要发出上亿的电子邮件。"

"那就是为什么在中心总机要雇用那么多的检查员来检查所有档案卡上的电子邮件地址的原因了。"豆子对卡萝塔修女露齿一笑。

她微笑回应。"你真是个傲慢无礼的小崽子。"

"你真的让我来决定我们的去向吗？"

"根本不是，我只是想等到我们两个意见一致为止。"

"哦，现在是一个和棒小伙一起待在潜水艇里的廉价借口而已。"

"你的玩笑水平和你在鹿特丹大街上生活时相比更自然了。"她冷淡地分析着。

"是战争，"豆子说，"那……那会改变一个人。"

她再也不能面无表情了。即使她的大笑只不过是咯咯的声音，而她的微笑可以延长片刻，那就足够了。她还是喜欢他。而且让他惊讶的是，即使从她教育他到足以进入战斗学校以来已经过了多年，但他仍然喜欢她。他惊讶是因为，在他和她一起生活的时候，他自己从没有意识到他是喜欢她的。在颇克死亡以后，他已经不愿意对自己承认他喜欢任何人了。但是现在他知道了真相，他爱卡萝塔修女。

当然，像豆子的父母曾经一样，卡萝塔修女可能会在一段时间以后也会让他觉得厌烦。但是至少当那种情况发生的时候，他们可以起来走开。没有士兵会把他们留在房间里并站在窗外保护他们。

而且如果那真的让人烦恼的话，豆子可以自己打破并且离开。但是他永远不会告诉卡萝塔修女这些的，因为这只会让她忧虑。另外她也可以得出相同的结论。她有所有的测试数据，而且那些测试本来就是要说明人性的各个方面的，那就是她或许比他自己更了解他的原因。

当然，当豆子进行测试的时候他就知道了这些，在他的心理测试中几乎没有诚实的回答。在他接受测试的时候，他已经阅读了足够的心理学资料，他知道需要展示出什么答案才可能把他带到战斗学校去。所以实际上卡萝塔修女根本不能从那些测试里了解他。

随后，豆子也不知道什么样的回答才是他的真心话了，无论是那时还是现在。所以好像他对自己的了解也不是很好。

而且因为卡萝塔修女已经在观察他了，而且她在自己的范围内是很聪明的，所以有可能卡萝塔修女比豆子本人更了解豆子。

尽管是有点可笑。想到一个人确实可以了解另一个人。你能够和别人彼此习惯，习惯到能够用他们的说话方式来和他们交谈，但是你从不知道为什么他们要这么说，为什么这么做，因为他们自己也根本不知道。没有人能了解任何人。

而且我们不知道为什么要住在一起，还能和平共处，在人们尝试的时候每件事的成功率都相当高。人们要结婚，还有很多婚姻生活和工作，他们有了孩子，而且绝大多数长大后成为正直的人，他们建学校、做生意、开工厂、办农庄，都能得到一个可以接受的结果——所有这些都无助于找出了解这些人脑中想法的线索。

人类要做的就是凑合着混日子。

这就是豆子在做人过程中最厌倦的那部分了。

野心

收件人:Locke%espinoza@polnet.gov

发件人:Graff%%@colmin.gov

主题:更正

　　我受人之托帮忙递个话,出于歉意,曝光你身份的威胁已经解除了。你也不必警惕于你的 ID 被公开。你的 ID 存在我的地址簿中几年了,而且与我接触的不少人都知道你是谁,他们无权侵犯这个保密规定。唯一的例外者现在也是自身难保。对于我个人而言,可以说我根本不怀疑你的能力能够达成你的野心。我只能抱着这样的希望:你可能会效法华盛顿、麦克阿瑟或者奥古斯都①,而不是拿破仑、亚历山大或者希特勒之流。

科林

　　彼得几乎不能克制倾诉身边发生之事的欲望。当然,即使坦白能够足以消除这种折磨,他也从未屈服于自己的意愿。特别是华伦蒂走了,坐在图书馆里读着来自殖民部长的私函时,不能大声向其他学生炫耀简直令他无法忍受。

　　当他和华伦蒂头一次突破网络铁幕在某些主要的政治网络上发布随笔之时,而华伦蒂的笔锋又总是那么嬉笑怒骂,他们都会会心地相拥一笑。但是用不了多久,华伦蒂就会记起她作为德摩斯梯尼的角色中必须去支持的一半的论点有多么让她作呕,而且她因此而产生

---

① 指罗马皇帝屋大维,他是恺撒的甥孙。奥古斯都本意是神圣的意思,也同时是罗马其他皇帝的称谓。

的忧郁会让彼得同样镇静下来。当然，彼得还是想念她的，当然，他想念的不是那些争吵，那些关于必须做个坏家伙的抱怨。她怎么就不明白德摩斯梯尼的角色多么有意思，扮演起来乐趣多多。好吧，等他用完这个角色就还给她——无论她和安德打算去哪个行星，时间都绰绰有余。那时她就会明白，就算他残暴得无以复加，德摩斯梯尼都是把事情点爆的导火索。

华伦蒂，愚蠢地选择了和安德去流亡，而不是做彼得的左膀右臂。无视不让安德回到地球的必要性，还大发雷霆，真是白痴。这都是为了保护安德啊，彼得告诉过她，现在不是得到证明了吗？要是如华伦蒂所愿让安德回家，他不是被抓就是被干掉，还要取决于他的绑架者是不是能够让安德和他们合作。我是对的，华伦蒂，就和我几乎在所有的事情上都正确一样，但是你宁可选择正派而不选择真理，你宁可选择喜爱而不选择权利，你宁可选择和崇拜你的弟弟一起去流亡而不选择和能让你有影响力的哥哥一起分享权利。

安德已经走了，华伦蒂。当他们带他去战斗学校的时候，他就永远都不会回来了，他不再是那个让你宠爱有加，像个小妈妈玩洋娃娃一样照看着他的安德鲁小可爱了。他们要把他变成一个士兵，一个杀手——你不是曾经看过他们在格拉夫受军事审判时的录影吗？而且如果那个叫安德鲁·维京的家伙回家了，他也不再是让你忧伤到甚至反胃的安德了。在他的战斗结束后，他是一个被伤害的、崩溃的、无用的士兵。促使他出发去殖民星球是我能够为往日的兄弟做的最慈善的举动了。没有比在他的传记里再添上毁灭的章节更令人悲伤的了——就算没人打算绑架他，他在地球上的生活也必将如此。就如同亚历山大，他会发出智慧之光，永远生活在荣誉中，而不是在悲哀的阴影里死亡和凋谢，偶尔供人参观一下。我是个善者！

能摆脱你们真是太好了。你们是我航行的羁绊，路旁的荆棘，肉中的倒刺。

不过要是能给华伦蒂看看格拉夫的信也是一乐——格拉夫的亲笔信！即使他藏起了他私人的通行密码，即使他是谦逊地敦促彼得效法历史中的那些所谓的伟人——就好像任何人都计划去建立像拿破仑或者亚历山大那种短命的帝国一样——人所共知的事实是，洛克，同那些匿名发言的隐退的政界元老还差得远，不过是个未成年的大学生，却仍然认为他值得交谈，值得给他些建议，还值得给予一些忠告，因为格拉夫知道彼得·维京现在是重要的，甚至在将来还是重要的。这是对的，格拉夫！

这是对的，你们这些人！安德·维京也许从虫族手里拯救了你们这些蠢货，可我才是那个将要解救人类于水火的人。因为除了地球毁灭以外，人类才是自己生存的最大威胁，此刻我们正在设法避免我们在其他世界撒布种子结出的苦果——包括小安德这颗。格拉夫意识到我为了让他的殖民部门成立花了多大力气吗？有谁费心对那些最终立法的好点子寻踪追迹，看看多少次能发现洛克的踪影？

你装模作样的在信末署科林的头衔其实是他们跟我商量着决定的，希望你不知道这点，部长大人。要是没有我，你大概只能像最近网上那些白痴一样赶时髦地署个好运龙的图案。

有几分钟，这封信除了他和格拉夫不能外传的念头差点杀了他。

之后……

过了片刻，他的呼吸恢复了正常，他智慧的本性占了上风。这时候还是不要被虚荣心弄昏了头脑，时机一到，他的名字就会被昭告天下，那时就不仅仅是个有影响力的人物了，他将在权力中心获取一席之地。现在，匿名就够了。

他把来自格拉夫的信储存了起来，然后目不转睛地盯着显示器。

他的手在发抖。

他看着它,仿佛并不属于自己。他在怀疑那到底意味着什么,他愕然。难道我只是个收到一封霸权组织的顶级官员来信就簌簌发抖的追星族吗?跟那些小屁孩在演唱会上摇摆有什么两样。

不,冷静的现实主义接管了他。他不再因兴奋而战栗,那感觉如往常般转瞬即逝。

他发抖是由于恐惧。

因为有人正在集结一整队的精兵强将——战斗学校中顶级的孩子们,那些被选择来参与最终拯救人类的战斗的孩子们。有人得到了他们并打算加以利用,迟早那些人会成为彼得的对手与他碰面,彼得不仅得比那个对手想得更远,还得比那些屈从于他的意志的孩子们考虑得更周全。

彼得没能进入战斗学校,他不具备战斗学校需要的潜质。出于某种原因,还未曾离家他就被项目除名了。所以每个去过战斗学校的孩子看上去都要比彼得·维京更加神机妙算,而那建立霸权的彼得的首要敌人要把他们都聚集麾下。

当然,安德没有列在其中。安德,我本该拉动正确的绳索来操纵民意向其他舆论方向发展,把他带回家。安德,他是所有人里最好的,而且会和我站在一起。但是不,我把他送走了。这是为了他好,为了他的人身安全。现在面临我倾注一生心血的斗争,去同战斗学校的佼佼者们抗衡的只有……我自己。

他的手掌在瑟瑟发抖,那是为何?他应该发狂而不是只有一点害怕而已。

但是当低能的切瑞纳格威胁要把他曝光并且要把事情彻底公开时,他愚蠢到无视德摩斯梯尼的重要性,有些是洛克的角色永远无法达到的——他花了几个星期煎熬于此。当那些战斗学校的孩子被绑架的时候他只能袖手旁观,既不能采取行动,也不能发表相关言论。

哦,他回了某些人的信件,发现只有俄罗斯有这个实力绑架他们。然而他不敢以德摩斯梯尼的名义要求 IF 对未能保护那些孩子的失职接受调查。德摩斯梯尼只能做些常规的推断,关于新华沙条约参与国如何带走那些孩子——不过每个人都能猜到德摩斯梯尼会这么说,他是众所周知的反俄人士,所以他的推断毫无效力。全都是因为某个目光短浅、愚蠢又自私的舰队司令决定妨碍大概是地球上唯一一个担心阿提拉①的鞭子再次入侵的人。他想对切瑞纳格大吼大叫:"我是在另一个家伙绑架那些孩子们时撰文阻止的人,就因为你知道我的身份,而不知道他是谁,你就打算来阻止我?你简直跟那群助纣为虐的猪头没啥两样。"

现在切瑞纳格已经开始和缓了,借他人之名送来一封怯懦的道歉信,避免让彼得得到一封有他的签名的信件。无论如何为时已晚,大错已然铸成。切瑞纳格不但一事无成,还弄得彼得也毫无办法。眼下彼得正面对一盘死棋,自己手下无一兵一卒,对方却拥有双倍的车、马、炮。

这使彼得的手战栗不已。有时他暗自希望自己并不是彻彻底底地独自面对这一切。难道拿破仑不是独自在帐篷里怀疑自己正搞些什么,一次次痛下赌注,带领他的军队取得不可能的胜利吗?难道亚历山大大帝从不曾希望能有个值得信赖的伙伴帮他做一两个决定吗?

彼得因为自卑而咬紧嘴唇。拿破仑?亚历山大?他们可是兵强马壮。战斗学校的测试证明我具备约翰·肯尼迪总统一样的才能,粗心大意弄沉了鱼雷快艇,靠着老爸的钱和政治影响得到一枚勋章,②当

---

① 匈奴王,公元五世纪从中亚入侵欧洲并建立政权,后卒于行军途中。
② 约翰·肯尼迪出身美国政治世家。年轻时候正处二战,他入伍参军,官至海军少尉,曾经指挥过一艘鱼雷快艇执行巡逻任务。入夜,在所罗门群岛附近疏于防备,鱼雷快艇被一艘日军驱逐舰击沉,肯尼迪侥幸逃脱。官方说肯尼迪负伤救助了十一名战友而使他获得一枚勋章。

上总统以后实行了一系列的愚蠢举措，就是因为媒体太青睐他了才从没有在政治上失足。

那就是我了。我能够操纵新闻媒体，我能够控制公众的意见，稍微推一下、拉一下、刺激一下，再把什么东西掺杂进去，但是当战争开始的时候——战争就要来了——我将只能干看着，就和纳粹德国的闪电战来袭时的法国人一样自作聪明。①

彼得看看阅览室的周围，这还称不上图书馆。但是作为一个公认的天才少年，他很早就上大学，而且对正规教育不以为然。他入学的是州立大学在家乡的分校。他第一次发现自己嫉妒那里的其他学生。他们的烦恼不过是下一次考试，别弄丢奖学金，跟心上人约会。

我本可以像他们一样生活的。

没错。要是他开始担心老师给他的论文打几分，或是某个姑娘怎么看待他的穿着，或是哪支球队获胜的话，他还不如自行了断算了。

他合上眼靠在椅背上，自我怀疑是毫无意义的，他知道除非被迫他不会停下。从儿时起他就知道，只要找到正确的支点，世界将被他撬起。其他孩子接受"只有长大了才能做重要的事情"这种愚蠢的观点，彼得从一开始就更有头脑。他绝不会像安德那样被愚弄，居然以为自己在玩游戏。对彼得来说，唯一值得玩的游戏就是现实世界。安德会被愚弄的唯一原因是他任由别人捏造事实，这绝不会是彼得的麻烦。

只可惜彼得对现实世界的所有影响力都建立在——他得躲在网络上的匿名身份背后。他塑造了一个或是两个角色，他们能够改变世界是因为没人知道他们是小孩，于是并不介意。但是只要在现实世界

---

① 这里谈到的是二战时期，德国即将入侵法国，法国人仰赖马其诺防线并自认为德国会先进攻苏联而疏于防范，结果德国人使用先进的装甲闪电战法，使法国人一败涂地。

硝烟四起,政治思想家的影响力就减弱了。除非像温斯顿·丘吉尔那样,公认的在危急关头英明正确,将实权牢牢抓在手中。对丘吉尔来说当然没问题——他年长、健硕,就算他烂醉如泥,大家仍然把他当回事。但是只要有人看到彼得·维京就会知道,他还是个孩子。

虽然,温斯顿·丘吉尔就是彼得计划的灵感源泉,让洛克看上去如此先知先觉,在所有的事情上都如此正确。当战争开始,公众对于敌人的恐惧和对于彼得的信赖会打消他们对年轻人的轻蔑,允许彼得摘下面具,像丘吉尔那样取得好人中的领导地位。

好吧,他已经失算了,他没有猜出切瑞纳格已经知道他是谁了。彼得曾写信给他以促使 IF 为战斗学校的孩子们提供保护,实际上他们不可能离开祖国——没有任何政府会允许——但是一旦有人加害他们,洛克曾经发言警告的事就会众所周知。但是切瑞纳格迫使彼得让洛克噤声,所以除了切瑞纳格和格拉夫,没人知道洛克预见了绑架事件。机会已经错过了。

彼得不能放弃,总有办法让事情步入正轨的。他正在思考着,坐在北卡罗来纳州的格林斯伯勒①的公共图书馆里,像其他疲倦的学生一样靠着椅背闭目养神。

他们在凌晨四点把安德的死党们都从床上唤醒,并把他们集结在餐厅里。没有人做出任何解释,他们也被要求鸦雀无声。因此他们等候了五分钟、十分钟、二十分钟。佩特拉知道其他人都在思考和她一样的事情:俄国人发现他们在蓄意破坏自己的作战计划,要么就是有人注意到飞龙图案中的密信,哪个都不是好消息。

被唤醒美梦的三十分钟后,门开了。两个士兵走进来,立正。然

---

① 格林斯伯勒,美国北卡罗来纳州中北部城市,十八世纪末爱尔兰和德国移民至此,一八七〇年建市,拥有纺织、烟草、电气机械、陶瓷、食品等工业。

后,让佩特拉完全感到惊讶的是,阔步进来的是……一个孩子。不比他们年长,也就十二三岁,而那些士兵都对他言听计从。这个孩子自己也由于权威而显得盲目自信。他沉醉于其中,无法自拔。

佩特拉以前见过他吗?她不这么认为,虽然他像似曾相识般地看着他们。当然他该认识——如果他在这里掌控一切的话,无疑从他们被囚禁的这几周就该一直留意着。

小鬼当权。必然是有战斗学校学历的小鬼——要不怎么会有政府把这样的权力交给如此一个小鬼呢?从他的年龄来看,他必然和他们是同级生。但是佩特拉还是不认识他,要知道她可是过目不忘的啊。

"不用担心,"男孩说,"你们不认得我很正常,因为我入学晚,而且在你们升级的时候我只在学校里面短暂逗留过。但是我知道你们。"他笑了,"或者,这里有人在我入学的时候见过我?别担心,稍后我会研究监控录像的,寻找那些值得赏识的小小的惊讶。要是你们之中有谁见过我,那么,我会多多了解你的。我会知道我曾经见过你——那个黑暗中的侧影,从我身边跑开,留我在那等死。"

话音刚落,佩特拉就知道他是谁了。因为"疯小子"汤姆曾经说过一件事——豆子如何给这个孩子设计了一个圈套。他在鹿特丹认识了他,通过其他四个孩子的帮助,他们把他吊在了通风管道中直到他承认了一些谋杀行为。他们把他扔在那里,把录音带交给教官,然后告诉他们他的所在。他是——阿喀琉斯。

在安德的死党中唯一那天曾和豆子在一起的人是"疯小子"汤姆。豆子从来没有谈起过,也没有人问起。这给豆子笼罩了一层神秘感,他来自一个黑暗、恐怖、出产阿喀琉斯这样的变态的地方。他们中甚至没有人期望能在精神病院或者监狱以外的地方找到阿喀琉斯,但是在这里,在俄罗斯,他正指挥着千军万马,而佩特拉和他的伙伴们却是他的阶下囚。

当阿喀琉斯研究监控录像的时候，可能会发现"疯小子"汤姆就是那些侧影中的一个。在他讲故事的时候，他们脸上无疑都显现出恍然大悟的神情。佩特拉不知道这意味着什么，但是她知道绝没好事。只有一点是确定的——她不能让"疯小子"汤姆一个人承担后果。

"我们都知道你是谁，"佩特拉说，"你是阿喀琉斯。豆子说出来了，没有人留下你在那等死，他们把你留给教官了，好让他们拘捕你把你遣返回地球，无疑你是被送到精神病院去了，豆子甚至给我们看过你的照片。要是谁认出你来，一定是因为那张照片。"

阿喀琉斯冷笑地面对佩特拉的陈述，说道："豆子是永远不会说那个故事的，而且他永远不会展示我的照片。"

"那你就不了解豆子了。"佩特拉说。她希望那些曾经从"疯小子"汤姆那里听过这个故事的人知道那对汤姆很危险，说不定性命难保，因为这个浑蛋正握着扳机。豆子不在这里，把他当作消息来源也能说得通。

"好吧，你们果然是一丘之貉。"阿喀琉斯扬起眉毛说，"互相通气，搞些小动作，你们拿我当白痴吗？你们以为在我出现在这里之前你们的小伎俩都得逞了吗？"

如果是平时，佩特拉绝对会针锋相对，但是当前的形势让她也很难自圆其说。"你分化我们，好让我们归降于你？"她说，"多可笑啊——在安德的心腹团队中谁也不是局外人，这里唯一的局外人反而就是你。"

实际上，虽然出于各种原因，她觉得卡恩·卡比、小沈、威列德还有"苍蝇"莫洛等人感觉更像是局外人，但她却用慷慨激昂的应对方式把大家都拢到同一条战线上。

"因此你考虑打散我们，然后各个击破。"佩特拉说，"别痴心妄想了，阿喀琉斯，在你出手之前我就看穿了你的小算盘。"

"你没法伤及我的自尊的，"阿喀琉斯说，"因为我压根就没有自尊心。我只关心如何把人类聚集在一个轴心之下。俄罗斯很了不起，它的人民拥有强烈的欲望来铸就它走得更远。你们被带到这里是因为你们中的某些人会选择在这里抛头颅洒热血。如果我们认为你是称职的，我们就会邀请你加入我们。你们中的其他人，我们会把他们囚禁到战争结束。真正的失败者会被我们送回家，希望你们的政府足够给我们搔痒。"他哈哈大笑，"好啦，别这么一副坚贞不屈的样子。你们知道自己回家非得疯了不可。你们压根不认识那些人，离开他们的时候你们还是用指头揩屁股的小屁孩呢。他们了解你们什么？你们又了解他们什么？他们让你们离开。我，我从来不曾拥有家庭，战斗学校只意味着一日三餐。但是对你们来说，他们剥夺了一切。你们什么也不欠，你们拥有自己的头脑、自己的天才，你们被打上伟大的标签，你们为他们打赢了虫族，然后他们把你们送回家好让父母继续抚养你们？"

静得像水一样的沉默。佩特拉确信孩子们跟她一样对他的喋喋不休不屑一顾。他没做到知己知彼，无法分化孩子们。这意味着他从来没有赢得孩子们对他的忠诚。因为孩子们都对这货了如指掌，谁也不喜欢被别人左右自己的意志。

阿喀琉斯明白了。佩特拉从他那怒火中烧的眼睛里看了出来，他意识到孩子们除了蔑视没有任何想法。

至少他能够洞察到她的蔑视，因为他瞄准了她，走近了几步，笑容更加伪善了。

"佩特拉，多高兴能够见到你，"他说，"这是个太好斗的女孩，他们必须检查你的 DNA 来确定你其实是一个男孩。"

佩特拉感到脸上血色全无。没有人应该知道那个的，那是在地面学校进行的精神测试,他们问了太多的白痴问题,还把她的鄙视当成官能障碍的症状。这事连档案里都不该有,但是显然在某处留下了记录。当然,那是阿喀琉斯耍的一个鬼把戏:他无所不知,无所不晓。而且顺带着,会让其他人奇怪于她竟然有那么的刁蛮。

"你们有八个人。只有两个人会错过这场辉煌的胜利。安德,他很棒,天才,圣杯的保护者①——他出发去某处寻找殖民地了。他到达的时候我们都该到了知天命的年纪,但他还是一个小鬼头。我们要去书写历史,但他已经是历史了。"阿喀琉斯一边说着双关语一边笑。

但是佩特拉知道嘲笑安德可不受这个队伍欢迎。阿喀琉斯无疑假定他们八个是失败者,是亚军,觊觎安德的职位却不得不在一旁看着。他以为他们都为嫉妒所煎熬——因为这对他来说比生吞活剥还难受。但是他错了,他完全不了解这些孩子。他们想念安德,他们是安德的军团。这个畜生以为自己能像安德那样把他们铸造成一个团队。

"还有豆子,"阿喀琉斯继续说,"你们中最年轻的一个,他的成绩让你们看上去都是半调子,他能教你们怎么指挥军队——不过你们大概都听不懂他的话。他真是个天才。他会在哪呢?有谁想念他吗?"

没有人回答。这次不同,佩特拉知道沉默中暗涌着不同的情绪。有些人对豆子有怨气,倒不是因为他的聪明耀眼,至少没人承认为此恨他,使他们恼怒的是豆子总是一副比谁都明白的样子。在安德到达艾洛斯的那段尴尬时期里,豆子代理军团的指挥官,对于一些人来说听从最年少者的指挥很难堪。所以阿喀琉斯这次是正中要害。

只可惜没人自豪于这些情绪,谁也不会对阿喀琉斯有好感。当然,可能他就是想煽动这些羞愧的情绪。阿喀琉斯也许比他们想象得更高明。

也不一定。试图游说这群军事天才,他也太不着调了,他想取得

---

① 这里用亚瑟王和圣杯的故事来比喻。

希望中的尊重，还不如穿上小丑服去扔注水球。

"啊，是的，豆子，"阿喀琉斯说，"我很遗憾地通知你们他已经上西天了。"

这显然对"疯小子"汤姆来说太过分了，他打了个哈欠，然后戏谑道："谁信啊！"

阿喀琉斯得意洋洋道："关于这一点，你觉得你比我知道得更多吗？"

"我们能够上网，"小沈说，"我们会知道的。"

"从十点你们就离开了你们的小型电脑了，你们怎么知道当你们呼呼大睡的时候发生了什么？"阿喀琉斯盯着他的手表，"哦哈！豆子现在还活着。大概还能活上一刻钟吧。然后……嗖！一个美妙的小火箭直接冲着他的小卧室过去把小床上的他炸飞。我们甚至不用从希腊军方购买他的地址，我们在那边的朋友免费给我们提供了这一消息。"

佩特拉的心凉了。如果阿喀琉斯可以为他们安排绑架，他当然可以安排谋杀豆子。死要见尸总比活要见人更容易。

豆子已经注意到飞龙里面的信息了吗？解码了吗？追踪信息了吗？如果他死了的话，就没有别人可以做了。

豆子的死讯让她首先想到的是自己，立刻让她感到惭愧。但这不意味她对豆子漠不关心。只是她如此信任他，把全部的希望都寄托在他身上。如果他死了，那些希望也就随他一道化为乌有。

大声说出这些想法，当然很不合适，但是思绪总是如同滔滔江水一般汹涌而至。

也许阿喀琉斯在说谎。或者豆子早已逃离虎口。也许他已经破解出了这个信息。也许他没有。佩特拉根本无法改变结果。

"怎么，没有眼泪啊？"阿喀琉斯说，"我以为你们都是非常亲密的朋友。我猜那不过是些英雄的宣传罢了。"他味味地笑着,"很好,我现在要处置你们了。"他转向门口的士兵道,"旅行时间到了。"

士兵离开了。孩子们听到几个俄语单词,立刻有十六个士兵进来,两个人对着一个孩子。

"你们现在要被分开了,"阿喀琉斯说,"别妄想救援,互发邮件,我们希望你们继续创造未来。无论如何你们个个都是小诸葛,我们为你们骄傲,非常期待不久的将来能够看到你们的杰作。"

其中一个小孩大声地放了一个响屁。

阿喀琉斯只是笑笑,对佩特拉眨眨眼,然后离开了。

十分钟之后,孩子们登上不同的车辆,被送到未知的所在,这个地球表面上最幅员辽阔的国家的某个犄角旮旯。

第二幕 联手

密匙

收件人：Graff%pilgrimage@colmin.gov

发件人：Konstan%Briseis@helstrat.gov

主题：泄密

　　你真是神机妙算，我写亲笔信向你致敬。我当初反对你从我们的层层保护伞下带走小豆子朱利安·德尔菲奇。但当今天得知他原本藏匿的公寓遭受到导弹的袭击，两个士兵殉职的噩耗消息之时，我才意识到我险些铸成大错。我们向公众宣布了朱利安在袭击中身亡，这也是你的主意。昨夜，朱利安的卧室正是袭击的目标。如果不是士兵住在那里冒充他的话，他早就在袭击中尸骨无存了。很明显我们的系统被深深地渗透了。现在，我们谁也不能信任。你的出手恰到好处，我很后悔我后知后觉。我对希腊军方的信任蒙蔽了我的判断。毕竟，你知道我很少说通用语，我和我希腊的朋友间的交流没有任何欺诈。是由于你，而不是我，伟大的国家资源才没有被破坏。

　　如果豆子必须雪藏起来的话，阿拉拉夸拉①就是最糟糕的落脚之地。这个城市的名字来源于一种怪鹦鹉，整个城市犹如一座破古董，有卵石残街和老旧建筑。几间东倒西歪屋，一群南腔北调人。没有神采的教堂竟然是在二十世纪里建成的。不过这里如同世外桃源，想引起注意没那么容易，这就是巴西。人们在里贝朗普雷图②这个欠发达城市的

---

① 阿拉拉夸拉是位于巴西东部圣保罗州的一座中型城市。由于该地气候炎热，因此阿拉拉夸拉又被称为"太阳之家"。
② 里贝朗普雷图同样位于巴西的圣保罗州，建在帕尔多河支流普雷图河畔，是个小型城市，周围盛产咖啡和谷物等。

郊区种植了形形色色的植物,它们一直穿过了阿拉拉夸拉。住在这里的人们大都佩戴翻译器,这些天,豆子在街上能够听到的通用语和葡萄牙语几乎平分秋色。在这里反倒有种回家的感觉,在他的希腊老家他却没有这种感觉。阿拉拉夸拉是充斥着欧洲情调和希腊风韵之地。

"别在这里找恋家的感觉,"卡萝塔修女说,"我们如同候鸟,这只是我们迁徙途中的一站。"

"阿喀琉斯是魔鬼,"豆子说,"而不是上帝。他的触角不会遍布世界。如果没有留下蛛丝马迹,他就不可能找到我们。"

"他的黑手没法波及每个角落,"卡萝塔修女说,"我们就在这里。"

"他对我们的憎恨会蒙蔽他的双眼。"豆子说。

"他的恐惧会让他得到不同寻常的警告。"

豆子咧嘴笑了,他们俩习以为常地嬉笑怒骂着:"把其他孩子带走的人不可能是阿喀琉斯的。"

"不会是地心引力把我们聚在地球上的,"卡萝塔修女说,"但是肯定是物以类聚,人以群分。"

然后她也咧嘴笑了。

卡萝塔修女是一个很好的旅伴,她有幽默感,俩人不会互爆冷笑话。但最重要一点的是,她还可以连续几个钟头地静如池水,只是在关注她自己的事情,他那时也可专心做他自己的事。如果他们发觉自己谈论的话题可能会暴露自身,他们就会用一种暗语来讨论,这样当他们不得不谈论自己的时候,旁人也听不出个所以然来。这并不意味着他心心相印,只是因为他们的生活环环相扣,他们都被迫断绝了和朋友以及家人的联系,生命受到相同的敌人的威胁。他们没有讨论其他的人,因为他们都知道身边没有可以依靠的对象。没有讨论,是因为他们没有能力顾及其他:尝试去推算其他的孩子都被藏在哪里,试图去确定阿喀琉斯正在为哪个国家服务（无疑那个国家会重用他），并且试图了解并掌握世界的局势，然后试图力挽狂澜，把历史进程调整并引向光明的彼岸。

至少，那是卡萝塔修女的目标，豆子很乐意加入其中，未来真是瞬息万变。

他有一次和卡萝塔修女谈到这种情况，她只是微笑。"你真的不关心你自己以外的世界吗？"她问，"或者也包括你自己在内的整个未来呢？"

"为什么我要关心那些无法插手的事情呢？特别是在我根本不感兴趣的情况下。"

"因为，如果你不关心你自己的未来，你就不必在意你是否能够活着看到它，那你就不必干一些无意义的事情让你活下去。"

"我是一个动物，"豆子说，"上述那些事先撇开不谈，我还是要尽力让自己活得更久一些。"

"你是蒙神恩的孩子，因此你关心神的孩子们都发生了什么，无论你自己是不是这样承认。"

让他困扰的并不是她的伶牙俐齿的回答，因为他也这么想过——实际上，他确实被她的话触动了，无疑地（他告诉自己）是因为他喜欢这种安心，如果有上帝的话，那么豆子对他是有意义的。不，让他困扰的是从她脸上瞬间掠过的黑暗。一个飞逝的符号，几乎不能显示出来，他没有注意到的是，他根本就没有如此地好好看过她的脸，而且她的脸是那样的阴云密布。

我说的什么话能让她脸色如此，而且现在她想要对我隐瞒的也是一个悲哀的东西。我说什么了？我是个哺乳动物？她已经习惯了我对她的宗教的嘲弄。我也许不想永远活下去？也许她担心我会早早夭折吧。我说要试着活到永远而不考虑我是不是愿意吗？也许她害怕我会年纪轻轻就死掉。好吧,那就是为什么他们都在阿拉拉夸拉的原因了——要保护他免于早逝。还有她,就那件事情来说是一样的。他没有疑惑了,如果有枪瞄准他,她肯定会跳到他前面为他挡子弹的。他不明白这是为什么。他不可能对她或者任何人做出同样的事情。他会试图去警告她,或者把她推开,或者干扰射手,无论他做什么都会让他们两个有合理的机会获救。但是他不会为了拯救她而主动去死的。

这是妇人之心。或者,也许那是大人为孩子做的事情。付出自己的生命来拯救下一代。衡量你自己的生存,最后决定你的生命对于拯救他人来说你自己留着毫无用处。豆子不能明白为什么他们会有那种想法,会是那种没有理性的行尸走肉接管了他们的灵魂,才令他们做出拯救他人的举动吗?豆子从来没有试图去抑制自己的生存本能,但是即使在他尝试的时候他也在怀疑。但是接下来,也许年长的人们更愿意去放弃他们的生命,他们在生活中耗尽了青春。当然,父母为了保护他们的孩子而牺牲自己是有道理的,特别是在父母已经年老不能再生孩子的时候。但是卡萝塔修女膝下无子,而且豆子不值得让她付出生命,使她会跳出去为一个陌生人挡住致命的一枪,她尊重其他人的生命甚于她自己的生命。从这点来说他和她真不是一路人。

活着能有很多种形式,但是对我自己来说,那是唯一,它指挥了我的所作所为。和安德相比,我有意派遣部下去当炮灰的时候,曾有过那么一丝内疚,深感悲伤。但是,是我送走了他们,而且他们也去了。炮灰被安放在他们的岗位上,他们做了应当做的事情,是服从命令吗?以死去拯救未知的下一代人,下一代人甚至不会知道他们的名字,值得吗?

豆子陷入了自我怀疑中。

人人为我,我为人人。与安德的死党们为伍同虫族作战,粉身碎骨全不怕,因为那是在拯救包括豆子在内的全人类的性命。但人类还有内部矛盾,他是那个名叫阿喀琉斯的人的眼中钉,肉中刺,豆子被迫自卫反击,置之死地而后生,破釜沉舟地得到了对付虫族的力量。对阿喀琉斯的憎恨使得他历练成为一名军事天才,全人类也许应该感谢阿喀琉斯的所作所为。虽然他现在这样想着,当人们给予他英雄的呼喊时他没有忘掉自己的双手也沾满了鲜血。他的前辈柏拉图,他的行为已经让他的名誉起起落落很多次了。虽然,绝大多数的暗杀被历史轻视了,那也许是因为暗杀目标都是些微不足道的人。①暗杀一个怪才惊天动地,而且那怪才也不是个等闲之辈,因此,暗杀的成败即是一切皆有可能。

当他试图去和卡萝塔修女讨论这个话题的时候,他简直是无路可走了。

"道不同不相为谋。我不会支持你去暗杀阿喀琉斯那小子。"

"你不认为那是自我防卫吗?"豆子说,"这算是什么啊,最典型的庸俗片段,如果坏蛋不掏枪的话,英雄就永远不会主动干掉那个坏蛋吗?"

"这是上帝告诫我的,"卡萝塔说,"爱你的敌人,对那些恨你的人,你也要对他们好。"

"好的,那我们满世界逃跑干什么? 我们最好在网络上给阿喀琉斯留下地址,等着他派人来处决我们吧。"

"别那么荒谬了,"卡萝塔说,"上帝说要善待你的敌人。对阿喀琉

---

① 柏拉图晚年曾经在其学园人的支持下,积极从事以武力推翻叙拉古的狄奥尼修二世的活动。他的学生狄翁率领雇佣军突袭叙拉古并夺取了其政权。但作为柏拉图的忠实信徒,狄翁既不能采取僭主政制又不能采取民主政制,只能是所谓贵族政制,政权落在以他为首的少数人手里,他自己成为"全权将军"。后来又同和他一起反对狄奥尼修二世的赫拉克勒德发生矛盾,经济上又迫于财政困难而征收重税,这样便丧失了民众的支持,最后在其学园的朋友卡利普策划的阴谋中被暗杀。

斯来说,找到我们对他并不是一件好事,因为他会杀掉我们,而且会在上帝的裁决之前让我们血流成河。我们为阿喀琉斯留下最好的财富就是避开他。而且如果我们爱他的话,我们该阻止他在我们还有一口气的时候统治全世界,因为那才是最罪恶的事。"

"我们为什么不去爱芸芸众生呢?他们将在阿喀琉斯计划发动的世界大战中死去。"

"我们确实爱他们,"卡萝塔说,"但是你绝对是庸人自扰之,绝大多数人都不肯去了解上帝为他们描绘的前景。你坚持认为死亡就是对一个人来说最糟糕的事情了,但对上帝来说,死亡只意味着你提前一阵回家罢了。上帝觉得,人生最可怕的结果是人们拒绝上帝提供的愉悦而去拥抱邪恶。所以对数以千计将在战争中逝去的生命来说,个别人生的悲惨是因为他们沉溺于邪恶酿造的苦酒中而不能自拔。"

"那你为什么要费劲巴拉地让我活下去呢?"豆子问。他觉得他接近答案了。

"你希望我说什么来削弱我的论点,"卡萝塔说,"就像告诉你我也是个有血有肉的人,因此我爱你所以我不希望你死去。那是事实,我没有子嗣,但是你就如同我所可能拥有的孩子一样,而且如果你死在那个灵魂扭曲的坏男孩手里的话,我的灵魂也会受到伤害。实际上,朱利安·德尔菲奇,我如此努力要拯救你生命的原因是,如果你今天就死去,你也许会去地狱的。"

令豆子不可思议的是,他被这话戳伤了。他了解卡萝塔修女清楚此话一出的结果,这话真的伤人不浅。"我不会后悔,没受过洗礼,因为我来自地狱,死亡使者将至的时候,我无所畏惧。"他说。

"毫无意义。我们对教义的理解都不完美,而且无论神父是怎么说的,我不会相信上帝会永远谴责几十亿被他允许出生和死亡却没有选择被洗礼的孩子们的。不,我认为你会去地狱的原因是,无论你有多么聪明,你仍然丝毫不考虑道德的问题。我最诚挚地祈祷,在你临终之前能够了解有超越生存的更高礼法的终极事业。当你和这样的事业合二为一的时候,我亲爱的孩子,那时我就不会害怕你的死亡了,因为我知道那仅仅是上帝原谅了你,原谅你由于疏忽而没有在活着的时候认识到基督教的事实。"

"天哪!"豆子说,"你的那些教条是不会通过任何神父检查的。"

"他们甚至不查我,"卡萝塔修女说,"一个灵魂承载着两条路条—— 一条是世俗的;另一条是本本主义的。我只不过是那些能明辨是非中的其一罢了。而你,我的孩子,你不是。"

"因为我不会相信任何教义。"

"至于那个,"卡萝塔修女用一种夸张的装模作样的姿态说,"实际上不能推翻我的论断。你太自信了,以至于你只相信自己相信的东西,那让你对你不相信的东西持有完全视而不见的态度。"

"你生错年代了,"豆子说,"你能够让托马斯·阿奎那①怒发冲冠。尼采②和德里达③谴责你妖言惑众。只有宗教裁判所会知道如何对付你——他们会让你遭受火刑的惩处。"

"不要告诉我你实际上读过尼采和德里达或者阿奎那的作品,至

---

① 托马斯·阿奎那,中世纪意大利的哲学家和神学家。他不关心动物的福利,认为动物的存在就是为了人类的利益。在他看来,动物是没有思考能力的,也没有灵魂,因此比人类低级,上帝创造动物是为了可让人类利用。他称宇宙万物都是有等级的,上帝位于等级的最顶层,高于一切,所有低等级都是为了服务高等级而存在的,由于人类的等级比动物高,因此,动物是为人类服务的。

② 弗里德里希·威廉·尼采,德国著名哲学家,西方现代哲学的开创者,同时也是卓越的诗人和散文家。他最早开始批判西方现代社会,然而他的学说在他的时代却没有引起人们重视,直到二十世纪,才激起深远的调门各异的回声。后来的生命哲学、存在主义、弗洛伊德主义、后现代主义,都以各自的形式回应尼采的哲学思想。

③ 雅克·德里达,当代法国哲学家、符号学家、文艺理论家和美学家,解构主义思潮创始人。德里达以其"去中心"观念,反对西方哲学史上自柏拉图以来的"逻各斯中心主义"传统,认为文本(作品)是分延的,永远在散播,他的批判矛头直指结构主义语言学理论。

少是一点点。”

"你不需要直到把所有大粪都吃掉才知道那不是螃蟹或蛋糕。"

"你是个傲慢到无可救药的男孩。"

"但是卡萝塔，我不是一个真正的孩子。"

"你当然不是一个木偶，无论如何，也不是我的木偶。出去玩好了，我很忙。"

然而，让他到外面去并不是惩罚，卡萝塔修女知道的。从他们把小型电脑连接到互联网上开始，他们都把每天的大部分时间宅在了屋里，以便搜集信息。卡萝塔，她的 ID 身份被梵蒂冈总机的防火墙保护着，能够继续使用她全部的旧有联系，因而能够有权限得到她最好的数据源，只需要小心避免说出她在哪里甚至包括她所在的时区就 OK。然而豆子，必须从头建立一个新的身份，藏在双倍的专门攻击匿名者的邮件系统的死角里，他甚至不能保持用一个身份超过一个星期。他还没有形成关系网，于是就无法扩展信息来源。当他需要获得某个特定信息的时候，他必须请求卡萝塔修女来帮助他找到，然后她必须决定那是不是她能够合法询问的，或者那是不是会给人一个线索，告诉别人豆子和她在一起。绝大多数时候她的决定是她不敢去询问。因此豆子在他的研究上有很大的缺陷。即使如此，他们还是尽可能地分享他们的信息，而且抛开他的不利因素，他还有一个有利条件——关注他的数据的思想就是他自己。这种思想使他在战斗学校的测试中取得了比其他人都要高的成绩。

不幸的是，事实上没有人关心那些证明。豆子也不想把这些思想展示给他人，因为那样就会有人想努力把这些思想找出来。

在豆子起身出门之前，他也只能花时间去体会挫折了。然而，只是那样并不能让他离开工作。"思潮是赞同我的。"第二天，他流着汗告诉卡萝塔修女，他要去淋浴，这已经是从他醒来到现在的第三次了。"我生来就是要活在高温高湿里面的。"

开始,她坚持要和他一起到任何地方去。但是几天以后,发现只要告诉他怎么去做就行了。首先,他看上去已经够大了,不用由他的老祖母陪他去要去的所有地方了——"卡萝塔第八",他那样叫她,那是他们的表面故事。其次,既然她没有武器也没有防御的技术,所以她无论如何也保护不了他。第三,他是那种知道如何在卑劣的街头上生存的人,即使阿拉拉夸拉与他更早以前待过的鹿特丹一样危机四伏,他也能仅靠条件反射在自己的脑子里勾勒出一百条不同的逃生路径和隐藏的地方。当卡萝塔修女意识到对他的保护只是相对时,且他不试图做非量力而行的事,她妥协了,并且允许他单独外出,只要他能够尽量保证不让自己引人注意就行。

"我不能阻止人们不去观察外国小孩。"

"你看上去不那么像外国人,"她说,"在这里,地中海地区体型的人随处可见。只要你尽量少言寡语,使自己融入大家,但也别让他人看上去觉得你太慌张即可。不过,这些可以视为你教给我避免吸引他人注意的方法哦。"

这就是他们抵达巴西后的一周,他仍逗留在这里的原因。顺着阿拉拉夸拉的街道行走,他疑惑着到底是什么重要的原因让他的生命在卡萝塔的眼里这么有价值。放开她所有的信仰不论,信仰是她的,而不是上帝的,那看上去可能值得去努力探求,只要那不妨碍他在这里活下去就行。阿喀琉斯还会留意他吗?值得千方百计来杀他吗?或者做更可怕的事?

在阿拉拉夸拉周围的小山顶上,盘踞着一家东瀛风味的甜品商店。这个东瀛后裔家庭在这里已经经营几个世纪了,他们的招牌也如实地向人们展现着商店经历过的漫长历史,据卡萝塔的说法,豆子在这里感到前所未有的愉悦。因为这个有创意的家庭,他们发明的加香料的冷点是用锥型或杯型的容器来吃,那种美好的感觉一直贯穿了每个食客的生命。如此曼妙,其他烦恼岂不微不足道?豆子接二连三地去那里,因为他们的配方实在是妙不可言,而且当他烦恼到希望时间能静止之时,花一点光阴沉浸在甜蜜和细致幽雅的滋味中,感觉那美味的甜品在他们的口中融化时,他就飘飘欲仙了。这个家庭提供了一些货真价实的好东西,而且人们的生活由于他们的贡献而变得更加美好。那不会是青史留名的高贵因素,但是那一样也不是一无是处。人们究其一生为一个终极目标奋斗其实也是很悲催的事。

豆子甚至不能确定给自己那样一个目标意味着什么,那会意味着把自己的思考成果交给其他的人吗?这是个多么荒谬的主意啊!最大的可能性是地球上根本没有人比他更聪明了,可是那并不意味着他对已知的错误无能为力,而是说明他必须做个傻子对世事不闻不问,让一群庸才祸害世界。

为什么他要把时间浪费在卡萝塔为之热衷的生活哲学上呢?无疑那是他错误之一,在他的精神力中重要的人类感性压制了暴虐的残忍,令他懊恼的是,那有时会束缚了他的思考。

甜点杯子已经空了,很明显,他根本没有注意就已经把它吃完了。他希望他的口腔已经享受到了它的全部味道,因为在思考他的想法的时候,他已经条件反射般地惯性吃过了。

豆子丢掉了杯子继续走他的路。一个人骑着单车从他身边过去,豆子看到那个骑单车的人经过铺有卵石的路面时颠簸得摇摆晃动着。豆子想,那就是人类的生活了,他们就在我们身边匆匆而过而我们却从没有留意到。

他们的晚餐是在一个名为彭萨的公共大食堂吃的,有豆类、米饭和多筋的牛肉。他和卡萝塔一起吃饭,缄默不语,听着其他人的交谈和银器碰到盘子时发出的响声。他们之间的任何对话无疑都会泄露天机并引起他人的注意。就如同，为什么那个带着孙子的女人说起话来像是一个修女？为什么看上去只有六岁大的孩子却有哲学教授的谈吐呢？因此他们沉默地用餐，只谈了几句天气。

用过晚餐后，他们和平常一样各自登录上互联网检查他们的邮件。卡萝塔的邮件都很有意思，也都是真正意义的邮件。而无论如何，本星期所有和豆子联系过的人，都认为他是一个叫作莱蒂的正在为了写论文而找材料的女人，但是她没有时间过私人生活所以她很痛快地拒绝任何友好的和私人会面的请求。但是迄今为止，还没有办法在任何国家的行动中找到标有阿喀琉斯的署名。豆子想，绝大多数国家完全没有能力在那么短的时间内安排绑架安德的死党们，哪些大国有这么大胆呢？谁会这么有侵略性或者敢公然蔑视《国际法》呢？巴西也算是个大国，完全可以独自操刀实施秘密绑架行动。豆子以前在虫族战争中的战友们也许就可能被关押在阿拉拉夸拉的某地，他们可能在清早时分被负责装载东瀛风味甜品商店的垃圾车走过的碌碌声所吵醒。而垃圾车里面的某个甜点杯，就是豆子丢弃的。

"我真不明白人们为什么传播这些信息。"卡萝塔说。

"什么信息？"豆子问，他利用这个时段离开电脑屏歇会眼睛。

"哦，关于龙的图片，好像全世界都迷信龙。还有超过一打的不同的龙变种，真是龙生九子各有所好。"

"哦，"豆子说，"他们无处不在，我只是不再去注意他们。无论如何，为什么是龙呢？"

"我找到了一个最老的版本。至少这是我头一个看到的，还附有一首小诗，"卡萝塔说，"如果但丁现在还在写作的话，我确信在他的'地狱'①里一定给这些诗者一席之地的。"

---

① 地狱，指的是但丁的传世长诗《神曲》中的《地狱篇》。

"什么诗？"

"'心中有鸿儒，'"卡萝塔开始背诵，"'飞龙身上涂。永结兄弟会，美好在结束。'"

"哦，是的，龙总是能带来福祉。但这首诗里面到底说的是什么意思呢？"卡萝塔嗤笑着。

在堆积如山的信件中，豆子继续见缝插针地和卡萝塔谈话："龙并不总是幸运的。在战斗学校中，他们曾经解散了飞龙战队。直到安德把这支队伍重建，给安德这支队伍的'番号'是因为那很晦气……"

这时，一个想法突然划过了豆子的脑海，虽然短暂，但是却把他从了无生息的昏沉中唤醒过来。

"把那图片传给我。"

"我敢打赌你可以在一大把信件中找到它。"

"我不想去找，把那个送我吧！"

"你还是用莱蒂那个小号吗？那个账号你不会用了一两个星期了吧？"

"才五天而已。"

信息传送到他那里花了几分钟的时间，但是一旦进入了他的邮箱，他便靠紧屏幕死盯着这张图片。

"为什么你对这个如此感兴趣呢？"卡萝塔问。

他抬头往上看，两人目光对视。

"我不知道。为什么你要把注意力放在我的动机上呢？"他对她笑着，露出了牙齿。

"因为你认为它有用。我也许在绝大多数事情上不如你那么聪明，但是关于你本身，我可比你聪明多了。当你刚一算计我就知道了。"

"在龙图片旁边的词语是'结束'[①],'结束'是多么唐突的结语,为什么那个人不写'美好会来到'或者'美好一辈子'或者其他什么的呢? 为什么用'美好在结束'呢? "

"为什么不呢? "

"'结束','终结者','安德'。安德的团队是飞龙战队。"

"现在看上去,有一点强词夺理了。"

"看看画面,"豆子说,"就在中间,那个如此复杂的位图中有一条线已经损坏了,那些点根本不能连成线,混乱不堪。"

"那对我来说就和噪音波纹一样。"

"如果你正被人俘虏但是你有用计算机的权限,不过你寄出的每一封信件都被仔细检查,那你怎么才能送出一个 SOS 呢? "豆子问。

"SOS? "

"我还不太肯定这个判断。但是既然已经发现了这一点,那就值得注意,你不这么认为吗? "

到现在豆子已经把龙的图片粘贴到了一个图形程序里面, 正在研究那条线的像素。"没错,好乱的一条线。除了这条线,整个图片的其余部分还是十分完整的。"

"那就看看它是什么,"卡萝塔说,"你是天才童子,我是傻修女。"

很快豆子就把那几条线分离到一个单独的文件中开始研究原始编码中的信息。看上去好像是单字节或者双字节的文本编码,毫无头绪,是句眼? 或者那种永远不能解出的加密信息。如果那是一种加密信息的话,那肯定是用某种密码编码的。

在接下去的几个钟头里,豆子编了一个程序来帮助他应付包含在这些线条里的数据。他尝试着用数学的方法重新拆解绘图的编码,

---

① "结束"的英文是"End","安德"的英文是"Ender",其意思是"终结者",在英语中属于同词根。

但是事实上他自己也会觉得不应该有那么复杂的。因为无论是什么人做出的，都应该是不借助计算机来辅助完成的。因此那肯定是一些简单的关系，为的是要通过一个草率的检查来掩人耳目而已。

因此他继续把编码用二进制文本的方式重新拆开，很快他就找到了一个看上去有希望的方案了。双字节文本编码，但是在每个特征点上都向右进行了移动，那样就可以和记忆中的实际的字节一致，用那种方式轮流交换。如果人们用通常观看程序的方式来看这个文件的话，真正的文本特征是永远不会出现的。

当他在一行上使用此法按图索骥的时候，它只显示出了文本的特点，那不是可以偶然发生的事情。但是从另一行看上去就是随机的，应该是个烟幕弹。

因此他放开另一条线条，放弃这个毫无意义的线索。

"我找到了，"他说，"那就是一个信息。"

"说的是什么？"

"我一点概念也没有。"

卡萝塔站起来从他的肩膀上面看过去。"那甚至不是语言，那不能分成单词。"

"不过这个可是经过深思熟虑过的，"豆子说，"如果可以分出单词的话，那看上去是一个信息了，而且会被编译出来。任何一个业余者都可以通过检查字长和特定字母的出现频率很容易解开语言的编码。同样，你寻找的字母的编组可能就是'A'和'The'还有'And'等类似的文字。"

"你甚至不知道那是用什么语言来写的。"

"不，如果在一般情况下会有限制，但本次的发信人知道他们在给一个不知道密匙的人发送信息。重新编码很困难，所以这就意味着解密将是'很简单'。"

"到底是简单还是困难呢？"

"对我简单，对别人难。"

"哦，现在看来，你觉得这是为你写的喽？"

"安德、龙。我在战斗学校中与众不同，我又是飞龙战队中的一员。而且被囚禁的朋友们还能给谁写呢？我在外面，他们在里面。他们都应该知道除了我以外大家都在里面了，我是他们认识的唯一的一个能不需要提示就找到密匙的人。"

"怎么？你有很私人的密码钥匙吗？"

"实际上没有，但是我有别人没有的经验，战斗学校的俚语啦，还有一些类似的其他东东，你会看到的。当我把它拆解开的时候，那就会是信息，因为我能够辨认出一些词汇而其他任何人都不行。"

"那就应该是他们发出来的。"

"是的，"豆子说，"这就是我在做的事情，把单词挑出来。这个图片就像个病毒一样。无孔不入并且把自身的编码复制到上百万的地方，但是没有人意识到那是个编码，因为那看上去会被大家视为习以为常的东西。这成就了一种时尚而不是信息。但对我除外。"

"你几乎把我说服了。"卡萝塔说。

"我会在睡觉以前把它拆解出来的。"

"你太小了不能喝那么多咖啡，那会让你得动脉瘤的。"

她回去看她自己的邮件去了。

既然那些单词不能被区分出来，豆子必须寻找出其他的可能泄露天机的东西了。没有明显的两个字母或者三个字母的重复方式可以帮他直捣黄龙。按照他的经验，如果他要构造那样一个信息的话，他一定会省略所有可能用到的冠词、连词、介词和代名词。不仅如此，大部分的单词也可能会被故意地拼错，以避免出现重复的情况。但是有些单词会保证百分之百的正确，但是也会被故意地设计成对那些不了解战斗学校的典故的人所不能理解的形式。

　　只有两个地方使用了明显的、两个的、重复的字母,每条线上一个。那也许就是因为一个单词的结束和另一个单词的开始的字母正好是一样的,但是豆子对此感到怀疑,这个信息里面不可能留有任何偶然成分的。因此他编了一个小程序,那会找到所有两个相同的字母的单词,从"aa"开始,让他看看到底围绕着这些字母可能会看到些什么,是不是有什么对他来说似是而非的东西。而且他也开始处理有两个相同字母的线了,因为那部分已然表现出另一种形式,是一个"1221"的模式。

　　用不了多少工夫,像"xdd"和"pffp"这样的组合就明显地失败了,但是他必须去研究所有不同形式组合,有"abba"、"adda"、"deed"还有"effe",好看看他们在这个信息中意味着什么。有些看上去有希望,他会保存下来供以后分析。

　　"为什么现在用希腊语啊?"卡萝塔问。

　　她又把头放在他的肩膀上面观看。他甚至没有听到她起身走到他身后的声音。

　　"我将原始信息转化为希腊文,我就不会因为读到还没有解码的单字而变得心烦意乱了。我还把一部分转化为罗马字来表示。"

　　就在此时,他的程序显示出了一个单字组合"iggi"。

　　"Piggies(小猪)。"卡萝塔修女说。

　　"也许是,但是那对我毫无意义。"他开始飞速翻阅字典寻找和"iggi"这个组合匹配的单词,但是没有比"Peggies"这个单词更好的组合了。

　　"那必须是一个词汇吗?"卡萝塔说。

　　"是的,如果那是一个数字的话,那这就是条死路了。"豆子说。

　　"不是这个意思,为什么不能是名字呢?"

豆子立刻就明白了。"我有多妄自菲薄啊！"他把字母 W 和 N 插到"iggi"前后的位置，然后展开所有信息来运算结果，让程序用连字号来代替还没有被揭开的字母。现在那两条线读出来是：

$$—-n——g—n—n—n—-i—n—-g$$
$$-n-n-wiggin-$$

"那和通常看上去的情况大相径庭，"卡萝塔说，"应该有更多的'i'的。"

"我猜测这个信息故意地扔掉了一些字母，特别是元音，所以成了现在这样一个怪相。"

"那么当你把它解码以后你该如何知道里面的意思呢？"

"当它给我感觉的时候。"

"该睡觉了。但我了解你，你不把问题解决完绝不躺下。"豆子似乎没有意识到卡萝塔修女已经离开了。他正忙于对另一组双字母的单词进行尝试解读。这次他的工作难上加难，因为在双字母的前后单词可以是不同的。那意味着要尝试更多的组合，而且除去字母 G、I、N 和 W 后并不能把过程加快很多。

再次，他保存了颇有些可读性的词汇——比以前要多——但是没有什么给他带来特殊的灵感直到他得到了"Jees"这个组合。那个单词在安德的最后一役中的同袍们曾多次提及。"Jeesh（心腹）"，会是那个吗？那明显会被用做成一个标志性的词汇。

$$h—n—jeesh-g—en—s-ns—n——si—n—-s—g$$
$$-n-n-wiggin——-$$

如果那二十七个单词都是准确无误的话，那么他就只剩下三十个单词要解决了。他揉了揉他的眼睛，叹了口气，然后开始下一轮的埋头苦干。

　　在午间，柳橙的味道唤醒了他。卡萝塔修女正在削一个麦克斯卡柳橙的皮。"人们走在大街上吃柳橙，然后把果肉吐到路边。因为果肉无法下咽，但是那果汁将是你这辈子中能够吃到的最好的橙汁了。"

　　豆子从床上下来，拿起了卡萝塔给他的那小片。她说的对，汁水果然不同凡响，她递给他一个碗把那些果皮吐出去。"很好的早餐。"豆子说。

　　"是午餐了，"她说。她举起一张纸来。"我看到它了，你认为这是一个解决方案吗？"

　　那是他在上床睡觉前打印出来的。

hlpndrjeeshtgdrenrusbnstun6rmysiz4ontrys-

btg

bnfndwigginptr

　　"哦，"豆子说，"那还不是最终的答案。"豆子把另一片麦克斯卡柳橙塞到嘴里，并用计算机拉开了那些赤裸裸的字母，调出了正确的文件打印出来。他递给卡萝塔，吐出果肉，然后从她的购物袋里面拿出新的麦克斯卡柳橙开始削皮。

　　"豆子，"她说，"我实在太平庸。只看出了'Help（帮助）'还有这个——'Ender（安德）'？"

　　豆子从她那里把纸拿过来。

hlp ndr jeesh tgdr en rus bns tun 6 rmy

siz 40 n try sbtg

bn fnd wiggin ptr

　　"元音尽可能地被丢掉了,而且还有一些拼写上的错误,但是头一行说的是,'求救,安德的心腹们都在俄罗斯——(Help.Ender's jeesh is together in Russia-)'"

　　"T-g-d-r 是'一起(Together)'？而且'in'用的是法语的拼写方式？"

　　"OK,"豆子说,"我想是的,这看上去非同寻常吧。"

　　他继续解释道:"下面的一部分困扰我很长时间,后来我意识到那个'6'和那个'40'都是数字。在此之前,我几乎找到了所有其他的字母。字母间是有关系的,但是连起来又令人费解。因此我想到了数字。应该说的是——'豆子的小分队序号是第六。(Bean's toon was 6.)'——那是因为安德把飞龙战队分成了五个小分队来代替通常编制中的四个,然后他又给了我一个特别的小分队,如果也加上,就是第六小分队了。

　　"不在战斗学校上学谁能够意识到这一点呢？而且只有我才知晓这个数字的深意。下一个数字。'战队的编制是四十人。(Army size 40.)'战斗学校里面的每个人都知道每支战队是由四十名士兵组成的。除非你把指挥官也加上去,那样的话那就是四十一了,不过这是抬杠,一个细节而已。"

　　"你是怎么知道的呢？"

　　"因为接下去的单词是'n'。指的是'北方'。这个信息告诉我们他们的位置。前面一句话说明他们知道自己被困在俄罗斯,而且我认为他们是通过阳光打在墙上留在背后的影子和具体日期,来推算出他们所在的大致的纬度。'6—4—0,N',北纬六十四度。"

"除非那意味着其他的东西。"

"不,信息的意思必须明了。"

"对你来说。"

"是的,对我来说。其余部分的意思是'消极怠工。(Try sabotage.)'我想其应该表达为无论俄罗斯要让他们干什么,他们也在装腔作势。这样他们就存活下来,但是实际上是在暗地里搞破坏。这简直太聪明了。格拉夫在赢得了虫族战争后又赢得了法庭斗争,暗示着他们最好公开,公开战斗学校的学员们是不会和任何敌人合作的,这样另一方就可以赢了。"

"但是俄罗斯没有和任何人开战啊。"

"俄罗斯,还有在联盟战争中周遭的新华沙条约的军队。必须记住的是,俄罗斯是在虫族入侵后以及建立国际舰队之前是最野心勃勃的国家。他们总觉得自己命途多舛,现在那些虫族已经作古,他们有理由积极地为先前的目标而奔波。他们不认为自己在作恶,他们认为他们是唯一一个有决心、有实力把整个世界组成大一统的国家。这是在行善。"

"人类总是做这样无谓的事。"

"不是总是。应该说是在将要发动战争的时候,你必须给你自己的人民如此一个信念,如为自卫而战,或者你们是在为赢得某种胜利而战,或者是为了拯救他人而战。俄罗斯人和全人类一样,在一呼百应中得到一个利己的买卖。"

"那下一行是什么?"

"'豆子,去找维京家的彼得。(Bean find Wiggin Peter.)'他们建议我去寻找安德的哥哥。他没有跟着安德和华伦蒂坐殖民飞船出发。而且他是一个隐藏在网络中以洛克身份掩护的玩家,我猜测他现在也在用德摩斯梯尼的身份招摇过市,因为华伦蒂已经离开了。"

"这全是你猜的?"

"我是通天晓,"豆子说,"安德的死党们有着敏锐的判断。阿喀琉斯只知道追杀我,并且俘获了除我之外的几乎所有的安德下属,但是他不知道安德有个哥哥,不关注他这个哥哥都做了什么'惊天动地'的伟业。但是你知我知,彼得·维京要不是因为有一点的性格缺陷就进战斗学校了。而且我们都很清楚,那个人格的缺陷也许恰恰能给他一个对抗阿喀琉斯的撒手锏。"

"从地球上蒙受苦难的芸芸众生来看,因为那个缺陷赐予彼得的胜利一点也不比阿喀琉斯的邪恶来得更高尚。"

"好吧,到我们找到彼得之前一切未可知,不是吗?"豆子说。

"为了找到他,豆子,你必须亮明身份。"

"是的,"豆子说,"那不是很刺激吗?"他夸张地扭动着身子,好像是一个被带到动物园去的小不点。

"你在拿命下赌注。"

"是你希望我找到一个目标的。"

"彼得·维京不是那个日标,他很危险。你没有从格拉夫那里听说他的事情吗?"

"反过来说,"豆子说,"你怎么认为我会被他带坏呢?"

"但是他和阿喀琉斯都是一路货色!"

"我知道在几个方面他优于阿喀琉斯。首先,他没有杀我们的动机。第二,他人脉广泛,能插手全世界的事物,虽然有些人知道他只是个毛头小子,但对绝大多数人来说他还藏在神秘面纱的背后。第三,他和阿喀琉斯一样野心勃勃,不过阿喀琉斯手上的牌够多,那是由一个世界上最精英指挥官组成的战队,但是彼得·维京只有一个人能帮到他,那就是我。你认为他对我会视而不见吗?"

"起用你。那将是一个动词词汇，豆子。"

"那么，你不是正在被你的目的所蛊惑吗？"

"那是被上帝，而不是被彼得·维京。"

"我可以打赌彼得·维京比上帝更精明能干。"豆子说，"如果我和他道不同，可不相为谋，走为上之。"

"你和彼得只要在一起，你就不可能轻易地摆脱他的。"

"他改变不了我的思想。他会知道的，除非智者千虑必有一失。"

"我担心如果阿喀琉斯知道你和彼得为伍的可怕性，他会试图把其他孩子的智慧都压榨出来的。"

"非常正确。在彼得·维京和阿喀琉斯之间有什么特殊的差别，让你觉得维京更糟糕呢？"

"哦，那很难想象。"

"那么让我们开始想到一种可以不必泄露我们的身份和位置就可以联系到洛克的方法吧。"

"在我们离开巴西之前，我们需要更多的麦克斯卡柳橙。"卡萝塔说。

直到那时他才注意到他们两个已经把整个一口袋的柳橙都扫荡光了。"我也这样认为。"他说。

然后，她拿着空购物袋打算出门，在离开之前她驻足门前。"在破解信息这件事上，你做得真出色，朱利安·德尔菲奇。"

"谢谢，卡萝塔奶奶。"

她微笑着离开。

豆子再一次拿起字条并且浏览了一遍。整个信息中他唯一没有给卡萝塔完整解释的部分是最后一个字。其实他不认为"ptr"是指彼得，那很多余。"维京（Wiggin）"这就已经很明白在指他了。不，这个在最后的"ptr"是一个签名。此信息应该是佩特拉（Petra）发的，她可能是在试图直接写给彼得·维京。但密匙又是完全针对豆子的,那种编译的方式是彼得永远也不能理解的。

她正仰赖着我。

豆子知道安德的大部分死党心腹均对他不屑一顾。当时,他们都在艾洛斯的指挥学校学习的时候,在安德没有来之前,学校委任豆子为他们的指挥官,不在乎豆子的年龄和身高,即使他比安德还小。谁都知道他干得不错,而且赢得了他们的尊敬。但是他们永远不会欣然地接受他的命令,而且当安德到来而豆子降格成为他们中一员时,他们也没有适度掩饰他们的欣喜。甚至没有人和他说过"干得好,豆子。"或者"嗨,你做得真不错。"

除了佩特拉。

在艾洛斯上,她和尼可拉都是给他雪中送炭的人——哪怕是几句鼓励的字眼。他确信,无论是尼可拉还是佩特拉都从来没有意识到他们不经意的慷慨对他来说有多么重要。但是他记得,在他需要朋友的时候,他们两个就在那里。尼可拉在机缘巧合的命运捉弄下,成为他的兄弟。命运之神也会让佩特拉成为他的姐姐吗?

现在,是佩特拉向他伸手请求援助。她相信他能够注意到、揭示出信息并且开始行动。

战斗学校的记录系统中有文件指出豆子不是普通人类,豆子也知道格拉夫因为豆子曾经偷听过他的只言片语而耿耿于怀。都知道卡萝塔修女爱他,但是她更爱耶稣,而且无论如何,她已经垂垂老矣了,还把他当孩子一样呵护。他可以仰赖她,但是她并不一定仰赖他。

在他到战斗学校之前的地面生活中,豆子唯一的朋友是一个叫颇克的女孩,但却被阿喀琉斯残忍地杀害了。就在豆子离开她的那个时候他杀了她,就在豆子认识到他的错误并且想冲回去警告颇克有危险的时候,他在莱茵河上找到了漂浮着的尸体。她是为了拯救豆子而献身的,而且她的逝去是因为不能得到豆子的照顾让她获得安全。

佩特拉的信息意味着无论如何他还有一个需要他的朋友。而这一次,他绝不能调头不管。这次轮到他去解救他的朋友于水火之中了,可能会九死一生。但是,卡萝塔修女,那不正好是一个不错的目标吗?

公之于众

收件人:Demosthenes%Tecumseh@freeamerica.org,Locke%
erasmus@po-net.gov

发件人:dontbother@firewall.set

主题:致命弱点(阿喀琉斯之踵[1])

亲爱的彼得·维京:

　　被绑架的孩子们秘密给我捎了个重要的口信,有证据表明他们现在(或者是在捎口信的时候)正被关押在一起,在靠近北纬六十四度线的俄罗斯腹地,他们正在巧妙地抗争,以避免其军事能力被用作错误的方向。我确定他们会被不可避免地分散开来或是轮流转移,所以即便是再精确的位置也毫无意义,我相当肯定你早就料到是俄罗斯这个狼子野心的国度实施了对安德手下的绑架。

　　我猜测你会有不通过外部军事干涉手段来解救人质的方法,因为任何谨小慎微的小动作都会危及他们的生命,绑架者会在必要时刻狗急跳墙,来个玉石俱焚。还是建议通过外交斡旋和舆论攻势瓦解俄罗斯政府和其盟国,逼他们最后就范。可通过曝光这次胆大包天行动的幕后黑手来增加胜算,以你拥有

---

[1] 阿喀琉斯(与作品中的人物同名),本来是古希腊神话中凡人泊琉斯和美貌仙女忒提斯的儿子。忒提斯为了让儿子炼成"金钟罩",在他刚出生时就将其倒提着浸进冥河,遗憾的是,其被母亲捏住的脚后跟却不慎露在水外,全身留下了唯一一处"死穴"。后来,阿喀琉斯被赫克托尔的弟弟帕里斯一箭射中了脚踝而死去。后人常以"阿喀琉斯之踵"譬喻这样一个道理:即使是再强大的英雄,他也有致命的死穴或软肋。

的两个身份分别持有的特殊立场来谴责他,请精心地去运筹帷幄吧。

因此我给你提供一个重要的线索,建议你稍微调查一下在联盟战争期间,一个位于比利时的拥有极高安全设施的精神犯罪机构的一次越狱事件。本次越狱事件导致三名士兵身亡,大量人员外逃。但除一人外其他外逃者很快就被抓了回来。那个漏网之鱼曾经是战斗学校的学员,他就是本次绑架的策划者。当一个重度精神病人控制一群军事天才的消息被曝光后,将会沉重地打击俄罗斯的指挥系统。也许到了那个时候,他们会考虑送回这些孩子以便给自己一个台阶下。

不用费尽心力地去追查是谁给你发了这个邮件,就当作是查无此人。如果你不能领会到我是谁以及如何去做,那么一切将是空谈,我们的联系就此打住。

当彼得登陆德摩斯梯尼账号的信箱时发现了一封同样出现在洛克账号里的信件,他顿时心如刀绞。"亲爱的彼得·维京",这个称谓不言自明——意味着除了政府以外的一介平民已经看穿了他的身份。他预期到了最坏的结果——勒索或者强迫他做他不情愿做的事。

令他惊讶的是,这封信的内容超出了他的判断。发件人宣称他从被绑架的孩子那里得到了一个口信——而且给了他一个棘手的可搜寻线索。他立即着手查找新闻档案,很快查找到了信中所提及的位于根特①附近的高级安全精神病院的信息。但想要搜寻一个逃脱的精神病人的名字却不是一件容易的事情,所以他使用德摩斯梯尼的身份,向一个在德国从事执法行业的线人寻求帮助,然后,又登录了洛克的

---

① 根特是比利时法兰德斯地区最为重要的工业城市之一,靠近首府哈瑟尔特,阿尔伯特运河穿境而过。二十世纪以煤矿闻名,新世纪的支柱产业是汽车制造。

账号，向霸权组织的办公机构中反怠工委员会的一个朋友寻求附加的求助。

得到的那个名字让彼得发笑，因为那个名字就出现在匿名来信的主题词中。阿喀琉斯，法语的读音是"ah–SHEEL"。一个在鹿特丹的大街上流浪的孤儿，被一名为战斗学校进行招募工作的修女收容。他曾经接受外科手术来矫正他残废的腿，然后被带到了战斗学校，在被其他一些学生揭露出他是一个连环杀手前他仅仅在那里待了几天，尽管他实际上没有杀害过战斗学校中的任何人。

被他杀害的人的名单也很有意思，他好像有意图要杀掉任何一个曾经让他感觉或者看上去无助并容易受伤害的人，包括那个给他的腿做手术的医生，他显然毫无感恩之心。

把所有的信息聚集到一起，彼得认定这个匿名通讯者所言极是。如果实际上这个精神病人正在把这些孩子用于军事计划的话，那么几乎可以肯定俄罗斯的官员是在对他的犯罪记录毫不知情的情况下和他同流合污的。无论是哪个中间人把阿喀琉斯从精神病医院解放了出来，他肯定没有把那个信息和俄罗斯方面分享，他们的合作不会长久，阿喀琉斯的劣迹会拖累俄罗斯的全盘计划。

即使俄政府不和阿喀琉斯划清界限并释放孩子们，俄罗斯军队也会迟早有所行动，特别是针对那个把阿喀琉斯放出来的自作聪明的中间人。当然，这些孩子中的某些人或许会在政府有所实际行动之前脱逃，那就再好不过了，未被授权的行动也许会迫使俄政府假戏真做，默许把孩子们"提前释放"。

当然，也存在阿喀琉斯在他被暴露的时候立刻杀掉一个或者更多孩子的可能性，那彼得就会很欣慰地发现日后的争斗中少了很多对手或是同僚。现在他对阿喀琉斯知己知彼，日后如若展开竞争，彼得将握有一定量的优势。阿喀琉斯是个杀人犯，杀人是种非常愚蠢的事情，而且阿喀琉斯在入学测验中并没有显示出那种愚蠢来，恐怕只能用一种不可抑制的冲动来解释了。这是一个容易被不能抑制的冲动冲昏头脑的敌人，他非常可怕，但他并不是无懈可击。

这是几星期来的头一次，彼得觉得有了一丝希望。他长期充当洛克和德摩斯梯尼的角色发表洋洋万言终究有了回报——有人开始写匿名信给他，想借助他的力量让真相公之于众，这是人家求而不是他去请人家。他的真身隐藏在无序的互联网铁幕之后，不用曝光就能帮到任何匿名的求助者。彼得很热心于这种各取所需的方式。除此之外，他也看到了通过他的运作得到应得利益的曙光。

洛克和德摩斯梯尼两个账号开始双线开动，彼得开始给在不同的政府部门工作的线人发送邮件，试图去印证匿名者所提及的一切。包括精神病院越狱事件的外应是不是由俄罗斯方面一手策划，人造卫星有没有查到北纬六十四度线附近有十来个被绑架的孩子活动的线索，阿喀琉斯的下落有无资料提及，并且他是否是整个事件的唯一幕后黑手？

串起整个故事花了他两天的时间。他开始想用德摩斯梯尼的账号设计一个专栏，但是他很快意识到既然德摩斯梯尼经常发布有关俄罗斯密谋的警告，此消息一出，势必会引起极大的恐慌。发布这个消息的必须是洛克。但那也伴随着危险，因为直到现在洛克一直小心翼翼地让自己看上去不是站在俄罗斯的对立面上。他突然把阿喀琉斯曝光可能会得不偿失——这会让支持洛克的一部分来自俄罗斯的线人抛弃他。无论一个俄罗斯人多么轻视他的政府的所作所为，但对祖国的热爱还是一往情深。你不能跨界太远，对于那些树大根深的俄罗斯线人来说，这个消息足以超越他们的底线。

当然，还有个折中的方案。在这个破天荒的消息公之于众之前，他可以发几个拷贝给他在俄罗斯的线人并且警告他们事态的严重性。这个动作可能会牵动整个俄罗斯军方,回应甚至会在他的专栏正式写好之前就抵达了。但他的线人会感激他,因为他的目的不是要揭他祖国的短——是洛克给了他们打扫屋子的机会,他们拥有了洛克赐予的提前知情权。

这个短小精悍的消息,提及真名实姓而且覆水难收,谁都愿意去跟踪它的新闻价值,而且是一追到底的。因为它的起因就是爆炸性的。

       在"安德心腹被绑架事件"背后捉刀的一个叫阿喀琉斯的杀人狂魔。他在联盟战争期间从精神病院里溜了出来,拥有着让世界血流成河的军事鬼才和让地球肝脑涂地的邪恶天分。今天,他将用这一肚子坏水搅浑俄罗斯军队。他接二连三地手刃同类,杀人如麻。十来个曾经拯救世界的天才儿童还一息尚存全赖他仅留的一丝仁慈。当俄罗斯人民把权杖交给这个精神病人的时候他们到底在想什么?或者难道阿喀琉斯的血腥生涯没有对他们公开吗?

这是犀利的头一段,一通控告,洛克随后宽宏大量地给出俄罗斯政府及其军方一个能把自己从这种混乱的局面里置身事外的机会。

他花了二十分钟逐一把信息发送给了他在俄罗斯的线人,每则信息中他都警告接收者只有六个小时的时间来进行调查,IA(间接寻址)的实际检验人员可能要加上一个或者两个小时的延迟。

彼得一个一个地确认,再一个一个地发送,发送再发送。

然后,他定了定神来关注数据,思考这个匿名者的身份。阿喀琉斯的精神病友会神通广大地查出吗?几乎没有可能——他们都被带回去关起来了。一个精神病院的职员?那些人的低智商不可能发现洛克和德摩斯梯尼背后的端倪。某个律政先锋？有点可能——但是很少有专业调查员的大名能在网络案件里闪光，彼得也没法查出是否有很多专业调查员在互联网上活动。他已经和线人们达成共识，如果有专业调查员询问到他们，则将第一时间通知彼得。如果真的发生上述事件，彼得也不敢贸然与那些专业调查员单线联络，那样太危险了。

担心显然多余，几个小时内似乎没有专业调查员的骚扰，这个猜测可以打消了。现在彼得正在等待着他俄罗斯朋友们的回应。如果匿名者的信息有误，或者俄罗斯军方对阿喀琉斯的血腥劣迹知晓一二，甚至希望掩盖它的话，他会收到坚决要求他不要发这个信息的邮件，然后会开出价码，最后可能会受到恐吓。

德摩斯梯尼是反俄罗斯的。作为洛克，他是讲道理的，对所有国家公平对待。作为彼得，他又敬仰俄罗斯人民的国家荣誉感，敬畏当国家处于危难时俄罗斯人的凝聚力。如果美国人有俄罗斯人一半的话，在彼得出生前俄罗斯就已经不复存在了。以个人力量判断，俄罗斯人个个虎虎生威。美国人则是按部就班，这就是彼得不以美国人自居来计划他未来的原因。利用德摩斯梯尼可以煽动愤怒和怨恨，但是那只是恶意的，不是目的。彼得必须要让自己立足于有利地形，统领一个怀揣着强烈目标的有希望民族，历史上无能的领袖能让一个民族沉沦。阿喀琉斯将是在昏君的宝座上捷足先登的成功典范。

他把文章发送给他的俄罗斯线人有六小时了，他又一次执行了"发送"指令，把它发送给他的编辑。就如他所预期的，三分钟后，他得到了一个回复。

你确定？

彼得这样回答："你尽管调查，我的信息来源可靠。"

然后他就去睡觉了。

但他在入睡前就起身了。他没法合上书本也不能合眼,通过几分钟的思索,他意识到他使用了错误的方向来寻找匿名者,这个人绝对不是一个律政工作者或是私家侦探,而是一个可以联络到 IF 最高层的人,一个知道彼得·维京就是洛克和德摩斯梯尼的人。但是不是格拉夫或者切瑞纳格——他们不会在信的结尾留下任何关于他们身份的暗示的。那是其他人,格拉夫或者切瑞纳格或许泄露了消息。

还有一个蹊跷,阿喀琉斯逃亡中的事情 IF 太可能全盘了解。除了那个首先发现了阿喀琉斯的修女以外。

他重新阅读信息。会是那个修女发过来的吗?也许,但是为什么她要发一个匿名信息呢?而且为什么被绑架的孩子要给她传递这么一个信息呢?

难道她也同样招募了他们中的一个或是几个人吗?

彼得下床回到了他的小型电脑前,他调出了所有关于被绑架的孩子的资料。他们都是通过正常的测试程序来到战斗学校的;没有人是被修女发现的,因此没有人有任何理由偷偷给这个叫卡萝塔的修女传递信息的。

还可能有什么联系呢?当卡萝塔修女发现阿喀琉斯拥有军事天分的时候,他只是鹿特丹街头上的一个孤儿——他不可能有任何家庭联系。除非他像安德手下的那个希腊孩子,他在几周前在一次导弹攻击中丧生了,他被认为是一个孤儿,但进了战斗学校他却寻到了他真实的家人。

孤儿?在导弹攻击中被杀?他的名字是什么?朱利安·德尔菲奇,别人都叫他豆子,那是他作为孤儿时被带走时的名字……从哪里呢?鹿特丹,和阿喀琉斯一样。

不难想到是卡萝塔修女找到了豆子和阿喀琉斯两个。豆子是安德在最后的战役中同在艾洛斯上的一个战友，他是唯一一个没有被绑架而要被杀害的人。由于他是被希腊军方严密保护的，所以每个人都这样假设：可能绑架犯放弃并且决定不让他的反对力量能够得到他而痛下杀手。但换一个角度想，是不是绑架者从来就没有任何绑架他的意图呢？只因为阿喀琉斯了解他，或者是豆子太了解阿喀琉斯吗？

而且如果豆子根本没有死的话该怎么办呢？他是否生活在躲躲藏藏中，用大家普遍认为的他的死讯作为掩护？完全可以相信那些被俘虏的孩子会选择他来接收他们偷偷传出来的信息，因为他是他们这个团体中除了安德之外唯一没有和他们监禁在一起的一个了。而且除了他还有什么人有如此强烈的动机要把他们解救出来，还可以装作一个聪明绝顶的匿名者在信中卖弄才华呢？

一个塞满卡片的房子，那就是在彼得大脑中构筑的，一片压着一片，但是每个直觉的跳动都感到是完全正确的。那封信是豆子写的，朱利安·德尔菲奇。那么彼得该如何联络他呢？豆子居无定所，而且既然有人知道他还活着，他死亡的假象就更加难以掩盖，和豆子的联络将会难上加难。

再一次，彼得又从大脑中搜寻出答案，而且那是——卡萝塔修女。

彼得在梵蒂冈有个线人——那是一个常常在网络上不时爆发出国际丑闻的愤青。现在已经是罗马的早晨了，尽管还算是黎明前的黑暗。但也没有几个意大利人这么早开电脑，如果有，那肯定是附属于罗马教廷对外事物部门的那些不辞辛劳的修道士。

修道士线人果然勤奋，在十五分钟内给出了回音。

卡萝塔修女的行踪被严格保护，但可以给她捎信，你经由我传递的信息我是不会阅读的(如果你不知道如何睁一只眼闭一只眼的话,你就没法干这里的工作)。

彼得写完了给豆子的信,并把它发送出去了——是发送给卡萝塔修女的。如果有人知道如何找到隐藏着的朱利安·德尔菲奇的话,那就去联系这个修女吧。呵呵,这真的很挑战智商。

他终于可以回去睡觉了,不过只能眯一小会——这一个不眠夜他都要及时留意互联网上对他专栏的反应。

如果没有人关心怎么办?如果什么也没有发生怎么办?如果他搞臭了洛克的名声,况且什么也没捞着怎么办?

当他躺在床上假寐的时候,他能够听到他父母在大厅对面的房中鼾声四起。那很奇怪,但是听上去能给人以慰藉。他烦恼他写的东西如果不能引发国际事件,他就没有脸面和他父母同处一个屋檐下生活,他们家里现在只剩下一个孩子了。唯一的慰藉是他从幼年就知道的声音,酣睡声证明他们还活着,最亲近的人就在附近,如果有怪物从黑暗中妄想冲进房间来他们可以用尖叫声来预警。

如今的怪物都长有千千万万的面孔,而且藏在房间的角落远离他许久,父母的卧室传的鼾声证明现在还没到世界末日。

彼得不能肯定是为什么,但是他知道那封经过他在梵蒂冈的朋友,再经过卡萝塔修女,寄给朱利安·德尔菲奇的信件会结束他长期以来的平静生活,在他的母亲为他洗衣物的时候,他要管全球性的事务。他最后把自己置身于这场游戏中,不是作为一个冷眼远离公众视线的评论员洛克,或者热心的富于煽动言辞的政治家德摩斯梯尼,他们都是虚拟化的电子产物,是作为彼得·维京,一个年轻无助、弱不禁风、只有一条命的血肉之躯。

没有能让他保持清醒的方法。他心里揣着事情,无法松懈下来,漫长的等待几乎要画上一个句号。他睡着了，直到他的母亲叫他吃早饭时才醒过来。他的父亲正在餐桌上读报纸。"头条是什么啊？老爹！"彼得迫不及待地问。

"他们说是俄罗斯人绑架了那些孩子，而且任由孩子们让一个少年杀人犯去指挥调度。很难相信，但是他们看上去非常清楚这个叫作阿喀琉斯的浑小子的底细，他是从比利时的一个精神病院中搞出来的。我们的世界在发疯，这件事要是落在我们家安德身上该怎么办？"他摇着头。

彼得可以看出当安德的名字被提起的瞬间母亲被冰封的神态。是的，是的，妈妈，我知道他是你的心肝宝贝，每次你听到他的名字都会黯然神伤。而且你还念着你心肝女儿华伦蒂，她离开了地球而且在你们的有生之年永远都不会回来。但是你们仍然有你们的长子，你们最聪明、最英俊的儿子彼得，他有一天会给你们带来一个耳聪目明的孙子的，以及一些其他的大礼，哦，也许他还会给一个世界带来和平？那是不是你们所有希望的？

交好运吧。

"凶手的名字是……阿喀琉斯？"

"没有姓，像是流行歌手之流。"

彼得突然感到一阵后怕。不是因为他父母的对话，而是因为彼得居然要漏嘴纠正父亲对于"阿喀琉斯"这个词的发音。那个法语音既然只有他和匿名者知道，他就没必要多这个嘴了。

"俄罗斯矢口否认了？"彼得问。

父亲再次扫了眼报纸。"这上面没提到。"他说。

"太酷了，"彼得说，"也许那是真的。"

"如果是真的，"父亲说，"他们应该会百般辩解的，俄罗斯通常都这么干。"

父亲就好像知道"俄罗斯人通常都怎么干"一样。

彼得正在思考他日后的生活,以及没有读完的大学学业。他正在尝试用一己之力让十来个少年从三分天下的超级大国魔掌下逃脱。小专栏作家拯救世界,而且没有稿费。如果阿喀琉斯想灭了彼得的时候,他绝对不会让危险殃及他的家人的。

彼得狂热地幻想,在他的脑海深处还藏着更加阴毒的东西:如果我金蝉脱壳,让他们在我大摆空城计的时候炸毁了我的家,就像他们对朱利安·德尔菲奇做的那样。使他们认为我已经死了,而我就可以借此喘息一阵,转入地下工作。

不,不,那样的话我父母就可能尸骨无存了!什么样的怪胎才会有这种家破人亡想法啊?我不想那样。

但是,彼得从不对自己说谎。他不希望他的父母逝去,当然也不希望有人要以他为目标发动猛烈的袭击。但是如果那种情况不可避免地发生时,他宁愿自己逃之夭夭。当然,如果没有人在这房子里更好。但是……他,彼得,一定要第一个逃脱。

啊,是的。那就是为什么他的妹妹华伦蒂如此恨他,但彼得几乎已经淡忘了。安德人见人爱,他灭绝了整个一个外星种族,这是一个并不像彼得那样自私的人才能完成的伟业。

"你没有吃东西,彼得。"母亲说。

"对不起,"彼得说,"我在为今天的作业思考。"

"什么题目啊?"母亲问。

"《世界史》。"彼得说。

"你有没有想到当他们在编纂历史书的时候,你弟弟的名字总会不可避免地提及,我一想到这些就感觉怪怪的。"母亲说。

"一点也不奇怪,"彼得说,"当你解救了世界的时候,抬头挺胸是你存活的一种方式。"

虽然，在他的戏谑背后，他对母亲做了更多隐晦的许诺。在你的生命终止之前，妈妈，你会看到安德的名字只不过会闪烁地出现在一两章中，后面的历史将由我来改写。我的名字会记载入史册的。

"去吧，"父亲说，"祝你考好。"

"人生如同考试，爸爸。我今天就能知道得分。"

"那就是我的意思，得个高分。"

"谢谢！"彼得说。

当母亲跟父亲在门口吻别的时候，彼得继续吃他的早餐。

彼得想，总会有那么一天，有人也会和我在门口吻别。或者是我吃枪子，或者是头被蒙上黑头罩等着上绞刑架……谁都不清楚下一秒会发生什么。

面包车

收件人:Demosthenes%Tecumseh@freeamerica.org

发件人:unready%cincinnatus@anon.set

主题:统治者

在朱利安·德尔菲奇一家惨遭不测的当天就有卫星报告:有九辆汽车同时从俄罗斯北部位于六十四度纬线的附近离开。不知道是疏散还是圈套?我们应该如何应对?我们的盟友在哪?是否立即采取营救行动?车上载的是孩子还是大规模杀伤性武器也未可知?是否采纳洛克的主张?由于情报显示汽车为九辆,孩子为十个:不排除有孩子死亡或是被提前转移;或是有两个孩子被押解在一辆车里。以上全都是臆测而已。我只能了解这些表皮了,如果有关于此的其他消息,能不能回馈给我们一些呢?

卡斯特

沉默是金是对付佩特拉唠唠叨叨的有力法宝,谁都和这个女孩装哑巴。只要有人,佩特拉就会兴高采烈地不顾左右而言他,谎言对于她来言不算什么,她甚至能做到与敌人共眠。

虽然怪事跌出,但佩特拉棋逢对手。刑房里放置的电视正在上演舞台剧,讲的是:在战争后的第二周,小女孩被家长带回了家。在舞台上,一个四岁的小女孩问母亲为什么父亲不在家。母亲试图找到一种方式对她说明她的父亲已经被恐怖分子用炸弹炸死了——"炸弹威力不大却能要人命,你的爸爸死得像个英雄,即使警察已经向他鸣枪示警要他不要动,因为可能会有第二轮爆炸,但他仍毅然决然地去拯救那个受伤的小男孩。"

母亲对她的孩子如实地说。

小女孩暴跳如雷地说："他是我爸爸！不是那个小男孩的爸爸！"母亲说："那个小男孩的爸爸妈妈没有在那里，没法去救他。你爸爸是在做他希望别人为你做的事情，如果你遭受这种情况的时候，他也同样不能帮到你。"那个小女孩潸然泪下地说："现在他再也不能在这里陪我了。这个午夜我不想要别人，我要我爸爸。"

佩特拉坐在那里看这个舞台剧，完全知道那有多么的愤世嫉俗。利用孩子，演出对家庭的向往，联系到高尚的英勇品质，把历史上敌人说成坏人，让孩子哭着说天真的孩子气的事情。那连电脑都可以编出来，而且能赚取观众们的眼泪，佩特拉就和其他看这出舞台剧的人一样哭得像个小孩。

她明白，这是拜与世隔绝所赐。绑架者终将会得到他们想要的一切。每个活人都和机器人没什么两样，人就是一台按部就班的机器，操作杆就在自己身上。即便有些人看似复杂，但一旦你断了他的社交网络，让他长时间的孤独无助，他就会渐渐为你所用。如果他抵抗，或者抗拒着自己被操纵着的命运，只要你肯花上时间，最终都能像弹钢琴一样地驾驭他们，让每个音符都正好落在你所期望的音调上。"我也会最终低头的"。佩特拉想。

日复一日的孤独。工作全是用电脑完成的，用邮件接收那些藏在幕后方人们分配来的任务。再给安德的死党们分派指令，但是给他们的邮件也会被严格审查。只有有用的数据是可以被用来来回传递的。现在没有自动网络筛查了，但她必须填写请求文件等待从上面的人那里经过过滤的回答。一切全都在孤独之中进行。

她尝试过昏睡度日，但是很显然有人在她的饮用水里面下了药——他们让她过于兴奋以至夜不能寐。因此她停止了消极抵抗。只是向前，成为他们所期待的一台机器，他们期待越高她就假装得越像，因为她骨子里不想变成机器，只是希望假装得像而已。

然后有一天门被打开了，有人走了进来。

是威列德。

他也是飞龙战队的。比佩特拉小，他人还不错，但是佩特拉并不是十分了解他。他们之间有些代沟：威列德是安德队伍里和佩特拉一样心理素质不过关的成员，而且有过战斗中崩溃一整天的不良记录。战队中的每个人对他们这样的人越好，越会让他们自己感到那是他们堕落的源泉、遗憾的产物。他们都得到了同样的奖章和荣誉，但是佩特拉知道自己的奖章的含金量永远要比他人暗淡。佩特拉甚至从没有和威列德说过话。她只知道他们命运相似，都是在一条长长黑黑的隧道里摸不到边。

现在，他在这里。

"嘿！佩特拉。"他说。

"嘿！威列德。"她回答。她喜欢听到自己的声音。一样的，也喜欢听到他的声音。

"我猜测我就是他们用在你身上的新的拷问工具了。"威列德说。

他是笑着说完这些话的，那让佩特拉知道他希望能开个玩笑来缓解尴尬，也告诉她那其实也是一个冷笑话。

"真的？"她说，"传统上，你只是在假装着问我，而让别人来拷问我。"

"那不是真正意义上的拷问，那是一条出路。"

"哪的出路？"

"当然是离开监狱。你还不了解状况，佩特拉。霸权组织正在瓦解，要打仗了。问题是要让整个世界陷入混乱还是由一个国家一统全球。如果有国家能做到的话，那应该是哪一个呢？"

"让我猜猜,是巴拉圭?"

"真是接近,"威列德咧嘴笑了,"我知道,我被洗脑了。我从白俄罗斯来,为了民族的独立我们付出了很多,但是,我们真实的心理是不介意尊俄罗斯为盟主的。出了白俄罗斯的国境,全世界都会把我们误认为是俄罗斯人。因此,我和俄罗斯人的沟通并不困难。而你是亚美尼亚人,你们不喜欢俄罗斯这个庞大的邻国。但是佩特拉,你又有多少亚美尼亚人的成分呢?无论如何又能对亚美尼亚有什么好处呢?'无论如何',那正是我想说的。让你明白如果俄罗斯成为超级大国是对亚美尼亚有益的。不要再消极了,帮助我们为真正的战争做准备吧。只要你合作,在新的世界秩序中亚美尼亚就会获得特殊的地位。你会给你的整个国家带来福音。这是一笔合适的买卖,佩特拉。但如果你不帮忙的话,你什么也捞不着。对你无益,对亚美尼亚也无益,历史会忘了你曾经的辉煌。"

"听上去像是死亡威胁。"

"听上去像是寂寞和孤独的威胁。你生来就不是一个无足轻重的人,佩特拉。你的天分与生俱来,这是你再展宏图的机会。我知道你还没意识到这一点,但你必须承认——安德的手下各个都是好样的。"

"我们的名字都叫'安德帮',是他将光荣与我们分享。"佩特拉说。

"为什么不呢?他还是我们崇敬的神,他不会介意自己的手下成为下一个英雄的。"

"威列德,我们的存在不会有人知道,我们在失去利用价值后,剩下的只有死亡。"她本没有打算说得那么诚恳的,这会让阿喀琉斯知道的。她保证她的预言会成为事实的,但是现在是——敲山震虎。她很欣慰有个曾经的战友在这,虽然他已经投降敌人了,但是她还是要口无遮拦地忠告他。

"好吧，佩特拉。我该怎么说呢？我告诉他们，你是最顽强的一个。我告诉你交换条件了，想想吧，不用着急，你有足够的时间来做决定。"

"你要走？"

"那是规定，"威列德说，"你拒绝招安，我只能离开。对不起。"

他离开了。

她看着他出了门。她想用言语挽回他，用那个神一样的名字镇住他，让他觉得与阿喀琉斯为伍并不是一个明智之举。但是她知道无论她说什么，都无足轻重。言多必失，况且她已经说得够糟糕的了。

因此她沉默地看着门被关上，然后爬上床。电脑的主机又开始嗡嗡作响，有新任务，她起身继续工作，并不怠工，和平常一样也在思考问题。毕竟一切如旧，佩特拉要保证自己不会精神崩溃。

然后，完工后她又上床，以泪洗面。虽然就在她睡着之前，有几分钟让她觉得威列德是她最真实、最亲爱的朋友，但她什么也不能为他做，最终没有和他走出这间刑房。

一种感觉飘过，一种想法又划过她的脑海：如果绑架者真的聪明透顶的话，他们应该能够洞察到我心态的变化；让威列德再次到访，而我则从床上起身用双臂拥抱他并告诉他是的，我会做，我会和你一起并肩作战的，感谢你来看我，威列德，谢谢。

绑架者显然没有抓住这个瞬间。

就像安德曾经说过的那样，半数以上的胜利来自于及时抓住敌人所犯下的愚蠢错误，而不是由于你自己制订的计划有任何高明之处。阿喀琉斯诡计多端，但是顾此失彼，他不是全知全能的神人。谁笑到最后还说不定呢，佩特拉突然觉得这里并非她的葬身之地，脱离囹圄或许指日可待。

随后，她便悄无声息地入睡了。

他们在黑暗中唤醒她。

"起床。"

没有问候，也看不到是谁。她仅仅能够听到门外的匆匆脚步声。皮靴声，是士兵吗？

佩特拉还记得和威列德谈过的话。即使拒绝了绑架者的提议，他也说不会太匆忙，会给她思考的时间；但是他们突然不期而至，半夜叫醒她究竟是要干什么？

没有人碰她。她在黑暗中穿好衣服——他们也没有催促她。如果将是一场拷问会或者审讯的话，他们是不会等她穿好衣服的，他们会把她衣衫褴褛地拖出门去。

佩特拉本不想去问问题，因为那会让她看起来很软弱。但不问问题又太消极了。

"我们这是要去哪里？"

无人回答，是个糟糕的暗示，不然那会是什么？她对将要发生的事态用她在战斗学校里的受训经历以及在亚美尼亚时看的谍战电影来推断。她难于接受这种无人回答的状况，如此一来将她置于一部真正的谍战大片里不能自拔，而她接下来的求助对象依然是没有实战的受训课与电影里愚蠢的情节。她出众的推理能力都跑哪里去了呢？作为战斗学校一等生的她，才能又在哪里？

很明显，那些才能只在书本上有用。在危机四伏的真实世界里，你只能求助于一些没有说服力的虚构故事。

虚构故事能告诉她什么呢？那些人粗鲁地在半夜里吵醒一个妙龄少女，而这个妙龄少女毫无应对经验。佩特拉试图联想接下来的流程：她被从一个地点转移到另一个地点，他们催促她快点。将要被送去拷问还是被麻醉？或是被处死？

哦,有必要把自己装扮成恐慌的样子。

"我必须得撒尿。"她说。

无人做声。

"那我就在这里撒,我会尿到衣服里,我还会光着身子撒的。无论我们去哪里我都可以在衣服里或者不穿衣服撒尿的。我会在一路上滴下尿水,我会在雪地上撒出我的名字。那对女孩子很困难,还需要许多活动配合,但是我警告你们我是说得出做得到的。"

还是无人做声。

"或许你们可以让我去卫生间。"

"好吧。"终于有人答话了。

"哪里?"

"卫生间。"他随即从门前走开。

佩特拉出门跟着那人,发现门外果然布满了士兵。她在一个魁梧的士兵面前停下,抬头打量着他的面庞并对前面带路的那人说道:"他们找你来真是明智。如果全是这些大块头的话,我会豁出命来搏斗到死。但是你在这,我除了自己放弃别无选择。你这家伙干得漂亮。"

然后,佩特拉转身向卫生间走去。不知她是否从那人脸上的微笑中得到了一个小小暗示。这不是在拍电影,不是吗?哦,等等。英雄应该有聪明的口吻,她从刚刚的经历明白了何为谈吐自如,其实都是为实际的恐惧做的有意掩饰。表面上无所谓的英雄们,内心并不是勇敢和轻松的,他们只是试图在死前不让自己窘迫。

她到了卫生间,那人也跟进来了。佩特拉毕竟受过军事训练,如果她的膀胱很害羞的话,她可能老早就被尿毒夺取性命了。她脱下裤子,坐在马桶上,开始撒尿。在她忍不住脸红前,那人就已经退回到门外去了。

这里有扇小窗子,天花板上也有通风管道。但都不是佩特拉能选择的突破口,这里看上去无路可逃。谍战电影都是怎么做的呢?一个朋友会把一件武器放到某个隐蔽位置且让英雄们找到它,组装好,然后开火往外冲。这是 Bug,别想了,佩特拉在这没有朋友的。

　　她撒完尿,整理好衣服,洗手,走回到那位对她还算友善的护送者身边。

　　从一条通道,士兵们步行护送佩特拉到外面。有两辆黑色豪华轿车和四辆护卫车停在那里。她看到有两个身型和发色都和她相仿的少女每人进入了一辆豪华轿车。而这边,佩特拉则被留在建筑物旁的屋檐下,直到等来了一辆面包车。她被要求上去,身后的护送士兵并没有跟随。车子后面坐着两个男的,他们都身着平民的衣装。"你们拿我当什么?面包吗?"她问道。

　　"我们了解你需要把自己拿捏在幽默的境况中来掩饰自己内心的空虚。"其中一个男人说。

　　"什么?你是精神病专家?那比拷问更糟糕。把《日内瓦公约》[①]丢在一边了吗?"

　　精神病专家笑了:"你正回家呢,佩特拉。"

　　"回到上帝那?还是祖国亚美尼亚?"

　　"目前两者都不是。位置还……游移不定。"

　　"如果我说是要'回'到某个我'从没有去过'的地方,那我的精神肯定也是游移不定的。"

　　"总之走着看。绑架你和其他孩子的那伙人隶属于俄罗斯政府下的一个分支机构,他们应该没有政府或者军方的最高授权——"

　　"或者仅仅是他们这么说而已。"佩特拉说。

---

① 《日内瓦公约》是一八六四年至一九四九年在瑞士日内瓦缔结的关于保护平民和战争受难者的一系列国际公约的总称,俄罗斯是《日内瓦公约》的缔约国。

"你完全明白我的立场。"

"那你忠诚于谁呢?"

"俄罗斯。"

"谁不都那么回答吗?"

"那个把我们的政治和军事资源绑架给一个嗜血少年杀手的人可不会这么回答的。"

"但谴责却是一致的,"佩特拉道,"因为如此推断,每个孩子都有罪。在某些人的眼中,我也是杀人犯。"

"杀死虫族的人不是杀人犯。"另一个男人辩解道。

"杀虫剂①才是罪魁祸首。"精神病专家也蒙了。显然他不是很精通IF通用语,不能理解那些文字游戏,但这个九岁的小女孩却在战斗学校里以此为乐。

车子开动起来了。

"既然不回家,那我们要去哪里?"

"去躲起来,让你逃离那个疯小子的魔掌,直到这个阴谋被完全抖出来,并把那些始作俑者绳之以法的时候。"

"如果反过来是那个疯子赢了呢?"佩特拉说。

精神病专家又发蒙了,但是随即他解释道:"有这种可能。但是我无足轻重,他那个疯小子何必要对我秋后算账呢?"

"你应该是个大人物,那些士兵都对你点头哈腰。"

"他们不是对我毕恭毕敬,我们全是权贵们的走卒。"

"那权贵们又都是谁?"

"如果你不幸又落入阿喀琉斯和他的爪牙之手的话,你绝不能吐露半个字。"

---

① 原文中的"Bugger"在英语中是虫子的意思,本系列小说该词也被用来特指虫族。

"但如果在我落入敌手之前你们全殉职了，那你死守的这些名字也就都烂在肚子里了，不是吗？"

他上下打量她。"你看上去太愤世嫉俗了，我们正冒着生命的危险来拯救你。"

"你也在拿我的生命冒险。"

他慢慢点着头。"你又想回到关你的小黑屋里了吗？"

"我就是想让你知道等待我的可能不会是再次遭到绑架。你以为你很精明，但你的手下有这个能耐去完成本次任务吗？如果百密一疏的话，等待我的也许就是死亡。你在冒险——我也是，而且我是被自愿的。"

"我现在就让你自愿！"

"停车，撂下我，"佩特拉说，"我能适应独自一人的亡命天涯。"

"不。"精神病专家说。

"我明白了，看来我还是没脱离囚犯的身份。"

"你只是被保护性地监禁了。"

"但是我是个被战争洗礼过的天才军事指挥官，"佩特拉说，"而你不是。你凭什么降住我？"

他无言以对。

"让我来告诉你该怎么做，"佩特拉说，"光从那个疯子手里救出孩子还远远不够。要把你们的祖国俄罗斯从这场危机的泥潭中解救出来的唯一途径就是，不仅要确保我的人身安全，还要把我毫发无伤地送回亚美尼亚。只有这样，你服务的俄罗斯政府集团的罪行才能够被全世界谅解。"

"我们没有犯罪。"

"我强调的不是让你们去用谎言掩盖一切，而是让你们真真正正地重视起我的生命安全。因为我可以向你保证，在车启动那一瞬间，我就开始命悬一线了，被阿喀琉斯和他的……你们叫他什么合伙人的人盯上了。"

"你凭什么会推测发生那种事情？"

"了解原因有用吗？"

"你是天才，"精神病专家说，"你显然已经留意到我们计划中的疏漏了。"

"疏漏太致命了，因为有太多人参与到这个行动中来了。用作诱饵的豪华轿车、士兵、护送者。你放心那些人吗？如果有告密者，咱们的行踪就在他们的股掌之上，他们或许已经在目的地的路上守株待兔了呢。"

"他们不知道要去哪里。"

"没准这车的司机就是他们的卧底。"

"司机也不知道目的地在哪。"

"那他在兜圈子吗？"

"他只知道头一个集合点，仅此而已。"

佩特拉摇着头。"在我看来你就是个弱智，因为你的谈吐越来越猥琐，就像信仰一样，你把顶头上司当成上帝。"

精神病专家脸色通红，佩特拉喜欢看他那样。他是个弱智，当然他不喜欢别人这么评价他，但他非常需要听到这种评价，他的整个生活是建立在他是聪明人的基础上。但他的对手荷枪实弹，对自己智商的高估只能让他送命。

"我觉得你所言极是，司机的确知道我们先去哪，虽然他不了解我们后面计划。"精神病专家装模作样地耸耸肩，"但是那也没有用的，你必须信赖某人。"

"而你就去选择信赖司机，因为……"

精神病专家下意识地把目光转向别处。

佩特拉看看另一个男人。"你还想狡辩吗？"

"我想，"那男人用蹩脚地英语说，"和你谈话是每个战斗学校老师的噩梦。"

"啊，"佩特拉说，"你可真屁精。"

那男人听后一头雾水，他不能确定他是被侮辱了，语言的鸿沟让他无法理解佩特拉的调侃。

"佩特拉·阿卡尼亚，"精神病专家说，"既然你是正确的，而且我也不是多么了解司机，那你给条出路，咱们现在该怎么办？"

"可以，"佩特拉说，"你明确告诉司机去第一个集合点了吗？"

"我已经这么做了。"精神病专家说。

"我了解，"佩特拉说，"然后，在没到地方之前，你让你身边的这个电灯泡还有司机下车，你开车载我去另一个地方，或者是到最近的城镇，把我放了，我能照顾好自己。"

精神病专家再次把目光转向了别处。佩特拉看得透他的肢体语言，他太不会掩饰自己的内心想法了。

"那些绑架你的人，"精神病专家说，"他们没那么聪明，即便他们受过训练，也不可能如此地遮天蔽日。"

佩特拉摇着头。"你是俄罗斯人，难道不了解自己国家的历史？你们国家的那些专业受训人员哪个不是遮天蔽日的？你不会在你的三观建立之前都用老美的好莱坞电影来消遣吧？"

精神病专家已经开始厌烦了，他用最佳的专业言辞道出了他认为最严厉的、最让人难堪的话："你是个从没有学会要对别人保持应有尊重的孩子。也许你的天赋超乎常人，但是那不意味着你学得会政治。"

"啊！"佩特拉说，"你的意思不就是'你还——只是一个——小屁孩，你——没有——那么多——资本去和大人犟嘴'。"

"不完全是这样的。"

"我确信你了解政治演讲和政治动机之间的细微差别,但是这是军事行动。"

"是政治行动,"精神病专家立刻纠正了她的措辞,"根本没有交火。"

佩特拉再次被他的天真所打败了。"交火是军事行动的下下策,达不成目的才会发生。所有军事行动的目的都是要保护重要的资产。"

"这次行动是要解放一个忘恩负义的小女孩,把她送回家丢给她爸妈。"精神病专家说。

"你是让我谢谢你吗?拉开车门让我下车就行。"

"讨论结束,"精神病专家说,"你该闭嘴了。"

"这就是你用来结束和病人谈话的方式吗?"

"我从没说过我是精神科的医生。"精神病专家说。

"你所受的教育就是精神病学,"佩特拉说,"我看得出你早就磨刀霍霍了,因为没有人会用如此猥琐的口吻来安慰一个受过惊吓的孩子。在政府部门这个大染缸里浸泡多年让你改变了许多,但并不意味着你就能褪去从医学院混出来的那种自以为是的皮囊。"

对方怒火中烧。佩特拉享受从她身上掠过的一种害怕的颤抖,他会揍她吗?不像。作为一个精神病专家,他会仰赖于他无尽的学识——其实就是一种专业人士的傲慢,来苟延残喘。

"外行人通常会嘲笑我们不专业。"精神病专家说。

"就是,"佩特拉说,"我就是这么认为的,你指挥军事行动太雏了、太外行了、太废物了。我才是这方面的专家,你蠢到和我都沟通不到一块去。"

"依我看一切会顺利的,"精神病专家说,"当你坐上返回亚美尼亚的飞机时，你就会觉得自己很傻，你会在那时感谢我并对我道歉的。"

佩特拉只是隐隐地笑道："你甚至都没有在开车之前看看这车的驾驶室里还是不是那个指定的司机。"

"如果司机换人了，谁都会留意到的。"精神病专家说。但是佩特拉的话触动了他，让他开始坐立不安。

"好吧，我们再确认下我们剩下的计划是否万无一失？无论如何，我们的对手可不都是精神科的医生。"

"我是心理学家。"他说。

"哎呀！"佩特拉说，"你终于承认你受了半吊子的精神学科教育。"

那个心理学家开始回避她了。她在思索她在地面学校接受过的教育中学过什么术语来描述这种回避行为，是一种否认？她几乎要开口问他，但又欲言又止。

快嘴佩特拉很难控制自己的舌头。

他们在尴尬的气氛中又沉默地走了一程。

但是她说的话定是触动了他的心弦，让他饱受困扰。过了好一会，他起身走到前面，打开了在货物区与驾驶区之间的门。

一声震耳欲聋的枪声在封闭的车厢内响彻，心理学家仰面倒下。佩特拉感觉到滚烫的脑浆和刺人的骨头碎片溅到了她的脸上和胳膊上。坐在她对面的男人急忙摸他外套下的武器，但在他摸到之前已经挨了两枪，倒地而亡。

驾驶室的门打开了。阿喀琉斯就站在那里，手握凶器，嘴里还嘟囔着什么。

"我不想听你说什么，"佩特拉说，"我连我自己说的话都不想听。"

阿喀琉斯耸耸肩,加大了嗓门,仔细地做出每个单词的口形,又把刚才的那句话说了一遍。但她拒绝看他。

"我不会试图听你讲话的,"她说,"当我还满身血污的时候。"

阿喀琉斯放下枪——把枪踢到她够不到的位置——脱下了他的衬衫。阿喀琉斯裸胸把衬衫递给佩特拉,在她拒绝接受的时候,他开始用它擦她的脸,直到佩特拉从他手里把衬衫夺下来自己擦。

枪声仍在佩特拉的耳朵里鸣响。"我本来猜你会在他们面前炫耀一下自己小聪明后,再动手的。"佩特拉说。

"我不需要那样,"阿喀琉斯说,"你都和盘托出了。"

"哦? 你在听啊。"

"当然,车厢后面的区域回声还是蛮大的,"阿喀琉斯说,"还有录像。"

"你没必要把他们都杀了。"佩特拉说。

"那个家伙正要去掏枪。"阿喀琉斯说。

"但那是在他的朋友中枪之后。"

"现在来吧!"阿喀琉斯说,"我敬仰安德。我只是安德门下一走狗。"

"我惊讶于你亲手来做这个。"佩特拉说。

"你是什么意思,'这个'?"阿喀琉斯说。

"我以为你也在同时制止其他的救援行动。"

"你忘记了,"阿喀琉斯说,"我已经花了几个月来评估你。你是最好的那个,我干嘛要强留其他不优秀的人呢?"

"你在调侃我吗?"她用她能够表达的最轻蔑的口吻说,这口吻通常会让一个自以为是的男孩发狂,但是阿喀琉斯只是付之一笑。

"我没有调侃的意思。"他说。

"我忘了,"佩特拉说,"你先开了枪了,剩下的调侃就不必要了。"

这话是真的刺激他了——阿喀琉斯顿了一下他微微加快的呼吸给了她一个最细微的暗示。佩特拉实际上正在宣判她的死刑,这很让阿喀琉斯敏感。佩特拉第一次看见死人,而且还是在她面前被打死的,当然,看电影的桥段除外。从这个晚上被唤醒后,佩特拉就开始把自己幻想成一部动作谍战大片的主演,等待女主角最终的下场很可能是死亡。现在,印证了一切,阿喀琉斯亲自出马了。

他是怎么想的? 他真正的意思是认为她就是整个战队里的唯一吗? 威列德会多么失望啊!

"你是怎么碰巧选上我了?"她缓和了语气问道。

"就像我说的,你是最 OK 的那个。"

"那也太牵强了,"佩特拉说,"我做的并不比其他人强。"

"哦。你说那些战争计划的制订啊,只是让你们动起来而已。或者这么说,让你们认为你们是在为我们做事。"

"那真正的测试是什么? 我的哪一点与众不同?"

"你的那张小小的龙图片。"阿喀琉斯说。

她能够感到她的面颊瞬间失去了血色。阿喀琉斯注意到了,而且在发笑。

"别担心,"阿喀琉斯说,"你不会受到惩罚的。那就是个测验了,看你们当中哪个人能成功把信息发送到外面去。"

"而对我的犒赏就是与你同袍?"她把她所有的恶语相加一并释放了出来。

"对你的犒赏,"阿喀琉斯说,"就是留你一条命。"

她觉得心里面极度扭曲。"你不能因此而计划干掉其他的孩子。"

"如果他们死了,还需要理由吗? 理由就是让他们死! 你的那张龙图肯定藏有玄机,但我们破解不出内在的乾坤。"

"别在那上面费时间了,没有什么秘密可言。"佩特拉说。

"有的,肯定有,"阿喀琉斯说,"不知你是使用了何种花招,但这种花招肯定会为人所用。你看到那条突然出现的爆炸性新闻了吗?整个危机都源于那条新闻,而且泄露的信息或多或少地直指目前的真相。是你发送的信息起作用了。我们回去逐一筛查你们发送的邮件,唯一不能被解释的东西就是你那张小小的龙图。"

"如果你看得懂的话,"佩特拉说,"那么你的智商必定高于我。"

"恰恰相反,"阿喀琉斯说,"你优于我,至少在这种敌特把戏上。好吧!你放出的信息现在满世界全是了。"

"你判断错了,"佩特拉说,"我没有发出什么信息,新闻媒体才是爆料者。"

阿喀琉斯只是在笑:"你还在顽固地强词夺理,不是吗?"

"我告诉你,如果我继续和这些尸体同处一车的话,我会生病,这不是假话。"

他笑了:"滚出来吧。"

"看来你的众多心理问题中包括爱和尸体同处一室这一项,"佩特拉说,"看看你这样子。如果你出去约会,然后某一天带个死人回家见你的父母。哦哦!我忘记了,你是孤儿。"

"那么我带他们来见你好了。"

"你为什么等那么久才干掉他们?"佩特拉说。

"我只是因势利导。我在门口开枪干掉一个,这个人的尸体会妨碍另一个家伙开火还击。而且,我也可以享受你对他们的精彩剖析。你知道,你同他们争吵,我和你一样感同身受。你没在精神病院里待过,但你字字珠玑的绝妙警句我拍手喝彩,当然我是在偷偷摸摸地喝彩。"

"那谁开这辆车?"佩特拉忽略了他的谄媚,问道。

"当然不是我,"阿喀琉斯说,"难道是你?"

"你打算把我监禁多久？"佩特拉问。

"看要花多久。"

"花多久干什么？"

"你和我一起征服世界。那不是很浪漫吗？或者，这么说，当有这个想法的时候，也会是很浪漫的。"

"那没什么浪漫的，"佩特拉说，"我也不会辅佐去你征服你心中那个无聊的世界，不管世界如何瞬息万变。"

"哦，你会合作的，"阿喀琉斯说，"我会逐个地杀掉安德战队中的其他队员，直到你屈服为止。"

"你并没有抓住他们，"佩特拉说，"而且你也不知道他们在哪里。他们正在远离你的地方安全地活着。"

阿喀琉斯咧开嘴羞怯地嘲笑着："你不要去愚弄天才，美女。你心里最明白，他们总要抛头露面的，当有他们的蛛丝马迹时，也就是他们的死期。"

"那是征服世界的一种方法，"佩特拉说，"一个一个地杀掉所有的人，直到你是最后一个幸存者。"

"你要做的头一件事情，"阿喀琉斯说，"就是解释出你发送出去的信息。"

"什么信息？"

阿喀琉斯拾起枪指着她。

"杀了我好了，那样我发送信息的秘密将永远烂在我的肚子里。"佩特拉说。

"不过我就不必再去听你自鸣得意地对我说谎了，"阿喀琉斯说，"那几乎是一种安慰。"

"好像你已经忘记了，我不是这次探险的志愿者。你要是不喜欢听我说话就让我走。"

"你对你自己如此肯定，"阿喀琉斯说，"但是我对你的了解比你对自己的了解更胜一筹。"

"那你看透我什么了呢？"佩特拉问。

"我知道你会最终屈服，并帮助我。"

"好吧，我也比你自己更看得穿你。"佩特拉说。

"哦，真的吗？"

"我能预测到我最终会死于你手。依然如此，就让那些烦人的选项在跳来跳去前了结我算了，省得提心吊胆的。"

"不，"阿喀琉斯说，"那样太孤独了，只有上帝才如此。"

"我竟然和你说了这么长时间的话？"佩特拉问。

"那是因为你有几个月的单独监禁生活，你在脱离独处后，愿意为陪伴你的人做任何事情，甚至是和我说话。"

阿喀琉斯一语中的，但佩特拉却感到恶心。"陪伴我的人？别自以为是了。"

"哦，你真恶劣，"阿喀琉斯笑着说，"看，我在流血。"

"你的双手早已沾满了鲜血。"

"你也满脸都是，"阿喀琉斯说，"来吧，那会很有趣的。"

"我觉得没有什么比单独监禁更乏味了。"

"你是最优秀的那个，佩特拉，"阿喀琉斯说，"但还有一个人更优秀。"

"是豆子。"佩特拉说。

"是安德，"阿喀琉斯说，"豆子无足轻重，而且他已经玩完了。"

佩特拉缄默不语。

阿喀琉斯探究地看着她。"你不发表些评论吗？"

"豆子死了，而你活着，"佩特拉说，"真是天理难容。"

面包车减速，进而停了下来。

"看那呀，"阿喀琉斯说，"我们愉快的谈话要在天上继续了。"

飞机？她听到头顶有飞行器的声音，是着陆还是起飞呢？

"我们要飞去哪里？"她问。

"谁说我们要飞走？"

"我说我们要飞走。"佩特拉说。就在阿喀琉斯靠近她的时候。"我觉得你已经丧失了俄罗斯的庇护，潜逃出国是必然结果。"

"你真的非常优秀，不停地为你的聪明标注新的标准。"阿喀琉斯说。

"同时你也在继续为你的失败埋下新的种子。"

他顿了下，然后继续做事，不受她只言片语的影响。"其他跑掉的孩子将与我为敌，"他说，"你了解他们，你能点中他们的要害。无论对付谁你都要给我出谋划策。"

"没门。"

"我们在一起，"阿喀琉斯说，"我不是个无趣的家伙。你会喜欢我的，直到世界尽头。"

"我，我知道，"佩特拉说，"那你喜欢什么呢？"

"你的信息，"阿喀琉斯说，"写给豆子的，不是吗？"

"什么信息？"佩特拉说。

"那就是你为什么不相信他已经死了。"

"我相信他已经死了。"佩特拉说。但她犹疑的表情随即出卖了她。

"或者你在怀疑——如果他在被我轰掉前得到了信息，为什么直到现在才把信息捅给新闻媒体呢？答案显而易见，佩特拉。是其他的高手发现并且解读了你传出的信息，带来的结果就是逼的爷要跑路了。所以你，佩特拉，我不需要你施舍给我那个信息的内容，我要去自己解决，我不信那有多难。"

"的确很简单，"佩特拉说，"能做你的阶下囚证明我不至于愚蠢到家吧，但像我这样笨嘴拙舌的人能给谁送出信息呢？"

"当我揭晓答案的时候，希望那里面能有让我高看的东西，不然的话我就把你揍出屎来。"

"你说得对，"佩特拉说，"你是魔术屎。"

十五分钟后，他们登上了一架小型私人喷气商务机，向东南方向飞去了。这架飞机的配置异常豪华，让佩特拉猜测它的主人是否为政府大元、军阀高官或是黑手党教父，也许机主黑白两道通吃。

她想把阿喀琉斯看得更透彻，对他察言观色显然不可取，这会让他欣喜她正对他兴趣浓厚。因此佩特拉把视线转向窗外，她开始后悔没有冒险说服那个死了的心理学家一起对付阿喀琉斯——看看窗外也许能平复悲哀的现实。

飞机上的广播宣布他们可以解开安全带了，佩特拉遂起身到卫生间去了。卫生间还是很小，但和普通客机的相比起来还是宽敞多了。而且有棉质的毛巾和优质的香皂。

她用沾湿的毛巾把血迹和尸体残渣从衣服上抹去。她这身脏衣服还将陪伴她很长时间，所以她至少要擦掉明显的块状污痕。把衣服擦干净后，毛巾已经脏得不能要了，所以她扔掉又拿了一块新的，用这块来擦自己的脸和手。她发力猛擦，直到她的脸红肿掉皮，才使脸上的血迹几乎没了。最后，她甚至用肥皂在狭小的洗手盆中清洗了头发。冲洗很困难，她一次只能往头上倒一杯水的量。

在卫生间里，她用独处时间思考着：那个心理学家把他生命的最后一秒用在了自己的失败上。事实证明佩特拉是对的，就如心理学家的死，但他的死丝毫没有改变事实，如果说他的目的有多么不纯，但是他确实是在试图从阿喀琉斯手里拯救她。无论他那个计划有多糟糕，但他毕竟为此失去了生命。也许所有的其他类似营救行动都进行得很顺利，计划可能和对她的营救行动如出一辙的糟糕。这里面有太多机会主义成分了，谁都会在一些问题上犯蠢，佩特拉的蠢就在于尝试去说服比她有话语权的顽固派，她还胆大包天地刺激他们去迁怒于她，她在办事的时候是否没意识到自己在犯蠢？不，她是在明知搞砸的情况下破罐破摔地硬着头皮上马，真是蠢上加蠢，最后人家怎么评价她的——"一个忘恩负义的小女孩"。

这个评价可真到位。

死神的镰刀如影随形，佩特拉惊悸于她的所见所闻，在阿喀琉斯的股掌中惊魂度日比她过去几个星期的囚禁更悲催，她仍然不能找到一个哭泣的理由。支撑她活着的是向外面人传递信息的期待，她曾经这么做了一次，是否能一而再再而三？她的感觉糟糕透顶，她的可悲人生会是独一无二，也许这就是悲惨的童年。不过她准备除了被自愿，和阿喀琉斯保持非暴力不合作的态度，哪怕只保持一分钟也行。

飞机突然倾斜，把她甩到了卫生间的侧壁。她半跌到地上——虽然卫生间的大部分设施仍然完好如初——但是她还是无法站立起来，因为飞机已经开始俯冲了，而且几分钟后，她发现自己气喘吁吁——充足的氧气已经被高空的稀薄空气所代替，她感到天旋地转。

难道是飞机的外壳被打坏了，有人正打算击落我们吗？

佩特拉在怀着求生欲望的同时不禁联想到：干得漂亮，无论牺牲飞机上多少人也要杀死阿喀琉斯，这将是全人类最伟大的一天。

但在她将要窒息之前，飞机又迅速恢复了平衡，舱内空气恢复原样。当前的状况表明，飞机已经爬升到了一个稳定的高度。佩特拉打开了卫生间的大门，走回主舱。发现飞机的边门已经半开着，阿喀琉斯就杵在离边门两米来远的地方，风抽打着他的头发和衣服，他正在摆好 POSE，好像他预料到愿望是多么美好，但自己就站在死亡的边缘。

她靠近他，盯着门口，确定她站的位置是安全的，然后俯瞰自己所处的高度。并不是高空，与巡航高度差不多，但是比任何建筑、桥梁和水坝都要高出一截。任何从这架飞机上掉下去的人都会粉身碎骨。

她有把握把他推下去吗？

当佩特拉悄悄靠近的时候，阿喀琉斯仰天大笑。

"出了什么状况？"她大喊，试图盖过风声。

"我忽然想到，"他喊回去，"带上你，是我的错误。"

这扇门是他故意打开的，是为她而开。

正当佩特拉开始后退的时候，阿喀琉斯猛地出手，抓住了她的手腕。

阿喀琉斯眼中的光芒让人惊异，但看上去并不癫狂，他……足以让人痴迷。就好像他发现佩特拉身上的闪光点，当然不是她本人的美丽，而是让她跪倒于他的力量。他是个自恋狂，爱着的人只有他自己。

她没有试图挣脱。相反，她扭动手腕反抓牢了他。

"来吧！我们一起跳，"她大叫，"那是我们能够做的最浪漫的事情了。"

他靠近过来。"而且错过我们将要一起创造的历史？"他冷笑道，"哦，我明白了，你想让我把你赶下飞机去。不，佩特拉，我会死死铐住你的，在你靠近门口的时候我会像锚一样坠住你，不让你被风卷去。"

"我有个更好的主意，"佩特拉说，"我做锚，你去关门。"

"但是锚必须是更强壮更稳重的那个，"阿喀琉斯说，"譬如我。"

"那我们就让门开着好了。"佩特拉说。

"门开着是飞不过兴都库什山脉①的。"

这是何意？是在提示她飞行的目的地吗？是阿喀琉斯对她露出的

---

① 兴都库什山脉是中亚地区最高大的山脉，长约一千六百千米，平均海拔约五千米。

一丝信赖？还是要把她就地处决的前奏？

然而她转念一想，阿喀琉斯要让她死的话，她早就死过无数次了，但她还是那么提心吊胆，那么惶惶不可终日。被推出去来个粉身碎骨还是饮弹而亡，这些对她来说都是画等号的，死亡就是死亡。如果阿喀琉斯没有杀机就应该把那扇该死的破门关上，除非他自己跑出去做锚！

"能让其他人干这事吗？"

"就剩一个飞行员了，"阿喀琉斯说，"你能开飞机吗？"

她摇摇头。

"所以还让那家伙留在驾驶舱里吧，我们来关门。"

"我不是想要唠叨，"佩特拉说，"但是开着门确实是在冒傻气。"

他对她咧嘴笑了。

佩特拉抓紧阿喀琉斯的手腕，顺着飞机的内壁往机门那里挪动。机门只是开了一道空隙，而且这是一种滑动门。因此她不必把手伸出飞机很远就能够到门把。但冷风抽打着她的胳膊，让如此简单无比的动作难上加难。且即使她够到门把并拉住后，也没有多余的力量再把门再完全拉回来。

阿喀琉斯看到佩特拉已经竭尽全力了，门虽没有完全被关上，但这道缝隙也不足以让任何人掉出去，风也袭不进来了，于是他松开了她和隔板，帮她继续拉把手。

如果现在用推而不是用拉。佩特拉一闪念。高空的寒风会助我一臂之力，把我和这家伙送到另一个世界。

干吧，她告诫自己。要让他死无葬身之地。即使与他同归于尽，也在所不惜。让这个如同希特勒、成吉思汗，匈奴王一样的男人同她一起逝去吧。

但如果没成功呢，让他侥幸逃过一劫，佩特拉就会白白搭上自己性命。不,她能在日后择机除掉他的,不必操之过急。

换个角度来言,佩特拉也没有做好殉难的准备。在外人来看也许时机成熟,况且阿喀琉斯真该千刀万剐,但她并没有铁了心,至少是现在。不成功便成仁,她选择的是忍辱负重。

他们把机门又用力拉了拉,最后,嘶的一声,门阻断了风的力量,飞机主舱又成了一个密闭的空间,阿喀琉斯拉动了开关将门上了锁。

"和你一起旅行总是险象环生!"佩特拉抱怨道。

"小点声,"阿喀琉斯说,"我现在能够听清你说的话。"

"你为什么不去潘普洛纳跑在牛前面呢,像一个正常人一样去寻死呢?"①佩特拉问。

他没有留意到她的嘲弄。"我必须说,你比我想得更有价值。"他装模作样地答道。

"你的意思是,你仍然有人类的谦逊? 你也许真的需要别人? "

他再次没有理会她的问话。"脸上没有血渍的你更加迷人。"

"但我可迷不过你啊。"

"我有我的原则,"阿喀琉斯说,"在战争中,如果军队攻击前进,我会躲在他们后面冷静思考,等待时机的。"

"那要是敌方反攻怎么办? "

阿喀琉斯笑了。"佩特拉,我不会对反攻的人做什么,因为我没有枪。"

"是啊,你太绅士了,总是为女士开门。"

他的微笑褪去了。"别刺激我,"他说,"虽然我在大部分时候能控制住情绪。"

---

① 潘普洛纳位于西班牙北部,每年都会举行一项传统的庆祝活动——圣费尔明节,俗称"奔牛节"。该节日因为欧内斯特·海明威的著作《太阳照常升起》中的相关描写而闻名于世。奔牛游行的危险性很大,死于牛角下的悲剧时有发生。

"那真的太糟糕了，你把自己包装得很成功、很伪善。"

他的眼睛里冒出了一丝怒火，然后他坐回到自己的座位上。

佩特拉诅咒自己，这样明目张胆地摸老虎屁股也许真的会被踹下飞机的。

但可能正是她的这种性格让阿喀琉斯重新审视了她，改变了先前的主意。

"我也许是个笨蛋，"她对自己说道，"摸不透他就别想这么多了，除非我也疯了。对阿喀琉斯这人刨根问底没有意义，找机会干掉他才是关键。我连自己都理解不了，又有什么资格去解读像阿喀琉斯这样变态的人呢？"

他们没有在兴都库什山脉腹地着陆。而是越过了恰特凯尔山脉①，补给燃料后飞跃喜马拉雅山脉前往身毒。

看来在目的地这件事上阿喀琉斯对她要滑头了，阿喀琉斯始终没有真正地信赖她。但阿喀琉斯竟然能够克制住杀她的念头，因此遭受点小小猜忌对佩特拉而言又算得了什么呢？

---

① 恰特凯尔山脉地处中亚，在兴都库什山脉以北。

牵线逝者

收件人：Carlotta%agape@vatican.net/orders/sisters/ind
发件人：Locke%erasmus@polnet.gov
主题：给逝者作答

如果你了解我的底细，并且能够联系到一个传说中的逝者的话，请告知他，我会尽力去实现他的期待。我相信进行更深入的合作是有可能的，但是不需要经过中间人。倘若你对我说的上述事件一头雾水的话，请回信告知我，我会另寻高人的。

豆子回到家，发现卡萝塔修女正在打包他们的行李。

"该跑路了吗？"他问。

他们已经达成默契，无论是谁决定下来，就双双拍屁股走人，不多做解释。那充分说明危险已然将至。如果他们不想在临死前说——"我们在三天前就该离开的""我至少没想好充分的理由"之类的丧气话。

"离起飞还有两个小时。"

"等一下，"豆子说，"你做走的决定，我做目的地的选择。"这样他们的满世界逃亡可以不断地随机排列组合。

她把打印出的电子邮件给他，是洛克的来信。"格林斯伯勒，在美国的北卡罗来纳州。"她说。

"我和你意见相左，"豆子说，"来信丝毫没有邀请我们的迹象。"

"他不希望有中间人，"卡萝塔说，"而且他的邮件可能会被追踪到。"

豆子划着了火柴，把信件销毁在洗手盆里。然后，他把灰烬捏碎冲进了下水道。"佩特拉有消息吗？"

"还是杳无音讯。小道消息说安德的手下有七个人得到了营救，但佩特拉被囚禁的地方依然是个谜。"

"这是在找借口。"豆子说。

"我明白，"卡萝塔说，"但没有小道消息，我们将与世隔绝。我担心她已经死了，豆子。这是我们能够分析出的最合理的可能。"

豆子了解，但他还是不死心。"你对佩特拉一无所知。"他说。

"你更对俄罗斯一无所知。"卡萝塔说。

"无论哪个国家都是正义的人占据主流。"豆子说。

"但阿喀琉斯的到来绝对可以颠覆这类平衡。"

豆子微微地点了点头。"理性告诉我你的话有道理，对佩特拉的期待可能会演变为一种奢侈的臆想。"

"看来咱们所见略同。"

豆子拎起他的手提箱。"是我长大了，还是它缩小了？"

"它当然是亘古不变。"卡萝塔说。

"我觉得是我长高了。"

"当然你在长大，看看你的裤子便知。"

"我还穿着它。"豆子说。

"简单地说，瞧瞧你的脚踝露出了多少？"

"哦。"这条裤子对比他刚买来穿时使他露出了更多的脚踝。

豆子还关注过自己长大，但是在阿拉拉夸拉的这一周里，那让他百思不得其解，他的身高至少长了五公分。如果是青春期的话，身体的其他部位应该如何变化呢？

"到格林斯伯勒给你换新装。"卡萝塔说。

格林斯伯勒。"那是安德的老家。"

"他也只去过一次，在他去战斗学校上学的时候，他们一家才搬到那里的。"

"哦,看来他和我一样是在大城市中长大的。"

卡萝塔修女付之一笑。"他和你截然不同。"

"因为他不会为了填饱肚子而去和其他孩子斗殴。"

"在衣食足而知荣辱的时候,"卡萝塔修女说,"他还是杀了人。"

"其实你不想去那,不是吗?"豆子说。

"你当年掌控阿喀琉斯于股掌之上,但最终还是饶了他一命。"

豆子不喜欢别人拿他和安德做比较,尤其是拎出劣迹来。"卡萝塔修女,如果当年我心狠点,做掉阿喀琉斯的话,我们现在就不会有如此多的麻烦了。"

"你是仁者无敌,你的仁慈让你开启了新的人生。同时你也给了阿喀琉斯一个重新做人的机会。"

"我把他送进了精神病院。"

"你真的确信自己缺乏美德吗?"

"是的,"豆子说,"比起谎言来,我更喜欢讲实话。"

"啊,"卡萝塔说,"那我就在功德林里给你加一分。"

豆子嘲笑自己的敌意。"我很高兴你喜欢我。"他说。

"你害怕面对他吗?"

"谁?"

"安德的哥哥。"

"不怕。"豆子说。

"现在你有什么感觉?"

"怀疑。"豆子说。

"他在邮件里表现得很谦逊,"卡萝塔修女说,"因为他还对当下的状况半知半解。"

"我可以称他为谦逊的霸主。"

"他还谈不上做霸主。"卡萝塔说。

"仅仅一系列的口诛笔伐就拯救了安德麾下的七员猛将,证明他能够一呼百应,而且野心勃勃。所以他虚伪的谦逊——对咱们来说是画蛇添足。"

"嘲笑你想要的吧,我们出去找辆出租车。"

走之前他们不留尾巴。把所有的账单全用现金付账,从不亏欠。然后,一走了之。

豆子的冒险经费来自格拉夫为他专设的账号,而不是从朱利安·德尔菲奇名下的军饷账户里提钱,那个账户除了军饷还有战斗奖金和退伍复原费。与此同时,IF给安德麾下的每名战士均设置了巨额的安全基金,这笔基金必须等他们到了一定年龄才可使用。那些存起来的军饷和奖金只是为了照顾他们的童年生活。格拉夫已经对他做过担保,在他满世界东躲西藏的时候,他会精打细算地管理好这笔钱的。

卡萝塔修女的钱则是来自梵蒂冈,那里有个人知道她现在在做什么,所以她的经济状况也不错。因此两个人不会为钱而捉襟见肘。况且他们也不是花钱大手大脚的人,卡萝塔修女勤俭持家,豆子则不会为了一时的出手阔绰而鹤立鸡群。他常常要装成一个给老奶奶跑腿的小崽子,而不是一个有身份、有独立经济能力的战斗小英雄。

他们的护照也能以假乱真,格拉夫的有力协助常帮他们渡过难关。从长相上来说,他们的容貌都是地中海血统的——所以他们拿的是加泰罗尼亚①的护照。卡萝塔也很了解巴塞罗那,加泰罗尼亚语是她幼年时的方言。但她现在只懂得只言片语,不过没有关系——几乎没有人会逼她去说家乡方言。没有人会惊讶于她的"孙子"根本

① 加泰罗尼亚位于伊比亚半岛东北部,是西班牙的一个自治区。巴塞罗那是加泰罗尼亚的首府。加泰罗尼亚语也是西班牙的官方语言之一。

就不会说。另外在他们的旅途中,又能遇到多少加泰罗尼亚人呢?谁会有兴趣去考证他们的人生呢? 当然,如若碰上那种游手好闲的家伙,他们可以选择避而远之,搬到新的城市甚至是新的国家去。

他们的飞机在迈阿密着陆,然后途径亚特兰大,最后到达格林斯伯勒。整趟行程让他们疲惫透顶,躺在机场旅馆里睡了整晚。第二天,他们登录网络,打印出这个国家的公交系统指南。那是一个公开系统,完全是电子的,但是这份地图对豆子来说没有任何意义。

"这怎么连公交车也没有?"他问。

"因为这里是富人的居住区。"卡萝塔修女说。

"富人们全住这里? 挤在一起?"

"他们觉得这样更安全,"卡萝塔说,"而且彼此住得近,便于他们的孩子联姻。"

"他们为什么要放弃公交车呢?"

"因为他们都开私家车。他们有能力负担私家车所产生的费用,而且私家车能让他们自由地安排自己的行程,还有助于炫富。"

"他们真蠢,"豆子说,"看看公交路网离他们有多远!"

"富人们不希望他们的街道为保持一个公交系统而被开放。"

"为什么呢?"豆子问。

卡萝塔修女笑了。"豆子,在军队里不也有很多不被人理解的蠢事吗?"

"但最后,胜者为王败者为寇。"

"好啊,富人们赢得了经济战争,或者是他们的父辈们赢的,所以他们现在有话语权来做他们想做的。"

"有时我对一些让人费解的事情一知半解。"

"那是因为你一半年华在天上,另一半年华在鹿特丹的街头上。"

"我和家人在希腊住过,也在阿拉夸拉待过,我应该有些阅历啊。"

"希腊和巴西不等同于美国。"

"那么说,美国是个拜金主义的国度?"

"不,豆子。拜金主义弥漫了整个世界,不同文化的表现方式不尽相同。例如,在阿拉拉夸拉,他们要确保电车线路一直通到富人家的近旁,那是为什么呢?那样可以让仆人去工作。在美国,他们更害怕罪犯的偷窃,所以你没有私家车的话就只能走路去那里了。"

"有时我很怀念战斗学校。"

"那是因为在战斗学校里,你是个天才,你的头脑和精神都比其他人富有。"

豆子在思考着她的话。虽然他在战斗学校里是个小萝卜头,但成绩优秀,这种优越感赋予了他某种力量,他成为学校里众人皆知的优等生。即使那些背地里嘲笑他的人也必须给他不情愿的尊敬,但是……"我并能随处为所欲为。"

"格拉夫也和我讲过你那劣迹斑斑的一面,"卡萝塔说,"曾经爬进空气管道去偷听事情,入侵过计算机主机系统,等等。"

"最终我还是被逮住了。"

"但也让你得逞了很久。况且逮住你后罚你了吗?没有吧。为什么呢?因为你是优等生。"

"金钱和才能不能做比较。"

"金钱可以世世代代地被继承下来,"卡萝塔修女说,"谁都爱钱,但优秀的组织会更重视人的才能。"

"好了,我们去拜访彼得,他住在哪里呢?"

卡萝塔有维京家每个成员的住址,不过在这里没有什么指示意义——门牌都是以'S'做结尾的。"他家不好找啊,"卡萝塔说,"何况我也不想去他家打搅他。"

"为什么呢？"

"我不确定他的父母是否了解他的另一面，格拉夫就非常确信他们不知道。如果两个外国人在这种状况下突然造访，会让他们产生疑惑，进而怀疑他们的儿子在互联网上不干好事。"

"那咱去哪里？"

"彼得按照年龄来说应该上中学。但是根据他的超常智商，我敢打赌他已经跳级到大学去了。"她在说话时，脑子里也在捋顺着信息。"大学，大学，大学，多数大学都在城里。首先是最大的，对他来说最好消失在……"

"他为什么要消失？没有人知道他是谁。"

"他只是不希望别人注意到他荒废学业而把更多精力泡在互联网上，他要把自己伪装成一个没有棱角的同龄人。他会抽取所有的业余时间和朋友在一起，或者和异性，或者去泡妞，或者和朋友一起谈心以掩人耳目。"

"对于一位修女来说，你还真八卦。"

"我可不是天生的修女。"

"但你生下来就是女性。"

"我是过来人，是从青春少女的角度看着那些青春少男长起来的。"

"你觉得彼得会在哪更靠谱呢？"

"无论伪装洛克还是德摩斯梯尼，那都是一个花精力的活。"

"你这么确定他就死守在学校里？"

"因为如果他整天都宅在家里读写邮件的话，他的父母会心烦的。"

但豆子想不通什么能让父母心烦，他是在战争结束后才寻找到他父母的，他的父母也没有因为任何事打骂过他，或许他们对豆子还不亲。他们也不常批评尼可拉,但是……再不常也比豆子的要多。这是否暗示着他们当他们新儿子朱利安的父母还太短暂,他们一起生活还不够默契,不够贴切。

"我奇怪于我父母的所作所为。"

"你父母对你很好,如果有异常的话我也会留意到的。"卡萝塔说。

"我知道,"豆子说,"那不意味着我不能怀疑。"

她没有回答,只是继续敲着她的键盘,把新的页面显示在界面上。"找到了,"她说,"一个居无定所的学生。没有地址,只有电子邮件和学校信箱。"

"他班级的课程表呢?"豆子问。

"他们不邮寄那个。"

豆子笑了。"看来有麻烦了?"

"不,豆子,你不要去闯入他们的系统,别留下蛛丝马迹引火烧身。"

"我不会被追踪的。"

"那是你从不留意你的身后。"

"不过是个学校,不存在陷阱。"

"看似无害的东西没准是潘多拉魔盒。"

"你是从《圣经》里学来的这份警惕?"

"不,是观察得来的。"

"那么我们怎么办?"

"你的声音太嫩了,"卡萝塔修女说,"我们可以用电话煲来解决事情。"

随后,她用自己的方式和那所大学的职员取得了联系。"他是一个非常优秀的男孩,在我的手推车的轱辘断掉的时候帮我提东西,我想我捡到的这串钥匙或许是他的,我想及时送回到他手里,在他开始愁眉不展前……不,我不用邮件先联系他,那怎么能够'及时'呢?我也不会把钥匙留在你那里,没准那不是他的呢。我想想我该怎么办,如果钥匙是他的话,他会跟感激你告诉我他的所在班级。如果他真的丢了钥匙。这不会对大家有任何损失的……很好,我会等的。"

卡萝塔修女向后倒在床上,豆子笑她。"一个修女怎能如此谎话连篇啊?"

她压低了嗓音说道:"你无论给他人编出什么出格的故事,只要能让他安心工作,就不是在说谎。"

"但是人家工作得轻车熟路,没必要给你彼得的资料。"

"他干得再出色,也会明白工作条例,知晓出现了特殊情况时的应对措施。"

"按部就班的人成不了好职员,"豆子说,"这是我们在战斗学校里率先学到的。"

"非常正确,"卡萝塔说,"所以我有必要编个故事来引导他一下。"她把注意力转移到了突然响起的电话上。"哦,多么好啊。好的,太好了。我会在那里看到他的。"

她挂断电话,露出了微笑。"很好,职员和彼得取得了联系,他承认丢了钥匙,而且他希望在亚姆—亚姆约见一个和蔼可亲的老淑女。"

"亚姆—亚姆是什么?"豆子问。

"我也不知道,但从他说的口气看,这会是一个住在校园附近的老淑女应该知道的地方。"她已经沉浸到城市目录了。"哦,是校园附近的餐厅。很好,就到那里,让我们去见见未来的霸主吧!"

"等一会,"豆子说,"别急着走。"

"为什么呢?"

"我们必须带上一串钥匙。"

卡萝塔修女看着他，确认他没发疯。"钥匙的事情全是捏造的，豆子。"

"那个职员知道你要去见彼得·维京，为的是归还他钥匙。如果他凑巧就在亚姆—亚姆吃午饭咋办？而且当他看到我们和彼得侃侃而谈却又没有还钥匙的意思又如何呢？"

"我们得争分夺秒。"

"好的，我有一个更好的主意。就装作慌慌张张的样子，告诉那个可能出现的职员说你忙于来亚姆—亚姆见彼得却忘记带钥匙了，你会让彼得跟你回去取的。"

"你在这方面总是抖小机灵，豆子。"

"瞒天过海是我的第二本能。"

公交车来去匆匆且准时，因为现在还不是上下班高峰时间，他们的车很快就到了校园。豆子更擅长按图索骥，所以他们没费吹灰之力就找到了亚姆—亚姆。

这地方看上去就是个破酒吧，而且十分的古旧破败，没有理由让人认定它是一家故意做旧的正常餐馆。豆子想起了他的父亲，老爷子对一个位于他们老家克里特岛①上的狗食馆的评语是"谁进去谁就得翻江倒胃"。

在亚姆—亚姆，食谱平淡无奇——高不出任何公共食堂的水平——色香味均无，油腻和齁甜大行其道。但是豆子并不会因此而吹毛求疵，他比别人的口味更重，而且他明白美食家和匆忙的食客之间是有区别的。在鹿特丹街头饥一顿饱一顿的日子和待在太空吃的那些干燥的加工食品时的情景，让眼前的高卡路里垃圾食品更加诱人，

---

① 克里特岛位于地中海北部，是希腊的第一大岛，该岛是诸多希腊神话的起源地，是希腊文化、西洋文明的摇篮，同时又是世界闻名的度假胜地。

豆子还不忘记去抢冰淇淋。他可是刚刚从阿拉拉夸拉来,那里是美食的天堂,相比而言,美国快餐又甜又腻。

"奶奶,好好吃。"豆子说。

"Fecha a boquinha,menino。"她回答,"E não fala português aqui。"①

"我可不想用他们不懂得的语言来批判冰淇淋。"

"关于饥饿的记忆没有让你更难受吗?"

"怎么每件事都要联系到道德问题?"

"我的论文是关于阿奎奈和蒂利希②的,"卡萝塔修女说,"全部都是哲学问题。"

"大部分人都会被你说得云里雾里的。"

"况且你连大学都没读过。"

一个高个男猛地坐到豆子旁边。"对不起,我迟到了,"他说,"是你们找到了我的钥匙?"

"我真健忘,"卡萝塔修女说,"到这后我才意识到我把钥匙落家了。今天的冰淇淋我埋单,吃完咱们一块回去拿好吗?"

豆子抬头仔细端详着彼得的面庞,很容易找到安德的眉眼,但是又各有千秋,绝不能说一不仔细看彼得就把其误认作安德。

就是这个孩子一手促成了停火协议并结束了联盟战争,一个想当霸主的孩子。他很帅,不过和电影明星的那种英俊略有不同——他很带人缘,人们会因此而信任他。豆子曾经看过很多介绍独裁者的纪录片,例如阿道夫·希特勒就固执地留着愚蠢的胡子,他鹰一般的双眼能够洞察一切,无论他宣讲什么,无论他扫视哪里,你都会被迫感觉他是在对你讲话,并注视着你,重视着你。从这点来说,阿道夫·希

---

① 原书在这里用的是拉丁文。
② 保罗·约翰尼斯·蒂利希,神学家、哲学家。生于德国,后加入美国籍。他主张神学与哲学不可分离,宣扬"文化神学"。

特勒不像其他一些独裁者那样不专注。彼得很明显拥有着超凡的能力，如同希特勒一样。

如此比较，欠缺准确，但你很难看穿一个善于玩弄权谋的人。面对着卡萝塔修女的小伎俩，彼得避实就虚，真真假假。而卡萝塔则显得有些笨拙，她在用一种豆子不认可的方式去了解彼得。但彼得拥有诱惑的天分，那很危险。

"我跟您走回家，"彼得说，"而且我不饿，你们结过账了吗？"

"当然，"卡萝塔修女说，"这是我的孙子，来，丹尼佛。"

彼得这才转过来注意豆子——但豆子很确定彼得在之前早已彻底评估过他了。"可爱的孩子，"他说，"他多大了？上学了吗？"

"我虽然不大，"豆子高兴地说，"但是我也不是猪脑子。"

"都是那些录制战斗学校生活的纪录片害的，"彼得说，"连小孩子都在学舌那里面的混合方言了。"

"不过现在的孩子必须什么都学，我坚持这样。"卡萝塔修女起身带路，"我的孙子初来乍到，他不大懂得你的美式幽默。"

"不，我懂。"豆子说。他试图把自己伪装成一个很容易暴躁的孩子，露出一副苦恼状。

"他的英语说得很漂亮。您在过马路的时候最好拉住他的手，这里的校园电车和代顿①里的一样横冲直撞。"

豆子的眼珠转了转，然后顺从地让卡萝塔拉着他的手过马路。彼得很显然在试图激怒他，但是为什么呢？很明显他还没有浅薄到认为羞辱豆子能够给他带来某些优势，也许他乐于让其他人觉得自己很渺小。

随后，他们远离了校区，兜了几个圈子来确信没人跟踪他们。

---

① 代顿是美国俄亥俄州的城市。

"这么说，你就是伟大的朱利安·德尔菲奇了。"彼得说。

"而你就是洛克。当萨卡时代历法①结束后，他们会把你捧到霸主的位置上，躲在幕后垂帘听政太不光明正大了。"

"我马上就要公开身份了。"彼得说。

"啊，所以你做了整容手术变成帅哥。"豆子说。

"就凭这张老脸？"彼得说，"我可不是凭脸蛋吃饭的。"

"好了，小屁孩，"卡萝塔修女说，"你非要活跃得像个小猩猩吗？"

彼得忍不住扑哧一笑。"来吧，嬷嬷，我们不过是在开玩笑。咱们就不能去看场电影吗？"

"不吃晚饭就上床睡觉，你们都是这样。"卡萝塔修女说。

豆子已经很清楚了。"佩特拉在哪里？"

彼得看着他，好像他神经不正常。"我不清楚她。"

"你有信息源，"豆子说，"你还有更多内容没透露给我们。"

"你不也一样吗？"彼得说，"我想我们的工作应当建立在互相信任的基础上，然后我们才能直捣黄龙。"

"她死了吗？"豆子说。他不乐意转移话题。

彼得看着他的手表。"这个时候，我不知道。"

豆子停下了脚步，他厌烦地转向卡萝塔。"我们浪费了一次旅行，"他说，"我们冒着生命危险可是什么也没捞到。"

"你确定吗？"卡萝塔修女说。

豆子回头看看彼得，他看上去是真让人困惑。"他想要成为霸主，"豆子说，"但是他一钱不值。"于是，豆子走开了。当然，他记得回去的路，无须卡萝塔修女的指引也能走到公交车站。研究一下公交路线可以转移他对彼得的失望，因为在他眼里彼得就是个玩把戏的

---

① 萨卡时代历法是形成于古代南亚地区的一种天文历法，有点类似农历。

傻瓜。

没人在他身后呼唤他，他也没有回头。

豆子登上了与返回住处相反方向的公交车，彼得和华伦蒂也许对这路车很熟悉，但安德却不同，如果安德没有去战斗学校学习，就在这里长大，在这里上学，那他的整个人生也许是天上地下。安德的第一次杀生或许也就不会发生——没有了像史蒂生那样的欺凌弱小者，也就不会有他带着一群人伏击安德，结果搭上了自己的性命这出丑事。安德在搏斗中够残忍、够手段，直到赢得胜利。没有这些，他会被纳入到战斗学校的计划中吗？豆子目睹了安德的第二次杀戮，与他的处女杀如出一辙。安德就那么一个人，在众人的围观下——用自己的方式一对一单挑，最后将敌人置之死地而后快。这本来都是军事战略家们教导我们的战争法则。但是安德生来就能悟出，他当年只有五岁啊。

豆子想，我在五岁时候都在想什么呢？在那个年龄段，杀戮对我来说太不可能了，我太小了。我只想着怎么样活着，艰难地活着。我不理解杀戮，但安德却恰恰相反。

豆子走过那一排排拥挤的老宅，一排排崭新的新房——这些对他来说，全都是奇迹。他在战争过后有幸寻到了父母并搬回希腊生活，他终于有机会看看别人的孩子是怎样长大的。一个孩子的性格掺杂了多少他成长时的环境、接触到的人群、所处的家庭、交往的朋友？豆子的那些天赋呢？是鹿特丹卑劣的街头能够培养出一个军事天才？还是格林斯伯勒安逸的街区能够隐藏一个孩子的天分？

和安德相比，我和他就在伯仲之间，但安德成功了。安德没有过饥一顿饱一顿，他是在人们的称赞呵护下成长。我长大的地方，为了一小片食物，也要拼尽全力。所以我更加地不顾一切，而安德则能抑制住欲望。

无论谁占领指挥官的位置，都不会做出英雄所见略同的抉择。安德是安德，我是我。他有着消灭虫族的理念，我要的则是苟且偷生。

我现在想什么呢？我是个光杆司令。如果出了事，我又能有多大能耐呢？佩特拉，如果她还活着，定是处在几乎绝望的危险中，她指望我去解救她。现在其他人都自由了，唯有她还下落不明。阿喀琉斯对她做了什么？我不能让佩特拉落得和颇克一样的下场。

这就是安德和豆子的不同。安德战无不胜攻无不取，他知道他接下来要去做什么。但豆子料不到他的朋友颇克已经命悬一线，直到事情已无可挽回。如果他留意一下危险正在逼近她，他可以选择去警告她、帮助她、拯救她。可是相反，颇克的尸身被扔到了莱茵河里，被人发现在波浪中和那些垃圾一同漂着。

现在命运之钟再次敲响。

豆子站在维京家的门口。安德从没来过他的新家，在审讯中也没显示过这里的照片，但这里又完全是豆子预想的样子。在前庭有一棵树，有木条钉在树干中，搭成一个通向树冠高处的梯子。一个整齐的，照管得很好的花园。这是一处幽静的避难所。安德从没有过的东西。但是，彼得和华伦蒂住在这。

佩特拉的花园在哪呢？而我的花园又在哪呢？

豆子知道他有点不切实际。如果安德重返地球，他也无疑会被雪藏起来——如果阿喀琉斯或者其他坏家伙没有直接杀掉他的话。豆子猜测安德早就打好了算盘，与其回到地球东躲西藏，不如远走太空，移民到其他的星球，离开他出生的世界，永远地流亡。

一个女人从房子的前门走出来，那是维京夫人吗？

"孩子，你是迷路了吗？"她问。

豆子的神色在失望中——不，是在绝望中——他太掉以轻心了。

这栋房子也许被监视着。即使不是这样,维京夫人本人会对他记忆犹新的—— 一个本该在上学时间却出现在她房子跟前的小男孩。

"这里就是安德·维京家人生活的地方吗?"

她的脸上划过了一片阴云,很短暂的一瞬,但豆子在她重回微笑前察觉到了。"是的,"她说,"但他不是在这里长大的,而且我们不接受参观。"

豆子有些被冲动搞昏了头。"我是和他在一起的,在那场最后的战役中,我在他麾下,和他并肩作战。"

她凝住了微笑,不再是只有疏远的客套,那是一种包含着温存的痛苦表情。"哦,"她说,"你是个退伍军人。"言毕,她脸上生出了一丝烦恼压过了温和。"我对安德的战友均有印象,你应该是那个死去的——朱利安·德尔菲奇。"

就这样,他的掩护被揭开——而且是他自毁长城,把自己的身份暴露给她。豆子犯什么傻?安德的队伍总共也就十一个人。"很明显,有人想要我死,"他说,"如果您泄露了我的行踪,那个想要我命的人会手舞足蹈的。"

"我怎么会说呢? 但是你来这里实在是太不小心了。"

"我也觉得出来。"豆子说。多么苍白的解释。

她没有怀疑。"那太荒谬了,"她说,"你不会毫无理由地冒上生命的危险来这的。"一种不祥的预感跃进她的脑海里。

"彼得现在不在家。"

"这我知道,"豆子说,"我刚才就和他在大学里待着。"然后他突然意识到,维京夫人没有理由认为他是来找彼得的,除非她或多或少地知道彼得干的那些勾当。"您了解的。"他说。

她闭上眼睛,意识到现在她所承认了的。"我们两个都是大蠢蛋,"她说,"或者说我们是相见如故,对对方坦诚得令人后怕。"

"如果一方不信任,那另一方就是真蠢蛋。"豆子说。

"我们会暴露的,不是吗?"然后她笑了,"不能让你继续留在门口了,邻居会怀疑这样一个孩子为什么不上学去。"

他跟随维京夫人走过门前的小路。豆子是在走向那扇安德多么渴望看到的家门,但安德永远回不了家。就像邦佐·马利德,死于和安德争斗的意外。邦佐,是因为升天了而回不去家;安德,是因为付出代价去流亡而永不归家。现在,豆子已经进入了安德的家。当今的世界正在打一场完全不同的战争,在这看不见的硝烟中,维京夫人的另一个儿子正身陷危险的泥潭。

维京夫人真的对一切一无所知吗?彼得拿学生身份作为掩护颠覆的是整个世界。

他向维京夫人求了份三明治,维京夫人也一如既往地接待一个饥饿的小孩。摆上桌来的是一种美国式的白面包上涂着花生酱的三明治。她也曾经为安德做过这样的餐食吗?

"我想安德。"豆子说。他在讨维京夫人的怜爱。

"如果安德在地球上的话,"维京夫人说,"他也可能会被杀的。当我读到……洛克……写的那个从鹿特丹来的孩子,我不能想象那些歹人会让安德活下去。你知道谁是歹人,不是吗?他的大名是什么?"

"阿喀琉斯。"豆子说。

"你在东躲西藏,"她说,"但是你看上去是那么的小。"

"我和一位叫卡萝塔的修女一起旅行,"豆子说,"我们对外宣称是祖孙。"

"我很欣慰你不是孤身一人。"

"安德也不是。"

维京夫人的眼里涌出了泪水。"我觉得他比我们更需要华伦蒂。"

由于冲动——又是冲动，冲动的行为代替了理智的决定——豆子伸出手，把他的手放到她的手上。她对他笑着。

　　过了一会，豆子再次意识到在这里可能隐藏的危机，如果这栋房子被人监视怎么办？IF 知晓彼得——他们也可能在这里放了暗哨。

　　"我该走了。"豆子说。

　　"我很高兴你能来，"她说，"我非常想和一个认识安德却不嫉妒他的人交谈。"

　　"谁不嫉妒他啊，"豆子说，"但他是我们中最好的那个。"

　　"如果不是认为他是最好的话，别人会羡慕他吗？"

　　豆子笑了。"是啊，当你羡慕某人的时候，你会暗示自己他实际不那么好。"

　　"那么……其他的孩子羡慕他的能力吗？"维京夫人问，"或者只承认赏识他？"

　　豆子不喜欢这个问题，但碍于提问人的身份又不得不作答。"我可以把这个问题抛回给您。您觉得彼得羡慕他的能力吗？或者只是赞赏？"

　　维京夫人愣在那里，思考着答案。豆子明白对家庭的忠诚让她无法回答。"我不是随便问的，"豆子说，"我不知道您对彼得做的事情到底知道多少……"

　　"我们阅读了他发表的所有文章，"维京夫人说，"而且我们还要在他面前装作对这个世界的无知。"

　　"我在是否投靠彼得这件事上摇摆不定，"豆子说，"我没有渠道去了解他，我不知道该信任他到什么程度。"

　　"我希望可以帮到你，"维京夫人说，"但彼得飘忽不定的做事节奏让我也不能捕捉他的旋律。"

　　"您爱他吗？"豆子问。他不知他是否生性愚钝，但他不会有多少像今天这样的机会和潜在盟友的母亲谈心——当然彼得也有可能成为自己未来的敌手。

"我爱他，"维京夫人说，"他对父母有所保留，但公平的是——我们的心扉也不会完全敞开给他。"

"为什么不呢？"豆子问。他想到他父母的开明，他们了解尼可拉，尼可拉也爱他们，两代人彼此间不设防的交谈几乎让豆子喘不过气来。很明显维京家没有这个习惯。

"那非常复杂。"维京夫人说。

"您的意思是那与我无关吧！"

"完全相反，我知道那与你关系很大。"她叹着气坐下，"来吧，让我们不要假装这只是入门的谈话了。你来是要了解彼得的，仅仅告诉你我什么都不知道是易如反掌的事。彼得从不告诉任何人他们想要知道的事，除非让他们知道是对他有利。"

"但是难回答的是……"

"我们几乎从一开始就对我们的孩子隐瞒了事情，"维京夫人说，"所以我们并不惊讶于他们这么小就学会谎话连篇。"

"你们隐瞒了什么呢？"

"我们都不告诉我们自己的孩子，所以我会告诉你吗？"但是她立刻就自问自答地圆了场，"如果华伦蒂和安德都在的话，我想我会与他们和盘托出的。我曾甚至试图在华伦蒂远走太空前对她有所解释。我说这番话很难，因为我在以前的岁月里对此只字未提。让我……让我从哪里开始呢……我得说，即使 IF 不允许，我们也要生下第三个孩子。"

在豆子长大的地方对于像控制生育这样的人口限制法几乎是一纸空文——鹿特丹街上的流浪儿全都是超生的，他们全都是法律里的违禁品。况且在你饥肠辘辘的时候，你很难去关心自己的受教育问题。豆子了解一些安德的家庭情况，他明白安德父母当年决定要老三是多么事关重大。"你们为什么要这么做呢？"豆子问，"那会伤害到你们所有的孩子，损害到你们的家庭。"

"我们如履薄冰，"维京夫人说，"我们要放弃很多很多，你知道，我们一家都是有信仰的人。"

"世界上有很多有信仰的人。"

"但当年我们没待在美国，"维京夫人说，"我们不是那种狂热到用超生孩子来反社会的自私鬼，只是因为我们相信信仰。当彼得还是一个蹒跚学步的孩童时，他就表现出过人的天赋，因此有人就开始盯着我们的孩子了，那对我们来说简直是一场灾难。我们原本希望……不多嘴多舌的，我们还想过一家子隐居起来，你知道我们一家子都是喜欢玩弄点小聪明。"

"我也在怀疑为什么拥有如此高智商的父母没有建立属于自己的霸业呢？"豆子说，"或者至少在某一方某一业占有一席之地。"

"某一方某一业？"维京夫人蔑视地说，"美国的精英团体根本就是不聪明不诚实的一群人，他们全是蠢货到极点，也碰巧近十来年有着什么随波逐流的知识潮流，他们竟然要求所有人都要跟随着他们顽固的权威迈进。就是有人无法容忍他们追逐的那些东西，即便是上帝也不承认他们，一分钟也不，看不起他们的人往往都是不起眼的小圈子。"

她的腔调有些愤愤不平。

"我就是愤慨这些。"她说。

"您有您的生活方式，"豆子说，"所以您认为您比别的聪明人更高明。"

她有一点退避三舍。"所以我不太愿意和他人讨论我们的信仰问题。"

"我并不想说服谁,"豆子说,"我自信我也是个聪明人,聪明人不会在一些问题上三缄其口的。您如果真的有信仰,就不应该保持一个虚伪的隐瞒状态,这就是我想和您说的。"

"不,君子和而不同,"她说,"我丈夫和我之间也会有分歧,但我们唯一同意的事就是我们的信仰想通。虽然我们也在为蔑视法律的决定做着精心的辩护,但这种辩护本身不会伤害到我们的孩子。我们最终是想把他们作为信徒教养长大。"

"但你们并没有成功?"

"因为我们生性懦弱,"维京夫人说,"有 IF 的监视,我们没法对他们的教育尽职尽责。他们会进行干预来确保我们不误导孩子以妨碍他们将要执行计划中的任务,这些任务包括安德和你。于是我们只能把信仰偃旗息鼓,不是瞒着我们的孩子,而是瞒着那些战斗学校里的人。在彼得的监视器被拿走的时候我们的心放松了不少,然后是华伦蒂的。我们为此一直处在崩溃的边缘。我们曾经计划秘密出走,逃到一个没有监控的世外桃源去,然后生第三个孩子,还有第四个孩子,在他们逮到我们前能生几个就生几个。但是 IF 的人突然来找我们,强制我们生第三个孩子。我们随即打消了逃跑的念头,你明白吗?我们常年战战兢兢地活着,在这一刻终于可以选择安逸了,如果用 IF 给我们的生育特权做掩护,凭什么不要老三呢?"

"但是随后他们带走了安德。"

"在他们带走安德的时候,彼得和华伦蒂已经长大了,他们失去我们的信仰庇护太长时间了。如果你没有在孩子的幼年时对他们潜移默化的话,那信仰就不会真正地深植在他们的心中。所以你只得期待他们会在晚一点的时候,靠自己来确立信仰。正所谓,小时候丢的功课,大了没法让父母来补。"

"灌输给他们。"

"那是父母的概念，"维京夫人说，"填鸭式的灌输只是父母们的一厢情愿。有文化的父母也可能认识不到学校的教育是偏执的。"

"我不是要试图去激怒您。"豆子说。

"但是你还是使用一些有批判意味的字眼。"

"对不起。"豆子说。

"你还是一个孩子，"维京夫人说，"无论你有多么耳聪目明，你还是沾染了很多当权者的陈旧思维。我不认同他们，但你已耳濡目染了。当他们带走安德，而我们终于可以不再过对孩子说的每个字都被严格审查的生活之时，我们才意识到彼得已经完完全全地被 IF 洗脑了。他甚至跟不上我们的思维，他会去告发我们的，我们也会因此失去他。你能够在放弃你第一个孩子的情况下去生下第四、第五甚至第六个孩子吗？彼得有时看上去根本没有道德约束，如果有人需要用信仰净化灵魂的话，那就应该是彼得，但是他宁愿毫无信仰。"

"也许他根本就没能力得到信仰。"豆子说。

"你不了解他，"维京夫人说，"他生活在骄横跋扈中。如果他会为了满足他傲气的内心而去获得信仰的话，即使再难，他也会去勇于尝试。根本不是他没能力的问题。"

"所以你们甚至没有做让他相信你们信仰的尝试？"豆子问。

"怎么说呢？"维京夫人说，"我们不会让因对信仰的理解有异而造成家庭成员分道扬镳的状况发生。我们对彼得采取的是一种旁观者的方式，让他自己去找一条自我救赎的道路……譬如一种认真的态度，不，还有比那更重要的，一种正直或是一种荣誉。我们也参考了战斗学校里的一些办法来检测彼得。在彼得强迫华伦蒂成为德摩斯梯尼这件事上，我们绞尽心力地选择不插手，我们觉得华伦蒂不会因此而误入歧途的，事实也证明了这一点——她的心地是高贵的，似乎会产生一种无形的力量来抵抗彼得的操控。"

"您真的没有想过去阻止他的所作所为吗？"

她笑了。"哦，你说的是现在？假如你对自己的智商自我感觉良好的话，那你想干什么谁拦得住？你能听得进去他人的忠言逆耳吗？正因为如此，彼得才无法进入战斗学校，因为他太野心勃勃、太叛逆、太靠不住，以至于不能按照命令行事。我们有时想想还真的怕他。"

"是的，我看出你们不行，"豆子说，"但是你们就打算这么无为而治吗？"

"我们只能尽可能地教他，"维京夫人说，"在用餐的时候，我们能察觉得到他是如何把我们置身事外的，如何轻视我们的意见的。我们是多么处心积虑地去隐藏我们知道他用洛克身份写东西的事实；我们的交谈实在是非常地……言简意赅、乏味至极。我们可能在他眼里是无知家长的典型，所以也别指望他会尊重我们。但是他还是听从了我们的一些建议，就是关于什么是一种认真的态度、一种正直和一种荣誉，等等。不知道他是何时吸纳的，还是我们只在自己身上找到了这些，但我们的确看到他成长了。所以……你问我他可不可以信赖，我无法回答，因为……看你信赖他去做什么事情？做你想要他做的事情？那就免了。你想让他按照你的行为准则去思考？我会笑破肚皮的。他有荣誉感，他有毅力迎难而上，不是仅仅为了出风头，而是随着信念毅然决然。当然，他的行为也许只是为了粉饰洛克这个身份而已。以上都是我们的猜测，从没有从彼得口中得到过证实。"

"你们等于对彼得放任自流，因为你们没有在他面前成功地树立威信，他也不可能真真正正地尊重你们，因为你们从来没有表现出你们其实具备了解他并能够抓住他的想法的本事。"

泪光在她的眼眶中闪耀。"有时我是那么想念华伦蒂，她诚实、美丽又贴心。"

"那么她告诉您她就是德摩斯梯尼了吗？"

"没有，"维京夫人说，"她心里很有数，知道她如果不守着彼得的秘密的话，会给家庭造成永远的裂痕。她仅仅对我们隐瞒这一小点，但她让我们更清楚地了解了彼得。还有她生活中的点点滴滴，那些彼得越俎代庖替她决定的事情，她都原原本本地告诉了我们。而且她也愿意聆听我们说的话，在乎我们的想法。"

"所以你们和她分享了你们的信仰？"

"我们并没有和她直接分享我们的信仰，"维京夫人说，"但我们教导她理解那些信仰的要义。我们尽力而为。"

"我相信你们做了。"豆子说。

"我看得出来，"维京夫人说，"你瞧不上我们，就和我们判断彼得对我们的看法一样。"

"我没有。"豆子说。

"别再欺骗我了，你的举动我能辨识一二。"

"我不是瞧不上您，我这么做的目的是为了……为了高看您一眼，"豆子说，"但是您必须清醒地认识到你们两代人之间的互相逃避，以及彼得在一个疏于管教的环境中长大的事实——我无法对他保持一个乐观状态的长久信任。因为我准备把自己的身家性命交到他的手里，却从您这了解到他是一个在整个生活中从没有与他人建立诚实关系的人。"

维京夫人的眼神开始变得冷酷和疏远。"你得到你认为有用的信息了，也许你该离开这了。"

"我没有打探您的意思。"豆子说。

"太荒谬了，你不正在做吗？"维京夫人说。

"况且我也没有在谴责你们。"

"别开玩笑了。你谴责我们，你知道些什么呢？我同意，我也在自责。我管那叫上帝的意志，我的行为导致仅留下我身边唯一的一个孩子,他的光辉将载入史册,他将给整个世界带来翻天覆地的变迁。"

"他将给世界留下伤痕累累的记忆,"豆子说,"就看他和阿喀琉斯鹿死谁手了。"

"我们做对了一些事,"维京夫人说,"我们给他测试自己能力的自由。你知道我们原本可以教导他发表更好的东西的。他认为他比我们聪明,只是因为我们在难以置信地装聋作哑。有多少父母会让他们十几岁的儿子插手国际事务呢?当他写东西反对……反对让安德回家,你不知道我多想把他傲慢的小眼睛抓瞎……我太进退两难了……"

豆子头一次看到了维京夫人分裂的内心。他在想,这就是彼得的母亲想对他倾诉的,对一个孤儿倾诉的吗?

"但是我没有,不是吗?"维京夫人说。

"没有什么?"

"没有制止他。而且事态的结果证明彼得是对的。因为如果安德回到地球上,他或许会死的,或许会成为被绑架的孩子之一,或许会被迫和你一样东躲西藏。但是我还是……安德是他的弟弟,他把安德放逐到宇宙中去,只留下安德幼年和我们在一起的那些记忆。彼得甚至威胁过他的妹妹和弟弟,他说再不离开地球他就会把他们赶尽杀绝。"

"安德没有死。"

"我们夫妇曾经怀疑过这一切。在夜深人静的时候,我们试图去解读我们的家庭,我们的梦想,我们觉得彼得放逐安德是缘于爱他,他料到了安德回到地球的时候将会面对的危险;或者说是他害怕安德的归来会连累到他,所以他发出威胁逼安德去流亡——也许还会有更多的解释,我不知道,从一种初级的自我控制,到一种非常自私的庄重含糊的尊重,这也是一种进步。"

"或者上述无一正确。"

"也许在这些事情上我们全是被上帝引导着,而且上帝把你带到这里。"

"卡萝塔修女也这么说。"

"她可能是正确的。"

"我的看法和你们都不一样,"豆子说,"如果上帝真的存在的话,我觉得他应该相当厌烦他的工作。"

"或者你不明白他的工作是什么。"

"相信我吧,卡萝塔修女是基督教的女修道士。我们不要把交谈变成诡辩,我是被专家训练过,像您说的那样,您显然没有受过这方面的训练。"

"朱利安·德尔菲奇,"维京夫人说,"当我在家门外的人行道前看到你的时候,我就下定决心,把我和我丈夫的私房话以及连他也不知道的点点滴滴,全都告诉了你。我告诉你那些彼得没留心的事情,包括他所忽略的我对他的了解,等等。如果你对我的母性评价很低的话,请留在心里,无论你是怎么想的,都是源于我对你的坦白。我的动机都是担心彼得的未来,你是有机会和他共事的,希望你能帮他一把。也许彼得将来成为一个好人,均得益于你对他的帮助。所以,没有彼得,我也不会对你这么坦诚相待。我能忽视你的轻蔑,朱利安·德尔菲奇,也一样是为了彼得。不要挑剔我对我儿子的爱,无论他是不是在乎,我都依然爱他。我做了所有父母分内的事,包括对他隐瞒我们相信的、我们知道的东西,为了让他能像亚历山大一样构造自己的世界,大胆地触摸世界的尽头,不为他的父母所羁绊,这是一种为孩子做出牺牲的态度,牺牲到把你自己的生命全压缩到一个小号里面。所以我不在乎你现在对我的评价。"

"我没有试图评价您,"豆子说,"我确实没有。您说话的时候,我只是想去尽力了解彼得而已。"

"那,那你知道我是怎么想的了吗?"维京夫人说,"我想你莫衷一是地在问同一个错误的问题——'我能够信赖他吗?'"她模仿着他的轻蔑。"无论你是否信赖他,都更取决于你的为人而不是他的。你应该问的问题是,你是否真的希望彼得·维京统治世界?因为如果你辅佐了他,他也不知何故投身于此,那这就是命运引领的方向。他不达成目的是不会善罢甘休的。如果你不能帮助他达到目标,他会认为你的未来和其他人一样毫无价值。所以,你该问问你自己,如果彼得·维京成为霸主,世界会不会变得更好呢?而不是像现在这样混乱无序?我的意思是想问,彼得·维京会是一个想把世界带到何方的霸主?"

"您不要把我想得多么高尚,我对世界如何瞬息万变丝毫不感兴趣。"豆子说,"我只心系我的未来和我的小命。所以我只关心彼得是否有必要和我的命运绑在一起。"

她笑着摇摇头。"你真是杞人忧天,你还是个小孩啊。"

"请原谅,但是我可没那么装。"

"你装?"维京夫人说,"装成一个万户侯,在这和我大谈特谈与彼得·维京'结盟',就宛如你麾下有多少军队。"

"我麾下没有一兵一卒,"豆子说,"但我本人就胜过千军万马。"

"如果安德回来会不会和你仿佛呢?傲慢而且冷酷?"

"根本不会,"豆子说,"但是我们从来没有杀过人。"

"但你们杀过虫族。"维京夫人说。

"为什么我们要彼此争斗呢?"豆子说。

"我告诉你有关我儿子、我家庭的一切,而你有什么呢?你对我只字不提,你回应我的只有……你的冷笑。"

"我没有在笑您,"豆子说,"况且我喜欢您。"

"哦?那非常感谢。"

"您是安德·维京的妈妈,"豆子说,"您用安德体恤他部下的方式,以及洞察他敌人的手段来解读彼得。当机会闪现的时候,您有果断的行动力。我仅仅是出现在您门口台阶上,而您却信任地给了我所有。不,夫人,我根本不轻视您。您知道我在想什么吗?我在想,也许您在无意间察觉不到,其实您是完全信任彼得的。您希望他能胜利,您认为他可以统治世界。而且您不是因为我是一个天真无邪的小孩子才讲给我一切,您是想通过和我的交谈,潜移默化地帮助彼得更接近最终的胜利。"

她摇头。"不是每个人都像军人一样思考问题的。"

"是没人那么去做,"豆子说,"但咱们就事论事,而且也没几个军人有如此的素质。"

"让我怎么和你说呢,朱利安·德尔菲奇。你曾是无父无母,所以你需要人告诉你。你知道我最害怕什么吗?彼得会残酷无情地追逐他的野心,以至于丢弃了正常人的生活。"

"征服世界难道不是生活的一部分吗?"豆子问。

"伟大的亚历山大,"维京夫人说,"这个历史上的征服者在我关于彼得的梦魇中反复出现。他所有的征服、他的胜利、他的伟大的成就,这些全都是青春期男孩的行为。但是到了他该结婚,该有孩子的时候,为时已晚。他还没懂得生活就逝去了,结婚生子他一个也没做好,他大权在握导致他不会去追求性爱。这也是我担心彼得的地方。"

"爱?有那么重要吗?"

"不,不只是爱而已。我讨论的是生命的轮回。我说的是,像亚历山大那样找个外族人结婚并至死不渝①,即便过几年厌倦了或是分手了都没关系。人们为什么要这样做呢?为了生孩子,养育他们,教导他

---

① 亚历山大是古代马其顿的国王。他雄才大略,靠武力东征西讨建立了一个横跨欧亚非的亚历山大帝国。但他在结束了征途后的当年便暴亡,帝国随之土崩瓦解。亚历山大发动的战争客观上促进了东西方的交流,他倡导西方人应该主动迎娶来自东方的妻子,他自己就身体力行地娶了波斯国王大流士的女儿芭莎。

们你知道的一切,然后有一天他们会有自己的孩子,如此世世代代永不绝。直到你有孙子之前你甚至没有时间自由呼吸,你的孩子也会一样,但你的血统不会灭绝,你的影响将会持续。这很自私,是不是?但这说不上自私,这是生命的目的。对每个人而言这是唯一能够带来快乐的事情。所有其他的事情——胜利、成就、荣誉、理想——它们只能带来转瞬即逝的快乐。但是把你和另外一个人结合到一起,一起拥有你们的孩子,那才是生活。而且如果以你的野心为生活中心的话,你永远不会快乐。即使你拥有了整个世界,你仍然无法填平你内心世界的空缺。"

"您是想和我说这些吗?还是想要告诉彼得这些?"豆子问。

"我就是想告诉你我对彼得抱有的愿望,"维京夫人说,"如果你有你自诩的十分之一聪明的话,你就会为自己多想想。你的未来能否享受到真正的生活。"

"如果我多想了什么,还请您多原谅,"豆子说,"但是以我之见,结婚生子对您来说除了伤心什么都没有带给您,您失去了安德,失去了华伦蒂,而且您的生活又消耗在对彼得的愤懑和担忧中。"

"是的,"她说,"你已经上道了。"

"快乐在哪里?那是我无法理解到的。"

"伤心就是快乐的,"维京夫人说,"我可以为别人悲伤,你有吗?"

他们激辩得太激烈,豆子有点反驳不过维京夫人。他们的对话激起了豆子心底里无限的惆怅,所有他爱的人的记忆——尽管有些人是曾经被他拒绝过的:颇克、尼可拉、卡萝塔修女、安德、他的父母——他最后还是聚成了一家人。

"有,因为有人值得我去悲伤。"豆子说。

"你认为你有,"维京夫人说,"每个人都认为他们有,直到他们把孩子放在他们的心里,那个时候人们才懂得什么是爱的桎梏。因为这是从'真我'演变成'忘我',某个生命已经超越了自己的生命了。"

"也许我经历的比您所想的还多。"豆子说。

"也许你根本就是一无所知。"维京夫人说。

他们俩隔着桌子面面相觑,冷战代替了持久的沉默。豆子不相信他们竟然吵起来了,尽管他们的怒气正在慢慢地消散。豆子信服了维京一家信仰的浓烈程度。

或者这真的是客观的事实,因为他没成家立业所以没推动自己的认识更上一层楼。

永远不会,没人会承认自己未来能成为个严父,不过豆子是个例外,豆子从来没想过他结婚甚至生子的问题。

维京夫人的话为他敲响了警钟:他有生以来头一次,发现自己对未来的人生产生了恐惧的心理。

在沉默中,豆子听到前门开了,传来了彼得和卡萝塔修女的声音。豆子和维京夫人立刻站起来,他们都感觉自己好像有罪,好像他们在秘密接头的时候被人抓了个正着。

"妈妈,我遇到一个旅行者。"彼得边进入房间边说。

豆子听到彼得带有谎言性质的话,就好像是在抽打豆子。豆子知道彼得要用一个谎言来编织一个错误的故事,而这个错误的故事能否圆满结束还需豆子的配合。

但这次,彼得的谎言从开头就站不住脚。

"卡萝塔修女,"维京夫人说,"我从小朱利安那里听说过您的诸多故事,他说您是这个世上唯一的基督教的修女了。"

彼得和卡萝塔修女失败地看着豆子。他来这干什么呢?豆子险些被他们的一脸惊愕样逗得笑出声来。

"他如同一个朝拜圣地的圣徒,"维京夫人说,"而且他敢于告诉我他的真实身份。彼得,你小心点,别把他是安德战友的这个事实泄露出去……朱利安·德尔菲奇,无论如何,你从那场爆炸中死里逃生,真的很让人不可思议。如果不是因为安德的特殊身份,我们会隆重地款待你的。鉴于你随时面临杀身之祸的危险,我们有必要对你的身份守口如瓶。"

"当然,母亲。"彼得说。他看着豆子,但他的目光里藏着秘密,无法令人读懂,就像犀牛的眼神一样冷酷,不知道暗涌着多大的危险。

卡萝塔修女,显然是惊呆了。"无论如何,我们都要进行安全防备,"她说,"而你,就那么脱口而出了? 要知道这栋房子是被人监视的。"

"我们谈得很愉快,"豆子说,"愉快的前提是彼此互信。"

"你知道,你这样也会把我一并拖下水的。"卡萝塔说。

维京夫人碰了碰她的胳膊。"留下和我们一起吧,好吗?我们家是有客房的。"

"我们得走了,"豆子说,"她说得对。来格林斯伯勒是我们互相妥协的结果,很可能明天一早我们会登上了离开这的飞机。"

他和卡萝塔修女四目相对,她的计划也许是坐火车或是坐汽车,或者干脆用假名租一栋公寓在附近住一个星期。为了安全的缘故,他们要互相耍嘴上的瞎话。

"那至少留下来吃顿晚餐吧?"维京夫人问,"见见我的丈夫如何?我想他会和我一样乐意与一个与死神擦肩而过的男孩交流的。"

豆子看到彼得的眼里闪过了一丝不情愿。他明白这是为了什么——对彼得来说,与父母一同进餐会是一次极其痛苦的社交活动,在整个过程中谈不到什么有用的东西。如果他的父母能和彼得坦诚交流是否会更好? 但是维京夫人一直强调,彼得需要自立。如果让他知道了家长对他的秘密活动了如指掌的话,他会像小孩子一样自卑的。如果彼得想当未来世界的霸主,他就应该能坦然面对他的父母。

豆子希望彼得能有这个魄力。

"我们会感到非常高兴的，"豆子说，"虽然因为我们身在此，会给你们的房屋增添被轰炸的危险。"

"那我们就出去吃饭吧，"维京夫人说，"看看，事情有多简单？如果有人打算轰炸，就让他轰炸餐馆吧。他们为办此事不知道买没买保险。"

豆子笑了，但是彼得没有。豆子意识到彼得和他的父母代沟太深，他只能理解到他母亲的话是有些白痴，而尝不出讽刺的意味。

"不是意大利饭吧！"卡萝塔修女说。

"当然不是。"维京夫人说，"在格林斯伯勒没有一家像样的意大利风味餐厅。"

之后，所有人的话题开始转向安全和毫无意义的事物上。豆子能看出彼得越来越厌烦的神情，他肯定得出了大家都在浪费时间的结论。不过豆子现在比彼得更懂维京夫人，所以他能比彼得更尊敬她。

全因为彼得是她爱的人。

豆子有点懊恼他是不是有点羡慕嫉妒恨。没有人能够对那些不经意的人类情感完全免疫，他必须分清什么是冷静观察得出的结论，什么是被羡慕嫉妒恨冲昏头的误解。豆子略施小计取得了维京夫人的信赖，因此他正在一步步地拉进与彼得的距离，为什么这么容易这么快？

因为他和彼得命运相叠？还是他们天生就是对手？

如果我在他的眼里是第二个安德的话，他在我的眼里会是第二个阿喀琉斯吗？如果世界上少了阿喀琉斯，那我会把彼得当作我的敌人吗？

如果我们能一同击败阿喀琉斯，往后我们能和平共处，守住我们的胜利果实吗？

兄弟连

收件人：RusFriend%BabaYaga@MosPub.net
发件人：VladDragon%slavnet.com
主题：忠诚

先明确一件事，我起根就没有投靠过阿喀琉斯。但明眼人看得出来，阿喀琉斯是在为俄罗斯母亲说话。我同意去服务也只是为了祖国俄罗斯，我为我的所作所为终生无憾。我相信人云亦云只能妨碍我们对这个世界行动的果断性。在揭露阿喀琉斯疯狂本性的乱象中，我甘愿做个马前卒。我在战斗学校中学习的知识可以更好地改变我们民族的未来。如果我与阿喀琉斯的联合是个意外的话，那就这样吧。但倘若我们都在对付那个疯子的行动中受伤，那才是值得羞愧的。这正是我想要的一切。俄罗斯母亲不会找到比我更忠诚的儿子了。

对彼得来说，和父母、豆子还有卡萝塔修女在勒布恩餐厅共进晚餐是一个漫长的、痛苦的煎熬，整个用餐过程中甚至连个中场休息也没有，餐桌上大家的谈话没有一点建设性意义。因为豆子把自己当作是一个来参观安德圣地的小旅行者，所有人要谈论的都是安德安德安德。在公众场合下，他们的谈话不可能涉及更敏感的主题，那会把彼得的身份暴露，同时也能结束豆子所扮演的角色。

最糟糕的是，当那个自作聪明的卡萝塔修女变身成一个恶毒妇人的时候——她就开始谈论彼得在北卡罗来纳州州立大学上学的事情，她甚至对他用学校作业做掩护的行为了如指掌。"我只是很惊讶，我想说，你显然可以把能力花在更重要的地方，而你却耗费在一般的学习研究上。"她说。

"我和别的同学一样,都需要考取学位。"彼得回答着。心里像打翻了五味瓶一般。

"但你为什么不多做点对世界有用的功课呢?"

太讽刺了,还是豆子给他打了圆场。"来吧,奶奶,"他说,"别操心彼得·维京了,他会在必要的时刻尽显身手的。普通的学习对他不过只是作业而已,他没必要给其他人做样子,他有他的原则。不是吗?彼得!"

"差不多吧,"彼得说,"我甚至比你们大家都更少地关注我的学业,你们别在盯着我的校园生活了,好吗?"

"那么,既然你不喜欢上学,那我们为何还要给你支付学费呢?"维京先生问。

"我们没有,"维京夫人提醒他,"彼得有全额奖学金,是他自己负担自己的学业。"

"但是并没有物尽其用,不是吗?"维京先生说。

"会有用的,"豆子说,"在彼得余下的人生里,无论他完成了何种伟业,人们都会津津乐道地说,彼得曾经在北卡罗来纳州州立大学学习过,这是多好的一条广告啊。我们管这叫投资收益,不是吗?"

豆子这孩子摸得透彼得父亲的心思,能用彼得父亲听得懂的方式与他沟通,豆子知道见人说人话,见鬼说鬼话,所以彼得必须信任豆子。况且豆子能够轻而易举地推测到他的父母是哪种类型的白痴,他能够用花言巧语买通他们,这让彼得很嫉妒。豆子拥有能把彼得从谈话的旋涡中拉出来的本事。彼得是个宅男,而豆子的野外生存能力更胜一筹,这种差距让彼得很恼火。

直到晚餐结束,当他们离开这家巴西风味的餐厅准备踏上归途时,豆子又抛出了一个爆炸性的消息。"大家了解,既然我们是因为互相妥协才来到这里的,我们目前要马上藏匿起来。"彼得的父母发出了一声低声的同情,然后豆子说,"我唯一奇怪的是,为什么彼得不和我们一起走呢?离开格林斯伯勒一阵子?你愿意吗?彼得。你有护照吗?"

"不,他没有。"维京夫人说。但彼得却说:"我有。"

"你有?"维京夫人问。

"那是为了以防万一而已。"彼得说。他没有附上"我有四个国家签发的六本护照,还有十个不同的银行账户储存的稿费。"

"但是你还有未完成的学业。"维京先生说。

"无论何时何地,只要我想,就能休个假。"彼得说,"我觉得豆子的提议听上去有意思,你们要去哪里?"

"我们也不知道,"豆子说,"但我们会在最后一刻做出决定,届时会发电邮给你,告诉你我们在哪。"

"校园的邮件地址不够安全可靠。"维京先生赶忙说。

"没有真正可靠的电子邮件,不是吗?"维京夫人补充道。

"我会加密的。"豆子说。

"对我来说这太不明智了,"维京先生说,"彼得,你把学习降格为作业,但是实际上你必须取得学位才可以开始你的人生,你要付出努力才行啊。如果你是中途辍学或是肄业,那会没有多少公司青睐你的。"

"你想让我去追求什么事业呢?"彼得苦恼地问道,"去一些呆头呆脑的公司?"

"别在话里夹杂着战斗学校的俚语,我真的很恨它们,"维京先生说,"你不去那里能去哪?你以为你是青春偶像供大家崇拜吗?"

"我倒是没那份感觉,"豆子抢在彼得发火前拦道,"我在战斗学校待过,战斗学校的特有语言稀松平常,包括'崇拜'这个字眼也曾经是俚语,语言就是让人即学即用的。"

"真是孩子说的话。"维京先生说。这算是结语了,一个父亲的悲哀是要自己对告别自圆其说。

彼得不置一词,显然他对豆子站在他这边一点也不感激,而且恰恰相反,他还在生豆子的气,他觉得豆子不自量力地想要进入彼得的生活,想像救世主一样调解他和他父母之间的关系,这会让彼得的分量降低许多。那些写信给他,或者阅读过他作为洛克或者德摩斯梯尼作品的人对他顶礼膜拜,全是因为他们不知道彼得只是个孩子。但是豆子的到来让他充分警醒,如果彼得用真实身份亮相,他得保持多么谦卑的姿态才行。人们有的时候战栗于德摩斯梯尼的权威,有的时候则热衷于征求洛克的许可,现在轮到彼得发表言论,他的一切言论是否流行,是否不被当成孩子气样的撒娇,或者是否不被讥讽,不得而知。好像经验的多少与智商的高低必须互成正比,好像世界上绝大多数的蠢事都不是成年人做的一样。

另外,彼得不禁感觉到豆子正在得意洋洋,他乐于看到一个有缺点的彼得。为什么这只小鼬鼠会跑他家去呢?哦,对不起,他自然要去的是安德家。但他知道这也是彼得的家,彼得回到家发现豆子正坐在那里和他的母亲谈笑风生,彼得感觉豆子就如同是一个入室盗窃的窃贼,他从一开始就对豆子没好感——特别是在他因为彼得没及时回复他的问题就暴躁地离开的那一刻。众所周知,彼得是有一点欺负他,但彼得实际上是想告诉这个孩子,在他想要知道事情前,他想和豆子开一个谦虚的小玩笑。但是豆子的报复是用非常的方法,特别是吃这种悲哀的晚宴。

而且……

豆子可以名正言顺地使用战斗学校里产生的一切衍生物,彼得用起来则很蹩脚,也许彼得真的需要豆子,他建立的舆论形象和他的实际年龄相差悬殊。豆子虽然也只是个孩子,但他却是那场战争的亲历者。豆子的优势在于,可以不用躲在幕后就能通过舆论的影响来操控政府的决定。如果彼得能够放心地和豆子缔结为某种工作上同盟的话,那他就会长时间地处于同盟的劣势,希望到那时,豆子别总表现出一种让人难以忍受地自鸣得意。

我绝不能让个人情感干扰手边的工作。

"告诉你们吧,"彼得说,"爸妈,你们明天还有事情要做,但我的头一节课却在午后。我为什么不能和这两位到他们的过夜处玩玩,然后商讨一下和他们一起进行考察旅行可能产生的花销呢?"

"我就是不想你走,留下你妈妈天天担心你将来可能出现的各种状况,"维京先生说,"我们都明白,年轻的德尔菲奇先生是个招惹麻烦的磁石,而且我认为你妈妈已经失去了太多的孩子,她已经禁不起再失去你,再为你担心了。"

父亲总是用那种让彼得畏缩的方式讲话,好像只有母亲会担心,只有母亲担心他发生了什么事情。而且如果真的出现了窘况——谁去解决?父亲吗?父亲也根本不会细想彼得会发生什么窘况,也许他确实关心过大面上的,但绝不会从他嘴里说出来的。

"在妈咪操心之前我不会离开这个城市的。"彼得说。

"你别讽刺我们了。"维京先生说。

"亲爱的,"维京夫人说,"彼得不是个小孩了,不能让他当众挨训斥。"当然,这么做的结果就是让他看上去只有六岁大。

"非常感谢你的帮助,妈妈。"彼得心里念叨。

"清官难断家务事,不是吗?"卡萝塔修女说。

"哦,谢谢,你这个圣洁的妇人。"彼得默默地想道。就是你和豆子把状况搞得如此复杂,而现在你们正在把自己撇清。好吧,父母是我的掩护,我不会舍弃他们,我必须利用他们。而且,对于你们来说,嘲笑我的状况只能表现出你们的无知。也许,老修女你在羡慕嫉妒恨,因为你不会拥有一个孩子,孩子不会出现在你的整个生命中,我的耶稣夫人。

"可怜的彼得在两个世界里都是境遇最糟的那个，"维京夫人说，"他是长子，所以他总要保持高标准姿态，但他却是我们所有孩子中最后一个离开家的，那意味着他还是被当作孩子一样对待，这也许超过他的忍受能力。太可怕了，实际上爸爸妈妈只是普通老百姓，吃五谷杂粮，孰能无过。我有时真的想让彼得变成一个机器人。"

究竟是什么让彼得此时想跌倒在人行道上，想把头撞向马路寻短见？他和间谍、军官、政治领袖、权利掮客能够侃侃而谈，而他的母亲还是有随意能让他丢脸的本事。

"去做你想做的吧，"维京先生说，"现在你已经长大了，我们不能再拦着你了。"

"就算他还未成年，我们也不能违背他的意愿了。"维京夫人说。

有点门了。彼得想。

"这就是自作聪明的孩子所要承受的痛苦，"维京先生说，"他们都认为他们有更多的理性手段，足以补偿他们缺乏的经验。"

如果我是像豆子一样的小不点，父亲说的话就会是最后的救命稻草。我甚至可以走开一个星期不回家。但是我不是小孩子了，而且我能够控制我的个人怨恨去做有利的事情，我不会因为怨恨而放弃我的伪装。

同时我不能被人挑出毛病，不是吗？我奇怪我的父亲并没有因为离别而泣不成声。

他们都在车站，彼此道别。维京夫妇搭上了往北回家的公交车，彼得随着豆子和卡萝塔搭乘了往东的车。

而且，和彼得预料的一样，他们在头一站就下车，穿过马路搭上了一路向西的车。他们真的是偏执的信徒。

即使当他们回到机场旅馆附近，也没有进入那栋建筑。相反，他们徒步穿过大型购物中心，那曾经是人们开车到飞机场时停车的大型车库。"即使他们有窃听商场的本事,"豆子说,"我也很怀疑他们能够负担得起能够窃听每个人说话的人力。"

"如果他们正在窃听你的房间,"彼得说,"那意味着他们已经注意到你了。"

"旅馆通常都具备窃听自己内部房间的能力,"豆子说,"这是为了找到破坏内部设施的坏分子,通常用中央电脑实现,但你根本不能阻止好奇的旅馆职员去偷听。"

"这里是美国。"彼得说。

"你花了太多时间思考全球事务了,"豆子说,"但你没有潜逃的能耐,这不是你所能理解的生存法则。"

"是你邀请我参加你的逃亡行动的,"彼得说,"咱别在这废话了,我没精力到处乱跑,我还有太多太多的工作要做。"

"啊,是啊,"豆子说,"在幕后联通整个世界的关系网。麻烦的是,这个世界马上要从政治对话转换到武力争端了,而你的关系网面临着化为乌有的可能。"

"政治是永恒的。"

"但决定权是发生在战场上,而不是屋子里。"

"我知道,"彼得说,"所以我们才有必要合作。"

"合作? 有诚意吗? "豆子说,"就拿一件事来说,我向你询问佩特拉的情况——你躲躲藏藏地不痛快说,把着你知道的来和我交换。这不是对待一个盟友的态度,听上去我好像是你需要的一个客户。"

"孩子,"卡萝塔修女说,"斗嘴不是解决问题的方式。"

"如果那有用处的话,"彼得说,"我和豆子就是对不上话。"

卡萝塔修女冷酷地停下脚步,她一把抓住彼得的肩膀,揪他过来。"现在,给我好好听着,你这个盛气凌人的家伙。你并不是世界上唯一一个聪明绝顶的人,你自认为妙计安天下,但你根本没勇气从这些假身份面纱后面走出来，你对于我们这些活在真实世界里打拼的人来说一无所有。"

"不要再这样碰我。"彼得说。

"哦，你这个名流神圣不可侵犯吗？"卡萝塔修女说，"你该长在以彼得冠名的行星上，不是吗？"

彼得想立刻反击他眼里的这个妇人，但豆子打断了他们。"看看，我们给了你我们知道有关安德战友的所有东西，没有附加任何条件。"

"我都恰当地使用了，解救了他们当中的绝大多数人，而且是兵贵神速。"

"但是不包括那个给咱们送信的人，"豆子说，"我要的是佩特拉。"

"我要的是世界和平，"彼得说，"你的想法太渺小了。"

"对你来说，我想得也许是太渺小了，"豆子说，"但是对我来说，你同样渺小。继续玩你的小网络游戏去吧，来回编织你的游戏人生——很好。我的朋友信任我，向我求助。她被一个精神病杀手绑架，除了我，就没有别人倾注点精力关心她的状况？"

"她也是个指挥官。"卡萝塔修女小声插话说。彼得很高兴看到她也在纠正豆子，这个万能的妇人。

"你想要拯救世界，就要通过战争的手段，和每个国家过招。所以你需要我，让咱们的双手共同沾满鲜血吧。"豆子说。

"哦，我届时可以给你答疑解惑，"彼得说，"你这个被雪藏起来的小男孩。"

"在军队中我必是拿帅印的人，"豆子说，"如果我不配，咱们就别谈了。"

"你希望得到一支军队去救援佩特拉。"彼得说。

"这么说，她还活着？"

"我怎么知道？"

"我不知道你该怎么知道，但是你一定别把你知道的事藏着掖着，你不痛快说，我就诅咒你这个傲慢的浑蛋，我受够你了，我会把你丢下让你继续玩你的小网络游戏，这个世界上有很多不惧怕离家出走而铤而走险的人，不缺你这个。"

彼得在片刻间几乎被愤怒冲昏了头脑。

然后，他艰难地让自己冷静下来，强迫自己站到立场之外。豆子要告诫他什么？他对盟友间的忠诚胜过对战略的关心。那很危险，但是并不妨碍彼得，这会给彼得一个有力的杠杆，他可以操控豆子略过个人发展去耗费精力忙于其他。

"我知道的有关佩特拉的消息是，"彼得说，"当阿喀琉斯失踪的时候，她也跟着失踪了。我在俄罗斯的线人告诉我只有营救她的救援队全军覆没，司机、保镖和领队都被射杀，但没有迹象表明佩特拉受伤了，虽然他们知道当其中一个救援人员被射杀的时候她就在现场。"

"他们怎么知道的？"豆子问。

"从头部被射穿造成的喷溅物在封闭的货车内壁上形成了一个大约她身型大小的半身侧影，她的身上应该布满了那个男人的血浆。但是没有找到从她身上流出的血。"

"他们还知道什么？"

"有一架小型私人喷气机，本来属于黑帮老大，后来被没收，由秘密机构征用，然后被提供给阿喀琉斯，在身毒的一处机场降落加油，然后又起飞。机场的高管说他们看上去极像是一次蜜月旅行，只有一个飞行员和一对年轻人，但是他们都没带行李。"

"因为阿喀琉斯随身带着她就够了。"豆子说。

"在身毒。"卡萝塔修女说。

"而且我在身毒的线人之后就没再提供情报。"彼得说。

"遇害了？"豆子问。

"没有，他只是很小心，"彼得说，"身毒也是东方的一个大国，一个民族主义至上的国度，它带有一股即将崛起的力量。"

"IF 的最高长官就来自身毒。"豆子说。

"有理由相信他通过 IF 和身毒军方有牵连，"彼得说，"虽然没有实质的证据，但是切瑞纳格不像他装出来那般无私。"

"所以你认为阿喀琉斯也许就是身毒战车的导火线？"

"不，"彼得说，"我认为身毒也许会被阿喀琉斯所利用，他会把那建成他未来帝国的后方根据地。佩特拉是身毒人想要寻找的统帅，好帮助他们成就霸业。"

"所以佩特拉是阿喀琉斯在身毒取得最高权力的敲门砖。"

"我猜也是那样，"彼得说，"这就是我的全部情报。但是我告诫你，长途奔袭去英雄救美的机会等于零。"

"请原谅，"豆子说，"但我在你眼里好像一文不值。"

"现在是应该积极收集情报的时候，"彼得说，"身毒不像俄罗斯那样拥有一个战略联盟，我看你就别固执己见了，阿喀琉斯现在的爪子还抓不着你。"

"仅仅因为阿喀琉斯身陷身毒，"豆子说，"那不意味着他只能得到身毒人给他提供的情报。"

"他在俄罗斯帮手现在全被软禁起来了。"彼得说。

"我了解阿喀琉斯，"豆子说，"而且我可以告诉你——如果他真的在身毒，和身毒人一起共事，那他绝不是死心塌地的，这只狡兔定有三窟，他不可能只会把自己的情报网拴在一处的。如果给他工作的势力误认为他势单力薄，他会坚定地用杀戮的方式奠基自己。"

彼得低头看着豆子。他想回答道，我早就料到了。但那绝对是谎话，他对阿喀琉斯不甚了解，但他从不低估对手造成的抽象概念。豆子对阿喀琉斯知己知彼,这点胜过彼得。

"谢谢你,"彼得说,"我也有没考虑到的。"

"我知道,"豆子毫无教养地说,"那就是我认为你会走向失败的理由之一,你自以为是的认为你通晓天下事。"

"但是我会听,"彼得说,"我会学,你呢?"

卡萝塔修女笑了。"我确实相信世界上最傲慢自大的两个小鬼头碰面了,而且他们都是愤世嫉俗的人。"

彼得没有理会她,豆子也一样。"实际上,"彼得说,"我乐于接受挑战。"

"我也乐意奉陪。"豆子说。

"让我们继续走吧,"彼得说,"别待在一个地方太久了。"

"至少他捡到了我们的偏执。"卡萝塔修女说。

"身毒会采取什么军事行动呢?"彼得问,"想先和邻国开战吗?"

"往西进攻中亚?"豆子说,"中亚诸国是难以消化的肿块,他们会死死地拖住身毒的腿让其无法进一步扩张。"

"但是他们不能在整个中亚背后虎视眈眈的情况下实施其他行动。"彼得说。

豆子咧嘴笑了。"那中南半岛呢?那不是很值得夺取吗?"

"那确实有更多战略上的价值,如果其他东方大国不反对的话,"彼得说,"但是你只是忽略了中亚战略地位问题。"

"你是说莫洛托夫①?"豆子说。

十九世纪三十年代,莫洛托夫代表苏联和德国签订了《苏德互不

---

① 莫洛托夫原名维亚切斯拉夫·米哈伊洛维奇·斯克里亚宾,莫洛托夫在俄文中意为"锤子"。他是斯大林的亲密战友和坚定的支持者,后成为斯大林领导班子的二号人物,是斯大林国际谈判的主要代言人和顾问,曾多次冒着生命危险飞越敌占区上空与西方领导人斡旋。他善于使用外交手段维护苏联的利益,能言善辩,被誉为外交天才。

侵犯条约》，把波兰分隔在两者之间，间接给了德国发动第二次世界大战的自由。

"我认为也许会有一份'互不侵犯条约'，"彼得说，"这将是一种同盟关系。"

"如果身毒提供一个让中亚诸国互相插手内政的机会怎么办？他们会为了石油打破脑袋的。身毒就可以放心地一路向东了，把那些中南半岛的小国一个个连根拔起。"

"大唐会袖手旁观吗？"彼得问。

"如果身毒胆敢进入安南的话，"豆子说，"世界已经多极化，并且已经很成熟了。身毒也想成为单独一级力量，有阿喀琉斯给他们出谋划策，有切瑞纳格暗中协助，有佩特拉统帅三军，他们就能够在国际大舞台上昂首挺胸。然后，当中亚诸国在内讧中消耗光了自己的资源……"

这也太理想化了，哪有这么容易称霸一方。"我们预测得太远了。"彼得说。

"但这是阿喀琉斯勾勒好的蓝图，"豆子说，"他遭受了俄罗斯的背叛，但得到了身毒的许诺。阿喀琉斯想让整个世界为其马首是瞻，而身毒则是他的又一个狗腿子而已。"

豆子的结论建立在他独具慧眼的洞察力上，也许他不是专业的国际问题专家，但是他高瞻远瞩，他是在用全球战略家必须拥有的方式来思考问题。

听豆一席话，胜读十年书。

"那么，豆子，"彼得说，"我还有个顾虑，如果我给你资源去对抗阿喀琉斯，你会不会做出蠢事？"

"除非我有十足的把握，否则我是不会发动对佩特拉的救援的。"

"那只是蠢事的其中之一。你分得清轻重缓急，我并不顾虑这个。

我确信如果你发起救援的话,那一定是个完美的计划,而且会完美的执行的。"

"那你顾虑我什么?"豆子问。

"你正在假设佩特拉希望被解放。"

"那是肯定的。"豆子说。

"阿喀琉斯很会怂恿别人,"彼得说,"我读了他的文件, 他的历史。显然这个孩子擅长蛊惑,他让别人信任他——即使那些人知道他心如蛇蝎却依然义无反顾地为他做事,他们会聚拢在他麾下,阿喀琉斯有种独特的魅力能让人感到亲近。"

"然后他再杀死他们,我知道。"豆子说。

"但是佩特拉会吗?她没有仔细研究过他的档案,她不知道他曾经在鹿特丹的大街上厮混,她甚至没有在战斗学校里见过他。"

"但她现在了解他。"豆子说。

"你确定吗?"彼得问。

"我向你保证——在我与她交流过之前,我是不会试图去拯救她的。"

彼得思考了好一会。"她也许会出卖你的。"

"不。"豆子说活。

"信任别人会让你丧命的,"彼得说,"我不想被你拖累。"

"恰恰相反,"豆子说,"我做事不求任何人,也不迷信任何人,我只会做正确的选择。我了解佩特拉,我了解她的选择。这就是我信赖的,是她。"

"这样做不会让你感到更糟糕,"卡萝塔修女说,"因为你没有陷在里面。"

彼得看着她,尽力隐藏他的轻蔑。"我就陷在里面,"他说,"而且不是地下。"

"洛克归洛克的，"卡萝塔说，"德摩斯梯尼归德摩斯梯尼的。但彼得一无是处，彼得·维京哪也不归。"

"你的问题是什么？"彼得要求着，"你的小傀儡也许实际上正在切断你手里的木偶线，是这个困扰着你吗？"

"不存在木偶线，"卡萝塔说，"你这个笨小孩，你该认识到我是信任你能做好事的那个人，豆子他还在怀疑。豆子对谁在未来将掌控这个世界漠不关心，我却很关心。虽然你是那么地傲慢与偏见，但我也暗自下了决心，那个要去制止阿喀琉斯的人，非你莫属。但是你害怕暴露身份，这也太懦弱了。要知道切瑞纳格知道你是何许人也，如果投靠身毒，阿喀琉斯早就把你从地下翻出来了——不会拖到现在，如果他现在还不知道洛克是谁的马甲的话——那个把他从俄罗斯踢出来的洛克。你该为你的安然无恙感到羞愧。"

彼得满脸通红，无地自容。让一个修女告诉他他本该自己留意到的细节，那实在是太丢脸了。但她是对的，在处理实际的危机方面，彼得还很二流。

"所以我们希望你和我们一起走。"豆子说。

"你的掩护存在不了太长时间。"卡萝塔修女说。

"我会作为一个孩子出现在公众面前，"彼得·维京说，"这样我绝大多数的信息源会枯竭的。"

"不会，"卡萝塔修女说，"那就看你是如何出场亮相了。"

"我考虑过千千万万种可能了，"彼得说，"如果我的年纪足够大……"

"不用，"卡萝塔修女说，"花一分钟时间想想，彼得。整个世界刚刚经历的一次危机是交由一群小孩子来处理的，你是他们中佼佼者的哥哥，你的年轻就是资本。所以你要自信地亮相，千万别让他人把你先曝光出来……"

"那会是一个夸张的丑闻的，"彼得说，"无论我的身份如何被揭示，都会是大家第一时间的笑柄，随后我就会褪色为老皇历——没有人会关心我的一举一动，人们不会再回答我的电话或者回复我的邮件，我会逆生长为一个真正的学生了。"

"听上去好像你几年前就决定了，"卡萝塔修女说，"而且从那以后还没有用新的眼光看过。"

"好吧，我这几年都是蠢蛋没长进，让我听听你的计划吧。"

卡萝塔修女对豆子咧嘴笑了。"好的，我错了。他真的可以听别人的意见。"

"我告诉过你的。"豆子说。

彼得猜测他们的小对话只是设计来让他认定豆子和他站到一边的。"快说具体的计划，别卖关子了。"

"大家都知晓，霸权组织将要在八个月内土崩瓦解，"卡萝塔修女说，"让我们争取一些有影响力的人去提名洛克为候补者。"

"这就是你的计划？霸权组织一无是处。"

"错，"卡萝塔修女说，"而且大错特错。霸权组织不是一无是处——那将是你的归宿，可以让你合法地领导世界去抵御阿喀琉斯这摊祸水，现在着手还来得及。我们让洛克去，不让你，洛克对公众有亲和力。作为一个十几岁年纪的洛克，你是否会胜任霸权组织的职位？你可以告诉公众你是安德·维京的哥哥，你和华伦蒂在幕后年复一年地为整个世界的正常秩序奔波着，为的是让你的弟弟取得对虫族最终的胜利，但是你还年纪轻轻不足以担任公职。看看公众的反应？你的宣告将不再是一个供词或者丑闻了，这是一份用事实来证明你对世界和平希冀的告白，多么的高贵，冠冕堂皇的理由正儿八经地挡在了你的野心前面。"

"我仍然会失去一部分线人的。"彼得说。

"不会太多，负面新闻肯定也会有，但这是正确的转变，让公众惊呼神秘多年的洛克竟然是天才安德·维京的哥哥，那是一个破天荒的事。"

"没有太多时间了，"豆子说，"你必须在阿喀琉斯动手之前做到，因为你会在几个月内暴露身份的。"

"也许几个星期。"卡萝塔修女说。

彼得有些自暴自弃。"为什么我想不到这些呢？"

"因为你行事多年，"豆子说，"已经形成思维定式了，但阿喀琉斯改变了游戏规则，在此之前你从来没有指责过任何人。对我们来说，你没有注意到它根本不重要。重要的是当我们指出来的时候，你愿意去听取。"

"如此说来，我通过了你的小测验了？"彼得恶心地说。

"我希望我也通过了，"豆子说，"如果我们将要一同共事，就必须互通有无。现在你开始习惯于听取我的意见了，但那还不够，你必须学会接受我的意见，这样我才能听得进去你的。我也是这样和卡萝塔修女处理分歧的，不是吗？"

彼得恐惧得手足无措。他们所言极是，时间到了，旧模式结束了。而且造成的恐惧正在蔓延开来，因为现在他必须把所有的事物均提上日程，且可能还会遭遇失败的风险。

当断不断，反受其乱。阿喀琉斯也是以同等姿态针锋相对的。

"然后怎么办？"彼得说，"我们掀起这场海啸，我顺利当选为霸主候选人，荣耀加身，就可以光荣隐退了吗？"

"哦，是这样的，"卡萝塔说，"如果你举双手赞成，那么明天就会有来自梵蒂冈高层发布的新闻消息，会报导在现在的霸权组织任期期满后，洛克将有被提名为候选人的可能性。"

"然后，"豆子说，"霸权组织殖民部的高级官员，会站出来发表声明,这份声明至关重要,他会说洛克不是一个一般的候选人,他是一个最合适的候选人,而且也许是唯一的候选人,由于梵蒂冈也表示支持,他会把洛克列为首选的。"

"这全是你计划出来的吗?"彼得说。

"不,"卡萝塔修女说,"背后执行的是我的两个梵蒂冈的高官朋友还有我们重要的盟友——前 IF 上校格拉夫。"

"我们正在把所有的筹码都压上去,"豆子说,"但是能稳操胜券。明天一早,你的故事就开始广为流传,你要准备好接受明晨网络新闻的专访。每个人对你的第一反应是——这是我们新的领导者,全世界都会阅读你的公告。你可以主动请辞这个如此值得尊重的职位,因为你太年轻会成为你发挥霸权组织权威的绊脚石。"

"然后,"卡萝塔修女说,"主动请辞的事又正好提升你作为未来霸主在公众心目中的权威。"

"可以降职就任,"彼得说,"我绝对可以办得到。"

"在和平时期不行,"卡萝塔说,"职位级别的降低会使你处处碰壁。但是如果发生战争就另说了,那些为了世界更美好而牺牲自己野心的人将被公众所拥护,特别是当他还姓维京的时候。"

"他们把我和安德的关系看得比我这些年的工作还要重要吗?"

"你不会是反对使用你的家族影响力吧?"豆子问。

"我会做的,"彼得说,"我会动用任何有利于我的东西。但是……明天?"

"阿喀琉斯是昨天到达身毒的,不是吗?"豆子说,"我们做事每推迟一天就会增加他暴露你的机会。你觉得他会老老实实地无所作为吗?你揭了他的老底,他会想法设法报复你的,而且从切瑞纳格那条线打探出内幕也只是个时间问题。"

"是啊,"彼得说,"切瑞纳格已经告诉我他对我的感觉,他不会做任何保护我的事情。"

"再回到原点，"豆子说，"我们给你提供资源，让你得到你想要的。你会帮助我吗？我想拥有一支训练有素的军队，我的意思是说，除了我能得到的希腊母军外还有哪有？"

"不，你不能去希腊，"彼得说，"你所谓的希腊母军最终不会听令于你，他们会屈服于俄罗斯的影响而按兵不动的。"

"能去哪呢？"卡萝塔修女说，"你在哪说了算？"

"谦虚地说，"彼得说，"现在，我在哪都说了算。但到了明天，我将无人问津。"

"那现在我们就立即出发，"豆子说，"去哪？"

"暹罗，"彼得说，"它的邻国掸邦挡不住身毒的突然袭击，他们需要依靠暹罗的军事援助才能有所作为。暹罗自古就是该地区的领袖，一个从没有沦为殖民地的国家，做领袖理所应当，况且他们的军队也颇具战斗力。"

"但我不懂他们的语言，没法沟通。"豆子说。

"那不是问题，"彼得说，"暹罗几个世纪都在使用多种官方语言，而且他们有胸怀接受外国友人帮他们经世济国，只要外国友人能忠诚于暹罗的主张即可。你要死心塌地和他们并肩作战，让他们信赖你，而且你必须明白所谓'忠诚'的真正含义。"

"我没法弄明白，"豆子说，"我是个自私鬼，能活着就不错了，我就为活着而活着。"

"所以你到现在还活着，"彼得说，"你的方法是信赖忠于你的一小撮人。我把你的相关资料研究得很透，付出的功夫与研究阿喀琉斯不相伯仲。"

"那些八卦记者都给我胡编乱造了些什么花边新闻呢？"豆子说。

"我可不看什么花边新闻，"彼得说，"我是拜读了卡萝塔给 IF 做的有关你在鹿特丹的童年生活备忘录。"

他们两个都停下了脚步。

"天哪,我让你们吃惊了吗?"彼得有点得意忘形地显摆自己,他正沉浸在刺透他人隐私的自娱自乐中。

"那些备忘录应该都是只读属性的文件,"卡萝塔说,"没法复制出副本来。"

"但是,哪有不透风的墙?"彼得说,"拥有广泛的人脉,就没有秘密能瞒得住我。"

"我没看过那些备忘录。"豆子说。

卡萝塔探求地看着彼得。"你除了搞破坏外,不会在那里找到什么有价值的玩意。"她说。

现在事情已经明了了,彼得猜到卡萝塔修女对豆子瞒了不少东西。因为当他提到"备忘录"的时候,他脑海里呈现的是有关阿喀琉斯的部分,备忘录中还有不少篇幅描绘的是鹿特丹大街上的古惑仔风云,备忘录的正题中关于豆子的建议反倒成为副产品。但全部备忘录豆子无权查看,其实他很想看,但很明显这里面有卡萝塔修女不希望豆子知道的秘密。

现在豆子察觉到了。

"那些备忘录中你隐瞒了什么不想彼得告诉我的秘密?"豆子提出要求。

"我必须让战斗学校的人相信,对你,我是不偏不倚的,"卡萝塔修女说,"所以我必须制造一些对你的负面评价来让他们相信那些正面的观点。"

"你认为那会刺伤我的感情吗?"豆子说。

"是的,"卡萝塔说,"因为即使你明白我的动因,你也无法宽恕我的行为。"

"那不可能比我设想的更坏吧？"豆子说。

"不是坏与更坏的问题。如果你平庸至极，你就没有战斗学校的入学资格了，不是吗？但因为你太小了，而且他们不相信你的测试成绩，他们没有时间对你逐一考察，除非他们相信你真的……像我说的那样优异。我只是不想你把这些不愉快的往事深刻在心底。如果你感情用事的话，豆子，我劝你别去看那些备忘录。"

"这样啊，"豆子说，"我被我最信赖的人打了小报告，而她还让我以大局为重，别去揭旧的伤疤。"

"别在这里连篇累牍了，"彼得说，"我们今天都受了不少打击。但是我们也开始正式联手了，不是吗？你们今晚引起了我的欲望，让海啸爆发，那样我就可以在世界舞台上好好亮剑。而且我也承诺把你带到暹罗，得到一个被信赖的，有影响力的地位，当然是在我的年龄被曝光于公众视野之前。那么现在，我们哪个人该先睡呢，你吗？"

"当然是我，"卡萝塔修女说，"因为对得起我的良心。"

"但是，"豆子说，"你的脑子里却装着世界上的万恶。"

"你正在把我和某些人同流合污。"卡萝塔修女说。

对彼得来说，他们的戏谑听上去好像是家庭里的唠叨——老笑话，只因为他们喜欢才会重复。

为什么他自己的家庭不这样呢？彼得曾经和华伦蒂互相戏弄，但是她却从来没有真正对他敞开心胸。她总是愤恨他，甚至害怕他。而他们的父母都无可救药。他们那里没有聪明的戏谑，而且也没有记忆和笑话值得回味与分享。

也许我真是被机器喂大的。彼得想。

"请转告你的父母我们对于今天晚餐被款待的谢意。"豆子说。

"回家睡觉吧。"卡萝塔修女说。

"今天你们不会睡在旅馆，不是吗？"彼得说，"你们要离开？"

"我们会发邮件告诉你该如何联络到我们的。"豆子说。

"你知道,你必须独自离开格林斯伯勒,"卡萝塔修女说,"一旦你显露了你的身份,阿喀琉斯就会知道你身在何处。即使身毒无意于你的生死,阿喀琉斯也要想方设法地把你置之死地,他会不遗余力地干掉一切迫害过他的人。你与他为敌,就不要和他正面交锋,那样你会死无葬身之地的。"

彼得想到了豆子曾经面临过的生死一线。"他非常高兴能端掉包括你父母在内的一家人,是吗?"彼得问。

"也许吧,"豆子说,"至于你,趁早和你父母亮明你的身份吧,然后帮助他们离开这个小镇。"

"出于某些原因,我们必须停止与阿喀琉斯捉迷藏的游戏,我要公开面对他。"

"等有国家能够承诺你有足够的政治避难经验,并提供给你相应的保护措施时再说吧,"豆子说,"时机未到,你还是老老实实地躲藏起来吧,你的父母也是一样。"

"我不认为他们会相信我,"彼得说,"我是说我的父母。当我告诉他们我就是洛克的时候,我的父母会相信吗?他们也许会认为我是犯了精神病而去打安定医院的电话的。"

"你信任他们吧,"豆子说,"我想你自认为他们不够开化,但是依我来看他们并不是那样的,或者至少你的母亲不是。他们会坦然面对事态的。"

…………

因此,当彼得十点钟回家的时候,他去了他父母的房间,并且敲门。

"怎么回事?"父亲问。

"你们还没睡吗?"彼得问。

"进来吧。"母亲说。

他们毫不在意地聊了几分钟关于晚餐、卡萝塔修女以及那个令人愉快的小朱利安·德尔菲奇的事，直到彼得打断了他们。

"我想告诉你们一件事情，"彼得说，"明天，我会和卡萝塔他们为一个政治密谋造势，让洛克坐上霸主的头把交椅。你们知道洛克是谁吗？那个政治评论家？"

他们点头。

"然后在第二天的早晨，"彼得继续道，"洛克将发布一个声明，他必须拒绝那样一个荣誉，因为他只是一个居住在北卡罗莱那州的十几岁男孩。"

"是吗？"父亲说。

他们真的没有明白吗？"那是我，爸爸，"彼得说，"我是洛克。"

他们面面相觑，彼得等待着他们将要冒出的蠢话。

"你是不是也要告诉他们华伦蒂就是德摩斯梯尼呢？"母亲问。

有那么一闪念，彼得认为她是在说笑话，华伦蒂是德摩斯梯尼显然比彼得是洛克更荒谬。

但是很快他便意识到在她的问题中没有嘲讽的意味，那是他需要郑重声明的——必须指出洛克和德摩斯梯尼之间的区别，否则切瑞纳格和阿喀琉斯就还可以趁热打铁地接着炮出玩意来。

一切一切比不上父母的心知肚明。"你们知道多久了？"他问。

"我们非常骄傲于你的战果。"父亲说。

"我们对你，就像对安德一样骄傲。"母亲继续说。

彼得被突如其来的情感炮弹打中了，父母给了他整个生命中最想听到的肯定，他甚至都没有对自己承认过。泪水涌上了他的眼眶。

"谢谢，"他喃喃地说道。然后关上房门逃到了自己的房间。不知何故，十五分钟后，他竟然控制住了覆水难收的情绪，开始向暹罗写信,准备亮明身份,冲锋陷阵。

他们全都知道。没有把他当成是一个草包,一个让人失望的孩子,他们也同样以他为荣,如同他们曾经以安德为傲一样。

他的整个世界观正在改变,他的生活将被颠覆,他可能失去一切,同时换回另一切。这是他在那个夜晚所能感同身受的,在他躺回床上进入梦境之时所能得到的是一场如日中天的快乐。

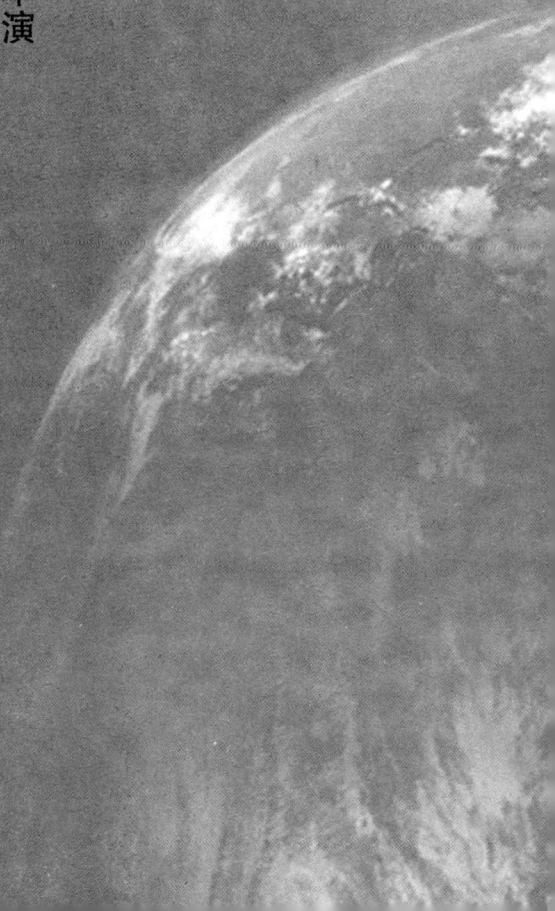

第三幕　军演

曼谷

从 HectorVictorious@firewall.net 寄往军事历史论坛
主题：可曾记得布里塞伊斯①

当我阅读《伊利亚特》②的时候，和大家一样感受到了不朽的史诗之魅力，当然，还有青铜时代英雄们历历在目的战斗场景。但是我也独具慧眼，发现了可以倾城一笑就让千条战船出发的海伦③，看到了瓦解联军的布里塞伊斯，她本是一个无力的俘虏，一个奴隶，而阿喀琉斯因为垂青于她几乎涣散了整个希腊联军。

我不禁激起了一个疑问：她真的是那么楚楚动人吗？或者是她的气质和机敏征服了大英雄阿喀琉斯？不，重要的是——她会乐于长期做阿喀琉斯的情奴吗？也许她会的，欣然地走向他？或者阴沉地逗留？或者激烈地反抗？

那不应该取决于阿喀琉斯——但他并非察觉不到她的一举一动。请想象一下在布里塞伊斯的故事里没有"阿喀琉斯之踝"和"特洛伊的城墙"是多么苍白无力吧。

---

① 布里塞伊斯是希腊神话里的人物，出现在《荷马史诗》里。她是特洛伊城邦太阳神庙的女祭司，同时也是特洛伊王室的成员。她在特洛伊战争中被希腊联军的阿喀琉斯俘虏，他俩随即产生了爱情。从那以后，阿喀琉斯不思战情，有意息战，并准备伺机撤回自己的军队以保存实力。因此，布里塞伊斯是希腊联军统帅阿伽门农与阿喀琉斯矛盾锐化的导火索。
② 《伊利亚特》是《荷马史诗》的其中一卷，另一卷为《奥德赛》。
③ 海伦本是宙斯跟勒达所生的女儿，天生丽质，在她的后父斯巴达国王廷达瑞俄斯的宫里长大。特洛伊城邦的王子帕里斯在出访时唆使海伦离开丈夫，跟他同赴特洛伊，海伦钟情于帕里斯，为了爱情她抛弃一切，和帕里斯一同到了特洛伊。为了夺回海伦，希腊联军越过海峡，特洛伊战争至此爆发。

布里塞伊斯,是不是只有我能够与你神交呢?!

赫克托尔①·威特瑞斯②

豆子兴奋地把"给佩特拉的信息"发布到她可能阅读到的所有的论坛里。如果她还活着的话;如果阿喀琉斯还允许她浏览网页的话;如果她注意到"可曾记得布里塞伊斯"的开头主题是在借指她的话;如果她还可以自由地回复他信息中所隐蔽的要求的话。豆子用很多军事领袖爱慕女子的名字来借指她:如格温娜维尔③、约瑟芬④、罗克珊娜⑤——甚至是芭沙,亚历山大大帝的波斯妻子,在她丈夫死后不久,大老婆罗克珊娜就狠心地杀死了她。豆子落款的笔名均为历史上著名的英雄敌手:像莫德雷德⑥、赫克托尔、威灵顿公爵⑦和卡珊德拉⑧。

他在冒险,拿着众多的小号试水,充分地加密让来源不可追踪,打破防火墙并做到踏雪无痕。

他现在在网络上的行为不那么细心了,这是他在有意地放纵自己。整个世界是那么的无序,没有英雄不会在背后挨枪子。

在曼谷,人们热烈地欢迎豆子。纳苏根将军做出了军方的保密承

---

① 赫克托尔是特洛伊城邦的王子,帕里斯的哥哥。他是特洛伊城邦的第一勇士,被称为"特洛伊的城墙"。最后在与阿喀琉斯的决斗中,死在对方手里。
② 原文为"Victorious",是胜利、凯旋的意思。
③ 格温娜维尔是西方传说中不列颠国王亚瑟王的妻子,因为与他人有私情而被亚瑟王嫉恨,最终出家成为修女。
④ 约瑟芬·德博阿尔内是法兰西第一帝国皇帝拿破仑·波拿巴的第一任妻子,法兰西第一帝国的皇后。她和拿破仑感情深厚。
⑤ 罗克珊娜是大夏贵族之女,亚历山大大帝的第一任妻子。他们的联姻巩固了亚历山大在中亚地区的统治。
⑥ 莫德雷德是亚瑟王的甥,圆桌武士之一。在亚瑟王远征的时候篡夺王位,最后在卡姆兰之战中与亚瑟王同归于尽。
⑦ 威灵顿公爵,拿破仑战争时期的英军将领,在打败拿破仑的滑铁卢战役中分享了胜利果实。
⑧ 卡珊德拉是希腊神话中拥有预言能力的女预言家,特洛伊城邦的公主。特洛伊战争后被俘遇害。

诺,在可能的大军压境前,会调派一个军团供豆子指挥,军方还会让豆子制订军事计划,他们也会很坚决地予以执行。"我们很认真地接受了洛克先生关于身毒即将对我国安全构成威胁的建议,而且我们寄希望于您能够帮助我们应付可能的突发情况。"所说的话都那么温和且彬彬有礼。豆子和卡萝塔被安置到一栋位于军事基地内的将官级公寓中,吃的用的都提供方便,然后……他们便无人问津。

没有人打电话,没有人来访。被许诺的资料无权查看,被批拨的士兵一个没影。

豆子不想开口问,但心中清楚一二。军方的承诺并不牢靠,如果他现在提要求的话,纳苏根会困窘的,会感到挑衅。所以还是永远别那么做,即便发生什么事情了,豆子也只能随机应变。

开始,豆子害怕是阿喀琉斯已然掌控了暹罗政府,不管他用的是什么方法。如果是这样的话,豆子将会被瓮中捉鳖。

他想让卡萝塔先逃。

这可不是什么愉快的场面。"你应该和我一起,"她说,"他们不会阻止你的,走吧。"

"我不走,"豆子说,"无论出现什么问题,那都可能是地方政治的博弈。或许是我周围的友军不待见我,或许是纳苏根没瞧上我,还或许是别的什么位高权重的人有其他打算。"

"如果你感到能安全地留在这,"卡萝塔修女说,"那么我也没有理由离开。"

"在这里你不能充当我的祖母,"豆子说,"我有一个监护人的事实会削弱我的形象。"

"你正在尝试上演宽恕我的场景,"卡萝塔说,"我和你在一起是正确的选择,而且我能够给你莫大的帮助。"

"如果阿喀琉斯的毒手已然渗透到这,那么他在曼谷就已经遍布眼线，我会无路可逃的。"豆子说，"但是你能。我和一个老妇人在一起的事也许他还不知道。但是没有不透风的墙，等他反应过来后也会把你和我一同做掉。我不希望在这里还要担心'你'。"

"我会走的，"卡萝塔说，"但是我怎么写信给你呢？既然你从来不保留相同的地址。"

豆子给了一套不可追踪的地址与解码密匙。她默默记住了。

"还有件事，"豆子说，"在格林斯伯勒，彼得说读过你的备忘录。"

"我认为他是在使诈。"卡萝塔说。

"我看你的反应说明他无论是否在使诈，这份备忘录仍然存在，而且你并不希望我看到它。"

"它存在，但我并不是不想让你看到它。"卡萝塔说。

"这也是我要你离开的另一个理由。"豆子说。

她脸上的表情开始暴躁起来。"那我告诉你，备忘录里根本没有你需要知道的东西，你能信我吗？"

"我需要了解我的方方面面，我的优势，我的缺点。你把我的另一面告诉格拉夫，却对我三缄其口。现在，你仍然不打算向我摊牌。你认为你监护着我，能够替我做决定，这不意味着我们是伙伴关系。"

"好，很好。"卡萝塔说，"你根本没看到我为你的默默付出。"她的样子冷酷至极，但凭豆子对她的了解，看得出她不是在控制愤怒，而是在伤心挫败。说这些话太冷酷无情，但是为了她好，他必须把赶她走，和他脱离关系，整个曼谷已经危机四伏了。这是备忘录引起的尴尬，让她远去吧，其实豆子真的对此事较过真。

十五分钟后，她出门赶往飞机场。九个小时后，豆子通过加密通信发现了她的行踪：她在马尼拉，她可以消失在当地的教会中。通信没有一个字是关于他们吵架的，那真的是吵架吗？他们谈到了"洛克的供词"，和记者的说法如出一辙。"可怜的彼得。"卡萝塔写到，"他已经隐藏了那么久,初出茅庐对他来说还需要一个适应过程。"

豆子回复到她在梵蒂冈的安全地址:"我只希望彼得能动点脑子地去离开格林斯伯勒的老家。他现在需要的是跑到一个小国,获取些政治管理经验。至少能在一个城市的水利部门里游刃有余地当差。"

豆子想,那我需要点什么呢?统领三军,攻城拔寨。老子来这不就是想干这些吗!

在卡萝塔离开的一周里,沉默继续着。但可以确定的是一切都与阿喀琉斯无关,否则豆子早已经不在人世了。也不可能和作为洛克的彼得·维京有关,没有迹象显示彼得继续和暹罗政府有来往。

豆子只得进行一些力所能及的工作。虽然他没有调用军用地图的权限,但是有使用民用卫星地图的自由。关于身毒到暹罗之间的地形,北部和东部隔着多山的邻国掸邦。身毒有强大的蓝水舰队,可以在大洋上纵横驰骋——他们极有可能穿越马六甲海峡直接打击暹罗的腹地。

一些身毒和暹罗的军队制式装备可以在网络上查到。暹罗的空军有一定的战斗力——如果他们能够保护住基础设施的话,极有机会得到制空权。在紧急状况下暹罗有一千个飞机跑道可供使用,这是这个国家创造的一项工程壮举——如果他们把人员、燃料、配件分散到全国范围内的话。那样,配合上地雷的使用,对反击抢滩登陆将是最有力的保障。

身毒的另一个弱点是过长的补给线和航路。既然身毒的战略不可避免地依赖于投放大量的、压倒性的军队来摧毁对方,那么防御策略将是让庞大的侵略军挨饿,而且还要不停地从空中予以近似折磨性的打击。如果身毒军队可能攻击到肥沃的湄南河流域或者奥雷高原,他们会发现这里的土地都是颗粒无收的,补给品全部被坚壁清野地分散隐藏起来——如果还有的话。

坚壁清野是一项残酷的策略，让整个暹罗和侵略军一起遭受灭顶之灾——实际上暹罗举国会更加的痛苦。所以不到万不得已还是不要实施它，尽所有的可能，把妇女儿童疏散到偏远地区或是邻国。复杂地形和邻国边境无法阻止身毒军队，但可以迫使身毒人化整为零地分散开来。然后以逸待劳的暹罗军队才有对侵略军逐个歼灭的可能——打游击或是集中优势兵力和空中力量展开地面歼灭战。

当然，豆子知道这些都是让暹罗军方选择持久战的教条，如果他如此提出建议只能让对方感觉苦恼，他们会感觉豆子是在侮辱他们的智商。

所以，他在撰写的战略报告里非常小心地措词，使用了诸如："无疑，你们已经做得恰到好处了。"还有"我很确定，你们已经未卜先知了。"当然，即便如此，如果对方没有和你同步的话，说那些话也会引火烧身——听上去好似给予嗟来之食之感。但是豆子必须有所作为来打破目前的沉默僵持的局面。

他一次次地阅读自己写的战略报告，每次都做出恰如其分的修改。他等了好几天，好让他能用多种新的视角来审阅，必须尽善尽美才敢把它发出去。最后，他确定在用词上已经竭尽全力地做到不损人利己了，他把它加入电子邮件中，发送到了查克利·纳苏根——最高军事指挥官的办公室。那是他交付战略报告的最公开和最困窘的一种选择方式，因为这个收件地址，会不可避免地被将军的助手阅读和分拣。如果是把它打印出来并亲手送去，会更加触动对方敏感的神经。给办公室发信除了引起注意以外别无他想；如果不让纳苏根将军发现他请来的幕僚是狡猾如蛇的，就别选择给他的私人地址写信。

就在他发送出战略报告邮件的十五分钟后，大门被不速之客打开了，四个宪兵走了进来。"跟我们来，先生。"站在最前面的军官说。

豆子不需要拖延时间或是问问题，他什么都知道。这些人除了上级下达的命令外什么都不知道，豆子只需等待时机来推测接下来所面临的状况是什么。

他们没有带他到查克利·纳苏根的办公室。相反，他被带到了老游行广场上的一处临时建筑里面——暹罗军队在近期放弃了进行分列式阅兵和一系列展示军队力量的行动。美国的南北战争结束也只有三百多年，在今天，战斗结束后的阅兵仪式已是穷途末路。对于任何军事组织来说，那不过是浪费时间而已。有时豆子会将信将疑地认为他未来将要指挥的军队还会进行骑马挥刀的作战训练。

他们让他进入的大门上没有任何标记，甚至连数字也没有。当他进入的时候，没有一个士兵或是军官抬头去看他。他们的态度说明他的到来既是被预期的，又是不重要的。当然，也有可能是非常 VIP 的，否则他们不会故意地全然装作没有留意到他。

他被引领到了一间办公室，军官为他把门打开。他进去，后面的宪兵们却没有。门在他的身后被沉重地关上了。

一个少校坐在桌子后面。那是个可以接待人员的高级别了，但至少是在今天，这个少校应该尽职尽责。他按下对讲器上的一个按钮。"包裹到了。"他说。

"送进来。"回话的声音听上去很年轻，年轻得让豆子立刻就了解到了情况。

诚然，暹罗也输送了不少军事精英到战斗学校里。尽管在安德的死党里没有暹罗人，但来自暹罗的官兵同众多的东亚和南亚的国家一起，占据了战斗学校人员中很大比例。

在飞龙战队里就有三个分拨给豆子的士兵来自暹罗。豆子很清楚地记得他麾下的每个孩子和他们的完整档案，因为那都是构成整个安德军团的一份子。而且绝大多数国家把这些从战斗学校归来的天才认定为是接近安德·维京的神人，所以这三个人中的某人被安置到了一个举足轻重的岗位，以至于他能够如此轻而易举地拦截到豆子寄给查克利·纳苏根的战略报告。在三个人当中，豆子预见最有可能上位的，最具攻击性的，那个人是……

萨里，萨里文。"一个暴躁如雷的人。"由于他总是看上去怒发冲冠，所以大家当时都会在背后嘲笑他。

而且就是他，站在一张铺满地图的桌子后面。

豆子惊讶于自己几乎和萨里文一边高了。萨里文并不是很高大，但是在战斗学校的学员里没几个比豆子矮的，现在豆子在身高方面迎头赶上了。他也许不会无药可救地一辈子矮着。这是他的一个有前途的想法。

虽然对萨里文的态度不抱有任何幻想。"身毒和暹罗是要来代替其他大国势力干一仗吧。"他说。

豆子立刻就明白了萨里文的皮肤下隐藏着什么。阿喀琉斯是生在比利时的瓦龙人①，而豆子，当然是希腊人。"是的，当然，"豆子说，"比利时和希腊正要在中南半岛上重复一场远古雅利安人的血腥战争。"②

"别以为你在安德麾下勇不可当，"萨里文说，"就自负地认为会对暹罗的军事状况了如指掌。"

"我的战略报告就是用来展示出我对这里知之甚少的短板的，因为查克利·纳苏根没有给予我更大的权限，虽然在我到来的时候，他曾经许诺会给我。"

"如果我们需要你的建议，我们会给你提供资料的。"

"如果你只把你认为是我需要的资料交给我的话，"豆子说，"那么我的建议只能是由你所知道的事实汇总而已，看来我现在还是打

---

① 比利时的民族之一，讲法语。另有少数分布在法国、美国等国。
② 古代欧洲的雅利安人曾经不远万里地移居到南亚地区。

道回府更明智些。"

"是的，"萨里文说，"那会最好。"

"萨里文，"豆子说，"你并不真正了解我。"

"我知道你是个自作聪明的怪才。"

"我就是比别人聪明，"豆子说，"我的测试成绩可以证明一切。但那又怎么样呢？并不意味着可以让我坐上飞龙战队指挥官的交接椅；可以让安德提拔我做小队长。要成为一个优秀的军事奇才，仅仅靠聪明是不够的。我也知道在暹罗我是水土不服的。我来这里不是因为我认为暹罗没有我的聪明头脑来领导就会在战争中屈服；我来这里是因为这个行星上最危险的人正在身毒蠢蠢欲动，而且根据我的推测，暹罗将会成为他的第一块绊脚石；我来这里是因为，如果阿喀琉斯想要独霸一方就必须有人阻止他，而这块土地是兵来将挡，水来土掩的地方。我想，你应该像美国独立战争中的乔治·华盛顿那样，欢迎盟友拉法耶特①或者施托伊本②自远方来，不亦说乎地帮助你们。"

"如果你那愚蠢的战略报告是你不远万里来'帮助'的样本的话，你现在就可以卷铺盖走人了。"

"看来你有在特殊时期大量铺设临时跑道的计划啊？那样你的飞行员就会在敌人未知的跑道上来去自如了？"

"这是个好点子，我会让工程师看看，评估一下可能性。"

豆子点点头。"很好，咱们交交心。我会选择留下来的。"

"不，你不会！"

"我会留下来的，因为尽管我在这里惹你生厌，但是你还是会采

---

① 拉法耶特侯爵名为吉尔伯特·德·莫蒂勒，法国贵族。第一个志愿参加美国独立战争，最终使英国失去美洲殖民地。由于其还经历了法国大革命，所以被称为新旧两个世界的英雄。
② 施托伊本男爵名为弗里德里奇·威廉·冯·施托伊本，德意志军官，将美国革命军改造成一只训练有素的战斗力量，为美国独立战争做出贡献。

纳我的建议,而且你会行之有效地执行。你不是个白痴,咱们能够共事。"

萨里文拍案而起,怒发冲冠。"你这个谦逊的小杂种,我不会唯你马首是瞻的。"

豆子平静地回答他:"萨里文,我并不想奴役你,我也不想在这里掌控什么,我只是想发挥点余热。你为什么不能像安德那样用我呢?拨给我几个杂兵让我训练;让我搞一些突发奇想出来;让我物尽其用。那样当战火烧到这里时,而你又束手无策,你就能用上我,你会对我说,豆子,我希望你献出良策让敌军延缓一天的行进,我已经无兵可调了。然后我会说,他们不正在从一条河里取水喝吗?很好,那么我们就让侵略军病上一个礼拜好了。然后我们摸到河水的上游,放些微生物进去,跳过他们的水质净化系统,离开。或者你已经建立起一支专门给水下腹泻药品的特战部队了吧?"

萨里文有一阵子保持着他冷酷气愤的表情,然后就绷不住了,他笑了起来。"继续,豆子,你是在当场捏造吧?或者你已经有周密的计划了?"

"我刚刚是捏造出来的,"豆子说,"但那是一个有趣的主意,你不这么认为吗?痢疾曾经不止一次地改变了历史的进程啊。"

"谁都会让士兵对已知的病毒免疫的,而且如此一来咱们也没法控制下游的连带伤害。"

"但我听说暹罗的生物学研究在世界都是领先的,不是吗?

"那纯粹是为了防御,"萨里文说。然后他笑着坐下。"坐,坐。你真的满足于一个躲在珠帘后的幕僚角色吗?"

"不但满足而且开心,"豆子说,"如果阿喀琉斯知道我在这里的话,他会想方设法置我于死地的。不显山不露水对我最好——除非战火真的如火如荼,到了那个时候,告诉阿喀琉斯我才是这场战争的幕后老大,这对他来说将是一次非常完美的心理打击。他会更加癫狂。他曾经是我的手下败将,他害怕我。"

"那不是我要试图保护的权益。"萨里文说。豆子知道那意味着他正在保护的是他的地位。"几个世纪前,当这个地区遍布欧洲殖民者的铁蹄之时,暹罗维护了自己的独立。我们为把外国人拒之门外而感到骄傲。"

"而且,"豆子说,"暹罗有对外国人纳而用之的传统。"

"他们必须明白他们该处的位置。"萨里文说。

"给我一个位置,我不会出格的。"豆子说。

"你想做临时工?"

豆子不打算选太多的平庸兵,但他希望麾下的兵种能全面些。只要有两架轰炸机,两艘巡逻艇,两辆轻型装甲车,一小队工程师,以及可以装有能容纳下两百名军人连同一铺盖卷物资的大型直升机。"而且我要有权利临时征用我想要得到的东西。例如:划艇、高爆炸药,那样我们可以训练炸塌悬崖以及毁掉桥梁,还有任何我想干的事情。"

"但是在得到许可以前,你不能参加实际的战斗。"

"许可?"豆子说,"谁的许可?"

"我。"萨里文说。

"但是你不是查克利·纳苏根。"豆子说。

"查克利·纳苏根,"萨里文说,"他只是个给我拎包的,这里的一切尽在我的掌握之下。"

"很高兴能知道这里是谁当家做主。"豆子站起来,"那值得了解。当我能够明了所有安德知道的事情的时候, 我就如同他的贤内助一般。"

"你在痴人说梦。"萨里文说。

豆子咧嘴笑了。"我梦到了一张完美的地图,"豆子说,"而且精确地描述了暹罗军队目前的状况。"

萨里文为此思索了良久。

"你打算把多少士兵蒙上眼睛送上战场呢？"豆子问，"我希望我是唯一的一个。"

"你真的当得起我的士兵吗？"萨里文说，"暂时先蒙着吧。但是，你会得到地图的。"

"谢谢。"豆子说。

他知道萨里文害怕的是什么：豆子能够把他手头的资源收集起来搞些小谋划，而且他能够说服查克利·纳苏根，告诉他他可以比萨里文更适合担任首席参谋的职务，因为萨里文明显地不是这里的老大。查克利·纳苏根也许信任他，并且给他委以重任。但是权利仍然被握在纳苏根的手中，萨里文是为他的意愿服务。那就是为什么萨里文害怕豆子——他会被取而代之的。

但萨里文应该会很快明白过来，豆子对铺天盖地的宫斗戏漠不关心。如果没有记错的话，纳苏根来自于王室——虽然暹罗一夫多妻的国王剩不下几任，但他们的子嗣遍布天下，众多的暹罗人都和王室有着千丝万缕的关系。拉玛五世①在几个世纪前就建立了原则，即王孙公子有为国效力的义务，但是没有必须为官的特权。萨里文的生命对于暹罗来说属于一种荣誉，但是，他能够在军队里位居高位只是因为他的上级考虑他是这个工作的最合适人选而已。

现在豆子知道是谁让他一直赋闲了，要加害萨里文并且取代他的位置易如反掌。毕竟，萨里文有责任执行纳苏根对豆子的诺言，但他又故意地违反了查克利·纳苏根的命令。豆子所需要做的就是利用

----

① 拉玛五世本名朱拉隆功，是暹罗曼谷王朝的第五代国王。他在位期间，发动了一场自强求富的近代化改革运动，在来自欧洲的殖民者如狼似虎地窥伺左右的情况下，他艰难地维护了国家独立。

彼得的某些私人关系开个后门,或许——只要给纳苏根带个话,说萨里文阻碍豆子,不让他得到他需要的资源,那样暹罗军方可能会被动地自查,这会埋下一颗对萨里文怀疑的种子。

但是豆子不想坐上萨里文那可怜的位置。

他就是想要一支战斗小队,能够把他们训练得服从命令听从指挥就行,当他和佩特拉建立联系并且找到她在哪里的时候,他就可以指挥这支小分队,把她活着带回来。无论有没有萨里文的许可。他都会尽自己所能地帮助暹罗军队,但是豆子是有他自己的私人目的的。

“最后的一件事,”豆子说,“在这里我必须有个名字,一个不会提醒任何暹罗以外的人我是一个孩子或是个外国人的名字——得让阿喀琉斯摸不清我究竟是谁。”

“你想用什么名字? 苏阿怎么样——那是老虎的意思。”

“我有更好的名字,”豆子说,“波罗姆马考特。”

萨里文一头雾水,直到他从大城府的历史里想起了那个名字,大城府是暹罗一个远古时期的城市——暹罗就是承其后的国家。“那是个从合法的继承人手里夺取了王座的野心家的绰号。”

“我只是想到那个名字的意义,”豆子说,“在瓮里,等待火葬。”他咧嘴笑了。“远不是阿喀琉斯所关心的, 我只是个会走路的死人而已。”

萨里文放松了。“无论如何。我认为作为一个外国人,你也许会感激有一个简短的名字。”

“为什么? 我又不必说它。”

“你必须用它签署文件。”

“我不会发布书面命令的,我只会向你一个人报告。另外,波罗姆马考特说起来很有趣。”

“你知道你指的是暹罗人的历史。”萨里文说。

"那是战斗学校的陈年旧事了，"豆子说，"我对暹罗着迷，这一个险象环生的国度。远古时暹罗人设法接管高棉帝国，还把力量延伸到了整个东南亚，这是很多人一直没有留意到的历史。后来他们被掸邦征服，然后变得比以前更强大。当其他国家都落入欧洲人的支配之时，暹罗仍在令人惊讶地扩张了多年疆土，即使它失去了一些故地，也掌握着其核心文化区域。我想阿喀琉斯会发现其他人已经发现的东西——暹罗不是容易被征服的，而且，一旦征服也不容易被统治。"

"看来你对暹罗人的精神有些了解，"萨里文说，"但是无论你研究我们多久，你也永远不会是我们中的一员。"

"你错了，"豆子说，"我已经是你们中的一个了。一个险象环生的幸存者，一个身无桎梏的自由人，无论我是谁。"

萨里文认真地接受了。"那么，现在是一个自由人对另一个自由人，欢迎你为暹罗服务。"

他们友善的分手，而且在那天结束以后，豆子看到了萨里文有心信守他的承诺。他被提供了一份军人名单——四个身经百战的老兵，五十个成绩优异的新兵，看来他们不会把老弱病残派给他。而且他得到了自己的直升机、喷气机、巡逻艇用来训练。

他有些神经紧张，准备去面对那些怀疑他为官的兵丁们。他以前就应付过这种的情形，在战斗学校，他会用自己最简单粗暴的手段来赢取这些士兵的心。豆子不会谄媚、不靠好感、不用和气和友善，他会告诉他们他怎么使用军队来赢得他们的忠诚和理解，那样，当他们在进行战斗的时候，会同仇敌忾、舍生忘死。他会一开始就告诉他们："我从不打无把握之仗，你们的工作就是铸就辉煌，我也会身先士卒的。我们不是为了高官厚禄才来到这里的。我们来到这里的目的是为了尽我所能消灭胆敢破坏暹罗的敌人。"

很快，他们就会习惯于被一个来自爱琴海的小男孩统领了。

旁堡

发件人：GuillaumeLeBon%Egalite@Haiti.gov

收件人：Locke%erasmus@polnet.gov

主题：咨询条件

勒伯先生，对你来说，和我见上一面真的很难，我为此心存感激。我相信我能够给你提供真知灼见，而且，我也充分相信你的执行能力，正因如此，我提出的任何建议都拥有付诸于实践的完美机会。

但是你开出的条件又是让我无法接受的。我不会在漆黑的夜晚偷渡或者伪装成背包客或是留学生什么的到达海地。在光天化日之下你和一个十来岁的美国小子会面会被告知于天下的。我仍然是署名为洛克的文章的著作权人，而且众所周知，那个名字结束了联盟战争，我会在身份公开前和你商谈的。如果我以前的名气不足以成为你的座上宾，那么我是肩负人类命运的安德·维京的哥哥这个事实，也许能够让你毫无困窘地打破先例。更不要说从战斗学校归来的所有孩子都拥有了地球上各支军队的帅印。你付出的代价将是高昂的。但是代价高昂并不代表回报丰厚，因为就你目前提出的筹码，我来的可能性微乎其微，除非你公开邀请我，我肯定会欣然到访，但是我是不会接受任何报酬的，即便我在你们国内的花销费用也不需要你来支付。作为一个外邦人，我不可能和你对海地人民那样地水乳交融，但是我会为地球上各族人民与生俱来的自由而奋斗，所以我无功不受禄。

通过公开的方式邀请我来,可以降低你的个人风险,如果我的建议不受欢迎,你大可把过失推卸到我的身上。而且在我的身份公开前,我自己要冒上很大的人身风险,如果世界决定我的建议不健全或者不能实现,或是你发现他们不能操作,我会承担舆论带来的耻辱。我说得很直白,因为那是我们都必须面对的事实:我有信心,我的提议是明智的,而你将能够有效实现它们。当我们结束了这一切,你就可以退休去照顾辛辛那提①的农场,而我能够像贤者一样地在海地的海滨畔休闲,我们两个都有信心在这世界上各取所需、各尽其职。

你真诚的

彼得·维京

佩特拉从没有忘记她是个被俘的奴隶这个事实。但是,和绝大多数的俘虏奴隶一样,当一天俘奴撞一天钟,她开始习惯于被囚禁,而且她还在周围紧张的空间里恰如其分地独善其身。

她被时刻盯着,她的小电脑也被人为搞坏,那样她就和外界断了联系。她发给豆子的信息石沉大海,即便她看到有人神似豆子。他真的没死吗?那个正在试图与她对话,在众多的军事历史地理论坛写下关于女人被某个武夫奴役的故事的人,她尝试不让那些信息给她造成烦恼。她绝不应答,所以她也不会因此浪费时间去尝试。

最后,被强加于她的工作开始成为对她自己的挑战,她从工作本身找到了乐趣。该如何发起一次对掸邦和暹罗的战役,最后止于安南,那会扫清所有的反抗势力,但是首先,不要激怒大唐,引起大唐干涉。她立刻发现身毒庞大的军队就是它最大的缺陷,因为补给线脆弱

---

① 辛辛那提是美国中部俄亥俄州西南端的工商业城市,俄亥俄河河港,有运河通连伊利湖。在十九世纪中叶,由于运河和铁路的兴建,成为重要的工业和交通中心。

至极，无法实现兵马未动，粮草先行。因此，和阿喀琉斯重用的其他幕僚不同——那些主要是战斗学校的身毒籍毕业生——佩特拉并不单单被后勤问题困扰，除非掸邦和暹罗的军队在那坐以待毙，身毒的军力定会被化整为零的。因此她策划了一个奇袭战役——可以自给自足的灵活突击，移动装甲兵团可以快速前进，由空中油轮来补给油料。

她坚信她的策划是唯一可行的，而且可以立竿见影的解决问题。随便一个把成千上万大军布局到大唐东南亚后院的做法都会令大唐的领导人反感。佩特拉的计划是短平快，不会把事态演变成让双方都疲惫不堪的持久战。绝大多数身毒的攻击力量都会随时待命，去打击敌人暴露出来的弱点。

阿喀琉斯把她计划的副本给了他其中的一个幕僚，他管这种行为叫作"合作"，但那不过是他高人一等的练习仪式而已。所有人都迫不及待地想溜进阿喀琉斯的股掌中，阿谀奉承地取悦他。这些幕僚会意地读到阿喀琉斯想要佩特拉丢脸的旨意，他们适时地给他们的主子所想要的。幕僚们开始嘲弄她的计划，那是一份傻瓜都能看出的没有希望的计划，即使他们的批评都是华而不实的，而她的主要论点却从来没有被提到过。佩特拉感到无比愤怒，因为她是个奴隶，而且因为她能够洞悉阿喀琉斯的那点小九九。但是她知道她做了一个卓越的工作，而且那对整个身毒军队是一个完美的讽刺，不，诚实地说，如果阿喀琉斯没有使用她的计划，而且要正面进军去迎接失败的话。

为身毒向东南亚的扩张提出有效的战略并不困扰她的身心，她做好计划根本不会被采纳的心理准备，即使她的短平快攻击策略也不能改变身毒陷入两线作战的窘境。如果身毒让自己着重于东线战争的话，西边的旁遮普是不会错过机会的。

阿喀琉斯选择了妄想复辟军国主义的国家，身毒总理提卡尔·查派克是一个被自己的不切实际理想所迷惑的野心男，他被阿喀琉斯的夸夸其谈所蒙蔽，而且他早就想尝试"统一"这个地区。地区局部战争的疑云早已笼罩这里，但是一旦旁遮普准备好从西面发动攻击的话，查派克的计划就会付之东流。身毒和它的冒险主义会一同遭受灭顶之灾。

在佩特拉的战略构想被枪毙后的那天早上，阿喀琉斯来见她，她说："你爱干啥干啥，愿赌服输。"

阿喀琉斯默不作答，他来的目的是和她一起回忆，好像他们是一对老夫妇，正在一起追忆似水年华。回想战斗学校？回忆什么呢？她想要对他尖叫，他只在那里逗留了几天，然后豆子就把他锁在了通风管道里，让他自己承认罪行。他没有权利对战斗学校有思乡之情，他要做的就是要损害她自己关于那里的记忆。现在，当战斗学校被提到，她只想改变话题，把那完全忘记。

谁会想象到她曾经认为在战斗学校的时候，是她最自由和快乐的时光呢？现在那显然不被如此看待了。

说句公道话，她的囚禁并不痛苦。当阿喀琉斯在海得拉巴①的时候，她就已经能得到些许自由了，虽然她从来不会被放松监视。她能够到图书馆去做研究——虽然在她联网之前，守卫中的一个人肯定会去翻阅 ID 信息，确定她是在用自己的身份登录而且受到所有的隐性限制。她也可以跑过被军队征用的尘土飞扬的村庄——有时她甚至可以忽略掉那些跟在她身后的脚步声。她可以吃到她想吃的东西，想睡觉就睡觉。有的时候，她甚至会忘记她所受的束缚。当然，更多的时候，她是能感受到自己的活动还是受限的，她几乎要放弃脱离囚禁的奢望了。

是豆子的消息让她的奢望还有一丝希冀。她现在不能应他，更不

---

① 海得拉巴是南亚地区的重镇，位于德干高原中部，拥有数百年的历史。

能去朝思暮想这个信息。建立联系是次要的,更深层的东西蕴含在其中,那是她没有被遗忘的证明。佩特拉·阿卡尼亚,一个在战斗学校乳臭未干的小丫头片子,仍然有一个人在尊重她、关心她、不放弃她,每个信息都如同给她发烧的额头一个镇定的吻。

然后,有一天阿喀琉斯来找她,告诉她他要开始一次旅行。

她立刻猜想那意味着她会被限制在她的房间里,锁起来,由卫兵看管,直到阿喀琉斯回来为止。

"这次不用锁起你,"阿喀琉斯说,"你和我一道去。"

"那是和身毒有关了,要去身毒的哪个地方?"

"从某个角度来看是的,"阿喀琉斯说,"但从某个角度来看又不是。"

"本姑娘对你的把戏没兴趣,"她打着哈欠说,"不玩。"

"哦,你当然不会想要错过它的,"阿喀琉斯说,"即使你想,也不是个问题,因为我需要你,所以你就会出现在那里。"

"是什么是非之地能让你如此倚重我?"

"哦,好吧,如果你如此形容它的话,我想我该说得更明白一点。我需要你看到在会议上发生的事情。"

"为什么?除非那是一场成功的暗杀,我不想看你能做些什么别的事迹。"

"是会议,"阿喀琉斯说,"在旁堡召开的会议。"

佩特拉对此没有聪明的反诘。在旁遮普的首府开会,那简直不敢想象。阿喀琉斯在那里又会有什么勾当呢?而且,他为什么要带上她呢?

他们乘飞机——这当然勾起了佩特拉作为阿喀琉斯阶下囚来身毒的那次多灾多难航程的回忆。我本来可以和他一道跳出舱门同归于尽的,把他残忍地摔到地面砸成肉饼吗?

在飞行期间，阿喀琉斯把他写给基法·瓦哈比——旁遮普的总理——的信件给她过目，实际上，那人也是军事独裁者……或者说是中亚之剑也不为过，但愿你喜欢这样的解读。信件的措辞避重就轻，小心翼翼地不想激化整个中西亚地区，看不出有从身毒的军事大本营海得拉巴发出来的痕迹。信件的目的在文本中只字未提，感觉这可能是一次外交拜访，而阿喀琉斯是作为身毒官方的非正式的使节来到了旁遮普。

有多久没有身毒的军机降落在这个靠近旁堡的军用机场了呢？有多少次穿身毒军服的人被允许踏足旁遮普的土地，并让他们侧目？这种场面微乎其微。一个比利时男孩和一个亚美尼亚女孩带队，去和一个个打算搪塞他们的低阶旁遮普官员打交道。

一群具有死气沉沉面孔的旁遮普官员带他们来到一个离他们的飞机补给处不远的建筑里。上了二楼，领头的军官说："你们带来的护卫必须留在外面。"

"当然，"阿喀琉斯说，"但是我的助手要随我进来，我必须有个证人在我需要别人提醒注意的时候提醒我。"

随行的身毒士兵站在墙壁附近，高度警惕。阿喀琉斯和佩特拉通过了打开的大门。

房间中只有两个人，佩特拉很快就凭借先前阅读过的资料辨认出了他们中的一个。那个人用手势示意他们该坐在哪里。

佩特拉默默地走向她的座位，但目光却死盯着那个人——基法·瓦哈比——这位旁遮普的总理。她坐在阿喀琉斯旁边稍微靠后的地方，只有一个旁遮普的武官紧随瓦哈比左右。没有低阶的官员接待。原因很难解释，阿喀琉斯的信打通了所有的入口，并一直杀到光明顶。

他们不需要人员翻译，对话用的全是通用语，虽然这都不是他们的母语，这四个人的童年都是在学习通用语，所以说起来均毫无口音。瓦哈比的脸上写满了犹疑和不信任，但他至少开诚布公——没怠慢来访者，还亲自接待，而且也没有挑衅。

"我邀请你，是希望能听到不一样的声音，"瓦哈比说，"请开始吧。"

佩特拉把阿喀琉斯想得太恶劣，认为他此行的目的会很幼稚，或者试图去炫耀和卖弄他的小聪明。

"先生，我的话不一定中听，听者会有被老师上课的感觉。但我的见解都是苦读您的神作偶得的。"

"读书容易，"瓦哈比说，"但要从中悟出东西来就不那么简单了。"

"要步步为营，"阿喀琉斯说，"但我还是被您的天真无邪所击败了。"

"看来这是要来一篇书评了？"瓦哈比问。但是他说话时却把笑容藏到了背后，进而走向了敌意的边缘。

"您在书中反复地展示了身毒人民的伟大成就，还有他们如何被遮蔽、被压制、被忽略和被轻视。恒河流域的文明已经被幼发拉底河和底格里斯河、尼罗河甚至是黄河的文明所比了下去。雅利安人的到来又把他们的语言、价值观还有阴险狡诈强加到这里的人民头上。① 鞑靼人②、不列颠人都给他们植入了野蛮的制度。我必须告诉您，您的书在海得拉巴的高层中很受欢迎，您的观点被和平地带到了身毒。"

佩特拉明白那不是无聊的恭维。对一个旁遮普的学者兼政客，特别是一个野心家，在写次大陆的历史时，没有赞扬自己国家的影响，

---

① 这里指早期来自西方的雅利安人入侵南亚次大陆的历史。
② 这里指历史上入侵南亚次大陆的白匈奴人和蒙古人。

也没有谴责敌对邻国的破坏，这实在是一件很勇敢的事情。

瓦哈比举起了手。"我写书的时候，立场是一个学者。但现在，我是在为人民当家做主。我希望我的书没有把你带到再度统一这片次大陆的狂想曲中去。我们的国家坚持要保持纯洁的理想。"

"请不要直接跳到结论，"阿喀琉斯说，"我同意您关于现阶段难于实现这片次大陆统一的结论。实际上，这是一个没有意义的术语。两家人真要合成一家除非是被迫的。"

瓦哈比点头，等阿喀琉斯继续说。

"在您的论断中，我看出了什么呢？"阿喀琉斯说，"是伟大而内敛的身毒人民的感同身受。这里诞生了光辉的文明，这里诞生了能改变世界的大人物。但两百年以来，当人们想到成功国度时，我们两国都不在其列。我们离席很久了。这种状况让您生气，让您沮丧。"

"与其说是生气，不如说是沮丧，"瓦哈比说，"但是，我已经老态龙钟了，我的脾气正变得平和。"

"大国们磨刀霍霍，世界都在发颤，但是我们几乎无暇顾及。当巴比伦或者奥斯曼或者波斯或者埃及都在风雨飘摇的时候，整个中西亚都在震荡，而此时你们，还在沮丧自身，不再发愤图强，为什么？"

"如果我知道答案的话，"瓦哈比说，"我会写出一本完全不同的书来。"

"在遥远的过去会有诸多原因，"阿喀琉斯说，"但是万法归一，在于我们这边没和你们形成良性互动。"

"又在讨论统一了。"瓦哈比说。

"根本没有，"阿喀琉斯说，"旁遮普不能得到其应得的地位，是因为无论在什么时候，只要往西面看，就能听到他身后的身毒的沉重脚步。而且身毒也不能得到她在东方应有的地位，因为旁遮普的威胁就在她身后——虎视眈眈。"

佩特拉感叹阿喀琉斯那种看上去偶然不经意的选择代词的方式——身毒用女性的"她",而旁遮普则是男性的"他"。

"上天曾经眷顾我们两国。伟大的古老文明在这里诞生出它们完美的形态,并不是偶然的。但是旁遮普阻碍了身毒向东看的霸业,身毒也破坏了旁遮普向西看的雄心。"

"没错,但这是无解的。"瓦哈比说。

"并不是这样的,"阿喀琉斯说,"我来上堂历史课。在过去的欧洲,两个大国针锋相对,日耳曼和斯拉夫的对立情绪把他们牢牢地束缚了,即便是一方优势极小,但还是要发出威胁,而另一方则被迫一事无成。"

"你要用当年的苏德来对比我们两国吗?"

"并不完全是,"阿喀琉斯说,"差多了,我们比他们更理智,也更懂得自我克制。"

瓦哈比转向他的助手。"和通常一样,身毒找到了一种新的方式来侮辱我们。"助手起身帮助他站起来。

"先生,我想您是个明智的人,"阿喀琉斯说,"这里没人会关注您的态度,也没人会重复我对您所说过的这一番肺腑之言。如果您能洗耳恭听,不会给您带来任何损失;但是如果您就此打道回府,那您将一无所有。"

佩特拉惊讶于听到阿喀琉斯如此尖锐的论调。他到底是来奉承还是来激化敌对气氛?给哪个领导人有意无意地扣上当年臭名昭著的独裁者的帽子,都会随后致歉的,但是阿喀琉斯反其道行之。很好,这次他剑走偏锋。如果这次会谈谈崩了,他将全盘皆输,是他的急于求成造成了这个致命的失误。

瓦哈比并没有回到座位上去。"你有话快说,有屁快放。"他说。

"苏德当年互相派遣了外交部长,莫洛托夫和里宾特洛普,在唇枪舌剑的舆论口水仗中,他们以波兰作为界,签订了《苏德互不侵犯条约》。但在两年后,德国就单方面废除了这个条约,那最终导致了上百万人的死亡和德意志第三帝国的倒台。不过此一时彼一时,和当年的独裁者不同的是,您和查派克都是有荣誉感的人——你们都生于斯长于斯,你们受命于上天的神,而且你们是世代在这块大陆上繁衍生息的子民。"

"说查派克和我都为同一个神明服务,那是亵渎我和他。"瓦哈比说。

"神爱这里,他给了这里曾经的辉煌,"阿喀琉斯热情洋溢地说。他的表现让佩特拉的判断险些产生偏差,她甚至有一丝相信阿喀琉斯是拥有某种信仰的信徒。"您真的确信让两个国家都待在阴影、虚弱与孤独里是神明的意志吗?还是因为自己的人民没有被自己所信奉的神明意志唤醒?"

"我不关心无神论者和疯子讨论的神明的意志。"

佩特拉想,那是对你好。

"我也一样,"阿喀琉斯说,"但是我能够告诉您,如果您和查派克签订一个协议,不是要结盟,而是互不侵犯,我们就可以成就各自的霸业。如果您不喜欢用苏德做例子,那么看看葡萄牙和西班牙,分享了伊比利亚半岛的野心殖民者们。葡萄牙偏居半岛的西边国力孱弱——导致他们成为优秀的海洋冒险者。西班牙也派出了一个探险家,不过是个意大利人①——但他发现的却是新大陆。"

佩特拉再次看到微妙的奉承发挥了作用。没有说得那么单刀直入,但是阿喀琉斯已经把葡萄牙—— 一个稍微弱势但却更大胆的国

---

① 这里说的是克里斯托弗·哥伦布。出生于意大利的热那亚,卒于西班牙的巴利亚多利德。在西班牙国王的鼎力支持下,先后四次出海远航,发现了新大陆并开辟了横渡大西洋到美洲的航路。

家——联系到了旁遮普,那也是发现这片次大陆的国家。①

"伊比利亚半岛上的双雄没有大动干戈,没有互相削弱。相反,他们听从了教皇的话,在地球上画了条线,东边给了葡萄牙,西边给了西班牙。②咱们也在地球上划条线,基法·瓦哈比先生。宣布您不会对身边的邻国动武,这是一个向全世界的民众展示自己纯洁的时刻。在此期间,提卡尔·查派克可无后顾之忧地一路东进,他已经渴望这样很久了。然后,您的著作会在曾经对立的邻国畅销大卖,您的思维将随着人们的呼吸从海得拉巴传播到整个东南亚诸国。"

瓦哈比慢慢地坐了回去。

阿喀琉斯什么也没有说。

佩特拉知道他的胆大包天让他功成名就了。

"东南亚,"瓦哈比说,"为什么不到更遥远的东方?"

"在旁堡成为海得拉巴的神圣守护者之时,身毒才敢于涉足东方。"

瓦哈比笑了。"你太残暴了。"

"确实这样,"阿喀琉斯说,"但是我是对的,在所有大是大非的问题上。关于您书里指出的事实,明显的结论是,当身毒和旁遮普的领导人同时具有先见之明并能勇于承担的话,那他们都会受到祝福的。"

"你能从中得到什么好处?"瓦哈比问。

"我的梦想是世界和平。"阿喀琉斯说。

"所以你鼓动我们两国斗来斗去?"

"不,我是让你们止戈之武。"

---

① 葡萄牙的航海家达·伽马绕过了非洲的好望角代表西方世界发现了南亚次大陆。
② 这便是历史上的教皇子午线,是在罗马教皇亚历山大六世的仲裁下,西班牙和葡萄牙瓜分殖民地的分界线。规定在亚速尔群岛和佛德角群岛以西一百里格的子午线为分界线,并把该线以西的一切土地都划归西班牙,以东的一切土地归葡萄牙。

"那你认为西面的波斯会向我们臣服吗？更西面的奥斯曼会拥抱我们吗？不动刀兵哪里来的大一统？"

"但是您会创造的，"阿喀琉斯说，"两国地区性大国和而不同，这就是和平的曙光来到地球的方式。这是神的意志。"

"这当然是上天的旨意，"瓦哈比回答，"但是现在你除了动动嘴皮子外，没有拿出什么真正的诚意来。你不是身毒的什么要员，我怎么能判断你是否为身毒军方集结准备的下一次无端袭击来麻痹我的呢？"

佩特拉怀疑阿喀琉斯是在盘算着让瓦哈比在适当的时候说出这样的话，来给他一个完美的戏剧性瞬间，或者说这只不过是一个巧合？阿喀琉斯从他的文件夹中抽出一张有蓝色签名的纸张，作为给瓦哈比的回答。

"那是什么？"瓦哈比问。

"我的授权，"阿喀琉斯说。他把纸张递给了佩特拉，她起身把它带到房间的中央，瓦哈比的助手从她手中接过了它。

瓦哈比仔细阅读，摇着头。"这就是他签署的？"

"他不只是签署而已，"阿喀琉斯说，"让你们的军事卫星去告诉您，在我们交谈的时候，身毒军队正在做着什么。"

"他们正在从边界撤离？"

"总要有人要首先表示出信任。这个时机就是您和您所有的前任所等待的，身毒军队正在撤离。可以送您的军队到前线去了。您可以在谈笑间，让樯橹灰飞烟灭。您的军队可以灵活地向西或是向北。让波斯领教一下您的厉害；把奥斯曼从世俗的锁链下解救出来。而在您的背后，将只会有您的身毒兄弟，希望您在神选择的大地上大展宏图，胜利的曙光终会出现。"

"省下演讲吧，"瓦哈比说，"你明白我必须去验证这个签字是否真实有效,还有身毒军队确实是朝你所说的方向运动。"

"去做您必须做的事情吧,"阿喀琉斯说,"我现在要回身毒了。"

"不等待我的答复?"

"我可没有向您提出问题,"阿喀琉斯说,"那是提卡尔·查派克问的,您必须回答的人是他,我不过是个邮差而已。"

说着,阿喀琉斯站了起来,佩特拉也一样。阿喀琉斯大胆地走向了瓦哈比,并且伸出了手。"我希望您能够原谅我,我不能忍受回到身毒告诉那里的人说我没有碰到基法·瓦哈比的手。"

瓦哈比伸出手去抓住了阿喀琉斯。"爱管闲事的外乡人。"瓦哈比说。但是他的眼睛在眨,阿喀琉斯用微笑作为回答。

那会长久有效吗?佩特拉很是怀疑。莫洛托夫和里宾特洛普必须磋商一周,不是吗?阿喀琉斯只用了一次会面就完成了。

是哪个字眼这么有魔力呢?

但是当他们走出房间,同他们一起来的四个身毒军人加入了他们——那是她的守卫——佩特拉意识到,根本没有什么魔法咒语。阿喀琉斯只是了解两国的独裁者,能够洞察他们的野心,和他们想要成为所谓伟人的期许。他只是告诉他们最想听到的事。他给了他们在心里渴望已久的和平。

阿喀琉斯同查派克面谈,获得了那个预先签署过的《互不侵犯条约》并且许诺撤军的白条,佩特拉虽没有亲历,但是她完全可以还原场景。"你必须首先做出姿态,"阿喀琉斯一定这么说过,"这伙恶徒很可能会利用这个千载难逢的机会发动袭击。但你有世界上最庞大的军队,有世界上最伟大的人民。让他们来打好了,你将会吸收攻击带来的伤害,然后斗转星移地还给他们,就好像水从即将崩塌的水坝中倾泻而出一样。没有人会责备你在利用和平来做诱饵。"

现在,要开始打仗了。她为攻击掸邦和暹罗所制定的计划不再仅仅是摆设了，他们要为其所用。要血流成河、肝脑涂地了。阿喀琉斯的战争即将展开。

阿喀琉斯很清楚佩特拉报告的价值，那会物尽其用，即使内有瑕疵，也不影响其完美度。

佩特拉到底做了什么？

现在她明白为什么阿喀琉斯要执意带上她了。他希望在她面前炫耀，那是当然的——有理由相信，他感觉需要让某人来证明他的凯旋。但还有更多深层次的原因，包括阿喀琉斯也想通过让佩特拉看到，他正在做她总是认定根本不能做到的事情来反戈一击。

最糟糕的是，她希望她的计划会被履行，不是因为希望阿喀琉斯能赢得战争，而是因为她想用这个计划来打击总是无情嘲弄她的来自另一个战斗学校的乳臭未干的孩子。

我必须想法子给豆子捎个信，要措辞严厉地通知他，那样他就可以警告掸邦和暹罗两国政府了。而且我必须要把我的计划搞砸，否则一切前线的生灵都因为我而受到牵连。

她看着阿喀琉斯，他正在自己的座位上打瞌睡，忘记了和他刚棋逢对手又很快略逊一筹了吧，使得他未出师就自乱阵脚。公平说，他是个卓越的家伙，他是因被战斗学校打上"精神病人"的标签而被放弃的人，但是不知何故，他竟然能让不只一个而是三个世界大国政权唯他马首是瞻。

佩特拉是阿喀琉斯接近凯旋的见证人，但佩特拉对他的未来仍不肯定。

这让她想起了自己孩童时的一个故事，关于亚当和夏娃在伊甸园的故事，还有那条会说话的蛇。①那会她只是个刚出生的没多久的

---

① 佩特拉所说的是《圣经》里的故事。这个故事见《圣经·旧约·创世记》的第三章，讲的是夏娃受会说话的蛇鼓动，偷吃了禁果，得到了智慧，但被耶和华惩罚的故事。

小孩子，但她就已经开始能说话了——这让她的全家人都感到惊愕——所以，夏娃的惊愕是白痴地相信一条会说话的蛇。但现在，她醒悟过来，她也听到了蛇的声音，而且看到一个孔武有力的男子倒在了它的咒语下。

吃果子吧，然后你的心里就有了欲望。那不是禁果，那是高贵的金苹果，好，你会喜欢它的。

况且它也非常可口。

前车之鉴

发件人：Carlotta%agape@vatican.net/orders/sisters/ind

收件人：Graff%bonpassage@colmin.gov

主题：发现

　　我想我们找到佩特拉了，一个在旁堡的好朋友通风报信，她知道我很想找到她，她告诉我昨天一个从身毒来的使团和瓦哈比进行了一次简短的会面。使团里有一个十来岁的男孩，那无疑就是阿喀琉斯，还有一个十来岁特征不详的女孩，我想极有可能是佩特拉。

　　豆子太需要得知我掌握的情况了。首先，我的朋友告诉我，自这次会议后，几乎所有旁遮普军队就被命令从身毒边界撤离了，再加上已经被察觉到的身毒从边境撤军的消息，我认为我们正在目睹一个不可能事件——在长达两个世纪的热战冷战后，一个真正的和平正在被尝试，而且看上去或许能行得通，或者就是阿喀琉斯帮助促成的。（既然我们殖民地的居民有很多都是身毒人，我部门中的工作人员担心本次次大陆上发生的和平事件会让他们产生思乡暴动！）

　　其次，对阿喀琉斯来说，在这个敏感的任务中带上佩特拉暗示着她并不是被胁迫入伙的。在俄罗斯，威列德也被威逼利诱去和阿喀琉斯一同工作，虽然共事很短暂，但不难想象那不是被自愿的。所以，像佩特拉这样的无神论者在囚禁中极有可能会变成一个真正的信徒，必须告知豆子有这种可能性，因为他正在希望救出一个不愿意被解救的人。

第三,告诉豆子我能够与海得拉巴联系上,那些以前在战斗学校的学生正工作在身毒的高级指挥部门。我不会让他们妥协于他们对国家的忠诚的,但是我会询问佩特拉的事情,并且希望挖出些料。如果这些校友们洞察到什么的话,我想对母校的忠诚也许会是他们的吐真剂。

豆子所有的期望都寄托在他的小队身上,但他们显然无法匹敌战斗学校的学生们——因为他们根本算不上精英。但他们也拥有更多的训练来提升自己,他们不会嘀嘀咕咕、裹足不前。在战斗学校,太多的士兵都喜欢显摆自己,显摆他们在战斗学校的名头,所以学校要通过战队竞争来强化他们的整体性。

豆子经过认真学习通晓世界上各国军队的运作规则,一些微乎其微的问题会常常困扰士兵们——这里的有些士兵不会耍小聪明,更不会一日千里的进步,因此他们会产生怕被同袍弟兄看不起的自卑心理。所以要医治他们,豆子就必须很用心的工作,以求在军中赢得强硬、公平的声誉。

他没有喜欢的东西,没有交任何朋友,但是他重视发现一些更优秀的事物。他的赞美,无论如何,不是感情用事的,通常他只是在其他人面前简单地提起一下。"军官,你的队伍没有犯错误。"只有遇到特殊的成就他才会明确的赞美一下,那时也只有一个简洁的词——很好。

和他预期的一样,他少言寡语却又不失公平的赞美成为他队伍里的魂。做得好的士兵没有得到任何特殊待遇也没有给予相应的权利,所以他们不会被别人怨恨。言简意赅的赞美不会让士兵们困窘,相反,他们会迎来其他人投来的赞誉,而且得以被效仿。因此豆子在士兵们心中的地位与日俱增。

那是真正的力量。伟大的弗雷德里克①有格言说:士兵如果畏惧自己的长官猛于畏敌的话,那是要付出代价的。士兵需要相信他们会受到他们长官的尊重,而且认为那种尊重比他们自己的生命更重要。况且,他们长官的尊重也该是恰当的,是发自内心的。

在战斗学校,豆子曾经有短暂的时间来通过指挥一支军队训练自己——他每次都让他的士兵吃败仗,因为他觉得哀兵必胜,这导致了他的士兵士气低落,但他毫不在意,他知道在战斗学校毕业后,他们都会分道扬镳。这里是暹罗,战争一触即发,赌注很高,他命悬一线。胜利并不是一个名词而是一种目的,在那么明显的动机后面,隐藏着更深的东西。无论打不打仗,他都会使用这支军队来发动一次大胆的营救行动,也许会深入身毒的腹地,那根本不能容忍任何错误,他会把佩特拉带回来,他会成功的。

他像训练他的士兵一样严格地训练他自己,他把这当作是一种激励—— 一个孩子也能接受所有成人的训练。他和他们一起奔跑,如果他的背包比较轻,也仅仅是因为他维持生命所需要携带的卡路里比较少,他携带的武器也许会更小型些。但没有人嫉妒他——因为他们看到他携带的子弹和他们的数量是相同的。他和士兵们同甘共苦,当他不如他的士兵的时候,他无疑会去最好的士兵那里,向他要求批评和寻求建议——他接着就会得以完善。

从没有听说过一个指挥官会在他的士兵面前表现出他的不熟练或者弱势,豆子不应该如此行事,他没必要去冒这个险。然而,深入敌后危机重重,他的训练全是理论上的,如果想要成功他就必须化身成为一个士兵,在第一线处理紧急问题,那样他就能够跟上士兵们的步

① 小威廉·弗雷德里克·哈尔西,美国海军司令官。第二次世界大战期间在太平洋地区指挥多次战役并获得胜利,因作风勇猛而获绰号“蛮牛”,又因为人随和而被称为“水兵的海军上将”,是二战中美军人气最高的将领之一,深受部下爱戴。

伐,况且,在紧急关头,他也可以有效地进行战斗。

刚一开始,由于他那时只有小萝卜头一般的身材,有些士兵给他安排了一些简易的训练项目,被他平和且坚定地拒绝了。"我也要学习。"他说。然后,便结束了讨论。看到他是如何跟上那些高阶的训练,士兵们对待他就更热情了。他们看到他正在突破身体极限,而且毫无畏缩之意,他能跨越和成人一样高的障碍。在拉练演习中,他也是粗茶淡饭,甚至是饥一顿饱一顿。

这支军事力量被赋予了多少战斗学校的影子呢? 通过暹罗军方之后增援扩充而成的两百人的武装力量,被豆子分成了五个四十人的小组,每个小组都和安德在战斗学校的战队一样被分成了五个八人的小分队,每个小分队被要求能够完全自己执行一个任务,每个小组都被赋予了能够完全独立处理问题的期望。同时,豆子还要确保他们都要成为熟练的观察者,要训练他们去看东西。

"你们就是我的眼睛。"他说,"你们需要看到我要找寻的和你们能够看到的东西,我会一直告诉你们我在计划什么还有计划的原因,那样当你们看到一个我没有预见到的、可能改变我的计划的问题之时,你们就会知晓并让我也了解到。我是让你们大家都能幸免于难,我的大脑判断至关重要,所以,你们想活命就要最大限度地了解我的所思所想。"

当然,他明白他不会把一切都透露给他们的,但他们都会迫切地想知道。他花费了大量的时间在标准的军事教导上,告诉他们每个命令所下达的原因,而且他也希望他麾下的每个小组、小分队的指挥官也应该如此效仿。"那样,当我给你们下达一个没有告诉你们理由的命令的时候,你们要明白那是因为我没有时间去解释它,而且你们要毫不犹豫地立即执行它——每个命令的背后都会有相对的理由,如果我能,我一定会告诉你们。"

一次,当萨里文来视察豆子的军队及其训练之时,他问豆子是否用了他推荐的训练模式。

"那不可能。"豆子说。

"这是个有用的模式,你为什么不物尽其用呢?"

"因为不需要,而且也担不起那时间。"豆子说。

"你可以的。"

"这些士兵将要被派去做不可能完成的任务。不是去挖战壕,不是去攻坚克城,而是深入敌后,是适者生存的敌后。如果他们不了解所有命令背后的含义的话,就等于死路一条。指挥官的想法他们必须完全了解以求建立互相信赖——这样才能给他们补偿指挥官不能避免的弱点。"

"那你的弱点是什么?"萨里文问。

"难以置信,萨里文,人无完人,孰能无过?"

此话一落,换来了对方一个"不和蔼"的微笑——那简直是稀有的表情。"成长的烦恼?"萨里文问。

豆子低头看着他的脚踝,他已经重新做两次制服了,现在该去做第三身了。豆子现在已经长到他半年前首次到达曼谷时萨里文的高度了。成长没有给他带来烦恼,而是让他发愁,除了长高,其他的青春躁动几乎无影无踪,为什么呢?毕竟忍受了多年的过度矮小事实后,他的身体现在要如此坚决去迎头恶补吗?

他没有经历到任何青春期的麻烦——没有由于四肢比平常摆动得更远而引起笨拙,没有荷尔蒙的激增导致判断上的阴影以及注意力的分散。如果这样下去,他长到足以携带更好的武器的时候,那将妙不可言。

"我希望有天能够成为和你一样优秀的男人。"豆子说。

萨里文哼了一下,他知道自己"不和蔼"的表情会对这样的恭维嗤之以鼻。从意识的深处让豆子明白,萨里文和普通人一样,只看得到表面的价值,而且对萨里文至关重要的是,豆子尊重他的位置,而且不会做任何伤害他的事情,那让他感到些许的安心。

时间过去了几个月,豆子向萨里文报告他的人已经训练就绪,并能对特种任务随时待命。这是他开始动手的先兆。

然后,格拉夫的信到了,卡萝塔一收到就给他转寄过来。佩特拉还活着,她可能和阿喀琉斯一起待在海得拉巴。

豆子立刻通知萨里文他有个聪明的朋友捎来了信息,很显然在身毒和旁遮普之间存在一个"互不侵犯条约",而且对峙的军队正在从两国的边境撤离——随信息一起,他大胆揣测了一个事件,那就是在三个星期内,掸邦定会遭到入侵。

对于信里面的另一个问题,格拉夫断言佩特拉已经投靠了阿喀琉斯,当然那是很荒谬的——如果格拉夫这么确信的话,就说明根本不了解佩特拉。让豆子惊慌的是,她已经如此彻底地被压制了,以至于她被人看作是阿喀琉斯一方的人。这还是那个无论经受如何折磨都能用理智战胜一切的女孩吗?如果她必须保持沉默的话,也意味着她已经绝望了。

她没有收到我的消息吗?难道阿喀琉斯彻底隔绝了她的消息来源,所以她甚至不能浏览网络吗?那可以解释她无法回答的原因。但是,即便佩特拉习惯了被孤立,也不能解释她的沉默。

那肯定会是她自己掌握的策略。以静制动,那样阿喀琉斯就会忘记她有多么憎恨他,虽然她很清楚他什么都不会忘记。但安静下来,她就可以避免被更加深度的隔绝——这是一种假设。佩特拉能做到欲言又止、少言寡语,能得到更多的机会。

最后,豆子也必须接受格拉夫判断正确的可能性。佩特拉是人,她和别人一样害怕死亡。如果是这样,在目睹了两位保护她的俄罗斯特工之死后，而且他们也正是像豆子预料到的那样被阿喀琉斯手刃致命——那么佩特拉会面对一些她以前从没有见过的东西。她能够对战斗学校中的白痴指挥官和教官们大声呵斥是因为最坏的结果也不过是被训教，但和阿喀琉斯在一起，死亡的镰刀会如影随形。

而且豆子知道，对死亡的恐惧会改变人们看待世界的方式。他在生命中的起点就已经生活在这种亘古不变的恐惧压力下了。而且，明显他在阿喀琉斯的淫威下度过了相当长的一段时间。阿喀琉斯的危险性让他难于忘却，这个坏蛋的嘴脸时刻印在他的脑海中，即便如此，豆子也得承认他是个好领袖，为他的街头顽童"家庭"做着勇敢和大胆的事情。豆子曾经赞美过他并从他那里得到学习——一直沿袭到阿喀琉斯谋杀了颇克的那一天。

佩特拉，害怕阿喀琉斯，屈服于他的权利，为了生存步步惊心。而且，会盯着他，甚至会赞美他。顺从，甚至崇拜那些有杀掉他们能力的人，是灵长类动物通常的特性。即使她在竭力避免那些感觉，但是它们依旧存在。

但是每当脱险之后，谁都会从那种情绪中清醒过来。豆子会，佩特拉也会。所以，即使格拉夫是对的，而且佩特拉真成了阿喀琉斯的门徒，但当豆子把她解救出来后，她仍然是无神论者。不过，事实就是事实——豆子也必须准备好她不想被营救甚至试图出卖自己的状况。

他给自己的属下增配了麻醉性枪药，并且进行有针对性的训练。

很显然，无论他是否打算发动对她的营救，他也需要比手头更多的硬性资料。他写信给彼得，要求他使用他的老德摩斯梯尼的小号去联系美国政府以套取到一些关于海得拉巴的情报资料。豆子现在不想暴露自己的目的，他没有近水楼台地向萨里文要关于海得拉巴的资料，即便萨里文好心帮助并且心甘情愿——因为最近他正在和豆子分享更多的资料——但这也没有办法解释为什么他急于需要打探身毒设在海得拉巴的大本营的一切。

等待彼得用了几天。当豆子正在训练他的人使用麻醉飞镖的时候,他注意到了另一个重要的暗示。如果佩特拉正在和阿喀琉斯合作的话,那么他们将没有一个战略能针对于佩特拉。

他请求与萨里文和纳苏根两人会面,这几个月都没有和纳苏根面谈,他很疑惑这次会面被允许的可能性——或者被延迟。他早晨五点起床后,递交了他的请求。七点,他就坐在纳苏根的办公室里了,萨里文服侍在旁。

在纳苏根开始会议之前,萨里文看着时间烦恼地道出:"这为什么?"

"这为什么?"纳苏根说。他对萨里文笑笑,他知道他是重复萨里文的问题。但是豆子也知道那是个嘲弄的微笑,到底还是摸不透这个希腊男孩。

"我只是发现了对你们都有用的信息,"豆子说。当然,这话有含蓄的批评,萨里文没有注意到,所以要豆子直接告诉查克利·纳苏根。"我没有任何不敬的意思,只是因为你们必须马上明白这一点。"

"你有什么我们还不知道的吗?"查克利·纳苏根说。

"我从一个有联系的朋友那里得知一个内幕,"豆子说,"我们所有的战略假设都基于身毒军队的一贯战术——用大兵压境冲破掸邦和暹罗的防御。但这个内幕告诉我,佩特拉·阿卡尼亚,安德·维京的一个得力部下,也许正服务于身毒军队。我不太相信她会辅佐阿喀琉斯,但一切皆有可能。如果她参与指挥这场战役的话,你将看不到身毒的大集群部队的。"

"有意思,"纳苏根说,"那她会用什么策略呢?"

"她仍然会动用远超过你想像中规模的部队,但不让他们整合。

那会是一场试探性的奇袭战,小股力量分波次的袭击,每次攻击都是有一定的目的。起先,要引起你的注意,然后你会慢慢松懈下来。他们甚至不需要撤退,就地补给即可。每支奇袭队都容易消灭,但我们劳师征讨又会顾此失彼,也许等我们抵达的时候他们反倒撤走了。身毒军队分散开来便用不着补给线,也就没有弱点可言,他们只是在一次次试探我们,直到我们无法回应他们的所有行动,然后他们的挑衅便会变本加厉,当我们怒而奔袭他们的时候,可能正中他们下怀,我们会被一队队地消灭。"

纳苏根看着萨里文。"波罗姆马考特所言甚是,"萨里文说,"他们可以永远维持那样的策略,我们又从不能伤害到他们的要害,因为他们的军队就地补给,每次攻击又能保证精确无误。而我们拼消耗又不上算,避其锋芒又会给他们更多就地补给的地盘。"

"为什么这种妙计不会是阿喀琉斯自己想出来的呢?"纳苏根问,"听说他是个厉害的角色。"

"因为这是个求谨慎的策略,"豆子说,"一方面,不会造成大批士兵的死伤;另一方面,达成效果的时间极其漫长。"

"也就是说,阿喀琉斯视他人生命如草芥吗?"

豆子回想他在鹿特丹的阿喀琉斯"家庭"中的日子。实际上,阿喀琉斯很关心其他孩子的生命,他花很大心力以确定他们没有被暴露到危险之中,但他如此做却很大程度地由于他在维护虚荣的权威,如果哪个孩子被伤害了,整个"家庭"就会成鸟兽散。这和现在身毒军队的状况完全不同,阿喀琉斯会像秋天扫落叶一般地使用他们。

除非阿喀琉斯的目标不是控制身毒,而是控制全世界。所以赢得仁慈的领袖名声是至关重要的,那会让他看上去爱兵如子。

"有时候是,当他觉得划得来的时候,"豆子说,"但如果佩特拉辅佐他,他会更加的谨小慎微。"

"毫无意义，"纳苏根说，"如果我告诉你，掸邦现在已经卷入战争了，而且是庞大的身毒集团军群的全战线攻击，就和你在早先的战略报告里描述的一样呢？"

豆子被吓坏了，已经？显然身毒和旁遮普的"互不侵犯条约"是在几天前签订的，他们不可能如此快就集结好了军队的。

豆子惊讶地看到，萨里文的表情好像也不知道已经开战了。

"那是一个拥有完整计划的军事活动，"纳苏根说，"掸邦猝不及防，身毒军队就如同硝烟一样地滚了过来。无论你的邪恶对手阿喀琉斯还是你的聪明朋友佩特拉以及身毒高层指挥部的那些浑蛋，他们异常胆大地干了。"

"那意味着，"豆子说，"佩特拉的价值没有被身毒方面意识到，或者她在故意扰乱身毒军队的战略构想。我知道这很安心，我为提出一个不必要的警告向您道歉。我可以问一句吗？先生，暹罗现在是否已经加入战局了呢？"

"掸邦方面没有向我们求助。"纳苏根说。

"等到掸邦要求暹罗伸出援手的时候，"豆子说，"身毒军队就已经兵临曼谷城下了。"

"这么说，"纳苏根说，"我们不用等待他们求援了。"

"东方有什么动静？"豆子问。

纳苏根在回答前眨了两次眼睛。"大唐的反应？"

"他们警告过身毒了吗？他们以任何方式对事态做出回应了吗？"

"有关大唐政府的事情将交由其他部门处理。"纳苏根说。

"身毒也许有大唐两倍的人力资源，"豆子说，"但是大唐军队的装备更好，身毒在面对大唐的干涉之前会反复掂量的。"

"装备更好？"纳苏根说，"但大唐的调度将会是南辕北辙，他们的主力都部署在北方，全拉到这里需要几个星期。如果身毒计划打闪击战,他们根本不必惧怕大唐。”

“只要 IF 不发射核弹,”萨里文说,“在身毒,切瑞纳格掌权 IF 最高军事长官的情况下，你很难判断身毒军方不会获得这方面的援助。”

“哦,看样子还会有新的进展,”纳苏根说,“切瑞纳格在掸邦受到攻击的十分钟后向 IF 递交了辞职申请,他会回到地球,到身毒接受具有扩张性的身毒帝国联合政府领导人的新职位。当然,当太空船只把他带回到地球的时候,战争也许已然结束了。”

“那谁会继任 IF 最高军事长官？”豆子问。

“会是个艰难的抉择,”纳苏根说,“所有人都在怀疑霸权组织提名的人选,大家缺乏互信互利,有人甚至一开始就质疑为何要由霸权组织来提名官员,从联盟战争后我们就没有真正的将军了,IF 在我们的社会生活中到底有没有必要继续存在下去呢？”

“控制住核弹发射的按键。”萨里文说。

“那是 IF 存在的唯一价值,”纳苏根说,“多数政府相信 IF 应该被贬低到太空警察的角色上来,IF 没有必要保留大量的战力。甚至说到外太空殖民计划，很多人都觉得那是在浪费金钱。真正的战争在这里,在地球上发生。很好,还要保住那小小的战斗学校吧,但总得做点成人该做的事吧。你,如果我们觉得有必要,会去亲自上门讨教的。”

纳苏根的轻视语调令人瞠目结舌，那显示出他对这两个战斗学校毕业生的高度敌意，而不仅仅是排外。

萨里文开始挑战纳苏根的底线。“那我们会在什么情况下被您亲自上门讨教呢？”他问到,“无论我们的计策是否灵验。如果是锦囊妙计的话,你们不会蒙我们。但如果那是一步被你们认定的臭棋的话,你们会对我们不以为然。”

纳苏根思索了一会。“为什么？我倒是从来没有这么想过,但我相信你是对的。"

"不,您错了,"萨里文说,"处在战争中,没有死死照着战前计策走的,我们必须因势利导,我和另外的战斗学校毕业生都是为此而被训练过的,我们能够对目前所有的状况了如指掌。相反,您正在让我们断绝这些正在不断变化的战况情报,因为在起床时,我没有在电脑里看到开战的消息。为什么?为什么不让我知道?"

"出于你隔离我时相同的理由,"豆子心里想,"那样,当胜利到来的时候,所有的荣誉将归于纳苏根一人。"

"在战前计划阶段,可以接受战斗学校孩子的建议,但是在实际战争中,我们不能由孩子们去做决策,那样情况会变得更糟糕。我们忠实地秉承了战斗学校给我们的要求,但很显然,学校作业并不能让他们为真正的战斗做好准备。"纳苏根正在为自己的愚蠢做掩饰。

萨里文看上去也明白了,但是他没有继续争论,他站起来。"请允许我离开,长官。"他说。

"可以,你,你也一样,波罗姆马考特。哦,我们可能会收回萨里文允许你玩耍的士兵们,让他们回到他们原来的部门,请让他们做好立刻离开的准备。"

豆子也站起来。"这么说暹罗正考虑参战了?"

"当你需要知道的时候,你会知道任何你需要知道的事情。"

当他们出了纳苏根的办公室时,萨里文加快了行进速度,豆子必须跑着才能追上他。

"我不想和你说话。"萨里文说。

"不要像个大孩子,"豆子轻蔑地说,"他不过是在重复你对我做过的事情罢了,我都没有生气地离开这个国家。"

萨里文停下脚步,面对豆子。"你和你的愚蠢的会面都该滚蛋!"

"他早已经把你排除在外了,"豆子说,"在我要求会面之前。"

萨里文知道豆子是对的。"所以我已经没什么权力了。"

"我一直都没有,"豆子说,"那咱们该做些什么呢?"

"做些什么?"萨里文说,"如果纳苏根独断专行的话,就没有人能听从我的号令。没有权,我不过就是个孩子,而且还是个年轻到未到适龄入伍阶段的孩子。"

"我们首先要做的就是,"豆子说,"搞清楚我们目前面临的状况。"

"只能说明纳苏根是一个卑鄙的野心家。"萨里文说。

"来,我们出去谈。"

"如果他们愿意,完全可以在户外窃听我们的谈话。"萨里文说。

"那是他们必须尽力做到的,在这里,我们所有的言行举止都逃不过他们的眼线。"

因此,萨里文和豆子一同走出了暹罗最高指挥部所在的建筑物,朝已婚军官宿舍而去,他们来到一个给青年军官子女准备的小公园里,坐在了秋千上。这时,豆子注意到那些玩耍的军人子弟,对他们来说,他的身高已经有点高得离谱了。

"你的那支队伍,"萨里文说,"在最需要他们的时候反倒被解散了。"

"不,不会。"豆子说。

"为什么不会?"

"因为他们是你从首都卫戍部队里面抽调的,那些军队暂时是不会被调走的,他们会留在曼谷。最最重要的是我早已把所有的军用物资都藏起来,以备不时之需。你认为你有这种能力吗?"

"我将其称为日常的储存转移,"萨里文说,"我能想到这些。"

"你要搞清楚那些人都被分派到了哪里,那样,当我们需要他们的时候,能够把他们都找回来。"

"如果我那么做的话,咱俩都可能会被禁止上网的。"萨里文说。

"我们要试试才行,"豆子说,"网络问题不是绊脚石。"

"可这场战争还没开打,暹罗就已经败局已定。"

"想想吧,"豆子说,"一个愚蠢的野心家都可以这样蔑视你,让你羞愧、泄气,你就不想给他一点颜色瞧瞧吗?"

"我一直以来都争强好胜,"萨里文说,"所以战斗学校里的每个人都在我背后叫我扑克脸,我想唯一比我还傲慢的人非你莫属。"

"纳苏根是一个傻瓜吗?"豆子问。

"我没有想过。"萨里文说。

"大智若愚……"

"你想说我在犯傻吗?"

"我说的是阿喀琉斯,他显然是个蠢货。"

"因为他正在集中力量进攻,我们早就预料到会是这样。看来佩特拉没有给他出一个更好的计策。"

"或许他没有采纳。"

"不采纳良策更证明他蠢到家了。"萨里文说。

"可见,佩特拉给他出了良策,他却拒绝使用,那么他和纳苏根今天的智商难不成都是负数。且纳苏根在外交政策上也装傻充愣到缩手缩脚。"

"你是说,大唐的事情?"萨里文思考了一会,"你是对的,纳苏根不可能在外交政策上没有一丁点影响,但也许是他仅仅不想让我们了解大唐的动向,所以他不需要我们,因为他不需要进入掸邦,有强大的大唐到来就足够了。"

"是的,"豆子说,"当我们坐在这里,旁观这场战争的时候,我们能甩开当局者迷,做到旁观者清。试想大唐在阿喀琉斯抵达暹罗之前制止了身毒,那么查克利·纳苏根就是一个看似愚蠢内里却耍着小聪明的野心家。但如果大唐不实行干涉的话,那么我们就得思索纳苏根葫芦里究竟卖的是什么药。"

"你到底怀疑他什么?"萨里文问。

"那要看阿喀琉斯,"豆子说,"我们反过来倒过去地解释这些事情,得出的结论都表明他是个傻瓜。"

"不,仅从他不采纳佩特拉的良策这一点上,就足以证明他傻了。"

"再反之,"豆子说,"无论他怎么地昏头,打一场足以引起大唐干涉的战争都算是以卵击石。"

"那么也许他算到大唐不会干涉,所以纳苏根才是唯一的傻瓜。"萨里文说。

"让我们静观其变。"

"我会一边看一边磨尖牙齿的。"萨里文说。

"我只是静静地观察,"豆子说,"放弃我们彼此之间愚蠢的竞争吧,你关心的是暹罗,我关心的是如何揪出阿喀琉斯并制止他的恶行。在这个时候,咱们两个所关注的目标应该是一样的,让我们分享我们的一切吧。"

"分享?你一无所有。"

"你其实也不知道你有什么,"豆子说,"更不知道我有什么。"

"你可能知道点什么小道消息吧?"萨里文说,"因为当初就是我切断了你的情报网。"

"我知道身毒和旁遮普之间的交易。"

"我也了解。"

"但你没有告诉我,"豆子说,"可我还是知道了。"

萨里文点头。"即使咱们分享情报也只是我到你那里的单线联系,而且是迟到的情报,你不认为吗?"

"我不感兴趣这些,"豆子说,"我只关心接下去会发生什么。"

他们步行去军官食堂吃了午饭,然后回到萨里文的临时指挥所里,一天内他的职员们就都被解散一空了,所以,房子里只有他们两个人,他们坐在萨里文的办公室内观看情报网上的战争进展,掸邦的抵抗是英勇且无意义的。

"波兰是在一九三九年。"豆子说。

"而暹罗,"萨里文说,"我们和当年的法英一样胆小。"①

"至少大唐在历史上从来没有从北方侵入过掸邦,就如同当年俄军从东面入侵波兰那样。"②豆子说。

"小慈悲。"萨里文说。

但是豆子很怀疑,为什么大唐不插手呢?大唐首都竟然没有这方面的半点新闻吗?难道他们不对自己家门口发生的战事有所评论吗?至少他也要抬抬手吧?

"也许旁遮普不是唯一一个和身毒签署'互不侵犯条约'的国家。"豆子说。

"为什么?大唐能够得到什么好处呢?"萨里文问。

"安南吗?"豆子说。

"那与在大唐的腹地后方盘踞有大量的身毒军队相比毫无价值。"

很快,这一天就要过去——他们停止了对当前时事以及有关战斗学校峥嵘岁月的关注,这两者均不糟糕透顶,只留下有趣和荒谬,他们在嬉笑怒骂中进入夜间时分,外面被一团漆黑笼罩下来。

仅仅用了一个下午,和萨里文待在一起,他们就已经不分你我

---

① 在一九三九年,英国和法国实施绥靖政策,对盟国波兰被德国侵略不加抵制,姑息纵容,退让屈服,以牺牲波兰等国为代价,同德国侵略者勾结和妥协。
② 俄罗斯历史上曾多次入侵波兰,最后一次是一九三九年和德国平分波兰。

了,这让豆子想到了家——在克里特岛,和他的父母以及尼可拉玩乐在一起的家,他绝大多数时间里都尽量避免想到他们,但现在,和萨里文共欢颜的时候,他又充满了苦乐参半的感觉。他有过一年近似平常人的生活,可现在,这种生活结束了。如同他们曾经在假期居住的房子一样,被吹走了。又好比格拉夫和卡萝塔修女恰好把他带离开的希腊那栋避难公寓一般的落寞。

突然,豆子感到一阵恐惧的颤抖,他知道原因,虽然他不能说出那是为什么。他的思维联系到了一段他不了解的状况,但是他无疑又是对的。

"有没有不被人看到就能离开这栋建筑物的方法?"豆子用一种几乎连他自己都听不到的声音耳语道。

而萨里文正在讲述安德森少校故事的兴头上,当他发现自己孤芳自赏的时候,他猛地瞅向豆子,表现出来很不爽。"怎么,你是想玩捉迷藏吗?"

豆子继续耳语。"一个出路。"

萨里文接受了豆子的小暗示,也开始用耳语交谈。"我不知道,我总是从大门进进出出,和大多数门一样,出门就会被人发现。"

"那下水道呢?暖气管呢?"

"这里是曼谷,属于热带,我们根本用不着暖气。"

"任何能出去的方法都行。"

萨里文立即从耳语变回了正常的腔调。"我会看蓝图的,但是明天,哥们,明天吧。现在已经很晚了,我们聊过了晚餐时间。"

豆子抓住了他的肩膀,强迫他看自己的眼睛。

"萨里文,"他甚至用更轻柔的耳语道:"我没有在和你开玩笑。现在,要么暴露,要么隐蔽。"

萨里文明白了:豆子是真的芒刺在背。他恢复了安静的耳语。"为什么？发生了什么？"

"只说该如何走。"

萨里文闭上眼睛。"泄洪沟，"他耳语道，"旧沟渠了。这座临建房是军方建在旧的阅兵广场上的，所以正下方恰好有个浅沟，虽无法说出具体在哪，但肯定有缝隙。"

"能把我们送到哪呢？"

萨里文的眼睛转了转。"这些临建房是用软麻布做的。"作为证明，他揭开了房间中央的巨大垫子，然后卷起来，很轻松地就把地板带开了一块。

下面是由于缺乏阳光而枯死的草，地板和草地间没有缝隙。

"沟渠在哪里？"豆子问。

萨里文又想了想。"我想得穿过大厅，但那里的地毯是被钉在地上的。"

豆子调大电影的音量，走出萨里文办公室的大门，穿过等候区来到大厅。他打开地毯的一角并撕开它，地毯的软毛漫天飞舞，但是豆子一直拉个不停，直到萨里文制止了他。"我想是在这里了。"他说。

他们揭开了另一块地板，这次在枯黄色的草皮上有个缝隙。

"你能够过去吗？"豆子问。

"嘿，你才是大脑袋的那个。"萨里文说。

豆子跳下去。地面很潮湿——这里是曼谷啊——而且在他蠕动的时候，他开始变得湿漉漉和脏乎乎的。每个楼板栅栏对他来说都是挑战，而且有两次他必须用自己的军用战斗刀来挖开前面的道路，但他还是勇往直前。过了几分钟，越爬越黑，豆子停了会，他看不清萨里文正在干什么，只当他到建筑物下面后，就再也没有昂起他的头，仅仅是继续爬动，和豆子一个动作。他们一直爬，直到他们沿着这个老旧的被侵蚀的沟渠来到另一个临时建筑的下方。

"请告诉我,我们不是要转移到另一个建筑的下方吧?"

豆子偷偷探上地面,沿着月光观察靠近门廊的光线。他必须仰赖于他的敌人有那么一丁点的疏忽,如果他们正在使用红外线设备的话,这次脱逃行动就会毫无意义了。但是如果他们仅凭肉眼观察,监视门口的动静,他和扑克脸萨里文狼狈不堪的匍匐之旅就会既安全且又隐蔽。

豆子开始滚上斜坡。

萨里文抓住了他的长靴,豆子看着他,萨里文做出擦脸颊、额头和耳朵的手势。

豆子疏忽了,自己拥有的希腊血统会导致他的肤色浅于萨里文,那会更容易反光的。

他用草下面的潮土擦了擦他的脸、耳朵和手。萨里文点了点头。

他们向前滚动——用精心计算过的速度——上了沟渠,然后慢慢沿着建筑物的地基移动到了角落,那里有一些矮树丛可以提供掩护,他们在阴影里面站了一会,然后走开,肆无忌惮地离开建筑,好像他们是刚刚从大门光明正大地走出来的一般。豆子不希望被监视着萨里文建筑的喽喽兵发现,但是他们这样即使被发现,也会认为是从别处来的两个小屁孩,他们过小的个头也许能掩护一切。

当他们走出了四分之一公里时,萨里文才说话。"你介意告诉我这个游戏的名称吗?"

"就叫'绝地求生'吧。"豆子说。

"我从不知道有哪个狂想症的患者会这么快地要把咱们斩尽杀绝。"

"有过两次未遂,"豆子说,"他们把我和我的家人斩草除根的行动是如此的果断。"

"但是我们只是在谈话,"萨里文说,"你看到什么了?"

"没有。"

"或是听到？"

"没有，"豆子说，"我只是凭直觉。"

"别对我说你是巫师。"

"不，我当然不是。但在近几个小时内发生的事件一定包含着某种关联，我只跟着我这种恐惧的感觉走。"

"那有用？"

"我还活着就是证明，"豆子说，"我需要一部电脑，我们能离开基地吗？"

"那要看对手的计划是否严密，"萨里文说，"另外，你该洗澡了。"

"有什么地方可以使用电脑吗？"

"在靠近电车车站入口的地方有访客设备，但是如果你的仇敌染指了那里就有意思了。"

"我的仇敌不可能会是访客。"豆子说。

这倒让萨里文感到困惑，"你都不能确定是不是真有人想要追杀你，怎么就把矛头指向暹罗军队的内部了呢？"

"是阿喀琉斯，"豆子说，"况且阿喀琉斯没有和俄国人合作成，他所在的身毒最高指挥部没有可以执行这种任务的情报机构。所以，杀手一定是被阿喀琉斯收买的某个暹罗高官。"

"这里没有人愿意接受身毒的贿赂。"萨里文说。

"也许你错了，"豆子说，"身毒也不是阿喀琉斯唯一的战友，他曾经在俄罗斯待过一阵子，在那里，他肯定拉拢过其他的关系。"

"这不会让我信服的，豆子，"萨里文说，"如果你把这些揣测当作儿戏的话，我会杀了你的。"

"我也可能是错的，"豆子说，"但我没在和你开玩笑。"

他们到达访客设备，而且发现没有人使用过电脑。豆子用他许多假冒身份小号中的一个登录上去，写了一封给格拉夫和卡萝塔修女的信。

> 你们知道那是谁。我已经在我的身边感受到了一种咄咄逼人的企图。马上照会暹罗政府，警告他们事态的严重性，这场阴谋的同流合污者包括纳苏根等上层人士，因为他们有足够的权势。我担心纳苏根已经事先知道了。防范身毒人。

"你不能那么写，"萨里文说，"你没有证据责备纳苏根，我虽然被他架空，但不妨碍他是一个忠实的暹罗人。"

"他是一个忠实的暹罗人，"豆子说，"除非你也一样够忠实，一样想要我死。"

"我不是。"萨里文说。

"如果你想把它看作是外人的邪恶行径的话，"豆子说，"那么一个勇敢的暹罗人必须选择和我一同出生入死。但如果他们想让我们的死看上去像是被身毒所赐又会怎样收场呢？那会刺激人们加入到这场战争中来的，不是吗？"

"纳苏根不需要刺激。"

"他是不是希望掸邦人相信暹罗不是只为了掸邦而去参战的？"豆子回到访客设备前继续写信。

> 请告诉他们，萨里文和我都活着。当我们看到卡萝塔修女和至少一个萨里文曾经见过的暹罗政府高官出现的时候，我们才会选择从藏身的地方现身。请立刻行动，如果我错了，你会感到窘困。如果我对了，你会救我一命胜造七级浮屠。

"当想到我们会有多耻辱的时候我就胃疼,你在写这些给谁?"

"我信赖的人,你也是。"

然后,在发送信息之前,他加入了彼得的"洛克"地址在目的框里。

"你认识安德·维京的哥哥?"萨里文问。

"我们见过。"

豆子下线了。

"现在怎么办?"萨里文问。

"我想,我们要躲起来。"豆子说。

随后他们听到了一声爆炸声。窗户崩动、地板颤动、电灯闪动,电脑也开始重新启动。

"幸好及时完成。"豆子说。

"那是什么?"萨里文问。

"爆炸,"豆子说,"我想我们现在的身份是死人了。"

"那我们藏到哪里去?"

"如果他们这么干的话,我们会被认为葬身在爆炸点,所以现在反倒是安全的,能让我们顺利到达兵营,我曾经的部下会保护你。"

"你准备把我的命也赌在那里吗?"萨里文问。

"是的,"豆子说,"迄今为止,我保你的命的记录还算不错。"

当他们走出电脑访客室的时候,看到军用交通车正冲向由黑烟涌起遮挡了月光的灾难现场。基地入口一片混乱,谁都无法正常进出。

在赶往豆子小队所在兵营的路上,号炮的声响震耳欲聋。"现在他们正在追捕那些所谓的身毒间谍,"豆子说,"且纳苏根事后会惋惜地告诉政府全部身毒间谍都在顽固拒捕,所以没有留下活口。"

"你又在责备他了,"萨里文说,"为什么?你怎么知道这些事呢?"

"我就是知道,虽然聪明总被聪明误,"豆子说,"纳苏根,惹人厌烦的家伙,虽说他骨子里不想杀人灭口,但他一直偏见于我们是被 IF 腐化的对象这件事上,推导出我们是暹罗的心腹大患,所以因为这个原因他害怕我们,杀掉我们成为一种理所应当的辩护。"

"得出他是真凶这件事是个漫长的演绎推理过程啊。"

"也许他打算在我的宿舍就干掉我,但你又插了一杠子,改变了他的计划和目标。下一个时机可能是把咱们约到一个地方,然后一举干掉。可发现咱俩在废弃的办公室里待了一个又一个小时后,一个看似完美的杀机便呼之欲出了。然后……砰的一声。而后,纳苏根开始下达命令全城围捕身毒间谍——甚至就是真的在捉间谍,或是指派他的心腹们给暹罗的重犯下药,证明那些机密文件是从他们手中发现的。"

"我不在乎是谁,"萨里文说,"我仍然不知道你怎么知道的。"

"我也不知道,"豆子说,"绝大多数时候,我的思绪一日千里,而且我完全了解我为什么知道这些东西。有的时候,我无意识的思想跑在了我的意识前面,那就发生在和安德并肩作战的最后一役中,我们注定要失败,我不能找到解决办法,但是我还是说了什么,一个讽刺的叙述,一个苦味的笑话——且那里面包含了安德需要解决问题的方法。从此,我尽力试图注意那些给我回答的无意识过程,我曾经回想我的生活,并且发现了没有真正被我的意识分析过就脱口而出的时候。就像阿喀琉斯躺在地上,而我站在他的上方的时候,我告诉颇克去杀掉他,她不去做,我也不能说服她,因为我真的不明白那是为什么,那时我就知道他是什么样的人,他必须得死,否则他就会杀掉颇克。"

"你知道我是怎么想的吗?"萨里文说,"我认为你听到了外面的传闻,或者在路上下意识地注意到了什么,或是有内应在给你通风报信,而这的一切一切触发了你的感觉。"

豆子只能耸耸肩。"你这么说看似是符合逻辑的。但在我讲出话的那个时刻,我确实是全然无知。"

过了一个小时, 豆子领着萨里文在没有触及任何警报的情况下潜过了兵营的封锁,没有留下任何麻烦。他进入建筑后,身影出现在电脑监视器上,但那是一个混日子的程序,无论是什么人,在这时都会觉得,豆子的朋友萨里文都会让事情时来运转的。

豆子很高兴地看到即使他的人在首都卫戍区的兵营里也没有放松自己,他们刚进了门就被按住且被压到墙上搜身。

"干得好。"豆子说。

"长官!"满脸惊讶的军人说。

"还有长官萨里文。"豆子说。

"长官!"两个哨兵说。

其他一些士兵被打斗声惊醒。

"不要开灯,"豆子很快地说,"也不要大声喧哗,全副武装,整装待发。"

"出发?"萨里文说。

"如果我们被发现躲在这,危险就随之降至,"豆子说,"你觉得待在这里能防患于未然吗?"

当别的军人安静地一个个唤醒睡着的人, 大家忙碌着武装自己的时候,豆子让一个哨兵带他们去电脑那里。"你来登录。"他对哨兵说。

他刚登录上去,豆子就取代了他的位置开始书写,使用哨兵的身份写信给格拉夫、卡萝塔和彼得。

两个包裹都很安全,而且正等待拾取。请在包裹被送回寄件人之前到来。

豆子派出了一个小队,分成四个小组,出去侦察。当一个小组赶回来后,另一个小队就去接应他们。豆子希望在大战前分拨把这些人弄出营地。

同时,他们打开电脑看新闻。很确定,头一个报道已经如期而至。身毒的新闻发言人显然已经看到了是暹罗军方自己炸毁了临时建筑,杀害了萨里文。那个暹罗最著名的战斗学校毕业生,他在从太空回来的一年半里是暹罗军事教材和整体战略的总策划人,那是重大的民族悲剧。虽然还没来得及证实,但是初步报告已经指出有身毒公民因萨里文遇袭而失踪,一个来拜访的战斗学校毕业生也遭受连带。

一些士兵抿嘴乐了, 但是, 很快他们就都得冷酷面对当前局势了。一名记者被告知豆子和萨里文都死亡了,这意味着无论是谁编造了这个消息,都相信他们待在临时建筑物的办公室里,在过去的一个小时里,除了他们的尸体找不到外,可以解释为何那个临时建筑物一直处于监视状态。不管是纳苏根属下中谁写了这个官方报告,他肯定参与了密谋。

“我能了解某人想要波罗姆马考特的命,”萨里文说,“但是连我也一窝端是否不合逻辑? ”

士兵们都笑了,豆子也跟着笑。

巡逻派出的人返回了,一次又一次,没有靠近这个营地的军事活动。新闻得到了各路评论员的回应,身毒显然想要通过除掉暹罗最好的军事头脑来削弱暹罗军队,那是暹罗人民无法忍受的,暹罗政府现在别无选择,只能宣布战争,加入掸邦抗击身毒进攻的战斗中去。

随后,新的消息到了,总理宣布他会亲自督查这次灾难,他认为军方内部管理混乱,给了敌对势力可乘之机,竟然渗透到了高级指挥部门的基地。因此,为了保护纳苏根的名誉并且确保不掩饰军队可能犯下的任何错误,首都市政警察将会监督整个调查过程,且首都城市消防官员也会参与调查被破坏的建筑里的遇难者情况。

"干得好,"萨里文说,"总理的表态很有利,而且纳苏根不能阻止警察来到这里。"

"如果消防调查员来得够快的话,"豆子说,"他们甚至会阻止纳苏根的人在大火熄灭前进入建筑的,所以他们不会知道我们其实不在里面。"

向基地这里传来的警笛声宣布了警察和消防队的到来,豆子继续等待开火的声音,但是一直没有响起来。

相反,两个巡逻兵冲了回来。

"有人来了,但不是士兵。是曼谷的警察,一行十六个人,外加一个平民。"

"只有一个?"豆子问,"是女的吗?"

"不是。我觉得,长官,那是总理本人。"

豆子派出更多的巡逻兵去观察是否有军队这个范围内集结。

"他们怎么知道我们在这里?"萨里文问。

"一旦他们控制了纳苏根的办公室,"豆子说,"就可以使用军事人员找出是哪个士兵发送了最后的电子邮件,他们知道是从这里发的。"

"那么出去安全吗?"

"还不行。"豆子说。

一个巡逻兵回来了。"总理希望单独进入这个营地,长官。"

"请,"豆子说,"邀请他进来。"

"那么你确定他没有绑上炸药来端掉大伙吗?"萨里文问,"我的意思是说,你的一味偏执还让我们都活着,至少到现在为止。"

好像是个回答，影像显示纳苏根正在警察的护送下离开基地的大门。记者们正在解释，纳苏根已经辞去了职位，但是总理坚称他只是要去休个假。同时，国防部长接替了纳苏根办公室的私人控制权，来自野战部队的人员被安排到其他可以信赖的职位。直到那时，警察们才算控制了整个基地。"我们不知道那些身毒间谍是如何渗透进了我们最敏感的基地，"国防部长说，"我们不能疏忽我们的安全保障。"

总理进入了营地。

"萨里文。"他说。他深深地鞠了一躬。

"总理先生。"萨里文说。他很注意地鞠躬，可幅度要小一点。啊，战斗学校毕业生的虚荣心啊。豆子想。

"一位修女正在尽快地飞到这里来，"总理说，"但是我们希望你能够信赖我，在她到来之前就出山。你知道，她得从地球的另外一端启程。"

豆子大步向前，用他不太糟的暹罗语说。"先生，"他说，"我相信萨里文，而且我在这里和这些忠诚的士兵在一起比我在曼谷的任何地方都安全。"

总理看着那些军人，他们都站着、全副武装、高度警惕。"那么有人在这个基地里搞了一支私人军队？"他说。

"我没有那个意思，"豆子说，"这些士兵完全忠实于您，因为您此时正代表着暹罗，先生，所以他们都服从您的命令。"

总理略微弯了弯腰，然后转向士兵。"那么我命令你们拘捕这个外国人。"

豆子的胳膊立刻被最靠近他的士兵抓住了，同时另一个士兵卸下了他的武器。

萨里文的眼睛睁大了，但是他没有做出其他惊讶的表情。总理笑了。"你们可以放开他了，"他说，"纳苏根在他自愿去休假前警告过我,这些士兵都被腐蚀,不再忠于暹罗了。我现在明白他说的是错的。既然这样,我宁愿相信你是正确的。在我们调查清楚同谋所在地,你在这里,在他们的保护下是安全的。实际上,如果我能够得到你属下一百人的力量来协同我的警力用来控制这个基地的话,我会非常感激的。"

"除了八个人以外,其他的人您尽可带走。"豆子说。

"哪八个?"总理问。

"这个小队里的任何八个,先生,都可以对抗身毒军队整整一天。"

这当然是荒谬的,但却很让人顺耳,任何听众都喜欢这样的夸大其词。

"那么,萨里文,"总理说,"如果你可以命令除了那八人以外的士兵,领导他们并用我的名义控制这个基地的话,我会感激的。我会为每个小组都分配一名警官,让我的指令覆盖到每个角落。这个八人组,将一直为我们的朋友保驾护航。"

"是的,先生。"萨里文说。

"我记得我在演讲中提到过,"总理说,"暹罗的孩子掌握了我们国家生存的关键,我那时还不能想象到能如此之快地按照字面的意思变成现实。"

"当卡萝塔修女到达的时候,"豆子说,"您可以告诉她,虽然我不再需要她了,但如果她愿意的话,我还是会很高兴地去看她的。"

"我会告诉她的,"总理说,"现在,让我们开始工作,我们有漫长的一夜呢。"

在萨里文召唤小组长的时候,他们每个人都非常严肃。豆子给他们留下了他不仅知道他们名字还知道他们面孔的印象,萨里文可能暂时达不到豆子的水准,但是他正在追寻豆子的做法。当每组人都接受了指派,跟着战旗一样的警官出发后,萨里文如释重负。"干得好。"总理说。

"感谢您的信任。"豆子说。

"我不敢肯定我可以相信洛克,"总理说,"而且霸权组织的殖民部部长也一样,他毕竟现在是个政客。但是当教皇亲自打电话给我,我除了相信别无选择。现在我必须出去告诉人们关于这里发生的事情的真相。"

"那个身毒间谍确实要杀害我和一个没有透露名字的外国访客,"萨里文说,"但是我的生还是因为英勇的暹罗士兵的快速行动吗?还是和没有透露名字的外国访客一起做鬼呢?"

"我可害怕他死,"豆子建议,"葬身在爆炸之火里。"

"无论如何,"萨里文说,"您要向人们保证,暹罗的敌人已经知道今晚暹罗有所行动了,我们不能被击败。"

"很庆幸你是为军队而生的,萨里文,"总理说,"我不希望在政治竞争中面对你这样的对手。"

"不敢想象我们棋逢对手,"萨里文说,"形势不允许我们窝里斗。"

每个人都受到了讽刺,但是没有人笑出声来。萨里文和总理离开了,豆子和最后的一组留守士兵待在宿舍里,他们一起看着一系列谎言在新闻影像上展开。

在新闻公布的时候,豆子想到了阿喀琉斯。他不知如何发现了豆子还活着——但那可能是纳苏根通风报信,但是如果纳苏根投靠了阿喀琉斯一边,为何还要编织萨里文殉国这样的故事来作为对身毒开战的借口呢?没有道理。让暹罗下定决心参与抵挡身毒的战争,只能把身毒拖入费时费力、尸横遍野的拉锯战中来,这会让阿喀琉斯看上去更像白痴。

他不是白痴,所以他一定在玩什么更高深的把戏。不管他的潜意识里面多么吹嘘他的聪明,豆子还是雾里看花。阿喀琉斯现在还全然不知,但他很快会得知豆子尚在人间。豆子想,他一定处在一种斩尽杀绝的变态心态中不能自拔。佩特拉啊,如何来拯救你,我的爱人!

海得拉巴

从 EnsiRaknor@TurkMilNet.gov 寄往国际政治论坛
主题：在我们需要的时候洛克在哪

我可不是唯一一个希望洛克来影响身毒近况的人，当身毒军队越过掸邦边界的时候，旁遮普军正在它的国境西边集结，威胁邻国波斯和海湾地区诸国。我们需要用新的视角来审视南亚次大陆，旧的模式很明显已经分崩离析了。

当彼得·维京自告奋勇地曝出自己洛克身份的时候，有关方面就立刻取消了洛克的专栏，但也有可能是洛克辞职不干了，因为如果那是官方的决定的话，就真是愚蠢到家了。我们一直不知道洛克的真实身份，只觉得他说得有理，他一次又一次地对时局了如指掌、高瞻远瞩。如果他不是一个只有十来岁的青年，而是一个呱呱坠地的婴儿或是一头会说话的畜生的话，对我们来说也无关紧要。

平心而论，在霸权组织气数将近之际，我越来越对继任的霸权组织领导者没有信心。无论是谁在印证洛克一年前的预言，让我们用自己之名送他到该到的位置上吧。安德·维京在虫族战争中做的事情，彼得·维京在灾难到来的前夜也可能做同样的事情——终结它。

答复 14，Talleyrandophile@polnet.gov 发表

我不是要去怀疑，但是我们怎么知道你不是彼得·维京本

人，试着把他的名字再次放到游戏规则里呢？

答复 14.1，EnsiRaknor@TurkMilNet.gov 发表

看看我的域名，一个身在奥斯曼军队服役的军人账号是不会给予一个在海地从事咨询工作的十几岁美国少年的。我认识到当前纷繁复杂的国际政治局势能够让偏执狂更出格，但如果彼得·维京能够用这个账号写东西的话，那他一定统治全世界了。我是谁确实很重要，我现在二十多了，是一个战斗学校的毕业生，也正因为如此，让一个孩子掌握全局的主意对我来说并不疯狂。

罗勒密在佩特拉出现在海得拉巴的时候就知道了她的身份——她们以前见过，虽然她年长很多，但她在战斗学校的时间和佩特拉有一年的交叉，那时候的罗勒密很注意待在太空里的每个女孩。一次简单的任务，由于佩特拉的到来把学校女孩的总数增加到了九个，她们中的五个和罗勒密同年毕业，看上去好像让女孩进入战斗学校已被认定是个失败的实验了。

在战斗学校，佩特拉是一个有着一张巧嘴的新兵小将，她骄傲地拒绝所有他人提供的忠告。她坚决要成为一个男孩气的女孩，达到和男孩一样的标准，不需要帮助就使用他们引以为傲的粗话。罗勒密觉得，她刚开始也有和佩特拉完全一样的态度，只是希望佩特拉不必像罗勒密那样经过一番痛苦的过程，才最终了解到那些男孩子其实是在大部分时间里都不能控制住对女孩子们的敌意，一个女孩子需要她能够得到的所有朋友的支援才能幸存下来。

佩特拉是让人难忘的，安德团队的事迹在战争后广为流传时，罗

勒密就想起了她的名字,安德麾下唯一的女孩,一个亚美尼亚的圣女贞德①。罗勒密一边看文章一边笑,她想象中的佩特拉一定是个作风顽强的人,是她的榜样。

安德的团队被绑架的被绑架,被谋杀的被谋杀,而且当那些被绑架者从俄罗斯得救的时候,罗勒密悲痛地看到唯一生死未卜的便是佩特拉·阿卡尼亚。

但她没有悲伤很久,因为在身毒的战斗学校毕业生的队伍里突然冒出了一个新的指挥官,校友们立刻就认出他是被洛克控告的神经病杀手阿喀琉斯。很快,人们看到在他的阴影下有一个常常处于沉默、看上去又很疲惫的少女,而她的名字从不被提起。

但是罗勒密认识她——佩特拉·阿卡尼亚。

无论阿喀琉斯出于什么动机让她的名字如此神秘,罗勒密都不喜欢,所以她有意地让每个人都知道那是安德团队里的失踪人员。人们在阿喀琉斯面前都对佩特拉的事情三缄其口,当然,他们只是简单粗暴地服从命令。不久,佩特拉沉默的存在变得稀松平常,大家都不试图去了解真相。

但是罗勒密知道,如果佩特拉是沉默的,那意味着相当可怕的事情,那意味着阿喀琉斯对她有威胁。一个被绑架孩子的家庭成员被当作了人质?威胁?还有什么呢?阿喀琉斯千方百计地征服了佩特拉的意志吗?那意志多数时候看上去是如此的不屈。

罗勒密花费很大的心力去确定阿喀琉斯没有注意到她对佩特拉的特别关心,她暗自观察着这个年轻的女孩,千方百计、无孔不入。和别人一样,佩特拉也在用她的小型电脑,阅读情报和看其他外在的消息,但是事有蹊跷,花了很长时间罗勒密才意识到是什么——在佩特

---

① 圣女贞德是法国的民族英雄,法国人心目中的自由女神。英法百年战争时她带领法国军队对抗英军的入侵,为法国胜利作出贡献。

拉玩电脑的时候,她几乎不打字。有很多的网络口令,像是必须使用密码、注册用户等她会输入一下。因此,除了在早上键入简单的登录口令后,佩特拉就不再打字了。

她被封闭了,罗勒密了解了。那就是她为什么从不给我们任何人发电子邮件的原因了,她在这里是一个囚犯,她不能把消息送到外面。而且她被禁言,所以她不能对我们中的任何人说话。

当她没有登录的时候,一定沮丧至极。阿喀琉斯常常发号施令,详细地解说战略计划的新动向,但计划中的术语显然不是阿喀琉斯风格的——能够很容易地发现风格转化的痕迹。罗勒密正从这些锦囊中增长见识,他们都是非常棒的。佩特拉,她是被选出来与虫族斗争并拯救人类的数个孩童中的一个,拥有地球上最好的头脑之一,而她正被有精神病的比利时人所奴役。

因此,当所有人都对掸邦和暹罗的奇袭计划沾沾自喜的时候,阿喀琉斯的备忘录激起了他们的狂热,他说:"身毒会最终在世界上位列一席之地的。"对此,罗勒密越来越怀疑。阿喀琉斯根本不在乎身毒,无论他的措辞多么华丽至极。当她发现自己有被阿喀琉斯蛊惑而相信他的苗头时,她就会看看佩特拉,好记起他是什么人。

其他人都被阿喀琉斯的描述所迷惑,罗勒密只能保留意见,而且她观察着,等待佩特拉看她,她才可以给她递个眼神或者付之一笑。

那天到了,佩特拉看过来,罗勒密微笑了。

佩特拉转开眼神,好像罗勒密就是一把椅子,双方建立联系的期待破灭了。

罗勒密毫不气馁,她继续尝试着进行眼神的交流。直到有一天,佩特拉经过罗勒密身旁的饮水处被滑倒了,她迅速抓住了罗勒密这把椅子。在佩特拉混乱的脚步声中,罗勒密清晰地听到了她的话:"停下,他在看。"

那就是了,那就是罗勒密对阿喀琉斯怀疑的证明,证明了佩特拉注意她,而且警告她的帮助是不需要的。

好的,没有什么。佩特拉从不需要帮助,不是吗?

然后,又是一天,也就是一个月以前,当阿喀琉斯发送了一个备忘录,然后命令他们需要去修正旧的策略——集团攻击的一般战略,用重兵进攻掸邦,把补给线放到掸邦的阵地前。他们都吓晕了。阿喀琉斯没有解释,但是他看上去不寻常的沉默,大伙都明白了。精打细算的策略被成年人们丢到了一边,那是一份具有世界上最好的军事头脑的人提出的策略,而成人们却不理睬它们。

每个人都感到愤怒,但是他们很快就返回到例行的工作轨道上去,努力要把旧的计划带入到即将来到的战争中。军队已经移动了,补给已经被送到另一个区域或者距离这个很近的地方。他们正在计算后勤补给,收到阿喀琉斯的——或者像罗勒密假定的是佩特拉的——计划,从旁遮普边境转移大量军队去面对掸邦,他们赞扬了计划的卓越性,把需要的军队用现有的铁路和空中交通线运转,这样从卫星上看,没有明显的动作会被注意到,直到最后,突然,军队出现在边境,编队完整。敌人最多只能提前两天注意到;如果他们粗心的话,在其公开之前只有一天准备。

阿喀琉斯离开,进行一次他常常进行的旅行,不过只有这次佩特拉也消失了。罗勒密为她担心,她达到她的目的了吗?而且现在她的价值被榨干了,他会杀了她吗?

没有,她和阿喀琉斯在一个晚上一起回来了。

而且第二天早晨,有命令开始移动军队,使用佩特拉的精明计划把他们带到掸邦边境。然后,同样忽略佩特拉提出的精明计划,发动笨拙的集团攻击。

很难理解。罗勒密想。

然后她收到了一封来自霸权组织统治下的殖民部部长写的电子邮件,那是格拉夫上校,她的老上司。

> 我相信你知道战斗学校的一个毕业生——佩特拉·阿卡尼亚没有和其他的、在与虫族最后一役中和安德·维京并肩作战的人一同得救。我非常想找到她,而且相信她可能被自愿地送到身毒边境一带的地方。如果你知道有关她的行踪或者一些小道消息的话,你能够让某人知道吗?我确信你会明白互助互惠的。

几乎立刻,就有一封阿喀琉斯的电子邮件顶进来。

> 因为现在是战时,所以我确信你会理解的,任何对身毒军方以外的信息传递都会被视为间谍和叛国行为,你会被立刻处死的。

这么说,阿喀琉斯很明确要让佩特拉保持单独被囚禁的状态,而且隐藏得小心翼翼。

罗勒密甚至没有想过他要做什么,在身毒军方安全系统下真是让人无计可施。当她收到严重的死亡威胁时,她不相信这有错误的道德问题正试图围绕着她。

她不能直接回信给格拉夫上校,也不能发送任何哪怕是非常隐晦的、内容涉及佩特拉的信息,从海得拉巴发送出去的信息都会被仔细盘查的。而且现在罗勒密想到,她和其他的战斗学校毕业生都被藏在这里,制订计划、划分教义,他们只比佩特拉稍微多一点点自由而已。她不能离开这方寸之地,她没有办法同不具有高度安全控制的非军方人士联系。

罗勒密想到了瓮中之鳖和困兽犹斗。在你没有办法写信和外界取得联系的时候，你怎么能成为一个阿喀琉斯所说的间谍呢？而且你写的信也是收信人不明，也没有办法表达你要说的话同时做到不被他人抓到。

她可以自己想到一个解决办法。但是佩特拉通过饮水处来到了她的身后，为她简化了过程。当罗勒密喝完水直立起身时，佩特拉站到了她的位置，说了句："我是布里塞伊斯。"

那就是所有了。

由此一来很明显——战斗学校的每个人都读过《伊利亚特》，而且当阿喀琉斯在监督他们的时候，提"布里塞伊斯"的名字就很点明要义了。布里塞伊斯被别人抓到，而"阿喀琉斯"——《伊利亚特》中的那个同名的人——他由于不能拥有她而被人轻视。那么，佩特拉说自己是布里塞伊斯有什么别的意义吗？

一定是和格拉夫以及阿喀琉斯的信件警告有关，所以那是个关键，一个可以说出佩特拉情况的方法。发出信息需要网络，所以布里塞伊斯一定对某个网络上的外人意味着什么，也许有某种锁定的电子编码，关键就是布里塞伊斯。也许佩特拉已经发现有人在联系，但是不能做，因为她被网络隔离了。

罗勒密不需要费心地去搜索，如果有外人在寻找佩特拉的话，那个信息一定能在一个佩特拉能够不背离合法军事搜索的站点找到，意味着罗勒密也许已经知道信息等待着的站点了。

罗勒密现在担负的军方任务是，寻找补给飞机在不消耗过多燃料的情况下最大限度降低风险的有效方法，这是个非常技术化的问题，所以她没法和上面解释上网查询有关历史学科和军事理论知识的行为。

但塞亚基，一个比她早五年从战斗学校毕业的人，正在研究如何抚慰被占领国家的当地人并获取他们的忠贞的问题。所以罗勒密去找他。"我在我的计算公式里被困住了。"

"你想让我帮你吗？"他问。

"不，不，我只是需要把它撂上两个小时，给我一个换换脑子的机会。我能帮助你找什么东西吗？"

当然，塞亚基已经收到了和罗勒密一样的信息，而且他也很敏锐地知道不要只听罗勒密字面意思。

"我不知道，你能够做什么事情呢？"

"任何历史方面的研究？或者军事理论研究？或者网络流言？"她告诉他她需要什么，而且他也心知肚明。

"蜷局，我恨那些素材。我需要大量历史上频频失败的安抚政策案例，除去屠城、驱逐原住民和移民之外的有价值材料。"

"那你现在有什么资料？"

"你可以像大海捞针一样地去找，但我一直在回避它们。"

"谢谢。你想要一个报告，还只是一个链接表？"

"粘贴到一起就足够了，不要链接表，那和让我自己去做没有什么区别。"

一个完全清白的交换，罗勒密现在有掩护了。

她回到自己的小型电脑前，开始浏览军事历史类的站点。她没有真正用"布里塞伊斯"这个名字进行搜索——那太明目张胆了，监控软件会完全记录下来的，而且阿喀琉斯，如果他看到的话，就会建立起联系来。相反，罗勒密浏览整个站点，只观看主标题。

"布里塞伊斯"在她尝试的第二个站点就出现了。

那是一个自称赫克托尔·威特瑞斯的人发布的。赫克托尔严格来讲不是个吉利的名字——他是个英雄，而且是唯一一个能够和《伊利亚特》中的半神半人的阿喀琉斯势均力敌的人物,但是到了最后,赫克托尔身死国灭,阿喀琉斯绕着特洛伊的城池拖拉他的尸身。

但是,如果你要把布里塞伊斯当作佩特拉的密码姓名的话,这个信息就足以言明了。

罗勒密用她自己的方式看其他的帖子,假装阅读,但是实际上正在构思她给赫克托尔·威特瑞斯的回复。当她准备好后,回到电脑处,输入,她知道在做这些的时候,执行死刑的刽子手屠刀会随时落下。

我支持她,她是一个有抵抗力的奴隶,即使在被迫保持沉默的状态下,也能够找到办法守卫自己的灵魂。至于在特洛伊城内的细作,谁又能保证不是她呢?你问她如此做会得到什么好处?之后特洛伊城的陨落就可以说明一切。或许你从没有听说过特洛伊木马?我知道。布里塞伊斯当时就应该警告特洛伊人当心希腊人的礼物,或者找到个友好的当地人替她代劳。

罗勒密用自己的名字和邮箱地址发送了它,毕竟那是个被假设的完全清白的回复。不过她担心是不是太过清白了,如果那个正在寻找佩特拉的人,没有意识到她所提及的布里塞伊斯的抵抗和被迫陷入沉默都是从回复者的实际目击而来的,该怎么办?或者那个"友好的当地人"的暗示暴露了罗勒密自己,又怎么办?

但是她的地址是身毒军方网络内的,足可以让任何相关人员提高警觉。

现在,回复已经发出了,罗勒密必须继续进行塞亚基"要求"她去做的无用搜索。那会是单调乏味的两个小时——如果没有人关注罗勒密的回复的话,那就是浪费时间。

佩特拉装作没有明显观察罗勒密在做什么的样子。毕竟，如果罗勒密能拥有她那样的聪明才智，她就不会时时刻刻地偷着关注。当罗勒密走向塞亚基，并且和他交谈一会的时候，佩特拉看到了。而且佩特拉注意到罗勒密回到了她的电脑那里，表面看上去正在浏览，鼠标划过联机页面而不是去书写或者计算。她要回复那些赫克托尔·威特瑞斯的帖子吗？

无论她会不会做，佩特拉都不能允许自己再想这个了。因为从某种角度说，如果罗勒密一点也没有明白她的暗语也许对大家都更好，谁知道阿喀琉斯会有多么敏感呢？佩特拉猜测的就是，那些公告帖子也许就是设计来抓住她能够找到帮手的陷阱，无论用什么办法接近都会是致命的。

但是阿喀琉斯不可能无处不在。他很聪明，他很多疑，他在玩高深莫测的游戏。但是他只有一个人，他不能想到所有的事情。另外，佩特拉实际对他有多重要呢？他甚至没有使用她的行动战略。很明显，他让她在身边就是为了虚荣，别无他求。

从前方传来的战报是谁都能够预期到的——掸邦的抵抗只是流于形式，因为敌人的攻势实在是太强大了。身毒军队的主力一直向前推进，直到地形造成了阻碍才罢手。那些诸如峡谷、河汉一类的天然屏障。

任何天险也改变不了大局。哪里有掸邦士兵的抵抗，哪里就有身毒大军的洪流淹没他们。除了少数地方，一些没有足够的掸邦军力制造棘手麻烦的区域。因为身毒大军人数众多，他们能在任何地方奋力向前，而且能留下足够的人手留守占领区，保持他们主力部队进入暹罗前，不会首尾不相顾。

这当然也是挑战开始的地方，身毒的补给线贯穿整个掸邦，而且暹罗的空中力量又非常可怕，尤其在侦察到他们实验的新型号轰炸机和增强的空降突击力量的时候。在大量启用由各种地形设置成的临时飞机场，他们就可以在两三个小时内替换使用，轰炸他们的飞机场将变得毫无价值。

所以，即使来自暹罗内部的情报报告都非常好——令人信服、准确无误、异常及时——但其绝大多数要点都没有什么参考价值。没有一个好的战术来破解暹罗人正在使用的战略布局。

佩特拉知道萨里文，那是在曼谷实施总策划的战斗学校校友。他很优秀，但是对于佩特拉来说，暹罗的新战略是在佩特拉和阿喀琉斯自俄罗斯到达身毒后的几个星期内突然实行的，很可疑。在曼谷，萨里文已经位居高位一年了，为什么突然变阵了呢？也许是有人向他们指出阿喀琉斯就在海得拉巴，那可能是主因。或者就是有别人加入到萨里文的麾下，影响了他的思考判断。

是豆子。

佩特拉拒绝相信豆子已经死了，那些公告帖子很有可能是他发出的。而且即使萨里文完全有能力自己想出暹罗的新战略，但那又是一个如此周全的变阵，没有任何逐渐改变发展的暗示，那让一个明显的解释呼之欲出，那是从一双冒失的眼里得到的。除了豆子还会是谁呢？

麻烦的是，如果是豆子的话，阿喀琉斯在暹罗的情报来源又是那么的好，豆子的身份可能已经被揭露了。况且，阿喀琉斯上次没有得手，这次他一定会难以克制地再赌上一把的。

她不敢想象，如果豆子已经自救了一次的话，他就可以再来一次。毕竟在身毒也许会有人给那边通风报信。

不过，留下那些"布里塞伊斯"信息的只是豆子吗？是丁·米克？只是那确实不是丁的风格。豆子总是鬼鬼祟祟的，丁是公然抗拒的。他会在网络上声明他知道佩特拉在海得拉巴而且要求她被立刻释放。

在战斗学校里,管理人员通过衣服里的检测器来持续追踪学生位置,于是,豆子就号召大家脱下所有的衣服玩裸奔,那么战斗学校的管理人员就不能知道你在哪里了。豆子不只是敢于想,还敢于干,他曾在半夜悄悄爬进了战斗学校的空气循环系统里。当他们在艾洛斯上等待联盟战争平静下来后好回家的时候,他告诉她这些,佩特拉开始真的不敢相信,直到他冷酷地看着她的眼睛说:"我没有开玩笑,如果我开玩笑的话,那也不是特别好笑的事情。"

"我不认为你在开玩笑,"佩特拉说,"我认为你是在吹牛。"

"那好吧,"豆子说,"不过我从不浪费时间吹嘘我没有真正做过的事情。"

这就是豆子——他和承认他自己的德行一样地承认自己的过失,没有虚伪的谦逊也没有虚荣。如果他觉得和你说话是件麻烦事,他就不会让他的话显示出他没有比自己实际的情况更好或者更坏。

在战斗学校里,她没有真正地了解他。她怎么能呢?她更年长,即使她曾经注意到他而且和他交谈过几次——她总是在对一个新进的、处于下级待遇的孩子方式在说话,因为她知道他们需要朋友,即使那只是一个女孩——她没有很多理由和他交谈。

而且还有一个悲伤的时刻,当佩特拉试图去给安德一个警告的时候——那演变成了一个乌龙事件,而且,实际上安德的敌人正利用佩特拉警告安德的尝试来当作一个跳板攻击安德。豆子摸清了安德敌人的伎俩,但他又很自然地得出了佩特拉是反对安德同谋者中一员的结论,他对她在很长一个时期持怀疑的心态,当他最后相信她是无罪的时候,佩特拉几乎都不能相信。不过在艾洛斯上,那是他们之间的一个长期的障碍。因此直到战争结束后,他们才有一个重新认识彼此的机会。

那时的佩特拉才知道豆子是什么样的人,很难透过他矮小的身材想象他有着比学龄前儿童或者新兵掌握有更多的知识，即使每个人都知道，如果安德在指挥战斗时紧张崩溃，将由豆子来接替他的位置，他们中的很多人都怨恨这个事实。但是，佩特拉不。她知道豆子是安德团体中最好的那个，她无怨无悔。

豆子到底是个什么样的人呢？一个小矬男？那是必须的。和成年的侏儒相比，你能够从这些面孔中看出他们更饱经风霜。但是，因为豆子还是一个孩子，而且没有任何矮小变形的短四肢，所以他看上去就像他的体型所暗示的年纪一样。不过，如果你像对待一个孩子一样和他说话，他会让你敬而远之。佩特拉从没有那么做，除了当豆子认为她背叛了安德的时候，豆子总是对她表示出尊重的态度。

好笑的是，那全都是基于一个误会。豆子认为佩特拉像对待成人一样对他说话，这赖于她的成熟与明智，所以她不会把他当小孩子看待。但事实是，她就是用看待小孩子的方式来看待他的，只是她总是把小孩子当作成人来看，所以她得到了被谅解的信任，而那实际上只是因为她很走运。

显然，在战争结束之前不是问题，他们知道他们要回家了——他们所有的人，这里要关闭了，除了安德——当他们一回到地球，他们本以为他们不会再见面了，所以有一点放纵，放松了警惕。你可以说出你想要的，你不必因为任何事情而担心，因为在几个月里是不会有麻烦的，那时他们头一次切实感到快乐。

而且佩特拉最喜欢的人就是豆子。

丁，他在战斗学校有一阵子已经很接近佩特拉了，而且对佩特拉对待豆子的方式有一点恼火。他甚至向她控告——暗示性的，因为他不想被完全冻结——要有关于豆子的传奇出现。很好，当然他可以那样想——青春期已经对丁·米克产生影响了，而且像那个年纪的男孩，他开始用带有更多男性荷尔蒙的眼光来看待每个人的心理了。

但是在豆子和佩特拉之间还存在着其他的感情，不是兄弟姐妹的那种，也不类似于母子情深，或者属于一种她能够想到的古怪关系，她仅是……爱贴近他。她已经不得不利用大多时间向那些锋芒毕露、充满嫉妒和受宠若惊的男孩证明她，实际上，她要表现出比他们更聪明，在任何事情上都要比他们做得更好。当她和一个如此傲慢、如此相信自己的卓越以至于根本不认为她存在威胁的人共事简直太让她惊讶了。如果她知道某件豆子不知道的事情，他会听、会看、会学习。她知道唯一一个还这样做的人是安德。

安德，她在有的时候非常想念他，她曾经辅导过他——而且那样做让邦佐·马利德——他们那时的指挥官的自尊心受到了极大的伤害。当安德的魅力越发闪亮之时，她很高兴地加入到那些追随他、服从他，并把自己的一切都给予他的人中去，但是她还是保留了一份秘密空间在她的心底。与安德坦诚相待能成为安德真正的朋友，而她改变了安德的生活，即使其他人认定是她出卖了安德，安德也没往心里去。

她用一种无助的混合着崇拜和渴望的感情来爱护着安德，那只能产生一些不可能的关于未来的愚蠢幻梦，把她的生活和他绑在一起，直到死亡到来。她幻想着他们一起去养育孩子，世界上最聪明的孩子。能够站在世界上最伟大的人的身边——她会认为安德是，而且让所有人都意识到，安德选择她并永远站在她的身边。

都是梦。在战争后，安德被击垮，他崩溃了，他发现自己所作所为导致了虫族灭绝的事实，这完全超出了他的承受能力。况且她也一样，在战斗中崩溃，她的羞愧让她远离安德，直到一切都太晚了，直到他们把安德和别人分开。

那就是她为什么知道她对豆子的感觉是如此与众不同的原因了，没有那些梦想和幻觉，只是一种完全接受的感觉，她属于豆子，不是妻子属于丈夫的方式，或者是上帝禁止的一切关系，抑或是一个女朋友和一个男朋友的亲昵，那——只是左手属于右手的那样，他们就是合适，没有任何让人兴奋的东西，没有任何精彩的东西，但是可以指望。她那样设想，战斗学校里的所有孩子，安德小团队里的每一个，只有豆子是她可以保持亲近的。

然后他们下了太空梭，而且被分到了世界各地。即使亚美尼亚和希腊几乎近到连在一起——拿什么来比较呢？小沈和"热汤"的国家一衣带水——但他们还是两两无法相望，他们甚至没有互相写信。他知道豆子正在回家去见他从来不知道的亲人，而她正在忙于试图再次融入她自己的家庭中去。她没有真正地渴望他，或者他渴望她。但同时，他们根本不需要一直见面或者交谈来让彼此了解，因为就像左手和右手一样。当她需要帮助的时候，她会找的头一个人就是豆子。

在没有安德·维京的世界里，意味着豆子是佩特拉最爱的人。如果他有个三长两短，她会是最伤心的人。

她只是表面上不露声色，其实他对豆子担心得要死。当然，她也在担心她自己的处境——而且担心自己似乎比担心豆子还要多一些。但是她的生活中已经失去一个爱了，那是安德。她一直告诫自己这些童年的友谊在二十年内不会动摇，所以她不想失去另一个。

她书桌上的闹钟嘟嘟地响了。

显示器上出现了一条信息。

我什么时候允许你打盹了？来见我。

只有阿喀琉斯才用这种粗鲁无礼的行文方式。她没有打盹，她在思考，因此不值得去和他一般见识。

她退出了登录，从电脑前站了起来。

现在是晚上了，外面很黑，她的思维已经游荡得太远了。绝大多数白天的当班和指导已经离去了，晚班的队伍正在进来，但还有几个白班的人在他们的电脑旁不走。

她看到了罗勒密最后的眼色，这个女孩看上去很焦虑，那意味着她也许已在关于布里塞伊斯的布告中做出什么回应，现在开始有些后怕了。是啊，她的确该后怕，谁知道阿喀琉斯在打算杀掉某人的时候会说什么、写什么或者做什么呢？佩特拉个人的主张是，阿喀琉斯总是计划要杀害某个人，所以他的举止和是否在警告什么根本没有区别。你，如果你是下一个的话，回家尽量去睡一个好觉吧，罗勒密。即使阿喀琉斯找到你试图来帮助我的证据，决定杀你后，你将无力回天，所以，你尽量像个孩子一样睡个好觉罢了。佩特拉离开了他们工作的大机房，好像是恍恍惚惚地走过了走廊。当阿喀琉斯写信给她的时候她是不是真的睡着了？谁在乎呢。

佩特拉知道，她是在当班的人里面唯一一个知道阿喀琉斯办公室在哪里的人，因为她经常蜗在里面，这没有给她带来任何特权，但她有做为一名奴隶或俘虏的自由，阿喀琉斯让她分享他的秘密只因为他没把她当成正常人来看待。

他办公室的一面墙是一个二 D 的计算机显示器，现在正在显示一个身毒—掸邦边界区域的详细地图。当各野战军和军事卫星传递回报告的时候，它即被职员更新，这样阿喀琉斯就能够随时看到关于实时情况的最有用情报。除此之外，房间是斯巴达式的：两把椅子——不是很舒适的那种——一张桌子、一个书架还有一张行军床。佩特拉猜想在基地的某处有一套舒适的房间，有着柔软的床铺，但是从没有被用过。无论阿喀琉斯多么没节操，他也不是个享乐主义者，他从不关心个人的舒适，至少没有让佩特拉看到过。

当她进来的时候，阿喀琉斯的眼睛没有离开地图——佩特拉已经习惯了。当他表现出忽略了她的时候,佩特拉就把那当作一种不正常的注意方式。只有当他直视她而没有看着她的时候,她才觉得是真的没有被注意。

"战役进行得非常顺利。"阿喀琉斯说。

"那是个愚蠢的计划,暹罗人会把你的军队分割开来的。"

"他们几分钟前才做了个漂亮的一击,"阿喀琉斯说,"暹罗军队的指挥官炸死了年轻的萨里文,显然是专业人士的嫉妒心造成的可怕后果。"

佩特拉试图不表现出她对萨里文之死的悲伤以及对阿喀琉斯的厌恶。"你不会真的希望我相信那完全与你无关吧。"

"好啊,他们当然指责我方派出了间谍的行径,但是真的没有间谍参与此事。"

"甚至连纳苏根也没有?"

"干脆说,这不为身毒。"阿喀琉斯说。

"那为了谁?"

阿喀琉斯笑了。"你太不忠实了,我的布里塞伊斯。"

她必须保持放松, 当他那样称呼她的时候只有放松才不会露出马脚。

"啊,小佩佩,你是我的布里塞伊斯,你不明白吗?"

"不是,"佩特拉说,"布里塞伊斯在别人的帐篷里。"

"哦,那即使咱们两个合为一体,我也只能得到你头脑,你的心永远属于别人,是吗?"

"它属于我。"佩特拉说。

"它属于赫克托尔,"阿喀琉斯说,"但……我怎么能够向你说这些呢? 在建筑被炸成碎片的时候,萨里文并不是独自待在办公室里的,还有一个人在里面,他给这场华丽的爆炸填了点骨肉相连的碎片以及血肉模糊的碎块。不幸的是，那意味着我不能把他的尸身在特洛伊城的城外拖了。”

佩特拉感到难受，阿喀琉斯偷听到了她告诉罗勒密的“我是布里塞伊斯”话了吗？在他谈论赫克托尔的事情的时候，他又谈论的是谁呢？

“要么告诉我你要说什么，要么就别说。”佩特拉说。

“哦，不要告诉我你没有看到那些遍及论坛的小消息，”阿喀琉斯说，“关于布里塞伊斯，还有格温娜维尔，还有其他的悲惨浪漫的女英雄被傲慢的恶棍困住的故事。”

“他们怎么了？”

“你知道是谁写的。”阿喀琉斯说。

“就这样。”

“我忘记了，你拒绝玩猜谜游戏。好吧，你知道那是豆子。”

佩特拉感到了分外的情绪激动——她压抑住了它们。如果那些信息是豆子发布的，那么就说明他就在早先的暗杀行动中生还了，也就意味着豆子就是“赫克托尔·威特瑞斯”，而且阿喀琉斯刚才的话影射着豆子实际上人在曼谷，被阿喀琉斯发现，并且再遭毒手，和萨里文一同葬身。

“我很高兴你告诉我我已经知道的事情，那解决了我自己去回忆的麻烦。”

“我知道那让你伤心，我可怜的小佩佩。好笑的是，亲爱的布里塞伊斯，豆子不过是个彩头，我们开始的目标是萨里文。”

“很好，祝贺你，你是个天才。无论你想让我说什么，你都会最终让我闭嘴的，我去吃饭好了。”

无理地和阿喀琉斯交谈是佩特拉保留的唯一自由憧憬的泡影，这会让她很爽，而且她还没有笨到在其他人面前和他这样说话。

“你和你的心都等待豆子来拯救，不是吗？”阿喀琉斯说，“那就是为什么当老格拉夫发送一个愚蠢的请求信息的时候，你提示罗勒密试图去回应豆子的原因了。"

佩特拉感到绝望，阿喀琉斯确实监视了所有的事。

"接下来，我告诉你在饮水机最明显位置设置了窃听器。"阿喀琉斯说。

"你应该干点更重要的事。"

"在我的生活中没有什么比你更重要了，我的小佩佩，"阿喀琉斯说，"如果我只能够把你带到我的帐篷里的话。"

"你绑架了我两次，无论我去哪里你都在监视我，我不知道我该怎么和你在你的帐篷里同室操戈了。"

"在……我的……帐篷里，"阿喀琉斯说，"你仍然是我的敌人。"

"哦，我忘记了，我以为我太热心地要讨好绑架我的人，以至于我的意志已经对你投降了呢。"

"如果我想要的话，我会拷问你的，佩特拉，"阿喀琉斯说，"但是我不想对你那样。"

"你想怎么样？"

"不，如果我不能让你自在地和我在一起，像我的朋友和盟友一样的话，我就杀掉你，我不会去拷问的。"

"在我为你完成工作后。"

"但是我没有使用你的工作成果。"阿喀琉斯说。

"哦，没错。因为萨里文已经死了，所以你现在不需要担心任何真正的抵抗了。"

阿喀琉斯笑了。"没错，就是那样。"

什么意思呢？当然，她根本不了解。

"愚弄一个被你关在牢笼里的人，太容易了，我只知道你告诉我的。"

"但是我什么都告诉你了，"阿喀琉斯说，"只是不知道你是不是够聪明来理解它们而已。"

佩特拉闭上了眼睛，她回想起可怜的萨里文，他一直以来都是如此地认真，他为他的国家竭尽全力，最后是他自己的总司令杀害了他。他知道吗？我希望他不知道。

如果她继续想可怜的萨里文的话，她就不需要想到豆子了。

"你没有听？"阿喀琉斯说。

"我，谢谢你告诉我，"佩特拉说，"我想就这些了。"

阿喀琉斯正要再说些什么，但是他抬起了头，他戴着的耳机是他电脑的一个电波接收器。有人开始对他说话了。

阿喀琉斯的注意力从她转到了电脑那里，他输入了些什么，阅读了一会。他的面孔什么情绪也没有显露——但是这就是一种变化，他在声音发出的时候还在愉快地微笑，一定有什么事变得糟糕了。实际上，佩特拉现在对他已经足够了解，她想她可以辨认出愤怒的表情，或者也许——她怀疑的是，她希望的那种——恐惧。

"他们没有死。"佩特拉说。

"我在忙。"他说。

她笑了，"那是个坏消息，不是吗？你的暗杀者再一次地失手了。如果你希望一件事顺顺利利地进行，那么，阿喀琉斯，你就必须亲自动手。"

他离开了他的电脑显示器，看着她的眼睛。"他从他在暹罗训练的小分队兵营里发送出一条消息，纳苏根当然看到了。"

"没有死，"佩特拉说，"他还是在让你左右为难。"

"在我的计划没有被干扰的时候，他都是侥幸逃生……"

"继续，你知道是他把你从俄罗斯踢出去的。"

阿喀琉斯抬了抬眉毛。"那么你承认发送过密信了。"

"豆子不需要密信就可以绊倒你。"她说。

阿喀琉斯从座位站起来走到她的跟前，她抓牢自己等待着一个耳光的到来，但是阿喀琉斯把手放到她的胸口把她连同椅子一起向后推倒。

她的头撞上了地板，那让她头晕眼花，满眼冒金星，然后是一波波的痛苦和反胃。

"他发出消息请亲爱的卡萝塔老修女，"阿喀琉斯说。他的声音没有带出任何情绪。"老修女正在飞过半个地球来帮助他，那不是很好吗？"

佩特拉不能了解他说的是什么，她现在唯一的想法是：不能造成任何持久的大脑伤害，那是她的全部，她宁愿死亡也不愿意失去她赖以为傲的智力。

"但是，那给我时间能创造一些小惊喜，"阿喀琉斯说，"我想我能够让豆子非常后悔他还活着。"

佩特拉想要说点什么，但是她想不起来了。然后她记不住他说过什么了。"什么？"

"哦，你的可怜的小脑袋进水了吗？我的小佩佩，你应该更注意你靠在椅子上的方式的。"

现在她想起他说的话了，一个惊喜，给卡萝塔修女的，让豆子后悔他还活着。

"卡萝塔修女是让你离开鹿特丹城街区的人，"佩特拉说，"你的一切都多亏了她，你腿部的手术，进入战斗学校，都是。"

"我什么也不欠她，"阿喀琉斯说，"你看，她选择了豆子，她送走了他。我，她就撂在一边。我是给街区带来文明的，我是让她宝贝的小豆子活下来的那个。但是她把豆子送上了太空，把我留在了泥土里。"

"可怜的孩子。"佩特拉说。

他踢了她，很厉害，在肋骨上。她喘息着。

"至于罗勒密，"他说，"我想我可以拿她开刀，来给你一个对我不忠的教训。"

"这就是你把我带到你帐篷里的方式了？"佩特拉说。

他又踢了她一次。她尽量不去呻吟，但是还是发出了声音，消极抵抗的策略没有发挥作用。

他好像没有做过一样。"继续，为什么你躺在那里？起来。"

"杀了我不就完了，"她说，"罗勒密只是要试着做一个正直的人。"

"罗勒密已经被警告过了。"

"罗勒密就是你伤害我的一粒棋子。"

"你不重要。如果我想伤害你，我知道该怎么做。"他好像要再次踢她，她僵硬地蜷缩着，准备迎接打击，但是没有动静。相反，他蹲下伸出一只手，"起来，我的小佩佩，地板不是打盹的地方。"

她伸手抓住了他的手，在她起身的时候让他承受了她身体的绝大多数的重量，所以他非常用力。

傻瓜。佩特拉想"我接受过格斗训练，你在战斗学校的时间还不够长，差得远着呢。"

一旦她的腿在身子下面了，就猛地起身，由于那正是他用力拉的方向，阿喀琉斯随即失去了平衡向后倒去，落到了佩特拉坐过的椅子腿上。

他的头没有受到撞击，于是他立刻试图用脚够些什么。但是佩特拉知道该如何对付他的动作，她用沉重的军用战斗靴带上她的体重踢他没有保护的地方，每次踢击都伤害了他，他试图向后爬，但是她无情地跟进，而且因为他正在用双臂仓皇地爬过地面，她总能够踢他的头，持续地打击他，把他踢出去。

不会失去意识,但是有一点眩晕。很好,看看你能怎么样。

他试图做一些街头霸王式的反抗,眼睛到处张望、双腿乱踢,但毫无用处。她很容易地跳过他的腿,就在他的两腿之间处狠狠地踢过去。

他痛苦地大叫。

"来啊,起来啊,"她说,"你不是要杀罗勒密吗?那就先杀了我。来啊,你这杀人凶手,拿上枪,快点。"

然后,她没有看到他这么做,但是他的手里确实握有一把枪。

"再来踢我啊,"他满嘴是沙子,"用比子弹更快的速度踢啊。"

她没有动。

"我想你是在找死。"他说。

显而易见,阿喀琉斯不会射杀她,至少是在弄死罗勒密之前。

她已经错过机会了。当阿喀琉斯倒下,在他从腰带后面掏枪之前?在家具下面?她应该咬断他的脖子,这不是一场格斗比赛,结果了他的机会只有一个。但是她的本能指引着她,她的本能不是杀戮而是让她的对手失去反抗能力,因为那是她在战斗学校接受的训练。

我应该从安德那里学到所有的东西,是杀手的本能,从一开始就完成终极一击,为什么我会忽略了呢?

豆子已经讲过了关于阿喀琉斯的故事,格拉夫也告诉过她一些。在豆子上了他返回地球的飞船后,阿喀琉斯肯定会报复那些曾经认为他无望的人,即使是校正他扭曲的腿的医生,因为她曾经看到阿喀琉斯被麻醉的样子,而且在他身上动了刀。

佩特拉让阿喀琉斯留她一命的共存均势失衡,无论他曾经想要从她那里得到什么,现在是再也不想要了,他不能容忍她在近前,她已经是个将死之人。

虽然发生了这样的状况,但是佩特拉仍然是一个战术专家。她的头受了伤,但思维却可以持续跃动。了解敌人的视角至关重要,这样你就可以洞察到他们的思维模式。

佩特拉笑了。"我从没有想到你会让我这么做。"她说。

他慢慢地、痛苦地站了起来，枪口对着她。

她还继续着娓娓道来："你总是想成为上级，就如同是战斗学校的管理者那样，我从不认为你拥有和安德或豆子一样的勇气，现在也一样。"

他还是什么也不说，就站在那里。他在听。

"很疯狂，不是吗？但是豆子，还有安德，他们都是那么的小，他们不在乎每个人都看扁他们。我比他们更早出道，他们是战斗学校里仅有的不忌惮一个女孩胜过他们的人。"佩特拉持续地夸夸其谈、继续地搅和，"学校过早地把安德安插进了邦佐的战队，他还没怎么接受训练，不知道如何去做事。然而邦佐下了命令，让大伙都远离他，因此我得到机会接近这个小孩子，他是那么无助，那么无知。不过我喜欢他，阿喀琉斯。他比我聪明，但比我小，所以我教他，得罪了邦佐我不在乎，邦佐和你平常一个德行，总是试图告诉我谁是这里的老大。但安德知道如何让我去做事，我对他倾其所有，我甚至会为他去死。"

"你病了。"阿喀琉斯说。

"哦，你想告诉我你不知道？你什么时候都有枪，为什么你要让我这么做呢，如果那不是——如果你不是试图要……"

"试图要什么？"阿喀琉斯说道。他尽量让自己的声音稳定，但是疯狂的情绪暗潮汹涌，那声线的一点点颤抖暴露了一切。佩特拉已经把他推到其心理能够承受的边界，他深深地陷入疯狂之中。佩特拉现在对面的好似是罗马暴君卡里古拉①。但是那个男人还在听，如

---

① 卡里古拉是拉丁文的音译，意思为"小军靴"。它是罗马帝国朱利亚·克劳狄王朝的第三位皇帝盖约·恺撒的别名。这位皇帝曾经受军队拥戴，禁卫军都称他为"小军靴"。卡里古拉作为留名史册的暴君典范，继位后便凶残无度，没几年就反被禁卫军杀死。

果她能够找出让这情况引导的正确渠道的话,也许他可以静静地成为……别的什么,让他成为领袖,让佩特拉……

"你不试图去怂恿我了吗?"她说。

"你现在的乳房还没发育呢。"他说。

"我不认为你在找乳房,"她说,"否则你从一开始就不会把我逮到你身边。我们讨论的是你想要我的什么呢?在你的帐篷里?我的忠诚?你想要我属于你。而你的大部分时间都在分析我、摆弄我——那只能让我一直都瞧不上你,你在我眼里一文不值,就是一个雄性激素的胶囊,一只正在捶胸吼叫的大猩猩。但是然后你让了我——你确实让了我,不是吗?你不相信我却那么做了。"

一个微弱的微笑划过了他的唇边。

"如果你认为我是故意的,那就不要搞糟它。"他说。

她大步走向他,对着枪口,而且,让它顶到她的腹部,她伸出手,抓住了他的脖子,把他的头向下扳到可以吻到她的位置。

她除了在电影里看过类似情景外,真不知道该如何去做。但是她显然做得够好,枪就留在了她的腹部,但是他的另一只胳膊搂住了她,把她抱紧。

她的思维深处,记得豆子告诉过她,他看到过阿喀琉斯在杀掉豆子的朋友颇克前做的最后的事情就是吻她。豆子曾经把那当作一个梦魇:阿喀琉斯吻了她,而且在吻的时候勒死了她。实际上豆子没有看到那部分,也许根本没有那种事发生。

但是无论你是如何放松,阿喀琉斯仍然是一个危险的接吻对象。况且还有一把枪顶在了她的腹部,也许那就是他渴望的时刻,也许他的梦想就是这样——吻着一个女孩,同时在她的身体中射出一个洞。

好吧,射击吧。佩特拉想。在我看到你杀掉为怜悯我、鼓起足够的勇气救我的罗勒密之前,我宁愿自己已经死了。我宁愿去吻你也不愿你杀掉她,世界上没有比这更让我厌恶的事情了,比起我必须装作你是……那种……我的爱。

亲吻结束了,但是她没有放开他,她不能后退,她不能结束这次拥抱;反而他,也必须相信她想要他,她是死心塌地地要待在他的帐篷里。

阿喀琉斯的呼吸又轻又快,心跳异常迅速,这是杀人的前奏吗?或者只是亲吻的结果。

"我说过我要杀掉任何尝试回复格拉夫的人,"他说,"我必须这么做。"

"她没有回应格拉夫,不是吗?"佩特拉说,"我知道你必须拥有对情况的控制力,但是你不必去大张旗鼓地去做。她不知道你知道她做了什么。"

"她自以为她逃脱了惩罚。"

"但是我知道,"佩特拉说,"你并不怕给我我想要的。"

"什么?你认为你有办法让我做你想要我做的事情吗?"他说。

现在她可以离开他了。"我以为我找到了一个不动粗就能证明自己力量强大的人,看来我错了。你想做什么就做什么吧。你这个令人生厌的东西。"她竭尽所能地在语气和表情上表现出轻蔑来。"在这,证明你是个男人。射我啊,射每个人。我了解真正的男人,我原以为你也是他们中的一个。"

他垂下了他的枪,佩特拉没有表现出她自己松了一口气,只是继续保持目光对视。

"不要认为你已经摸透了我了。"他说。

"是否摸透你这件事,我不感兴趣,"她说,"我感兴趣的是,在安德和豆子后,又有一个让我强压一头的男人出现了。"

"这是你要说的吗?"他问。

"说？对谁说？我在这里没有任何朋友，在这里对我唯一有讲话价值的人就是你。"

他站在那里，呼吸再次粗重起来，他的眼睛里再次呈现出一丝疯狂来。

说错了什么？

"你的一切将荡然无存，"她说，"我不知道你要怎么做，但是我总会知道的。你要演好整出戏，他们都会臣服在你的脚下，阿喀琉斯。那些政府、大学、公司，所有人都热心于讨你欢心。但是当你孤独的时候，在没有别人看到的地方，我们都了解你需拥有足够的强势才能留得住一个比你更强势的女人。"

"你？"阿喀琉斯说，"一个女人？"

"如果我不是一个女人，你和我在这里做什么呢？"

"把你的衣服脱掉。"他说。

疯狂仍然弥漫此间，他正在测试她，等待她露出……

露出她正在装蒜，毕竟她是真的怕他，她所讲的一切一切都是用来戏弄他的谎言。

"不，"她说，"你脱掉你的。"

疯狂渐渐地消退。

他笑了。

他把枪插到裤子的后面。

"滚出去，"他说，"我还要指挥战斗了。"

"已经是晚上了，"她说，"没人愿意打了。"

"战争除了短兵相接外还有很多事情。"阿喀琉斯说。

"我什么时候留在你的帐篷里呢？"她问，"我需做什么呢？"她几乎不能相信在她只想离开的时候脱口而出的这些话。

"你需成为我要的东西，"他说，"而且是现在，可你还不是。"

他走到他的电脑旁，坐下。

"在出去的时候扶起你的椅子。"

他开始打字。命令吗？为什么？杀谁呢？

她没有问。她扶起椅子，走出去了。

而且继续走，经过走廊回到她独自休息的房间。她知道，她的每一步都被监控着，会有人录像，他会检查，看着被监视对象是怎么表现的，看她的说的和想的是不是一样。所以她不能停步，不能面墙哭泣，她必须……什么？在影视作品里是怎么表现这样的人的？是一个想要和她的男人在一起而永不绝望的女人。

我不知道！她的心里在尖叫。我不是演员！

然后，在她的头脑中有一个清醒得多的声音在回答。是的，你是的，而且是个很好的演员。因为以后的几分钟，一小时，甚至是一夜里，你会是活着的。

没有凯旋，她不能看上去满足，不能表现出放松、挫折、烦恼——他踢的地方还隐隐作痛，她头撞到地板的地方——疼得足以让她嗷嗷直叫。

即使独自躺在床上，熄灭了灯光，她也躺在那里，装假、说谎。希望她在睡着的时候所做的事不会惹恼他，不会在他的眼睛里展现疯狂的凶光。

谁也不能保证。在俄罗斯，他射杀那些面包货车里的人时，没有任何疯狂的表现。他似乎在说，不要认为你已经摸透我了。

你赢了，阿喀琉斯。我不认为我已经摸透你了，但是我已经学到如何玩恶心的游戏了。这很有用。

我在地板上教训了你一顿，在你身上打高尔夫，踢你的小弟弟，你喜欢这样？杀了我吧，明天，或者随你什么时候喜欢——我用鞋蹬了你的脸，这个事实是无法抹杀的。

一大早，佩特拉就高兴地发现自己还活着。考虑到昨晚做的事情，她就头疼，肋骨一碰就受不了，但所幸没有坏死。

她饿得要命，昨天晚上就错过晚餐了，而且还因为和人动手而让她感觉特别的饿。在餐厅里，她独自坐着，但和其他人同处一室。大家伙平时都不愿打搅她的独处，同时也是忌惮阿喀琉斯会不开心，所以一直没有人主动和她坐在一起。

但是今天，出于冲动，她把盘子带到一张只有两个空位置的桌子那里。当她开始坐下的时候，谈话分贝数下降了，几个人向她致敬。她微笑地回应，然后专注于她的食物。他们的交谈又重新开始了。

"她没有办法离开基地。"

"所以她还在这里。"

"除非有人带她走。"

"也许有特殊的任务什么的。"

"塞亚基说他认为她已经死了。"

佩特拉感到一阵冷战。

"谁？"她问。

其他人注视她，然后眼光移开了。最后他们中的一个说："罗勒密。"

罗勒密走了，没有人知道她在哪里。

阿喀琉斯杀掉了她，他说过他会的，也做了。我昨天晚上的所作所为得到的唯一成果就是他没有当我的面前做。

我不能理解，我做了。我的命不值得留着。做他的俘虏，让他杀掉试图以任何方式帮助过我的人……

没有人看她，鸦雀无声。

他们知罗勒密试图回应格拉夫，因为她昨天对塞亚基说话的时候,一定说了什么。现在她不在了。

佩特拉知道她必须吃,无论她心里感觉多么地不舒服,无论她有多么地想哭,多么地想从这个餐厅尖叫地跑出去,扑倒在地上请求他们的原谅,为了……为了什么呢?在罗勒密死亡的时候自己不是还活着吗?

她吃掉了所有能够塞进嘴的东西,离开了餐厅。

但是当她穿过走廊前往他们工作的房间时,她意识到,阿喀琉斯不会偷偷摸摸地杀掉她的。如果没有人看到她被拘捕或被带走的话,她被处死的结论就不成立,如此行事达不到他所需要的。罗勒密只是在这个夜晚失踪了。

如果她逃脱了,阿喀琉斯不敢公开宣布,那会让事态更糟糕,所以他只能保持沉默,给每个人留下她已经死亡的假象。

佩特拉想象罗勒密大摇大摆地走出了指挥部,她这些天都是在虚张声势。或者她可能穿着保洁员或擦玻璃女工的衣服,无声无息地溜出去了;或者她是翻墙逃出去的;或者跑过了雷区? 佩特拉甚至不知道这里是个什么环境,附近的防备情况如何? 她很少被允许四处溜达。在她坐下,开始当天工作的时候,她告诉自己所有的这些都是痴心妄想,罗勒密已经死了,阿喀琉斯只是在等待宣布的时机而已。

但是一天过去了,阿喀琉斯没有出现,佩特拉开始相信罗勒密也许是逃走了。阿喀琉斯躲在了外面,因为他不想让大家推测他身上可见的淤伤,或者他的小弟弟真的有些麻烦,必须让医生检查——如果阿喀琉斯觉得让一个医生触摸他受伤的患处就等宣判他死刑的话,那他的伤也就只剩下等上帝他老人家帮忙了。

或许阿喀琉斯不露面是因为知道罗勒密走了,他不希望大家看到他的失望和无助。所以只能等于到抓到她,把她拖回来,当他们的面射杀她的时候,他才能找回面子。

只要上述一切没有发生,罗勒密都有生还的可能。

我的朋友,一路顺风,大胆地朝前走不要回头,越过国界,找到避难所,游到岛国锡兰,飞到月亮上。罗勒密,活着啊!

谋杀

收件人：Graff %pilgrimage@colmin.gov

发件人：Carlotta%agape@vatican.net/orders/sisters/ind

主题：请转寄

附件是加密的。如果你和我失联十二个小时，就把它寄给豆子。他知道密匙。

只花了四个小时就完成了对曼谷最高指挥基地的安全检查工作。计算机专家会探索，尽量找出纳苏根是和外面的什么人有联系，还有他是不是与外国势力有勾结，或是仅仅为他个人的政治前途冒险。当萨里文和总理的工作完成以后，他独自来到豆子等待的兵营里。

豆子的士兵大多数都返回了，豆子也让他们中的大多数去睡觉了。他仍然用一种不连贯的方式看着正在播放的新闻，因此他只对正在说话的脑袋是怎么想的感兴趣。在暹罗，每件事情都被认作是爱国热情。当然，在国外，那是一个不同的故事。所有的普通广播都持有更多怀疑的观点，怀疑身毒是不是真的做了暗杀的尝试。

"身毒为什么想要激怒暹罗，让暹罗卷入战争吗？"

"他们知道，无论掸邦是不是提出要求，最终暹罗都会被卷入战争的。因此他们觉得必须消灭暹罗最好的战斗学校毕业生。"

"一个孩子有那么危险吗？"

"如果你找不到理由的话，就去问问虫族好了。"

持续不断，每个人都在试图耍聪明——或是比身毒和暹罗的政府聪明，那是媒体一直在玩的把戏。豆子唯一在乎的是怎么能影响到彼得。有消息提及阿喀琉斯正在身毒进行动作的可能吗？毫无音讯。至今还是有旁遮普军队正向波斯方向移动的传闻？那"曼谷爆炸"的故事就已经慢慢消散到了空气中了。没人给予此事的全球性暗示，只要 IF 不让核弹发射，在南亚，一切看上去就还是政治问题。

每个人都在忙碌着看上去是明智和波澜不惊的事，没有人站出来尖叫整个局势与以往的有何不同。世界上的人口大国敢于背对着西面数百年争端的敌人入侵其东面的弱小国家。现在身毒打暹罗，意味着什么？身毒的目标是什么？可能的利益又是什么？

为什么没人讨论这些呢？

"哦，"萨里文说，"我不认为我很快会去睡觉。"

"所有的事情都搞定了？"

"那些担任纳苏根近前职务的人都被辞退回家了，我们在调查的时候把他们都拘留在房子里了。"

"那意味着整个高级指挥部连窝端了？"

"不是那样的，"萨里文说，"最好的指挥官都在野战军里，他们中的一个会取代纳苏根的。"

"他们应该把那职位留给你。"

"他们应该，但是不会。你不觉得饿吗？"

"已经很晚了。"

"这里是曼谷。"

"是的，不过也不完全对，"豆子说，"这里应该是军事禁区。"

"你朋友的班机什么时候到？"

"黎明后的拂晓。"

"哦，她会不高兴的，你要去飞机场接她吗？"

"我没有想呢。"

"我们去吃晚饭吧，"萨里文说，"当官的总是有一套，我们也学学他们带上两个全副武装的士兵贴身护卫，确保我们这些孩子不用拔枪来应对危机。"

"阿喀琉斯不会善罢甘休的。"

"我们，他这次瞄准的是我们。"

"他可能有个后备计划。"

"豆子，我饿了。你们饿吗？"萨里文求助于和他在一起的小队队员们。"你们有人饿吗？"

"还不，"他们中的一个说，"我们都在正点吃饭。"

"困了。"另一个说。

"有人够清醒和我们一起到城里逛逛吗？"

他们全部都立刻向前一步。

"不要问卓越的士兵他们是否想要保护他们的指挥官。"豆子说。

"派两个和我们一起去，让其他人去睡觉。"萨里文说。

"是的，长官，"豆子说。然后他转向那些士兵们道："诚实地进行评估，你们中的哪一个由于今晚的睡眠不足受到的损伤最小？"

"我们明天可以睡吗？"一个人问。

"可以，"豆子说，"所以问题是那会很影响你的生理节奏。"

"我没有关系。"还有四个弟兄也有这样感觉。因此，豆子选择了近前的两个。"你们中的两个多值两个小时夜班，然后照常轮换。"

出了基地，两个保镖在身后五米跟着，豆子和萨里文有了一个坦白交谈的机会。虽然打一开始，萨里文就瞅着这个机会了。"你们甚至在基地里也进行常规的警戒轮换吗？"

"我做错了吗？"豆子问。

"很明显没有，但是……你真的太偏执了。"

"我明白我有一个要致我于死地的敌人，一个期待从位居权利的位置换到位居高位的敌人。"

"无非就是争权夺利，"萨里文说，"在俄罗斯，他无权开战。"

"在身毒也一样不行。"豆子说。

"但战争发生了，"萨里文说，"你能说不是他在捣鬼吗？"

"是他，"豆子说。"但是他还需说服成年人跟他一块。"

"你赢了一分，成年人也给了你军队。"萨里文说。

"多赢一分，他们就能给你整个国家，"豆子说，"像拿破仑和华盛顿那样。"

"要掌握世界，你需赢多少分呢？"

豆子把这个问题搁置了起来。

"他为什么追杀我们？"萨里文问，"我想你是对的，这个行动至少是彻彻底底的阿喀琉斯方式，但那不会是身毒政府所为。身毒实行的是民主政治，除掉他国的孩子会给政府抹黑。在身毒，阿喀琉斯的这招毒计估计没人会赞同。"

"不会是身毒，"豆子说，"我们确实对此事雾里看花。"

"除了确定是阿喀琉斯干的以外，"萨里文说，"这一系列事情一点头绪也没有。二流的手段，却明显剑指争端，我们也许会被撕成碎片的。这种下三烂的手法只能够玷污身毒在世界各地的声誉。"

"很明显，他并不在做身毒最感兴趣的事情，"豆子说，"但却使身毒人误认为他忠心不二，如果他真的是处理与旁遮普关系的调解人的话，他在为自己做事情，而且我能够预见到他通过绑架安德的心腹和杀你未遂中得了利。"

"减少对手？"

"不，"豆子说，"他要让战斗学校的毕业生形成战争中最重要的一环。"

"但是他都称不上战斗学校的学生。"

"他去过战斗学校，也是一样的年龄。他不想等到他长大才在世界上称王,他想要大家伙都相信一个孩子能够领导全球。如果你值得被除掉,如果安德的心腹值得被绑架……"豆子意识到,那也助了彼得·维京一臂之力,他也没有进过战斗学校,但是如果认可一个孩子成为世界领袖的话,他作为洛克的光环就足以使他平步青云,结束联盟战争的贡献又能使得他竞争力大增,彻底把那个"精神病战斗学校除名生"压到身下。

"你认为就是这样吗?"萨里文问。

"什么?"豆子问。他已经找不到思路了。"哦,你的意思是说这样就可以充分解释为什么阿喀琉斯想要你的命吧。"豆子想了想,"我不知道,也许吧。但是没有人能告诉我他为什么要让身毒发动一场超越常理的血腥战争。"

"那有什么关系呢?"萨里文说,"让每个人都害怕战争,然后寻求一个比霸权组织更强大的力量来保证战争不会被扩大。"

"那很好,除了没有人打算指定阿喀琉斯做霸主。"

"好主意,我们是在决定阿喀琉斯仅是个蠢蛋的可能性吗?"

"是的,那不可能。"

"佩特拉怎么办?她能够把他愚弄到对这个显而易见但是又稍微有点愚蠢的浪费性战略感到迷茫吗?"

"有这个可能,除了阿喀琉斯对于了解人性有非常锐利的见解以外,我不知道佩特拉如何能不对他说谎。我甚至没有看到过她对其他人说过谎,我不确定她可以。"

"你没有见过她对别人说谎?"萨里文问。

豆子耸耸肩。"我们在与虫族的战争结束的时候成为很好的朋友。她讲述了她的想法,也许有的时候她也会隐瞒一些什么,但是她会告诉你她在做什么,没有烟幕也没有镜子,门既开着又关着。"

"说谎就像练习。"萨里文评论。

"像纳苏根一样？"

"你只有纯粹的军事头脑是不能坐到他那个位置的，你必须让自己在众人面前光彩照人，而且还要隐藏起你大多数的所思所想。"

"你不是在说暹罗政府是腐败成风吧。"豆子说。

"我说的是暹罗政府政治上的权谋。我希望那不会让你吃惊，因为我听说过你聪慧过人。"

他们找了辆车带他们到城里去——萨里文能有权限征用一辆汽车和其驾驶员，但他从未实践过，直到今天。

"那么我们去哪里吃呢？"豆子问，"我们好像没有带着餐厅的指南。"

"我在一个比任何餐厅后厨水平都高的厨师家庭长大。"萨里文说。

"我们要去你家吗？"

"我家在清迈①附近。"

"将来那里会成为战场的。"

"实际上，我的家人现在邻国，虽然安全部门有规定让他们不能透露行踪给我。我的爸爸目前在处理一个有关分散军工厂的工作。"萨里文笑了，"我必须确保我家人的安全。"

"换句话说，你爸爸是搞秘密行动的绝佳人选。"

"我的妈妈才是呢。但是这里是暹罗，我们和西方文明的交流在一个世纪前就结束了。"

他们最终咨询两个当兵的弟兄，找到一个大家伙都能吃得起的地方。所以他们来到了一个狭小的狗食馆里吃饭，那显然不是城里最糟的，但也没好到哪去。所有的东西都那么的廉价，有一种吃免费消

---

① 清迈地处高原，是历史名镇，约十三世纪建成。

夜的感觉。

萨里文和士兵们胃口大开，好像那是他们吃过的最好的东西。"不是很棒吗？"萨里文问，"在我爸妈开餐馆的时候，食客们吃的是菜单上的，我们这些孩子只能在厨房和仆人们一起用餐，那些还是真正的美味。"

无疑，探讨在格林斯伯勒的小馆子亚姆—亚姆，美国人那么喜爱他们手中的垃圾食品，因为那是他们孩童时的记忆，一种好似安心、爱还有好习惯的奖赏，一种我们向往的味道。当然，豆子没有那种记忆，他对捡起食物的包装纸和舔塑料包装上的残留物以及用自己的鼻子努力找寻东西没有任何的怀念，那他有什么可以怀念的吗？在阿喀琉斯的"家庭"里的生活？在战斗学校里学习？不可能。和他的家人在希腊生活的日子来得太晚了，不能成为他早期儿时记忆的一部分。他喜欢在希腊，他爱他的家人，但这不是他的一切，他唯一儿时的美好回忆是在卡萝塔修女的公寓里，当她把他从街头带出来，喂养他，让他安全，帮助他准备好接受战斗学校的测试——他离开地球的入场券，那里他可以安安静静地摆脱阿喀琉斯。

当他的童年唯一觉得安全的时候，即使他不相信，或者不明白，在那个时候，他也感受到了爱。如果他能够在某个餐厅里吃到像卡萝塔修女在鹿特丹为他准备的食物之时，他也许会感受到美国人在亚姆—亚姆，或者暹罗人在这里感受到的味觉。

"我们的朋友波罗姆马考特不喜欢这些食物，"萨里文说。他说的是暹罗话，因为豆子已经相当彻底地掌握了这门语言，况且士兵们也不觉得通用语听着多么舒服。

"他也许不喜欢，"一个士兵说，"但是那会让他长高。"

"他很快会和你一样高的。"另一个说。

"希腊人会长多高呢？"头一个问。

豆子僵住了。

萨里文也一样。

两个士兵用警惕的眼神看着他们。"怎么,你们察觉到了什么?"

"你们怎么知道他是希腊人呢?"萨里文问。

士兵们面面相觑,脸上的笑容消失了。

"我猜他们并不愚蠢。"豆子说。

"我们看了所有虫族战争的影像,见到长官的面孔了,您以为您不是名人吗? 您真的不知道吗?"

"但是你们之前为什么不表达出来。"豆子说。

"那很无礼啊。"

豆子怀疑有人早在阿拉拉夸拉和格林斯伯勒就认出了他,但碍于礼貌没有和他打招呼。

他们到达飞机场的时候是凌晨三点,飞机预定六点钟到达。豆子紧张得睡不着觉,他自己亲自警戒,让两名士兵和萨里文打个盹。

在飞机将要到达前四十五分钟,豆子注意到了从候机厅附近开始的小小骚动。他站了起来,去询问发生了什么。

"请等待,我们会宣布的,"机场的工作人员说,"你的父母在哪里? 他们在吗?"

豆子叹息,自己的名声不过如此。但萨里文至少会被认出来的,这里的人整夜都有勤务,也许没有看到曼谷军事基地爆炸的新闻,所以他们也没有留意到萨里文一次次出现在新闻里的面孔。他回去叫醒一名士兵,让成人和成人交往,找出到底发生了什么。

士兵的制服会给一些平民带去无法言喻的信息,他冷着脸回来了。"飞机坠毁了。"他说。

豆子感觉到他的心一下子沉了下去,阿喀琉斯吗?他找到接触卡萝塔修女的方法了?

不可能,他怎么知道的? 他不能监听世界上的每架飞机。

豆子是通过兵营的计算机发送的信息,纳苏根可能会看到它,如果他那时还没有被拘捕的话, 他也许有时间把这个消息转达给阿喀琉斯,或者他们中的任何一人,否则阿喀琉斯怎么会知道卡萝塔修女正往这赶呢?

"这次不是他," 萨里文在豆子告诉他他的想法时说,"有很多理由可以让飞机从雷达上消失。"

"飞机没有消失," 士兵说,"是坠毁。"

萨里文看上去受到了真正的打击。"波罗姆马考特,失陪一下。" 然后,萨里文去电话那里,接通了总理的办公室。作为暹罗的骄傲与喜悦,刚刚从一次暗杀行动中生还的他有这样的权力。在几分钟内,他们被护送到了飞机场内的会议室里,那里都是政府和军方的要员,还有一些飞行权威界人士以及世界范围内的各路情报人员。

飞机是在南海坠落的,那沪航公司的飞机,大唐正把其当作一件内部事物来处理,拒绝允许外部调查人员到坠毁海域勘察,但是空中管制留有一些记录——有爆炸发生,很大,飞机在坠落到地面之前就已经粉身碎骨了,绝没有乘客生还的可能。

唯一一个微弱希望是,她和这件事没有关系,甚至没有登机。

但是记录显示她登机了。

我本来可以阻止她的。豆子想。当我同意信任总理而不等待卡萝塔到来的时候,我可以立刻说服她回家。但是相反的,他等着她,盼星星盼月亮,在夜里赶往机场,就是希望能看到她。因为他被吓坏了,需要有她在身边。

他太自私,甚至没有想到他正在把卡萝塔修女暴露到危险中,她用自己的名字上了飞机——在他们在一起的时候, 她从没有这么做过。那是他的过错吗?

是的。因为他用那么紧急地口吻召唤她，以至于她没有时间做隐蔽活动，她只能让梵蒂冈安排她的飞行，而且就是因为此，结束了她的生命。

她考虑到的就是结束她的部门工作，工作没有完成就离开了，有人必须接替那些工作。

从她遇到豆子开始，他做的事情就是从她那里窃取时间，把她从她的生活需要的事情那里拉开。为了他，她必须躲藏着，完成她的工作。无论他什么时候需要她，她都可以把一切放下。他做了什么值得她这样对他？他曾经又回报了她什么呢？而且现在他永远地把她的工作打断了，她会多么苦恼，但是即使是现在，如果他能够和她交谈的话，他也知道她会说什么。

"那是我的选择。"她会这么说，"你是上帝给我工作的一部分，生命结束的时候，我不害怕回到上帝那里，我只担心你，因为你总是让自己离他那么远。"

只要他相信她去到天堂，就可能和颇克待在一起，用她多年前照顾豆子的方式照顾她。她们两个笑着回忆那个笨拙的老豆子，他只会让他的朋友送命。

有人碰了碰他的胳膊。"豆子，"萨里文耳语着，"豆子，让我们送你离开吧。"

豆子回过神，注意到自己已经泪如雨下。"我留下。"他说。

"不，"萨里文说，"这里什么都不会发生。我的意思是，让我们去国宾馆。这些都是外交部门应该做的。"

豆子用袖子擦了擦眼睛，像小孩子一样。在萨里文的人面前有点不成样子，但还算是说得过去——如果豆子试图隐藏着他的悲伤，或者悲哀地要求他们不要说出去，给人留下的印象只能会更糟糕。他做了就是做了，他们看到了他们看到的，仅此而已。如果卡萝塔修女得不到一个像豆子这样承受了她那么多恩惠的人的眼泪的话，那么还有什么是值得落泪的呢？什么时候他们可以流泪呢？

有一个警察护卫队等待着他们，萨里文在感谢了他们的士兵保镖后命令他们返回兵营去。"睡到自然醒。"他说道。豆子也表达了感谢之情。"赖床，直到你恋上它。"他说。

他们向萨里文敬礼，然后转向豆子向他敬礼，很雷厉风行，是最好的军人风尚，没有怜悯，只有尊敬。他们用同样的方式回礼——没有感激，只有尊重。

国宾馆的清早变得越来越让人发怒与厌倦。大唐方面是不妥协的，即使绝大多数乘客是暹罗的商人和背包客，但那是沪航的飞机在大唐的领空出事情，关于飞机解体的原因，有迹象表明不是定时炸弹的恐怖袭击，而是一枚地对空导弹的军事攻击，所以坠毁海域被作为军事机密而被封锁。

豆子和萨里文都倾向于主谋是阿喀琉斯，他们为此已经进行了充分必要的交谈，豆子已经同意让萨里文给暹罗军方以及国务院的领导人提交一个摘要，让他们知道那些需要了解的数据，以对情况有所应对。

身毒为什么要炸毁在大唐上空航行的客机呢？那真的只是为了杀害一个到曼谷拜访希腊小孩的修女吗？实在是太牵强了，无法让人相信。但是，一点一点地，通过殖民部部长的帮助，他可以让他们得到关于阿喀琉斯的精神病资料，甚至是那些洛克的报告中没有涉及的细节。他们开始明白自己的判断是对的，实际上，这也许就是阿喀琉斯对豆子发出的一次挑衅，告诉他，这次他可能会死里逃生，但是阿喀琉斯仍然可以杀掉任何一个他想要杀害的人。

当萨里文向他们报告的时候，豆子被带到楼上的私人住处，总理夫人非常友好地带他到了一间客房，而且问他是否有朋友或者家人需要她进行联系，或者他是不是想找大臣或者某种宗教的牧师来。豆子感谢了她，并且说，他真正需要的就是独处一小会。

她出去了，门在她身后关上，豆子安静地哭到他筋疲力尽为止，然后蜷缩在地上的垫子上睡着了。

他醒来的时候，明亮的光线还能从关闭的百叶窗外照射进来，他的眼睛由于哭泣还很疼痛，他仍然筋疲力尽，他必须起身是因为他要接受现实，而且他很口渴。那就是生活：抽进去，抽出去；睡觉，醒来，再睡觉，再醒来。哦，而且这里那里还在重复。但是他太年轻了，而卡萝塔修女已经从生活的这一方离开了，找到了一些生命的含义，但是那是什么呢？豆子很有名，他的名字将永远记录在历史书里。也许只是安德·维京一章列表中的一部分，但是那就已经很好，比大多数人能得到的名誉要丰厚。当他死的时候，他会视声望如粪土的。

卡萝塔不会出现在任何版本的历史书里，甚至不会出现在脚注里。哦，不，那不会是真的。阿喀琉斯正在越来越有名，而且她是发掘他的人，但那毕竟已经超出了脚注的范围了。她的名字会被人记住，但是总是因为要联系到那个杀掉她的叛逆者的臭名，只因为她看到了他有多么无助而把他从街头救出来。

阿喀琉斯杀了她，但是当然，我也是帮凶之一。

豆子强迫自己想别的事情，他已经感觉到他的眼皮在燃烧，那意味着他的泪水就要夺眶而出，他需要保持机敏，继续思考非常重要的事。

房间中有台供客人使用的计算机，连接到标准的互联网还装着暹罗的主要上网软件。豆子很快用一个他很少使用的马甲登录了，格拉夫会知道暹罗政府不知道的东西，彼得也一样。他们会写信给他的。

很快确定了,他们两个会把消息发到了他的一个加密站点,他把他们都拉下了水。

它们是一样的,一封卡萝塔修女自己转寄给他的信。

它们说的是同样的事情,信息是暹罗时间的早晨九点到达的,他们大概都等了十二个小时以便卡萝塔修女联络他们撤销这条信息。但是当他们都独自证实了她没有机会生还时,均决定当机立断,无论这封信是什么,卡萝塔修女已经设置了一个方式,那样如果她没有每天采用步骤阻止的话,也会自动地由格拉夫和彼得送到豆子这。

那意味着,她生活的每一天都在想着他,要隐瞒什么不让他知道,而且同时确保他能够看到信的内容。

她的永诀,豆子不想读它,他已经哭到衰弱,什么都不剩下了。

但是她仍然想要他阅读,毕竟她是为他死的,他当然要为她阅读。

文件是被双重加密的。当他用自己的密匙打开的时候,仍然是她做的暗码。他不知道密码是什么,但那一定是她期待他会想到的东西。

在一个生命消亡后,他只能去试图寻找关键,所以选择是明显的。用颇克的名字进入,解码程序立刻进行了。

那是一封——和他期望的一样的——给他的信。

亲爱的朱利安,亲爱的豆子,亲爱的朋友:

也许我已经命丧阿喀琉斯之手,或许又侥幸逃脱一劫。不过你知道我对复仇的看法,惩罚是上帝的事情,同样,愤怒会让人类愚蠢,即使是像你这样聪明的人也不例外。阿喀琉斯必须被阻止,那只是因为他是什么样的人,而不是因为他对我做了什么。我的死亡方式对我来说毫无意义,我生活的方式才是重要的，而且那是我的基督裁决。

但是你已经知道这些了，这不是我写这封信的原因。有一些关于你的资料，你有权知道，那不是什么愉快的信息，而且我会到你已经有一些预感的时候告诉你。虽然，我没有打算因我的死亡而让你处于无知中，那也许会是阿喀琉斯或者随便什么人——一些远比你有权的人，他们引起了我的突然死亡。

你知道，你的出生是使用从你父母那里偷来的胚胎进行的违法科学实验的一部分。当实验结束的时候，你拥有超自然的记忆力，你令人惊异地从你同胞被残杀的过程中逃脱出来，你在那个年纪做的事情高过了任何想知道这个故事的人，你的确有着极端高超的智慧，你直到现在还不知道的是，你为什么那么聪明，以及那将对你的未来意味着什么。

偷窃构成你冷冻胚胎的人是一个某种学科的科学家，他正研究通过基因手段提高人类的智力。他实验的理论基础是一个叫安东的俄罗斯科学家所作的成果，虽然安东处于干涉命令情况下不能直接告诉我，但他还是勇敢地找到了一个方法绕开程序告诉我在你身上的基因变化。（虽然在安东的印象里，那个变化只能用于分裂的受精卵，但那不过是一个技术问题，而不是理论问题。）

在人类的基因组里有两把钥匙，其中的一把掌管着人类的智慧。如果向一边旋转，就会越过控制你大脑能力的障碍，打开你的大脑容量。对你来说，安东的钥匙已经旋转了，你的头脑不会停止地成长。在早期会不停地生长新的神经元，持续增加新的连接，而不是只有有限的容量，在早期发展完毕后，你的大脑会根据需要增加新的容量和新的模式。你的内心好似一个一岁大的孩子，从经验上看，你的心智比那些成人要强悍得多，那会一直伴你在人生长河中。对于你的整个学习过程来言，例如，你将能够像说母语一样地掌握一门新的语言。还和其他人不同，你能够用你自己的记忆制造和维持联系。换句话说，这也许是不能标定的自我设置的领域。

但是解放你的头脑是有代价的，你也许已经猜到了。如果你的脑力持续增加，那你的头会怎么样？所有的那些脑物质如何待在里面呢？

你的头当然也在持续生长，你的头盖骨永远不会完全关闭。很自然，我对你的头盖骨进行了追踪测量，它成长得很缓慢，而且你的头脑除了生长神经元外更多参与了创造。同样，你的头盖骨上有的地方比较薄，所以你或多或少地会注意到你的头围在增长——确实在长。

你知道，安东钥匙中的另一把包括了人类的生长。如果我们停止了生长，我们会英年早逝。想活得越长就要抛弃越多的智力，因为我们的大脑必须被锁死并且在我们的生命周期的早期完成生长。绝大多数的人类都是在一个狭窄的范围内波动，你甚至都不会出现在大家伙都存在的图表上。

豆子，朱利安，我的孩子，你会非常年轻地死去。你的身体会一直生长，不是青春期生长的方式，不是那种突然就能长到成人的身高了。一个科学家说过，你永远不会到达成人的身高，因为你没有成人的身高，只有死亡的身高。你会一直稳定地生长，越来越高，越来越大，直到你的心脏无法负荷，或者你的脊椎崩溃。我坦率的告诉你，我没有办法来减弱这个打击。

没有人知道你的生长会如何进行。开始我观察到你的成长比预计的情况缓慢，我曾暗自庆幸。别人告诉我，在你青春期的时候，会超过你的同龄人——但是你没有。你一直远远地落在他们后面，所以我希望他们或许错了，你也许可以活到四十岁或者五十岁，或者仅仅三十岁。但是在你和你的家人生活的一年内，还有之后和我在一起的时候，你是有规律的，而且你的生长速度明显加快了，所有的迹象表明那会是持续加速的。如果你能活到二十岁，你会挑战所有的理性期望。如果你在十五岁前死去，那只会有一点惊讶。我在写下这些的时候落泪，因为如果该诞生一个拥有长久的人生来为人类服务的孩子的话，那就应该是你。不，我应该诚实，我的泪水是因为我想到你，从很多角度上看，你都是我的孩子，唯一让我高兴的事实是，你从这封信里了解到了你的未来，那意味着我死在了你之前。你要知道，所有有爱的父母最恐惧的是，他们不得不去白发人送黑发人。我们修女和牧师没有那种伤心事，除非那发生到我们自己身上，而且我是那么愚蠢并且乐观地对你。

　　我有所有研究你的科学机构的文件资料，如果你允许的话，他们还会继续研究你。那个链接是这封信的结束。他们值得信赖，因为他们都是正直的人，而且他们也知道如果计划被公之于众后，他们也会引火烧身，研究通过基因工程来提高人类智力的方法意味着违反了法律，与他们合作与否全都取决于你。他们已经拥有有价值的数据了，你可以继续生活而不考虑他们，你也可以继续给他们提供资料。我对这项科学研究工作并不感兴趣，我与他们的联络全是因为我需要知道你将会发生什么。

　　原谅我对你隐瞒的一切，我知道你一直都想知道这些。我只能说，作为一种辩解，作为一个人，有一个清白的阶段和对生命的憧憬是件好事情。我担心如果你过早知道，会剥夺你在那方面的希望，而且剥夺了你的知识也剥夺了你决定如何度过这些年的自由。我会很快告诉你一切的。

因为那些极微小的基因差异，有人说你不是人类。那是因为安东的钥匙在两个方面改变了基因，而不是一个，那从不可能是突发事件，而且你表现出了一种新的形式，一种实验室的产物。但是我告诉你，你和尼可拉是双胞胎，而不是分别的种族，我也一样，我和别人一样了解，而且除了是最好的和最纯粹的人类以外什么也没有发现。我知道你不会接受我的宗教术语，但是你知道我的意思。你也有灵魂，我的孩子，救世主为你和其他出生的人类一样设定了死亡，你的生命对于至爱的天神来说具有无穷的价值，而且对我也一样，我的儿子。

你会找到你余生的目标的，不要只因为你的生命不长就不考虑后果。但是也不要过度地热衷于警惕，死亡对于死亡者来说并不是灾难，在死亡前浪费生命才是灾难。你这些年比大多数人用得更好，你会继续找到许多新的目标，而且你将达成它们。而且，如果天堂里有人注意到这个老修女的声音的话，你会被天使更好地照顾并且得到许多圣徒的祈祷。

爱你的，卡萝塔

豆子抹去了信件。如果他需要重新看的话，他可以从他的站点下载下来再次解码。但是那已经烙在他的记忆深处了，而不只是一个显示器上的文本。他听到了卡萝塔修女叙述的声音，在他的眼睛看到那些电脑显示器显示的文字前。

他关掉了电脑，走向窗户并打开它，他的目光越过了国宾馆的花园。在远处，他可以看到飞机正在往机场跑道上滑动，其他的飞机则刚刚离地将要飞向空中。他试图勾画卡萝塔修女的灵魂如那些飞机一样上天的景象，景象一直蜕变回沪航的飞机降落，卡萝塔修女下飞机,上下打量着他,说:"你该买条新裤子了。"

他回到室内,躺在他的垫子上,没有睡觉,没有合上眼。他打量着天花板,思考死亡、生命、爱还有遗憾。而且当他这样做的时候,他能够感觉到他的骨骼在茁壮成长。

第四幕　决策

叛逆

收件人：Demosthenes%Tecumseh@freeamerica.org
发件人：Unready%cincinnatus@anon.set
主题：沪航

　　那些麻烦制造者项上的榆木脑袋一定不打算把大唐上空的卫星信息和军方以外的人分享，而且此事还涉及美国等大国的对外利益。能够看清事实的国家寥寥无几，只有大唐的卫星才能一探全貌，所以唐人自己知道是怎么回事。当我落笔写这封信的时候，你就要学会将它用在刀刃上。我可不想看到大国欺负小国，除非那个大国就是我的祖国，所以我控诉。

　　沪航的飞机被地对空导弹击落的，资料来看像是从所谓的"暹罗境内"开的火。然而，计算机从在身毒地区的时间延迟推算出，唯一的地对空导弹发射的地点可能是一辆军用卡车的移动发射台，注意，是大唐。

　　细节：卡车（小型白色印度支那地区制造的"猪"型卡车）是在一个搁置已久的仓库里进行发射的（那被标记为军需票据交换所），那是在安南与大唐的边境地区。导弹越过掸邦进入暹罗境内，在那个时候驶离了主航道。而这段时间足能用人力把导弹和发射架卸下并撤离发射位置。注意：这些活动均部署在"一个月以前"。

　　我不了解你，但这对我和其他人来讲就是一种挑衅行为，目的是让大唐对暹罗宣战。开往曼谷的沪航客机，搭载了大量的暹罗乘客，被从暹罗发射的地对空导弹在大唐领空击落，看上去好像是暹罗军队制造状况来激怒对抗他们，但是事实恰好相反。非常复杂，唐人知道他们可以展示卫星照片来证明导弹是从暹罗境内发射的，他们也可以证明那有来自复杂的军事跟踪系统的雷达协助——大唐的版本可以暗示背后的黑手是暹罗军方，我们知道那意味着大唐军队正在准备出击。我们亲爱的政府，既然他们对比荣誉来说更爱交易，那么回到大唐的故事里来，他们将根本不会提到那辆小卡车的行动，如此，美国将会保持它的贸易伙伴的好意，暹罗则会变得壁垒分明。

干你的活吧，德摩斯梯尼。在我们的政府今天能够耍花样之前把这公之于众吧，只是去找个方式做而不要暴露出我来，那不是失去工作的问题，我会被丢进监狱的。

当萨里文来看豆子是不是想吃晚餐的时候——九点给值勤官员的便餐，不是和总理在一起的官方宴会——豆子几乎直接跟他下来了。他需要进餐，而且现在和任何时候一样好。但是他意识到他在阅读了卡萝塔修女的最后邮件后还没有阅读他自己的邮件，所以他告诉萨里文吃饭时不必等他，但是要给他留个位置。

豆子检查了彼得用来转寄卡萝塔邮件的站点，然后发现了一封彼得近期的信。这封信包含了一封来自德摩斯梯尼在美国卫星情报部门联络人的信件文本，而且还有彼得自己对情况的认识，那让豆子对每件事情都清楚了，他进行了快速的回应，使彼得的怀疑更推进了一步，然后下去吃晚餐。

萨里文和一些成年的官员——有几个是野战军的将军，他们因为大本营的危机被召集到曼谷——他们正在说笑。当豆子进入房间的时候，他们顿时间陷入沉默。通常，他会试图让大家放松，只是他的悲伤并不能改变当前的尴尬气氛，幽默是打破紧张的钥匙，但这个时候,他们的沉默更有用,而且他要加以运用。

"我刚刚从我的情报来源那里得到一个消息,"豆子说,"在这个房间里的这些人是最需要知道的,但是如果总理能够参加进来的话,会可以节省时间。"

一名将军开始反对说,一个外国孩子不能召唤暹罗的总理,但是萨里文站起来对他鞠躬。那名将军停止了讲话。"请原谅,长官,"萨里文说,"但是这个外国孩子是朱利安·德尔菲奇,他在针对虫族的最后战斗中帮助安德取得了胜利。"

那名将军当然知道了,但是萨里文,通过允许他装作不知道来给他一个不丢脸的下台阶方式。

"我知道了,"将军说,"那总理也许不会因为这个召唤而感到受冒犯。"

豆子尽力帮助萨里文平息整个事态。"请原谅我说得太粗鲁了,您的责备是正确的,我只希望您能够原谅我忘记了应有的礼仪,因为养育我的那位女士就在沪航的飞机上。"

这件事将军也知道,那就再次允许将军低头并且轻声说出自己的同情。适当的尊敬被展示给了在场的所有人,现在事情可以继续了。

总理离开了他与外国政要的晚宴来到这里,豆子转达了他从彼得那里得到的关于击落那架客机的导弹来源的情报。

"我已经和大唐外长讨教一整天了,"总理说,"他没有提到导弹是从暹罗境内发出的消息。"

"当大唐政府准备好应对这个愤怒的时候,"豆子说,"他们会假装出只是把它披露出来。"

总理看上去很痛苦。"那不会是身毒做出的一种假象,使其试图看上去像是大唐主导的一次冒险?"

"可能是任何人干的，"豆子说，"但大唐的嫌疑最大。"

方才那个心急暴躁的将军大声地说："你是怎么知道的呢？如果卫星都不能肯定的话。"

"身毒没有这样做的理由，"豆子说，"能够发现那辆卡车的国家只有大唐和美国，发射地点毫无疑问在大唐，大唐能不知道他们没有发射导弹吗？而且他们能够确定暹罗也没有发射导弹吗？所以事情的重点是什么？"

"大唐没有道理如此行事啊。"总理说。

"先生，"豆子说，"在过去的几天里发生的事情全都没有任何道理。身毒和旁遮普建立了一个所谓的'互不侵犯条约'，而且两个国家都把军队调离了彼此的边界。旁遮普打算入侵波斯，身毒侵入了掸邦，那不是因为掸邦是值得重视的，而是因为它就夹在身毒和暹罗之间，但身毒的攻击没有任何借口——不是吗？萨里文。"

萨里文立刻就会意了豆子的意思，那是要让他也说上两句，如此就不全是欧洲人在把持话语权了。"就像豆子和我昨天对纳苏根说的那样，身毒对掸邦的攻击不全是一个愚蠢的计划，那是故意计划成愚蠢的。身毒有足够聪明和受过良好训练的指挥官知晓送大量士兵到边界要担负沉重的补给问题，同时又亮出一个容易骚扰的大目标给我们。所以他们终归会在一个适当的时间发动精确无比的打击的。"

"这些对我们有利。"那个心急暴躁的将军说。

"长官，"萨里文说，"我们了解到他们得到了佩特拉·阿卡尼亚，这点很重要的。而且豆子和我都了解佩特拉的能力，他们不会轻易地放弃她制订的战略的。因为现在，他们明显是在胡来。"

"那为什么必须要对沪航的飞机动手脚呢？"总理问。

"所有的一切，"豆子说，"包括昨晚对萨里文和我暗杀的尝试，纳苏根的小把戏，都意味着要激怒暹罗加入对身毒的战争。而且即使策略没有奏效,纳苏根被暴露了,我们还维持着这是身毒挑衅的假设。你们和大唐外长的会谈是你们要让大唐加入近来反对身毒的努力——不,不要告诉我你们不置可否,那样的会谈会是什么样子明眼人都能猜得出来,而且我可以打赌唐人正在告诉你他们的大量军队就在掸邦边境,为的是在身毒最措手不及的时候来一次突然袭击。"

总理欲言又止。

"是的,他们当然在告诉你们这些,但是身毒也知道大唐正在掸邦边境集结,而且他们仍然继续他们对掸邦进行打击,把他们的力量几乎全都压了上去,没有增加对北部大唐力量的防御,为什么? 我们认识的身毒人有那么蠢吗?"

恍然大悟回答他的是萨里文。"身毒也和大唐签订了一个所谓的'互不侵犯条约',他们认为大唐军队在边境集结是为了攻击我们,他们要和身毒人瓜分这个半岛。"

"所以唐人绕道暹罗境内发射导弹把他们自己的飞机在自己国内击落,"总理说,"那将是他们中断谈判突然打击我们的借口吗? "

"没有人对大唐的背信弃义感到惊讶。"其中一个将军说。

"但是那还不是整个的局面,"豆子说,"因为我们还没有算上阿喀琉斯。"

"他在身毒,"萨里文说,"他策划了昨晚杀害我们的行动。"

"而且我们清楚是他指挥了整个行动,"豆子说,"他原本想用萨里文的死来制造愤怒,但因为我做客在这里,所以他更愿意把我们两个一窝端。是他导演了沪航的飞机坠落的闹剧,因为虽然导弹已经布置好一个月了,可以随时发射,但一直等不到制造挑衅的时机。大唐的外交部长恰恰还在曼谷;暹罗也要用几天时间来调动军队去战斗,补给及其大部分武器装备也一时半会地调集不到西北方向;大唐军队尚且没有大批次地被调动到我们的北方边境。所以,那个导弹本还要有几天才会发射的。可今天早上却意外发射了,究其原因是阿喀琉斯知道卡萝塔修女在那架飞机上,他不能错过杀掉她的机会。"

"但你说导弹是大唐干的,"总理说,"阿喀琉斯却在身毒。"

"阿喀琉斯的确是在身毒,但是你能确保他为身毒服务吗?"

"那你是说他在为大唐?"总理问。

"阿喀琉斯在为阿喀琉斯自己服务,"萨里文说,"现在情况已经很清楚了。"

"对我不是。"那个心急暴躁的将军又道。

萨里文耐心地解释说:"阿喀琉斯待在身毒,得到身毒的信任,但是当他还在俄罗斯的时候,无疑用了俄罗斯的情报机构联络到了大唐,他许诺了一个通过一战得到一个次大陆的计划,然后他到了身毒,让其军队全部入侵到掸邦。长久以来,大唐不对身毒动武的原因是身毒军队有重兵把守北部,所以当大唐劳师远征,会正中身毒的下怀。现在,整个身毒军力都在远离祖国心脏的位置作战,如果大唐能够发动突然袭击的话,会重创那支军队,身毒就没有防备了,他们除了投降外别无选择。而我们,只不过是他们游戏的一个余兴节目,他们骚扰我们是为了平定身毒来得到满足。"

"那么没有人打算入侵暹罗了?"总理问。

"当然会有,"豆子说,"大唐打算统治整个次大陆地域,但是身毒军团才是主要目标,一旦歼灭他们,大唐将畅行无阻。"

"而所有的这些,"那个心急暴躁的将军说,"都是从一个老修女在飞机上的推论得来的吗?"

"我们如此推测,"豆子说,"是从阿喀琉斯把控大唐、暹罗和身毒的事实得出的。阿喀琉斯知道卡萝塔修女在那架飞机上是因为纳苏根截获了我发送给总理的消息,所以阿喀琉斯做了这场表演,他把一些人的利益出卖给了其他的人,以此类推,到了最后,他就站在了包含了世界半数以上人口的新帝国顶端,大唐、身毒、掸邦、暹罗……每个国家将会被迫适应这个全新的超级政权。"

"但阿喀琉斯没有操纵大唐,"总理说,"就我们目前所知,他都没有到过大唐。"

"大唐无疑认为是他们在利用他,"豆子说,"但我了解阿喀琉斯,我猜测,不出一年,大唐的领导人就会成为他的刀下鬼或是傀儡。"

"也许吧,"总理说,"我应该警告大唐的外长,因为他正在处于极度危险之中。"

那个心急暴躁的将军站了起来。"这就是允许孩子来拿世界事务玩耍的结果,他们认为真正的生活像是一场电脑游戏,点几下鼠标国家地位就会上下浮动。"

"这的确就是国家地位变化的方式,"豆子说,"在一八〇〇年的法国,拿破仑改写了欧洲的局面,建立了几个让他的兄弟管理的王国。①之后王国分裂,留下了会一次次引发战争的导火索。在一九四一年十二月发生的珍珠港事件,导致西太平洋的大部分小岛突然被大面积地易手。一九八九年的苏联也几乎是一夜间倒塌。历史总是斗转星移的。"

"但是那都是在有很大的力量的作用下发生的。"心急暴躁的将军说。

"拿破仑的一时兴致不是伟大的力量。亚历山大也不是推翻他所到之处的所有帝国,没有什么可以避免希腊的马其顿人到达亚洲。"

"我不需要你教我历史。"

豆子正想进行反驳,他显然是要这么做——但萨里文摇了摇头,豆子明白了他的意思。

---

① 拿破仑曾经兼任意大利国王、莱茵邦联的保护者、瑞士联邦的仲裁者,并分封他的兄弟约瑟夫、路易、热罗姆为那不勒斯、荷兰、威斯特伐利亚三国的国王。

萨里文是对的,总理也不完全相信,而且正在侃侃而谈的将军们是对豆子和萨里文的想法怀有完全敌意的,如果豆子继续火上浇油的话,他会发现他会被完全排斥在即将到来的战争以外。如果他要使用他辛辛苦苦建立起来的打击力量的话,他就必须观点中立。

"长官,"豆子对那个心急暴躁的将军说,"我不是想要教您什么,您也没必要从我这里进行学习,我只是要对大家分享我掌握的情报,和我从中得出的结论。如果这些结论不正确,浪费了您的时间,那我道歉。但如果我们要继续进行对抗身毒的战争,我只要求可以体面地为暹罗服务,来回报大家对我的仁慈。"

在那个心急暴躁的将军说话前——很明显的,他就是要进行傲慢的答复——总理插话了。"感谢你告诉我们,让暹罗在如此复杂的局面下苟延残喘,因为我们的人民和我们的朋友都在为这个国土狭小、风景优美的国家做贡献,我们当然希望在将来的战争中重用你,我相信你会用好那支经过高强度训练下神通广大的暹罗战斗小分队,我将会密切关注你的部队,并将他们分拨给一个能恰如其分运用的指挥官,当然,你也会辅佐那名指挥官的。"

这是对在座的将军们的一个深思熟虑的宣告,宣告了豆子和萨里文在他的保护下,任何企图不给他们面子的将军都要退避三舍。豆子不能希望更多了。

"现在,"总理说,"很高兴拥有你们陪我的这一刻钟,先生们,我相信大唐的外长会在奇怪为什么我要如此无礼地离开了这么久。"

总理鞠躬,走了。

立刻,那个心急暴躁的将军和其他的怀疑论者回到了豆子抵达前被打断的玩笑中去,好像一切都平静如水。

但是佩内,暹罗军的东南战区司令,招呼萨里文和豆子。萨里文端起他的盘子走到了佩内的身边,豆子在加入他俩的谈话前从提供食物的桌子上把自己的盘子装满。

"那么说你有自己的部队。"佩内说。

"海陆空复合兵种。"豆子说。

"主要是，身毒人不喜欢——"佩内说，"在身后袭击人。我的战区部队会留意他们从海滩上登陆的可能，但是我们的职责是警戒而非战斗。虽然我认为如果你的部下待在南边会减少刺激那些北部战区司令的敏感神经。"

佩内很有自知之明——但他和豆子以及萨里文一样态度坚决，他们可以互相帮助。在用餐的余下时间，他们三人认真地交谈，讨论了暹罗在东南方向的战斗力配属情况。最后，餐桌上只剩下他们了。

"长官，"豆子说，"现在，我们是孤独的，我们只有三个人，有些话我必须告诉你。"

"请讲。"

"我会忠诚地为你服务，而且我会服从你的命令。但是如果有机会的话，我要使用我的部队去完成一个任务，那任务严格说来，对暹罗并不重要。"

"那是？"

"我的朋友——佩特拉·阿卡尼亚，她是个人质——不，我相信她实际上是个囚徒——阿喀琉斯的玩奴。她每天都生活在危险中。当我掌握了绝佳的时机后，我会派遣我的手下把她从海得拉巴带出来。"

佩内思考着，但在他的表情中什么也没有透露出来。"你知道阿喀琉斯很可能利用她做饵引诱你进圈套。"

"有这个可能，"豆子说，"但我不相信阿喀琉斯会那么做，因为他相信他能够在任何地方杀掉任何人，他不需要给我设圈，在那里坐享其成。我相信他控制佩特拉有他自己的理由。"

"你了解他，"佩内说，"但我不了解。"他反省了一会。"当我听到你说的关于阿喀琉斯的那些叛逆事还有他的计划时，我相信事情会如你设想地那样发展。我看不到暹罗胜利的希望，即使有了预警也一样。我们打不赢大唐，大唐攻入暹罗的补给线很短，暹罗人口中几乎有四分之一的唐人，虽然他们中的绝大多数是忠诚于暹罗的，但仍然有人心向大唐。所以大唐在暹罗不缺乏破坏者和合作者，而身毒对我们就没有这样的威胁。你说我们怎么能够胜利呢？"

"只有一个办法，"豆子说，"立刻投降。"

"什么?!"萨里文说。

"帕里巴塔总理可以去面会大唐的外长，宣称暹罗愿意成为大唐的盟友。在需要的时候，我们可以把我们的绝大多数兵力交于大唐指挥以用于打击身毒的侵略者，而且不仅为我们的军队也同样为大唐的军队在我们的能力范围内提供最好的补给，大唐的商人可以自由进入暹罗的商业和制造业。"

"但是那很不体面。"萨里文说。

"确实很不体面，"豆子说，"在几个世纪前，暹罗就是靠联盟在这个次大陆上生存下来，最终没有军队占领暹罗。当暹罗向欧洲低头，牺牲部分领土的时候，也很不体面，但是暹罗的核心地域保持了独立。如果暹罗不抢先让自己和大唐结盟，并给予大唐插手的自由，那么大唐将会统治这里，到时候暹罗自己就会完全失去一切，最少要数年，最多是永远。"

"我是在听一个预言吗？"佩内问。

"你在倾听你内心的恐惧，"豆子说，"有的时候，你必须喂养老虎来避免它吃掉你。"

"暹罗绝不会这么做的。"佩内说。

"那我建议你准备过海外流亡的生活吧，"豆子说，"因为当外国人接管了这里，整个统治阶层都会分崩离析。"

"我是一个叛徒吗？要计划在失败的时候为自己准备逃亡的路线？"佩内大声地表示怀疑。

　　"或者你是一个爱国者，至少保持了一个暹罗将军和他的家人远离前来征服的敌人？"豆子问。

　　"那么，我们的败北是命中注定的了？"萨里文问。

　　"你看看地图，"豆子说，"奇迹也是有的。"

　　豆子离开了他们，回到了自己的房间，向彼得报告暹罗人可能的反应。

桥

收件人：Chamrajnagar%sacredriver@ifcom.gov
发件人：Wiggin%resistance@haiti.gov
主题：为了您的祖国着想，就请不要踏上地球

尊敬的切瑞纳格长官：

基于某些原因，我会在稍后发表一篇随笔，您阅后便知，我完全可以预料到：您将在身毒遭大唐完全征服后抵达地球的。

如果您返回身毒的行为有助于让您的祖国维持独立，那您将会不考虑接受任何形式的忠告以承担这样的风险，而且如果您建立的流亡政权能够为国争光的话，谁会劝说您做点别的呢？

但是身毒的战略位置太重要了，而大唐在国土征服上的无情也是众所周知，所以您一定要了解，两种行动方法都是无益的。

您辞去军政要职在您抵达地球之前是不会有任何影响的。如果您没有登上太空船而是回返 IF 的指挥部的话，您仍然是 IF 的最高军事长官。您是唯一可能让 IF 保持安全的人选，新的最高军事长官将不能区分在 IF 供职唐人们是忠实于舰队还是忠实于他们占有优势的家乡。IF 不能在阿喀琉斯的动摇下跌倒，而您，作为最高军事长官，可以把值得怀疑的唐人分配到无关紧要的位置，防止一些心怀叵测的人取得整个舰队的控制权。如果您回到地球，阿喀琉斯会给作为您的继任者施加影响，IF 也将会成为他征服道路上的得力工具。

如果您继续担任 IF 的最高军事长官，您会被控诉为计划从事针对大唐复仇行动的身毒人，因此证明您的公平并且消除怀疑，您必须对所有的地球上的战争和冲突保持绝对的疏远，您可以信任我的盟友，他们将会不顾明显的不平等而继续对抗阿喀琉斯的，没有比那个理由更有说服力的：阿喀琉斯最终的凯旋意味着我们的灭亡。

留在太空吧，这样做，给予人类摆脱被疯子支配的可能吧。作为回报，我立誓会尽我所能让身毒从大唐的支配下获得自由，而且让他们自治。

你真诚的，彼得·维京

罗勒密周围的军人完全明白她是谁，大兵哥们也知道有人在悬赏追捕她——或者要她全尸，罪名是通敌叛国。但从一开始，她通过海得拉巴基地入口的检查站时，普通士兵就已经信任她，并友善地对待她了。

"你们会听到关于我的间谍行为或者更糟品行的控诉，"她说，"但那都不是真的。一个叛逆的外族人控制了海得拉巴，而他出于私欲想要我死。请帮助我。"

什么都没有说，一些士兵带她远离监控摄像头能够拍摄到她的地方，然后等待。当空的补给卡车来的时候，他们拦住了它，几个人对司机说了什么，另外的人帮助她进去。卡车开动了，她逃走了。

从此之后，她一直求助于当兵的。当官的人也许会被权利蒙蔽双眼——但是普通士兵没有顾虑。她乘坐在一列拥挤的火车里，夹在大群的士兵中间，大家给她提供了大量的从餐厅偷运出来的食物，她甚至都吃不了；而且他们给了她一个铺位，而那些疲惫的人就睡在地板上。除了要帮助她以外，没有人碰触她，而且也没有人出卖她。

她越过自己祖国的东部,向战区移动。因为她知道,她和佩特拉·阿卡尼亚唯一的希望,就是去寻找豆子,或者被豆子找到。

　　罗勒密知道豆子会在哪里:在任何地方用任何方式给阿喀琉斯找麻烦。既然身毒军队已经选择了用愚蠢和危险的人海战术,她知道最好的反击战略就是骚扰和切断补给线。而且豆子会抵达补给线上任何最紧要也最危险的地方。

　　所以,当罗勒密越来越靠近前方时,她开始回忆起她记忆在头脑中的地图。要从后方快速运送大量的补给和军需品到前线有两条路线可走:北线道路宽广,但有被空中打击的危险;南线道路险阻,可更容易掩人耳目。豆子一定会去尽量切断南路的补给线。

　　在哪里呢?从身毒到掸邦有两条穿过山区的路,都要跨越狭窄的山谷,逾越深深的山峡。有没有最难架设桥梁和最容易毁坏公路的地方呢?两条路线都有合适的位置。但是最难重建的是西面一条异常狭长的在危险悬崖隘口上开凿出的道路,还有一座架设在深谷上的桥。豆子将不止炸毁这座桥。罗勒密想。因为如此的破坏远远不够,他还会毁坏道路上的几个关键点,那样的话,工程师们将束手无策,只得另辟蹊径。

　　所以罗勒密就去了,并且候在那里。

　　她发现峡谷的旁边有清澈流动的水流。路过的士兵给她食物,而且很快大家都争寻着给她吃的,躲藏在山中的年轻女军官没吃没喝的传闻很快就尽人皆知了。但是仍然没有高级军官来搜寻她,也没有阿喀琉斯的杀手来做掉她。像普通士兵那样贫穷的人,没有被悬赏的诱惑冲昏头脑。她为自己的人民骄傲,虽然她也在哀悼如此可爱的人民竟被阿喀琉斯的暴政所蹂躏。

　　她听说在东头的路上发生了一次暹罗军的奇袭,这使得西面路线的交通压力更加沉重了,道路日夜不停地战栗,身毒为这些战斗补给品消耗了更多的燃料储备。她询问士兵是否听说暹罗的袭击是由一个孩子领导的,士兵们苦笑着。"是两个孩子,"他们说,"黑白双煞,他们驾驶着直升机来,破坏一通之后离开。他们碰谁杀谁,视野之内,一切灰飞烟灭。"

她开始烦恼了, 如果来炸桥的不是豆子而是另一个孩子该怎么办? 无疑,那是另一个战斗学校的毕业生——萨里文,他出现在罗勒密的脑海里——但豆子能够告诉他是罗勒密在通风报信吗? 他会明白罗勒密的脑子里装着海得拉巴基地的计划吗? 他会明白她知道佩特拉在哪里吗?

但是她别无选择,她必须暴露自己,那还有希望。

日子就在等待暹罗的直升机到来前慢慢消磨,真是度日如年。

在战斗学校,萨里文从不是指挥官,在他晋升到那个位置之前,校方就结束了计划。但是他梦想要成为指挥者并计划和学习着。现在,同豆子一同进行这次打击行动,让他明白了使那些听从你、服从你的士兵投入到死亡历练的行动中全因为是他们信赖你。每一次,全凭着这些人的训练有素,而且战术得当,他们全数返回,虽有受伤但是没有人阵亡。任务也许谈不上成功,但好在没有失去任何队友。

"这是次失败的任务,"豆子说,"但是让你赢得了士兵们的信赖,当他们看到目标比我们预期危险得多的时候,是需要降低目标的,然后告诉他们和你要达成的战术目标相比你更重视他们的生命。稍后,当你只能让他们去冒险没有别的选择的时候, 他们会知道那是因为这次是值得玩命的, 他们知道你不会像孩子对待糖果那样浪费他们的。"

豆子是对的,那几乎不能让萨里文惊讶。豆子不仅仅是最聪明的那个,他也是被安德紧留在手边,作为安德在飞龙战队的秘密武器而用的。在艾洛斯上，他是安德的后备指挥官。所以，他当然明白该怎么领导军队。

让萨里文惊讶的是豆子的宽宏大量。是他建立了这支军队，训练了这群人，赢得了他们的信任。曾几何时，萨里文不仅不帮忙还显示出敌意，但豆子接纳了他，委托他进行指挥，鼓励人们帮助萨里文学习他们能够做的。所以一直以来，豆子都没有把萨里文视为一个下属或者累赘，而是把他看作是未来的上级。

作为回报，萨里文从不命令豆子去做什么。他们宁愿在绝大多数情况达成一致意见，当他们不能一致的时候，萨里文会暂缓豆子的决定，且让自己去思考下。

萨里文明白，豆子没有野心。他不希望比其他人优秀，或者去统治他人，或者去贪图荣耀。

然后，在他们一同进行的任务中，萨里文又看到了些情况：豆子对死亡无所畏惧。

子弹可以乱飞，爆炸物可以就近爆炸，而豆子会毫无恐惧地只是找一个隐蔽而已。那好像他在挑衅敌人的射击，挑战他们的炸药破坏力。

那是勇气吗？还是他希望去赴死呢？卡萝塔修女的逝去是不是带走了他求生的欲望？听他说的话，萨里文不能这么推想。豆子过于坚决地要去营救佩特拉以至于萨里文不能相信他想要死亡，他更应该为此信念去求生。不过，他对战争的态度没有泄露出他任何的恐惧心态。

这就好像他已经看透了死亡，今天还没到日子。

他很显然没有停止对任何事情的关心。的确，安静的、冷淡的、克制的、傲慢的豆子，那个萨里文以前认识的豆子，在卡萝塔修女死后已经变得急躁和激动。在战斗中，他在士兵面前表现得很冷静，确实不是当他单独和萨里文以及佩内在一起时的情况。而且他诅咒中最经常出现的人已不是阿喀琉斯——他几乎避而不谈阿喀琉斯——那个人是彼得·维京。

"他已经拥有了全部资料，一个月了！他却总做些微不足道的事——劝说切瑞纳格不要返回地球，劝说基法·瓦哈比不要侵略波斯——他告诉我这些事,但是大事呢?揭露出阿喀琉斯所有的奸诈伎俩,他不想那么做——他告诉我说不要我那么做!为什么?如果身毒政府不能看到阿喀琉斯的计划将要出卖他们,他们可能会把全部军力都推到掸邦境内并准备直捣东方,俄罗斯可能会干涉。但是至少,大唐会看清阿喀琉斯几斤几两,他们会在采纳他计划的同时抛弃他!彼得说的全是废话,什么现在不是合适的时机,太快了;什么现在不要,你必须信任我,我会和你站在一起,直到永远!"

他对正在指挥战斗的——或深入一线的将领们诅咒,用他的说法,毫无一点仁慈。萨里文必须同意他的观点——整个计划都依赖于保持暹罗军队的分散行动,但是现在,暹罗的空军力量已经控制了掸邦的制空权,他们把陆军和空军的基地都集中到了前线。"我告诉过他们这样的危险性,"豆子说,"但是他们依然一意孤行。"

佩内有耐性地听着,萨里文也一样,放弃和他争执。豆子是对的,人们的行动是愚蠢的,而不是出于无知。虽然他们事后会说:"我们当初没有料到豆子是对的。"

对于那,豆子已经有了回答:"在你们搞不清对错的时候,更应该谨慎行事!"

豆子的咒骂带来的唯一变化是,他的嗓子哑了一个星期,当他的声线恢复如初后,也比较先前要低沉。对于一个总是那么矮小,甚至长期比自己的年龄还要矮小的孩子,在青春期——如果他拥有的话——当然会影响他的变声的,或者干脆就因为大声嚷嚷而喊哑了。

但是现在,执行任务的时候,豆子对已经发生在他身上的战争是沉默而冷静的。萨里文和豆子最后登上了他们的直升机,他们要确定他们的士兵已经都在上面了;最后一次互相敬礼然后他们冲进飞机关上门,直升机升空了。他们的喷气机在身毒的海面附近,直升机在他们到达目的地之前折叠上他们的桨叶,今天要转移部队。然后直升机升上了天空,分开了,和喷气机交换人员,最后打开他们的螺旋桨垂直降落。

现在他们能够走了,后面有预备人员——人和直升机可以把一切从机械故障或者复杂的问题中解救出来,豆子和萨里文从不搭乘同一架飞机——一架直升机的陨落不应该让整个任务泡汤。而且他们每组都有富余的装备,所以他们任何一组都可以单独完成整个任务。不只一次,冗余力量拯救了生命和任务——佩内确保他们总是有充分的准备,因为,如他所说,"你要把物资给予知道如何使用的指挥官。"

豆子和萨里文在分段运输的时候都太忙碌而无法交谈,但是他们有在一起的时候,他们观看着后备队伪装他们的直升机,遮蔽他们的太阳能电池。"你知道我希望什么吗?"豆子说。

"你是说长大后除了要成为太空人以外的什么吗?"萨里文说。

"我们可以放弃这次任务,然后起飞去海得拉巴。"

"而且在我们能够看到佩特拉的手势前就被杀掉,她可能已经被送到什么深山老林里头了。"

"那正是我计划的天才之处,"豆子说,"我带了一整群的牛作为人质,然后在他们要带母牛回去的时候威胁要射击她。"

"太危险了,母牛总是会逃跑的。"但萨里文知道豆子的意思,对佩特拉的无能为力是豆子长久的痛。"我们会做的,彼得正在寻找能够给他准确的海得拉巴资料的人。"

"像他揭露阿喀琉斯计划那样的劲头去工作吧。"完美的咒骂，只因为他们是在执行任务，豆子要保持冷静，所以只有讽刺，没有狂怒。

"都好了。"萨里文说。

"深山里见。"

那是个危险的任务，敌人不可能监视每一公里公路，但是他们已经知道当暹罗的直升机出现的时候要快速集结，而且他们的攻击队伍必须在越来越短的时间内完成任务，而这个地方很有可能被保护。那就是为什么豆子的随同——五个连队里的四个用以清除掉抵抗者并且保护萨里文的小队去放置控制器炸毁道路和桥梁的原因了。

所有的一切都在按计划进行——实际上，比预期要更好，因为敌人看上去不知道他们在这里——然后有一个士兵报告："桥上有个女人。"

"一介平民？"

"您必须去看下。"士兵说。

萨里文离开了放置爆炸物的地点，爬回了桥上。可以确定，一个年轻的身毒女人站在那里，她的胳膊向峡谷的两边伸开。

"有人提醒她桥梁要爆炸了，而我们实际不关心是不是有人在上面？"

"长官，"士兵说，"她刚刚喊着一个词——'豆子'。"

"是在当名字叫？"

他点点头。

萨里文又看了看那个女人，一个非常年轻的女人。她的衣服已经肮脏破旧了，那曾经是军装吗？肯定不是这个地方女子的装束。

她看着他。"萨里文。"她叫道。

他的身后，能够听到几个士兵惊讶得呼气喘气。一个身毒女人怎么会知道呢？那让萨里文有一点担心。这些士兵在任何方面都是可靠的,但如果他们在头脑中信奉了什么神迹的话,可就复杂了。

"我是萨里文。"他说。

"你是飞龙战队的?"她说,"你和豆子在一起?"

"你要什么?"他问。

"我想和你进行一次私人谈话,就在桥上。"

"长官,不要过去,"士兵说,"虽没人射击,但是我们看到有半打的身毒士兵埋伏在后,如果你去的话会死的。"

豆子会怎么做呢?

萨里文大步走上了桥,大胆但不匆忙。他等待着敌人的冷枪,好知道在听到枪响前能否感觉到被击中的痛苦。他的听觉神经会比身体的其他神经更快地报告大脑他被击中的信息吗?或者狙击手会直接爆他的头,那什么神经都没用了?

没有子弹。他走近她,她说话的时候才停下来。"这就是你可以到的距离了,如果你更近的话,他们会忧虑并射击你的。"

"你控制着那些士兵吗?"萨里文问。

"你没有认出我吗?"她说,"我是罗勒密,你的学姐。"

他知道这个名字,但百闻不如一见。"我到之前你就离开了。"

"战斗学校里没有多少女孩,我想传说会继续的。"

"我听说过你。"

"姐也是那的一个传说……我的人不会开火,因为他们明白我在这里做什么。而且我认为你会认出我来,因为你在峡谷两边的士兵都在竭力地避免冲突,即使我已经察觉他们互相发现对方了。"

"也许豆子认出了你,"萨里文说,"实际上,我是最近才知晓你的名字的,你是给他回音的那个人,不是吗?你在海得拉巴。"

"我知道佩特拉在哪里。"

"除非他们转移了她。"

"你有更好的消息来源吗？我想尽我所能地在不被拘捕的情况下给豆子传递消息，最后我意识到我没有计算机来实行，我必须用我的头脑带来信息。"

"那就到我们这里吧。"

"不是那么简单的，"她说，"如果后面的人发现我被俘虏的话，你们就离不开这里了。他们的装备里有手持的地对空武器。"

"哎哟，"萨里文说，"那真是埋伏，他们知道我们要来吗？"

"不，"罗勒密说，"他们知道我在这里。我什么也没有宣扬，但他们都知道躲藏的女军官在这座桥上，所以他们认为有神仙正在保护这个地方。"

"而且神仙需要地对空导弹。"

"不，他们是要保护我。神仙得到桥，人们要我，所以这是个交易。你把你的炸药从桥上拆掉，放弃这个任务，他们会看到我有力量不需要开火就能完成，然后他们又看到我呼叫你们的一架直升机为我降落，然后我通过我自己的意志上去。那是咱们全身而退的唯一办法。我确实什么都没有设计，而且我找不到其他离开这里的法子。"

"我总恨任务失败，"萨里文说。但是在她抗议以前，他笑着回复道："不，不要担心，那很好，是一个好计划。如果豆子在这里，在桥上的话，他也会心惊肉跳地同意的。"

萨里文走回他的人那里。"不，那不是神或者神圣的女人，那是罗勒密，一个战斗学校里的毕业生，而且她的智力比这座桥更有价值。我们要放弃这次任务。"

士兵们接受了，萨里文能够看到他们正在尽力根据命令做着不可思议的事情。

"士兵们，"萨里文说，"我没有被施法，这个女人知道海得拉巴的身毒军方最高指挥基地的平面图。"

"为什么身毒人会给我们那些？"士兵问。

"因为在身毒方发动战斗的浑蛋里有一个囚犯，而那个人对战争至关重要。"

现在士兵们明白原因了，魔法的成分荡然无存。他们从腰带上拉下控制装置，输入放弃密码，所有的装置立刻按照预先设置方式变动了。

爆破队立刻开始拆除，如果他们没有拆除就一哄而散的话，会后患无穷。萨里文不希望他们的任何物资落入身毒人的手里，他想从容不迫一点。

"士兵们，我需要看上去被那个女人催眠了，"他说，"看我怎么演戏吧，让周围的身毒士兵误以为她控制了我。明白吗？"

"是的，长官。"

"所以，当我走回到她那里的时候，你们呼叫豆子那边，告诉他我需要所有的直升机升空，除了我你们都撤，让身毒人看到你们望风而逃。然后告诉他说'佩特拉'，明白吗？不必告诉他别的，无论他问什么。不管我们是否被海得拉巴监视了，或者其他什么国家。"他不想多说，免得把事情搞复杂。

"是的，长官。"

萨里文背向士兵，向罗勒密的位置跨出了三步，然后跪倒在她的面前。

在身后，他能够听到他的人正在各行其是。

而且只过了一小会，峡谷两边的直升机就升空了，豆子的小队正在离开。

萨里文起身回到他的人那里，他的人进入了两架直升机。"你们带着炸药上这架直升机，"他说，"另外一架上只留下正副驾驶员。"

人们立刻服从了，三分钟内，萨里文就独自待在桥头。他转身，向罗勒密再次鞠躬,然后平静地走向他的直升机,登机了。

"慢慢上升,"他告诉驾驶员,"然后慢慢靠近站在桥中间的女人,门口向着她。而且不要让任何空载武器指向她,不要引起任何恐惧。"

萨里文透过窗户看出去,罗勒密没有做出信号。

"升高一点,好像我们要离开。"萨里文说。

驾驶员服从了。

最后,罗勒密开始挥舞她的胳膊,那对他们都是诱惑,慢慢地,好像她正在用自己的胳膊的舞动频率拉回他们。

"慢慢下落,然后开始对着她降落。我希望没有犯任何错,我们最不需要的就是螺旋桨的气流把她卷进去。"

驾驶员笑着,严格地让直升机好像一个舞者一样地降到了桥上,那近在咫尺,她只需要几步就可以登机了。

萨里文跑到门口打开了门。

罗勒密没有走路登上直升机,她跳着舞上去,作为一个仪式——好像她的每一步都是划着圈子的盛装舞步。

出于冲动,他再次走出直升机拜倒在她面前。当她近在眼前了,他咆哮地压过直升机的响声——"踩在我身上!"

她照做了,把她的裸足踏在了他的肩膀上,踩到他的背上。萨里文不知道他们该怎么更清楚地告诉身毒的士兵,罗勒密不止保住了他们的桥梁也控制了这架直升机。

她在里面了。

他站起来,慢慢转身,悠闲地走上直升机。

当他一进入直升机闲庭漫步便立刻结束了。他猛地把门拉上锁好,大叫:"我希望尽快离开!"

直升机飞速上升。就在直升机收起螺旋桨切换到喷气装置前的一个下坠之时,"系好安全带。"萨里文命令罗勒密。看到她对直升机的内部并不熟悉,他就把她推到了座位上,把安全带的一头交到她手上,她立刻会意。萨里文努力使自己返回到座位扣好安全带。然后他们飞到了峡谷下面,离开了手持地对空导弹的射程范围。

"你终于让我好过了。"萨里文说。

"等了你们很久了,"罗勒密说,"我认为这座桥会是你们头一个打击目标。"

"我们算到了人们的普遍想法,所以我们一直避免来这里。"

"见鬼,"她说,"我也只是对那些战斗学校的小蠢蛋们来讲还算得上是神机妙算。"

豆子远眺到桥上有人就猜出她一定是罗勒密,那个回应他布里塞伊斯帖子的身毒籍战斗学校学生,他只能仰赖在近前的萨里文别把事态搞砸。最终的结果是,有张扑克脸的萨里文没有让他失望。

当他们回到集结区域的时候,豆子几乎不能控制地要在他发出命令前向罗勒密致敬。"我希望拆除整个营地,每个人都跟我们来。"当团队指挥官明白后,豆子命令一个直升机通讯队为他建立一个网络连接。

"那是人造卫星,"士兵说,"我们的位置会被暴露的。"

"等敌人反应过来后我们早就无影无踪了。"豆子说。

然后,他开始向萨里文介绍罗勒密所做的一切。"我们完全准备好了,是吗?"

"燃料补给还没有完全。"

"我来照看,"他说,"我们现在就启程去海得拉巴。"

"但是我们甚至还没有拟订计划。"

"有时间在空中进行,"他说,"这次我们同乘一架飞机,萨里文。没有支援——我们必须都知道整个计划。"

"我们已经等待了这么久，"萨里文说，"现在干什么这么着急呢？"

"原因有两个，"豆子说，"第一，你认为在我们的小分队搭载了一个在桥上等着我们的身毒女军官，和阿喀琉斯得到相关报告之间的这段时间，我们有多少准备时间呢？第二，我要强迫彼得·维京插手。所有的地狱都要去解放，而我们就是要掀起浪涛的人。"

"目的是什么呢？"罗勒密问，"拯救佩特拉？杀掉阿喀琉斯？"

"把每个和我们一起的战斗学校的孩子带出来。"

"他们不会离开身毒的，"她说，"我也许可以为你们效力。"

"两个全错，"豆子说，"我只需要一个星期不到就可以让大唐的军队掌控海得拉巴以及任何他们想要攻入的身毒城市。"

"唐人？"罗勒密问，"但是有一个……"

"'互不侵犯条约'？"豆子问，"阿喀琉斯安排的？"

"他一直为在大唐工作，"萨里文说，"身毒军队被暴露、补给不足、疲惫不堪、士气低落。"

"但是……如果大唐站在暹罗一边的话，那就是你们想要的吗？"

萨里文发出了尖锐的苦笑声。"大唐只站在自己一边。我们尽力警告我们的人民，但是他们确信他们和大唐达成了交易。"

罗勒密立刻就了解了。战斗学校的训练，她知道如何用豆子和萨里文的方式思考。"那就是阿喀琉斯不采用佩特拉计划的原因了。"

豆子和萨里文大笑，对彼此微微鞠躬。

"你们知道佩特拉的计划？"

"我们假想了一个比身毒目前正在进行的更好的战略计划。"

"因此，你也有办法制止大唐？"罗勒密说。

"没有机会，"豆子说，"大唐在一个月以前能够被制止，但是没有人听。"他一想到彼得就气不打一处来。"阿喀琉斯不足虑，他一个人可以被阻止,或者被削弱。但是我们的目标是要避免战斗学校的身毒毕业生队伍落入唐人的手里,我们的暹罗朋友已经准备好了脱逃路线和计划,所以当我们到达海得拉巴,我们不只需要找到佩特拉,还需要解救更多的人。他们会听你的话吗?"

"我们会的,不是吗?"罗勒密说。

"连接已经准备好了,"士兵说,"我没有实际连接上,因为那个时候时钟就被监控了。"

"做吧,"豆子说,"我有话要对彼得·维京说。"

我来了,佩特拉,我要救你于水火之中。

至于阿喀琉斯,如果他碰巧让我撞上的话,就没有仁慈,不必仰赖别人来让他逃脱轮回。我会毫不客气地干掉他,而且我的人也会得到同样的"杀无赦"的命令。

非暴力不合作

加密密码:********

解密密码:*****

收件人:Locke%erasmus@polnet.gov

发件人:Borommakot@chakri.thai.gov/scom

主题:赶紧的,否则我将要采取非常手段了

鉴于目前的战斗态势,我需要你在两件事情上提供帮助,就现在。

首先,我需要锡兰政府许可我们在基利诺奇①基地的补给许可,许可要在一个小时内到达。这是个把战斗学校的毕业生从被抓获、拷问、奴役,至少是监禁的危险中拯救出来的非军事救援任务。

其次,为了这次行动佐以辅证,来说服那些战斗学校的学员跟随我,而且要在海得拉巴造成混乱,我需要你现在发布一些消息。复述,就是现在。否则我就用我自己的署名揭你的底,已经附上了,即指出你是大唐的同谋者,作为你没有及时地发布你所知道的情况的证明。即使我没有洛克的世界范围内的联系,我也有很好的专属电子邮件地址列表,而且我的文字会得到注意的。而你的,无论如何,将会更快地得到结果,我宁愿是你来发出的。

请原谅我的威胁,我不能承受更多的"等待合适时机"的游

---

① 基利诺奇位于锡兰岛,是该岛的北部重镇。

戏了,我要救出佩特拉。

加密密码:*****
解密密码:********
收件人:Borommakot@chakri.thai.gov/scom
发件人:Locke%erasmus@polnet.gov
主题:完成

确认:锡兰同意着陆许可,以及在基利诺奇补给燃料的特权,为了人道主义任务的飞机特别开的绿灯。另飞机上有暹罗军方的标记吗?

确认:我的一篇政治随笔到现在为止,已经发送到了世界的每个角落,随笔附件包括送到海得拉巴和曼谷的系统参考文件。

你的威胁是对朋友的甜蜜忠诚,但是并不必要。我在等待的时机,很显然你没有意识到我出手的时候,意味着阿喀琉斯会被迫鱼死网破,而且很可能会捎上佩特拉。如果我在一个月之前发表的话,你怎么能有机会找她呢?

加密密码:********
解密密码:*****
收件人:Locke%erasmus@polnet.gov
发件人:Borommakot@chakri.thai.gov/scom
主题:完成

确认:有暹罗军方的标记。

关于你的借口:见鬼去吧。如果那就是你推迟的原因,你应该在一个月之前告诉我。我知道真正的原因,即使你不做,且那让我难受。

罗勒密消失两周了,阿喀琉斯还没有进入作战计划室——没有人注意到,特别是在知道了罗勒密尚在人间的消息后。没有人敢公开讨论,但是所有人都为她逃离了阿喀琉斯的黑手而高兴。他们也都知道,那些关于提高对他们的安全控制的所谓"保护",丝毫没有改变他们的生活。他们中的任何人甚至没有时间去海得拉巴的市区嬉戏,或者和基地里三两个同年龄段的知己交往。

佩特拉的处境更是微妙,她知道阿喀琉斯能够掩盖一切,那又有什么能给予他更安全的庇护呢?是这座钢筋水泥的军事基地吗?他没有得到查派克执政的完全授权——如果他必须对身毒政府隐藏什么的话,那意味着阿喀琉斯还没有掌控一切。

当阿喀琉斯返回的时候,他的脸上不会有淤伤,佩特拉下的狠脚没有留下蛛丝马迹,或者用两个星期就痊愈了。她自己的淤伤却还没有完全消失,但是没有人会看到,因为它们都藏在她的衬衫下面。佩特拉怀疑阿喀琉斯的小弟弟是不是出了什么问题,以至于他不得不去看泌尿科医师,而且他不允许自己的脸上出现任何的悲痛表情。

阿喀琉斯的言谈举止里全都是战争进行地多么顺利以及他们的计划多么有效,军队的补给很完善且不用去顾及怯懦的暹罗军队的小股骚扰,战役也在按照预定进行着,当然是修订过的时间表。

那些都是胡扯。他正在和幕僚团队谈这些,他们都很了解军队的停滞不前,整个军团被掸邦人拖着,因为暹罗军队的骚扰战术让他们不可能发动决定性的进攻以便把掸邦人赶入山区来让自己进入暹罗。所谓的时间表呢? 现在还没有时间表。

阿喀琉斯告诉他们的是:这是政治方式。来证实这里没有发出任何备忘录或者电子邮件给人一个关于局势没有照计划发展进行的细微的暗示。

那没有改变每个人心知肚明的会败北的事实。补给一支巨大的移动部队对身毒有限的资源是一个巨大的负担,当一半的补给可能由于敌人的行动而消失的时候,补给的消耗速度会成倍的增长。

以现在的生产和消耗速率计算,前线军队会在七周内耗尽全国军备,除非奇迹发生。如果补给线被切断的话,不出意外,他们会在孤立无援的四天内耗尽储备燃料。

每个人都知道,如果采用了佩特拉的计划,身毒可以无限制地持续进攻,几次微小的打击就能破坏掸邦的抵抗,战线会蔓延到暹罗本土,而且身毒军队也不会无限期地行动不便。

他们没有在作战计划室里讨论,而在用餐时,他们小心、间接地讨论着,要恢复到另一个策略已经太迟了吗?还不是——但是那需要大量的身毒军队进行一次战略撤退,几乎不可能对公众和媒体隐瞒的。从政治上看,那会是场灾难。但是,如果耗尽武器和燃料,损失就更惨重了。

"我们无论如何必须制订撤退计划,"塞亚基说,"除非战场上发生了什么奇迹——冒出一沓子我们没发现的优秀指挥员,或是掸邦和身毒的政府垮台——我们需要一个计划来解救我们的人民。"

"我不认为我们会得到把时间花在那上面的许可的。"有人回答。

佩特拉在用餐的时候少言寡语,尽管她最近喜欢坐在一个或者另一个密谋小组的桌子旁。这次一反常态,她大声呵斥。"动脑子。"她说。

他们停了一会,然后塞亚基点头。"好计划,没有反对意见。"

从此以后,从每个参与撤退计划队员的各方面秘报构成了用餐时间的一部分。

另一方面,佩特拉说的话对于军事计划而言毫无意义。有人开玩笑地说,现在是苏巴斯·钱德拉·鲍斯①回来的好机会。佩特拉知道鲍斯的故事,那个利用他国的势力反抗殖民者的人,最后死于飞机失事,有人传说他没有真的死亡,而还活着,是计划某一天回来领导人民走向自由。从那以后,提到鲍斯的回返都既是一个笑话又是一个严肃的话题——现在的领导者就和当年的殖民者一样不合法。

提到鲍斯,交谈又转到了对甘地的讨论。有人开始谈到"和平的抵抗"——那当然不是暗示有人打算那么做——另一个人说:"不,那是消极抵抗。"

然后佩特拉大声清楚地说:"是'非暴力不合作',那并不意味着和平或者消极地抵抗。"

"这里并不是每个人都崇尚这些。"其中的一个人说。

"谁不知道甘地?"佩特拉说。

塞亚基同意她的话。"'非暴力不合作'是别的意思,一种为了做正确的事情而自觉去忍耐巨大的个人痛苦的行为。"

"实际上,那中间有什么不同呢?"

"有时候,"佩特拉说,"那确实是和平和消极的,问题是你不能逃避结果,你必须面对要发生的现实。"

"听上去更像是勇气。"那人说。

"对于做正确事情的勇气,"塞亚基说,"即使你不能胜利的时候,仍要有勇气。"

"那么'谨慎即大勇'怎么说?"

"莎士比亚关于胆怯的性格的引语。"另一个人指出。

---

① 苏巴斯·钱德拉·鲍斯是著名的革命家和军事家,与甘地齐名。为反对殖民者四处奔走,后死于飞机失事,之后的很长时间,人们均传说他尚在人间。

"无论如何,没有不同意见,"塞亚基说,"情况在于如果能让自己的力量完整无缺地撤退回来,那么就还有胜算。但是你自己,作为一个个人,如果你知道做正确的事情的代价是可怕的损失或者痛苦甚至死亡的话,'非暴力不合作'的含义是,你,你们要更坚决做正确的事情,害怕那些可能让你陷入罪孽的恐惧。"

"哦,自相矛盾中的自相矛盾。"

但是佩特拉把从表面的哲学讨论转到了一个全然不同的方向。"我正在尝试,"她说,"去做到'非暴力不合作'。"

接下去是沉默,她知道,至少得到一点心得。她现在还活着是因为她还没有做到"非暴力不合作",因为她一直想做正确的事情,但只是做了为生存所迫的事。现在她准备好要改变了,要走人间正道,她能因此活下去吗?为了什么原因——尊敬,不安于这种强烈的或者严肃的打算——他们一直到用餐结束仍然沉默。

现在战争已经进行了一个月了,而且阿喀琉斯每天都要通过说什么胜利即将来临来激励他们,但是他们仍然在秘密地和拯救他们的军队的大是大非问题上较劲。确实有一些胜利,从两方面来说,身毒军队勉强踏上暹罗本土——但是那只拉长了补给线,再次把军队送到了一个多山的国家,在那里,他们的庞大军队不能被用来打击敌人,但仍然需要吃喝拉撒睡。在几天内,他们必须在给坦克加燃料还是给燃料补给车加燃油上进行选择,他们非常饥饿——所有步兵都一样。

阿喀琉斯一走,塞亚基就站了起来。"现在是写下我们的撤退计划然后送出的时候了,我们必须求得胜利并且能够全身而退。"

没有异议。即使宣传影片和网络中充斥着身毒的伟大胜利,大举推进到暹罗境内的故事,这些计划也必须写出来,命令必须在他们还有时间和燃料足以实行的时候发出。

于是他们花费了整个早晨的时间把计划的每个部分写出来。塞亚基作为他们的实际领袖,把它们组合成单一、公正的文件。在此期间,佩特拉浏览了网络对她提交给阿喀琉斯的计划进行了修改,没有加入他们的工作。他们也不需要她来加入,而且她的电脑被阿喀琉斯最密切地监视着。只要她一直是服帖的,阿喀琉斯也许不会注意其他人。

在他们几乎做完的时候,佩特拉喊了一声,即使她知道阿喀琉斯很快会知道她说了什么——他也许就通过他耳朵上的器械收听着。"在你们发送邮件以前,"她说,"发表它。"

开始,他们也许在想她是指国内论坛,大家伙可以读到的。但后来他们看到了,她用手指甲在一块粗糙的棕色卫生纸上,写出了一个网络地址。

那是彼得·维京的洛克论坛。

他们看着她,好像她在发疯。把军事计划发布在公众论坛上?

但塞亚基开始点头。"外面的人能拦截我们发出的所有电子邮件,"他说,"这是唯一能够让查派克知道的方法。"

"把军事秘密公开……"有人说。他没有说完,谁都知道后果。

"'非暴力不合作'。"塞亚基说。他拿起卫生纸,把上面的地址输入网络,进入了那个论坛。"是我做的,不是别人,"他说,"你们警告过让我不要去做,没有理由让大家都去冒险面对结果。"没一会,数据就传递到了彼得·维京的论坛上了。

然后,他才发送电子邮件到最高军事司令部——那会经过阿喀琉斯的计算机的。

"塞亚基,"有人说,"你看到这里有别的东西发布了吗? 在这个网站?"

佩特拉也跳转到洛克论坛打开了洛克站点的一篇文章,大标题是《大唐的背叛和身毒的失败》,小标题为《大唐也将成为疯子复杂计划的受害者吗》。

洛克长篇累牍地论述大唐如何同身毒和暹罗做出承诺，现在又打算反目攻击双方完全被暴露在眼皮底下的军队的细节，对于身毒方面，他们收到了包含同样论调的电子邮件，并且已经送到了紧急系统中，那意味着上级已经完全清楚此事了——查派克已经了解洛克正在下的断言。

因此，他们的电子邮件给出的把身毒军队立即从掸邦撤回的计划，是在查派克正需要的时候及时送到了他的手里。

"老天，"塞亚基深吸了一口气，"我们看上去像是天才。"

"我们是天才。"有人发牢骚，每个人都眉开眼笑。

"有人这样想过吗？"一个人问，"我们将从我们的比利时朋友那里又一次地听到关于我们的战争进展得多么顺利的煽动讲演。"

好像是一个回答，他们听到了外面的炮火声。

佩特拉感觉到身上略过一丝希望：阿喀琉斯正在试图逃命，他被射杀了。

但是另一个更实际的想法代替了她的奢望：阿喀琉斯预见了这个可能性，而且他自己在这里的力量完全能够让自己逃亡。

最后，是绝望：当他冲我来的时候，那会是要杀掉我，还是带我走？

枪声更密集了。

"也许，"塞亚基说，"我们该散开。"

当他走向大门的时候，门开了，阿喀琉斯进来，六个携带自动武器的死忠随从跟他进来了。"坐，塞亚基，"阿喀琉斯说，"恐怕我们在这种情况下得有一个人质了，有人在网络上发布了一些针对我的恶意中伤，当我在质询中开始转入不利的时候，射击就开始了。幸运的是，我还有盟友，而且当我们等待他们给我们提供到中立地区的运输工具的时候,你们就是我们的安全保障。"

立刻,两个战斗学校学员站起来对阿喀琉斯的随从说:"你们想用死亡来威胁我们吗?"

"只要你为压迫者服务。"一个随从回答。

"他是压迫者!"一个学员说,他指着阿喀琉斯。

"你认为即将到来的唐人会待我们差吗?"另一个随从说。

"那是做亡国奴!那就是我们的未来,就因为他!"

随从们明显地动摇了。

阿喀琉斯从他的身后拉出一把手枪,一个个地射杀自己的随从,其中两个试图扑向他,但阿喀琉斯的每一枪都击中了他们的要害。

塞亚基开始说话的时候,枪声仍在回响。"他们为什么不向你开枪?"

"在进入房间前我就已经收缴了他们的子弹,"阿喀琉斯说,"我告诉他们说我不希望发生什么意外。但是你们不要认为我的弹夹空了一半你们就可以压倒我了,这间屋子早就被炸药包围了,而且当我的心脏停止跳动或者刺激在我胸部皮肤下的控制器的时候,它就会爆炸。"

一台袖珍电话响了,阿喀琉斯没有降低枪声就开始接听。"不,但是我的手下失去控制了,为了保证孩子们的安全,我必须杀掉几个自己人。情况没有变化,我会监视周边的。留在后面,这些孩子会安全的。"

佩特拉想要大笑,绝大多数的战斗学校毕业生都比阿喀琉斯年龄大。

阿喀琉斯结束了通话,把电话放到口袋里。"我担心实际让你们成为我的人质之前就这样告诉他们了。"

"抓好你的裤子,哦?"塞亚基说,"你没有精明到知道需要人质,或者我们都在这里。这个房子里也没有炸药。"

阿喀琉斯转向他，平静地击穿了他的脑袋。塞亚基蜷缩着倒了下去。其他的几个人大叫了出来，阿喀琉斯则平静地换了子弹夹。

在他装弹药的时候，没有人打断他。

甚至，佩特拉想，我也没有。

没有什么比偶然的枪杀让旁观者更目瞪口呆了。

"'非暴力不合作'。"佩特拉说。

阿喀琉斯转向她。"是什么？什么语言？"

"来自北方身毒地区的方言，"她说，"意思是——'人要忍受必须的事情'。"

"别扯什么方言，"阿喀琉斯说，"或者什么通用语以外的语言。如果你讲话，最好对我讲，最好不要做傻事，或者说让塞亚基归西的那类话。如果一切都进行顺利的话，我会在几个小时内获救，然后佩特拉和我将离开，把你们留给你们的新政府，一个外来的政权。"

他们中的很多人看着佩特拉，她对阿喀琉斯微笑。"那么你的帐篷还开着？"

他回以微笑，很温暖、很亲切，就像是一个吻。

但她知道这可能是他的一个虚幻的许愿，当她从直升机上被推下来，或者在停机坪上被勒死，或者他变得太不耐烦的话，就在她准备好跟他走出房间的时候简单地杀死她。他和她在一起的时间就这样结束了。他的凯旋接近了——大唐统治身毒的设计者，作为一个英雄返回大唐，准备好他该如何得到对大唐政府的控制，然后宣布他是世界的巨头。

现在，虽然她还活着，且除了塞亚基以外，这里还有别的战斗学校的学员。塞亚基死亡的原因，当然，不是他对阿喀琉斯说的话。他死亡，是因为他是在洛克的论坛上发布撤退计划的人，计划了在不可预知的炮火下的撤退，让他们仍然可以在大唐军队大举进入掸邦的时候有战斗力，即使大唐的飞机轰炸那些撤退的士兵，他们的指挥官仍然可以督促抵抗，唐人必须努力作战才能胜利。

但是大唐会赢，身毒的抵抗只能维持几天，无论他们多么骁勇善战，当补给停止运输，食物和军需品被全部耗尽的时候，战争其实已经失败了。身毒的中坚力量只有很少的时间逃亡，很快唐人就将开始扫荡、势如破竹，同时进行斩首行动——这是社会学中的控制占领他国的方法。

事态发展将覆水难收，身毒的战斗学校毕业生会痛心疾首地不让身毒走向灭亡，而他们的计划只是对唐人的狂吠而已，他们就坐在这个大房间里面，那里有七具尸体、一把枪，和一个出卖他们所有人的年轻小屁孩。

三个小时后，枪声再次响起。在远处，防空炮火怒吼。

阿喀琉斯立刻拿起电话。"不要攻击来的飞行器，"他说，"否则你们的天才少年们将会全体陪葬。"

在他们能够回答之前，他就撂了电话。

枪声停歇了。

他们听到了轰鸣的声音——直升机在屋顶降落了。

佩特拉想，他们降落在多么愚蠢的地方啊，只因为屋顶上有直升机机场的记号就代表他们一定要遵守告示，那里是保卫这里的身毒军人最容易得手的目标，他们会知道实际发生了什么事情，当阿喀琉斯到达屋顶的时候，他们就会一目了然，就会击毁直升机，因为阿喀琉斯在。如果这就是大唐能够做得最好的救援计划，那么阿喀琉斯要用大唐作为统治世界的跳板这要比他实际想得更加艰难。

更多的直升机到达，现在屋顶已经满了，有一些停在了地面上。

门打开了，十二个唐军士兵在室内散开。一个大唐军官跟着进来,向阿喀琉斯点头示意。"我们以最快的速度赶来了,长官。"

"干得好,"阿喀琉斯说,"把他们全部带到屋顶上。"

"你说过会让我们走!"一个战斗学校的学员说。

"无论如何,"阿喀琉斯说,"你们都要死在大唐,现在起来面墙排成一队。"

更多的直升机到来,然后是飕飕的声音和爆炸的声音。

"那些蠢蛋,"一个战斗学校的学员说,"他们打算把我们全杀了。"

"太可耻了。"阿喀琉斯说。并把他的手枪顶到了那个战斗学校学员的脑袋顶上。

大唐军官此时对他耳语。"等一下,"他说,"不是身毒人,来袭的飞行器上面有暹罗军方的标记。"

是豆子。佩特拉想。你最后还是来了。如果没有豆子的千里急袭,暹罗人将没有机会杀到海得拉巴来。

又是一阵嘶嘶的爆炸声,又一个。"他们正在攻击屋顶,"大唐军官说,"这座建筑要着火了,我们必须出去。"

"是谁出的蠢主意要把飞行器降落在那里的?"阿喀琉斯问。

"那是最方便疏散他们的地方!"军官愤怒地回答,"我们没有足够的直升机把他们都带走。"

"带走他们,"阿喀琉斯说,"撇下一些士兵也在所不惜。"

"我们会在几天内带走他们,我不会把我的人扔下!"

这倒不是一个糟糕的指挥官,即使他的战略不那么高明。佩特拉想。

"除非我们带上那些身毒天才,否则他们是不会让我们起飞的。"

"暹罗人根本不让我们起飞!"

"他们当然会,"阿喀琉斯说,"他们来这里是为了杀掉我并救援她的。"他指着佩特拉。

那么，阿喀琉斯知道来的是豆子。

佩特拉的脸上毫无表情。

如果阿喀琉斯决定离开而不带走人质，这将是一个杀掉所有人的好机会，剥夺敌人的资源，而且更重要的是，带走他们的希望。

"阿喀琉斯。"她说。并大步流星地向他走去。"我们出去吧，我们可以从地面的机场起飞，那样他们就不知道直升机里面坐着的是什么人。只要我们现在走。"

在她逼近他的时候，他把枪口指向了她的胸口。

她甚至没有停步，只是向他走过去，越过他，奔向大门，她打开了门。"现在，阿喀琉斯，你没有必要死在火焰里，你要的东西在前面，你等了很久的。"

"她说的对。"大唐军官说。

阿喀琉斯笑着扫视佩特拉和大唐军官，然后目光再回到佩特拉。"我已经在众人面前羞辱你了，"佩特拉想着，"我显示出我知道该怎么做，而你不知道，现在你必须干掉我们两个，这个大唐军官还不清楚自己死期将至，但是我知道。然后，我就挂了。所以，现在出去，让这里平平安安。"

"这个房间里，除了你之外没有什么重要的。"佩特拉说。她对着他微笑。"来吧，男孩。"

阿喀琉斯重新举起枪，一个一个地指向战斗学校的学员们，他们退却或者畏缩，不过枪始终没响。他把枪放到了他的身侧，然后走出房间，经过佩特拉的时候一把抓住了她的胳膊。"来吧，小佩佩，"他说，"未来正在召唤我们。"

豆子正在来。佩特拉想。而阿喀琉斯甚至不会让我离开他有一米远，他知道豆子来这里是为了我，所以我是他要确保豆子不能援救的那个人。

也许我们今天会杀掉彼此的。

她回想起把她和阿喀琉斯带到身毒的飞行旅程，他们两个就站在空中打开的机舱门口。也许今天也会有这种契机的——死亡，让阿喀琉斯陪她一起殉葬。她怀疑豆子是不是会了解，对阿喀琉斯来说，她的死比活着更重要。他会知道她明白这个吗？有正确的事情要做，而且现在她真的了解阿喀琉斯，他是那种要让她很情愿地付出然后高呼占了便宜的人。

救援

收件人：Wahabi%inshallah@Pakistan.gov
发件人：Chapekar%hope@India.gov
主题：为了身毒人民

基法，我亲爱的朋友：

我尊敬你，因为当我带着我们人民的和平提议来到你面前的时候，你接受了，并且在任何地方都维持诺言。

我尊敬你，因为你把你的生活建立在对你的人民更有利而不是个人的野心上。

我尊敬你，因为你那里有我们民族仅存的未来。

在我把这封信发送给你以前我就已经公开了，不知道你的回答将会是什么，因为我的人民现在必须知道，在我还能够告诉他们的时候，知道我请求你什么和给予了你什么。

当背信弃义的唐人违背了他们的诺言威胁要击溃我们的军队时，已经由于一个叫作阿喀琉斯的叛逆者而变得声嘶力竭，我们本来把他看作是一个客人和朋友的，现在无情的事实让我们知道了这些，将会有侵略者从我们毫无防备的北部入侵我们辽阔的国土。很快，残忍的征服者将把他们的意志从他们的本土一直延伸过来。对于所有身毒人民来说，只有在旁遮普，在你的领导下，才能够自由。

我请求你现在就承担起身毒人所有的希望，我希望我们在后面几天的战斗能够给你们赢得时间，让你们的军队回到我们的边境，你们将要在那里准备好迎击大唐人。

我现在给予你在任何需要的地方越过边界的许可,那样你就可以得到更有利的防御位置。我命令所有留在旁遮普边境的士兵对任何进入我国境内的旁遮普军人不予任何反击,而且提供我们所有的完整防御图,所有的密码和密码册进行协助。我们所有在边境的军队最好由旁遮普接管。

　　我要求你,任何在旁遮普政府统治下的市民将得到尽可能仁慈的对待,就如同情势逆转,你们希望我们对待你的人民的方式一样。无论过去有什么忠于各自国家的冲突,让我们互相原谅并承诺不会有新发生的对抗了,但是请让那些忠诚于同样本质但不同形式的神灵的人们把彼此当作兄弟姐妹对待吧,他们现在必须肩并肩地保护身毒,对抗那些膜拜权利和信仰残忍的侵略者。

　　很多身毒政府、军事、教育系统的人员将要避难到旁遮普,去乞求你对他们敞开边境,因为如果他们留在身毒,他们的将来将只有死亡或者囚禁。而其他的身毒人没有理由害怕唐人的私人迫害,而且我乞求他们不要逃到旁遮普去,而要留在身毒,在那里,上天才知道,他们会很快被解救的。

　　我自己将留在身毒,去承受征服者强加于我的人民的任何负担,我宁愿做曼德拉也不愿做戴高乐,①不会有流亡政府的,旁遮普现在就是身毒人的政府,我是得到国会的全面授权才这样说。

　　愿上天保佑所有值得尊敬的人,并让他们保持自由。

你的兄弟和朋友

---

① 曼德拉常年在南非的监狱中度日,借此完成其政治理想;戴高乐流亡英国,建立法国流亡政府,最终得以复国。

直升机从身毒干燥的南方飞过，豆子感觉好像是奇怪的梦一样，景色毫无变化，或者不是，那是个游戏影像，计算机制作的飞行景象，反复利用同样的计算方法产生大体相同的景色，但是细节从不相同。

和人类一样。人与人之间的 DNA 只有一些最微小的改变，但是就是那些最微小的改变造就了圣徒和怪物、愚人和天才、建设者和破坏者、爱人者与伤人者之间的区别。现在在身毒的居民比三四个世纪前的全世界的人口还要多，今天生活在这里的人比公元纪元前历史上的所有人都要多，所有《圣经》《伊利亚特》还有希罗多德①以及吉尔伽美什②等被考古学家和人类学家拼凑起来的历史，所有那些人类的关系，所有那些成就都已经被我们现在飞跃的那些人结束了，剩下活下来的人将会建立没有人听说过的新故事。

在这几天内，大唐会征服足够写完五千年人类历史的那个族群，而且会把他们当草芥看待，把他们割成一般高低，把那些高出来的玫瑰仅仅当作垃圾一样丢弃。

而我在干什么？坐在一部机器里，那部机器会让老以西结③在他写下天上有只鲨鱼前就心脏病发作，卡萝塔修女曾经开玩笑地说："战斗学校让以西结看上去就像是开曼群岛的轮子。"所以我在那里，好像是在验证远古的预言，我现在在干什么呢？抛开数十亿我可以拯救的人，选择一个我碰巧知道且最喜欢的对象，并且要我两百个最好

---

① 希罗多德，公元前五世纪的古希腊作家。他把旅行中的所见所闻，以及第一波斯帝国的历史记录下来，著成《历史》一书，成为西方文学史上第一部完整流传下来的散文性历史书籍。
② 《吉尔伽美什史诗》的主角，该书是世界范围内已知的最古老的英雄史诗，是一部关于苏美尔三大英雄之一的吉尔迦美什的赞歌。虽然这是一部残缺了近三分之一的作品，但从余下的两千多行诗中，我们还是能够感受到苏美尔人对他们伟大英雄的崇拜赞美之情。
③ 以西结是古代犹太人的先知。

的士兵冒上生命危险。如果我们平安达成目的,接下去又应该干什么呢?花费我的余下光阴,帮助彼得·维京击败阿喀琉斯,让他做另一个阿喀琉斯——把人类置于到一个病态、野心勃勃的人的统治之下?

卡萝塔修女喜欢引用几句传教名言——空虚复空虚,一切皆空虚。日光之下,并无新事。岩石时而分开,时而聚合。

好吧,只要上帝不告诉大家岩石是指什么,我还不如撂下那些石头去救我的朋友呢,如果我可以的话。

在他们接近海得拉巴的时候,他们的无线电收到了诸多信号。一些战术资料,不只是由于大唐对掸邦的突击已经被彼得的文章触发,而是你能够想到的网络交易。当他们更靠近的时候,机载计算机已经可以很好地区分出大唐军队和身毒军队的电子签名了。

"看上去像是阿喀琉斯的救援小组抢在我们之前到达了。"萨里文说。

"寻不到战机,"豆子说,"意味着他们已经占领了室内,把战斗学校的学员当作了人质。"

"注意,"萨里文说,"楼顶上有三架敌机。"

"地上会有更多的,让我们给他们制造点麻烦,干掉那三架。"

罗勒密感到担心。"如果他们认为是身毒军队在进攻,撕票怎么办?"

"阿喀琉斯不会蠢到在逃命前射杀人的,那会用光他的机票。"

就像是在练习瞄准,三枚导弹击中了那三架直升机。

"现在,让我们亮出暹罗军队的旗帜吧。"萨里文说。

他们和通常一样,在螺旋桨切换前有一阵令人眩晕的爬升和陡降,但是豆子已经习惯于这种造成反胃的感觉,而且能够注意到窗户外面,基地里身毒军队正在挥手欢呼。

"哦,现在我们突然被当成救世主了。"豆子说。

"我想我们不过是不那么邪恶的家伙。"萨里文说。

"我认为你正对我朋友的生命带来不负责任的危险。"罗勒密说。

豆子立刻镇定下来。"罗勒密,我了解阿喀琉斯,唯一让他不杀害你朋友的办法,就是表现出敌意,那会让他焦头烂额,施展不出他的恶意。"

"我的意思是,如果那些导弹有一枚打偏了的话,"她说,"那会击中他们所在的房子并端掉所有人的。"

"哦?你就为那个担心吗?"豆子说,"罗勒密,这些人是我训练的,他们也许有失手的时候,但不是现在。"

罗勒密点头。"我明白,这是战地指挥官的信心,我已经很久不亲临一线了。"

一小部分暹罗军直升机停在制高点警戒;绝大多数则部署在作战计划室所在的建筑物前面。萨里文已经通告所有的连队长他将要在他们飞行的时候,进入建筑物。现在,门一开他就跳了下去,罗勒密就跑在他身后,他让他的小组动起来,执行计划。

立刻,豆子的直升机再次升高,而且和另一架直升机越过建筑物从另一边落下。在那里他们发现了两架大唐军的直升机,螺旋桨仍在旋转。豆子让他的驾驶员着陆,让直升机侧面的武器瞄准两架大唐的直升机,然后他带着三十个人从两边的门冲下来,与此同时,两侧的大唐军队也做了同样的事情。

豆子另一架直升机还留在空中,等待,看它首先是该发射导弹还是使用内部的军队。

唐人那比豆子的人数更多,但是这不是什么问题。没有人射击,因为大家都希望活着离开,如果开始射击的话,鹿死谁手未可知,空中的那架直升机很容易就能破坏仅存的两架大唐直升机,那意味着,唐人们永远不能回家了,他们的任务就此失败。

所以两支小小的军队集合,就好像拿破仑时代的战争一样,整齐地排成一线。豆了想喊诸如是"上刺刀"或者"装弹"一类的话——但是没有人使用步枪,而且,让他感兴趣的目标会从那栋建筑的大门里走出来……

目标就在那里,向临近的直升机冲过来,抓着佩特拉的手臂,半拖着她过来,他的胳膊下还配着一把手枪。豆子希望手下的一个神枪手把目标一枪毙命,可如果这么做也会引发唐人开火,这样,佩特拉会死于意外。

因此,他对阿喀琉斯大叫。

阿喀琉斯忽略了他,豆子知道他在想什么——在所有人都持枪的时候进入直升机,那以后豆子就无能为力了,动不了阿喀琉斯,也伤不到佩特拉。

豆子拿起对讲机下了命令,盘旋的直升机做了炮手一直在训练的事情——发射一枚导弹,就朝最近的直升机发射,那部飞行器随即被报废,但是佩特拉和阿喀琉斯没有受伤——只是冲击波的火焰向一边摇摆,而后,当燃烧的螺旋桨有一点碰到地面的时候,旋翼被折断并向远处的兵营喷了过去,驻扎在内的少数身毒士兵滑了出来,试图在建筑物起火爆炸前把其他受伤的人拉出来。

阿喀琉斯和佩特拉现在就站在开阔场地的中间,仅存的直升机对他来说跑过去太远了。他做了他在这个环境下唯一能够做的事情,把佩特拉拉到他自己前面,用枪顶着她的头。那不是他们在战斗学校学的东西,是从影片里看来的。

在这时,大唐的负责军官——那位上校,如果豆子记得如何来解释那些复杂的军衔的话,对这样一个小规模的行动来说,实在是很高的职位了——他带着他的人走过来。豆子没有必要去让他远离阿喀琉斯和佩特拉。上校知道,任何在阿喀琉斯和豆子之间私人的行动都可能引起交火，这不过是一个僵局，在豆子能够杀掉阿喀琉斯的时候，他也会伤害佩特拉。

豆子没有看他附近的士兵，只是说："谁有麻醉枪？"

一把枪被拍进了他张开的手里。有人小声说："你的手上也该有一支真枪。"

另一个人说："我希望身毒军队没留意到阿喀琉斯未带上身毒的孩子，他们对阿喀琉斯可以不关注了。"豆子对他的人有考虑全局情况的思维表示赞赏，但是现在没有时间去赞美了。

豆子离开了他的人，向阿喀琉斯和佩特拉走去。他这样做的时候，看到了萨里文和罗勒密也走出了那道大唐上校刚入入的门。萨里文喊："可以放心了，全员都已登机了，阿喀琉斯只杀了我们的一个人。"

"'我们'的一个人？"阿喀琉斯说，"什么时候塞亚基成为你们中的一员了？你们是不是在说我杀别人你们根本不在乎，但只要碰到战斗学校的小崽子我就是凶手了？"

"你没机会和佩特拉一道乘机了。"豆子说。

"我知道我从没有不带她起飞过，"阿喀琉斯说，"如果我不带上她，你们会把直升机炸成碎片，一小片一小片的，要用梳子才能把碎片们都拢起来。"

"然后我猜我只需要让我枪法好的手下穿了你就好。"

佩特拉笑了。

她正告诉他，是的，干吧。

"袁熙上校会视同于任务失败，然后他会干掉你的人，佩特拉将第一个倒下。"

豆子看到上校已经让他的人都上了直升机——那些和他一起从建筑里出来的人，还有那些在豆子降落的时候在地面警戒的人。只有他,阿喀琉斯和佩特拉被甩在一旁。

"上校,"豆子说,"唯一的不流血方式就是看我们是否能够信赖彼此的诺言,我向你承诺,只要佩特拉活着,没受伤,并和我在一起,你就可以安全地离开,我和我的士兵都不会向你们开火,无论你是否捎上阿喀琉斯对我都无关紧要。"

佩特拉的笑容消失了,表情被明显的愤怒代替了,她不想让阿喀琉斯逃走。

但是她也希望能活下去——那就是她一言不发的原因,所以阿喀琉斯不知道她是多么希望他死,甚至会拿她自己作为代价。

她忽略的是大唐的指挥官必须得到最低限度的任务成果——他必须在离开时捎带上阿喀琉斯。如果他没有,那这里死的如此多的人,又是为了什么呢?阿喀琉斯把最糟糕的事情都已经做出来了,从此,再没有人会相信他说的鬼话了,无论他多么有手腕,那都是由于武力的胁迫和天生的恐惧,而不是瞒天过海的欺骗,那意味着他每天都会制造敌人,把人们亲手划分到他对手那里。

他仍然可能赢得更多战争的胜利,他也许能大获全胜,但是,和罗马暴君卡里古拉一样,他会被他最亲近的人暗杀,而且当他死亡的时候,会被同样邪恶但不那么疯狂的人接替他的位置。所以,现在杀掉他,世界不会有什么不同。

但是,让佩特拉活下来,对豆子来说,会让世界大有不同的。豆子已经犯了错误,导致了颇克和卡萝塔修女的被杀,但是他今天不会犯任何错误,佩特拉会活下来,因为豆子不能承受其他的结果,她甚至没有否决的权利。

上校还在衡量形势。

阿喀琉斯却没有。"我现在要去直升机了,我的手指就紧贴在扳机上,最好别让我扣动,豆子。"

豆子知道阿喀琉斯想的是什么:我能够杀害豆子后逃脱吗? 或者是恶人报仇,十年不晚?

那对豆子是一个优势,因为他的想法正因为个人的愤怒而被蒙蔽。

除非,他能意识到这些。因为他也是这样想的,在思量着一种既可以解救佩特拉也可以杀掉阿喀琉斯的方法。

上校在高声回答豆子以前走到阿喀琉斯身后,紧贴他的后背。"阿喀琉斯是大唐伟大胜利的建筑师,他必须接受同等荣誉。我的命令里没有提到那个亚美尼亚人。"

"没有她,他们根本不会让我们起飞,你个傻瓜。"阿喀琉斯说。

"长官,我给了你我的诺言,我发誓。让阿喀琉斯这个杀害了两个帮助过他的女性的重犯逃脱赎罪的惩罚,虽有不妥,但我还是会让你还有他离开的。"

"那么我们的任务就没有冲突,"上校说,"我同意你的条件,如果你也同意按照战争法则善待我们留在后面的人的话。"

"我同意。"豆子说。

"我掌握着我们的任务,"阿喀琉斯说,"我不同意。"

"你控制不了我们的任务,先生。"上校说。

豆子完全了解阿喀琉斯要做什么,他会把枪从佩特拉的头边拿开来射击上校,他本来预期这个活动会让众人吃惊,但是豆子根本没有表现出一点惊讶,他握着麻醉枪的手甚至在阿喀琉斯转向上校之前就举起来了。

但是豆子不是唯一知道阿喀琉斯打算干什么的人,上校在阿喀琉斯手枪晃动的时候故意靠近了他,把武器从阿喀琉斯的手里拍掉。同时,上校的另一只手拍到了阿喀琉斯的手肘上,而且即使看上去没有用力打击,但阿喀琉斯的胳膊还是让人作呕地向后弯了过去。阿喀琉斯由于痛苦而大叫出声,蹲了下去,他放开了佩特拉。佩特拉立刻飞快离开了那边,离开碍事的地方,同时豆子扣响了麻醉枪。他能够在最后的瞬间调整好目标,而且很小的弹球射入了阿喀琉斯的衬衫,那力量甚至使外面的布料都凹陷了,镇静剂彻底穿过了纺织品,透过了阿喀琉斯的皮肤,他立刻倒了下去。

"那不过是镇静剂,"豆子说,"六小时左右他就会清醒了,但是会让人头疼。"

上校站在那里,甚至没有低头看阿喀琉斯,他只是紧盯着豆子。"现在没有人质了,你的敌人在地面上。当给出诺言的环境已经改变的时候,先生,你的诺言怎么样呢?"

"自重的男人,"豆子说,"无论穿什么制服都是兄弟,你可以把他送上直升机,离开。我建议你和我们一同编队飞行,一直到我们在海得拉巴南面的防御线。然后你们就可以走你们的路,我们走我们的。"

"那是个聪明的计划。"上校说。

他蹲下,开始抬起阿喀琉斯的瘫软身躯。一个机警的工作,豆子虽然很小,也走上前去帮助抬起阿喀琉斯的腿。

佩特拉现在站在一边,当豆子看她的时候,可以看到她正盯着阿喀琉斯的手枪,那就在她身边不远的地面上,豆子几乎可以读出她的思维,用阿喀琉斯自己的枪杀掉阿喀琉斯这个想法一定非常诱人——但佩特拉没有说话。

在她可以开始向手枪移动之前,豆子用自己的麻醉枪指向了她。"你也可以在六个小时后带着头疼醒过来。"他说。

"不必了,"她说,"我知道我也在你的诺言范围内。"她没有弯腰去拾起枪,反而过来帮助豆子搬动阿喀琉斯身体的另一头。

他们把阿喀琉斯的身体滚到了敞开的直升机大门里面。里面的士兵抓到了他,把他带了进去,大概放到一个可以在起飞的时候让他保持安全的地方。直升机过度拥挤，只是因为货物是人——没有补给或者辎重，所以可以和平常一样飞行，但是那对乘客并不舒服。

"你不想乘那架直升机回家吧，"豆子说，"我邀请你和我们同乘。"

"但是你不会去我们要去的地方的。"上校说。

"我了解你刚送上直升机的男孩，"豆子说，"即使他清醒时不记得你做过什么，但是总有一天他会知道，而且一旦他知道了，你就会被打上标记。他从不忘记，他肯定会杀了你。"

"然后我就因为服从命令而光荣殉职。"上校说。

"有很多庇护所，"豆子说，"之后你会用一生致力于把大唐和所有其他的国家从他的魔掌中拯救出来。"

"我知道你完全是出于好意，"上校说，"但是为此而出卖我的国家，会让我心神不宁的。"

"你的国家将被没有尊严的人领导，"豆子说，"当他们掌权，控制那些和你一样有荣誉感的人，那是谁出卖了他的国家？不，我们没有时间争执，我只是放下一个主意，而那会在你的脑子里腐烂的。"豆子笑了。

上校微笑致意。"那你就是一个魔鬼了，先生，就好像我们对你们那些欧洲人的偏见一样。"

豆子向他行礼，他回礼，登机。

直升机的门被关上了。

豆子和佩特拉躲开大唐直升机升空时的强风，然后它在上空盘旋，豆子命令所有人登上地面上的直升机。两分钟不到，他们的直升机也升空了，暹罗和大唐的直升机一同飞跃，离开了建筑物，加入到豆子其他战斗力量的直升机那里，他们也从守备的位置升空，或者从监视位置和他们会合。

他们一同向南飞去,用螺旋桨一点一点地飞,没有身毒人向他们开火。身毒的军官无疑知道他们最好的军事人才都被带走,如果人唐开始入侵的话,他们会在比海得拉巴或者身毒都更安全的地方待着。

然后豆子命令,所有的直升机切换飞行模式,在螺旋桨折叠切换到喷气装置的时候,直升机有一点下坠,他们会快速飞往锡兰。

在直升机里面,佩特拉系着安全带气鼓鼓地坐着。罗勒密在她身边,但是她们没有交谈。

"佩特拉。"豆子说。

她头也不抬一下。

"罗勒密找到了我们,而不是我们找到了她。因为她,我们才能找到你。"

佩特拉还是没有抬头,但是她伸出一只手,放到了罗勒密放在腿上的手上。"你又勇敢又聪明,"佩特拉说,"谢谢你同情我。"

然后她抬头看着豆子注视她的眼睛。"但是我不会感谢你的,豆子。我已经准备好杀他了,我本来可以杀掉他的,我会有办法的。"

"他最后会多行不义必自毙的,"豆子说,"他正要让自己走过头,如同罗伯斯庇尔①。当大家看清他的实质要把他送上断头台去的时候,肯定已经是受够了,他将板上钉钉地去死。"

"但是在这里,他要杀多少人?而且现在你的手也因为那些而被玷污了,因为你把他活着送上了直升机。我也是。"

"你错了,"豆子说,"他是唯一对他的谋杀负责任的人,如果我们让他带走你将是无可挽回的错,你会在旅程中香销玉殒的。"

"你不知道。"

"我了解阿喀琉斯,当直升机升到二十层高的时候,你会被推出

---

① 罗伯斯庇尔是法国大革命时期的著名政治家,雅各宾派的实际首脑及独裁者。由于其在统治期间采取暴政,最终反被政治对手送上了断头台。

去,你知道为什么吗？"

"可以让你看到。"她说。

"不,他会等到我走以后,"豆子说,"他不傻,他视自己的生存高过你的死。"

"那么他为什么杀我呢？为什么你那么确定？"

"因为他搂着你,就像是情人,"豆子说,"站在那里,枪口对着你的头，他用带着爱的心境抓住你。我认为他打算在他带你登机前吻你,他希望能让我看到。"

"她根本不会让他吻的。"罗勒密厌恶地说。

但是佩特拉看着豆子注视的眼睛，眼中的泪水给出了比罗勒密的果断言语更真实的回答，她已经让阿喀琉斯吻过她了，和颇克一样。

"他给你打了印记,"豆子说,"他爱你,你比他拥有更高的力量,在他不再需要你作为人质做挡箭牌后,你也就不会再活下去了。"

萨里文打了个冷战。"他是什么造的？"

"没有东西,"豆子说,"无论他的生活里发生过什么可怕的事情,无论他的灵魂里有多么致命的渴望,是他选择按照那些需求行动,他选择做他做了的那些事情,他要为自己的行为负责,而不是别人,即使是那些拯救过他的生命的人。"

"像你我今天。"佩特拉说。

"卡萝塔修女今天救了他的命,"豆子说,"她最后要求我的是,把审判和复仇留给上帝。"

"你信仰上帝吗？"萨里文惊讶地问。

"越来越多,"豆子说,"同时也越来越少。"

罗勒密拉过佩特拉的手放到自己的手中间。"太多谴责,也太多的阿喀琉斯了,你从他那里自由了,你现在的每分每秒每月每天都不用胆战心惊,不用见机行事。他现在唯一能够伤害你的方法,就是你的心里还一直留着他。"

"听她的吧,佩特拉,"萨里文说,"她是个女神,你知道的。"

罗勒密笑了。"我拯救了桥梁召唤了直升机。"

"而且你祝福了我。"萨里文说。

"我没有做。"罗勒密说。

"当你踩上我肩膀的时候,"萨里文说,"我的整个身体就是女神的道路。"

"只是一段路而已,"罗勒密说,"你要找别人来祝福另一段路。"

他们在戏弄的时候,由于成功和自由的喜悦,把压倒性的悲剧抛在了后面而陷入半陶醉状态,豆子看着佩特拉,看到她的眼泪从眼睛里落到了膝盖上,渴望能够伸手把它们从她的眼睛里抹掉。但是那有什么好处呢?那些眼泪是从痛苦的深井里涌出来的,他简单的碰触根本不能从源头抹干它们。时间可以做到,但是时间是他最不能拥有的东西。如果佩特拉能在生活中了解快乐——那种快乐是维京夫人说的宝贵的东西——当她和另一个人分享她的生活之时,那快乐就会到来。豆子拯救了她,给了她自由,但他不说明他拥有她或者是她生活的一部分,但是那样他就可以不必像承担颇克和卡萝塔的死亡一样,承受她死亡的痛苦。他做的,在某种程度上来说,是自私的事情。但是换句话说,今天的全部工作根本就不是为了他自己。

除了当他的死亡或迟或早地来临时,他回忆今天的事情才会觉得那是他生活中浓墨重彩的一笔,因为今天他赢了。在所有这些可怕的失败中间,他找到了一个胜利。他已经欺骗阿喀琉斯没有完成一个他喜爱的谋杀,他已经拯救了他最爱的朋友的生命,即使她并不是多么感激。他的军队已经做了他需要他们做的事情,而且是兵不血刃。在以前,他总是别人胜利的组成部分,但是今天,是他自己获胜了。

霸主

收件人：Chamrajnagar%jawaharlal@ifcom.gov

发件人：PeterWiggin%freeworld@hegemon.gov

主题：确认

亲爱的切瑞纳格长官：

感谢您允许我确认那道任命书作为我的头一个官方行为，我们都知道我只是在给您您已经有的东西，您可以权衡利弊后再确认，回复到霸权组织，给我们点面子，它在最近的几个月中差点就被撕毁了。有很多人认为任命一个只领导着世界三分之一的人口，且没有超过三分之一国家的霸主是一个空头衔。许多国家正在争先恐后地投鼠忌器，而我处于不变的威胁中，他们可以通过废除我的办公室来作出对新的超级强权的友好姿态。我，简单说，就是一个没有霸权的霸主。

很明显，如果您表现出个人慷慨的姿态，会让所有霸主感觉这是一个很糟糕的重视。您已经看到我的性格弱点还是没有魔术般的消失，那只是和阿喀琉斯的对比，而在地球上，您的故乡正在死敌的铁蹄下呻吟，我才开始看上去像是一个吸引人的代替品或者代替绝望的希望源泉。但是不管我有什么弱点，我还是有力量的，而且我对您许下诺言：

即使您已经许诺您的机构绝不会使用 IF 来影响地球上的事件，除了要去拦截核武器并惩罚使用它的人。我知道您仍然是一个土生土长的地球人，一个身毒人，而且您非常关心发生在所有人身上的事情，特别是您的族人。因此我答应您，我会把我的余生致力于改造世界，使之成为您会为您的人民和所有的民众所高兴的新世界。而且我希望我能够在我们的有生之年获得成功，届时，您将会为您今天给予我的支持而感到欣慰的。

真诚的

彼得·维京，霸主

在封闭边境前，有超过百万的身毒人离开了自己的国度。相比于十五亿的人口来说，那太微不足道了。第二年就有上百万人口被流放，从热带迁徙到寒带或是戈壁沙漠。提卡尔·查派克也在被流放的人群当中，唐人没有对外人通告他和其他的"压迫着身毒人民"的命运。同样，还有比那更小规模的流放，发生在整个中南半岛诸国的政治精英身上。

好像世界的版图改变得还不够，俄罗斯宣布作为盟友来搅局，而且还拉拢了那些并不完全忠实于新华沙公约的部分东欧国家。一枪不发，俄罗斯有能力，仅仅是许诺大唐不会是像沙皇那么可怕，他们间接地改写了新华沙公约。

西欧的国家疲惫不堪，很快就开始"欢迎"俄罗斯将要给欧洲带来的"秩序"，而且俄罗斯极快地就拥有了欧洲共同体的所有成员。因为俄罗斯现在控制着欧共体一半以上的选票，所以需要一些拉锯战来保持独立的表象，欧共体开始分崩离析。即使他们由于俄罗斯的打击受到了很大的痛苦，但是那不过是经济问题，其实他们真的很乐忠于复兴的俄罗斯对西方世界感兴趣。

美国，以前在经济不景气中一直江河日下，他们使用计算机绘图的方式来重新绘制世界的新局势，然后将绘图成果出售。在非洲，人们忙于为自己的商品寻找新的市场。在拉丁美洲，由于缺乏强大的军事力量,成为一口咆哮的源泉。在环太平洋,拥有优势舰队的国家正在横刀立马,而大部分岛国则没有那种军力奢侈。

确实,唯一坚定地在地面边境上对抗东方力量的国家位于中亚次大陆。波斯慷慨地忘记了在身毒失败前一个月威胁在边界的旁遮普军队,而且奥斯曼也组织了一个同盟,防范着任何胆敢越过高加索山或者跨过广阔钦察草原的入侵。没有人真的认为奥斯曼同盟的军队可以长期对抗来自东方的强大攻势,但是同盟者们稳固他们的边界,并且警告别人,多刺的荨麻是很难抓住的。

事实上,当洛克——彼得·维京被命名为新霸主的那一天,大唐宣称选择霸主根本就是个侮辱,但是俄罗斯宽容一点,特别是因为很多政府通过全民公决投了彼得·维京的票,那让欧共体这个机构比实际上更正式一些,一种让世界团结与和平的姿态,根本不是一种要击溃征服者给已然不稳定的世界带来"和平"的尝试。

很多政府的领导人还是很私人地向彼得表达出期待他给被占领国带来一些外交转变的态度,豆子也礼貌地听了他们的意见,然后写下让他们安心的话,但他是带着轻蔑的态度写的——没有枪杆子,你就没有谈判的筹码。

彼得的头一个官方行为就是再次确认让切瑞纳格做 IF 的最高指挥官—— 一个让大唐官方宣称为违法的行为,因为霸权组织已经名存实亡,而且他们也不能做任何事情干扰切瑞纳格继续对 IF 的领导权,他们也不会给 IF 提供资金。彼得然后确认了格拉夫作为霸权组织的殖民部部长——然后再次因为他的工作是和地球无关的,大唐除了削减资金捐献外什么也做不了。

但是资金的缺乏迫使彼得做出了下面的决定,他把霸权组织的首都从原来的荷兰迁出,并且恢复了那个低地国家的自治。他关闭了霸权组织绝大多数除医疗和农业研究以及援助计划外的世界性服务

机构。他把主要的霸权组织办公室都迁移到了巴西,那是有一些重大意义的:

首先,巴西是一个足够大、足够有利的国家,在那里,霸权组织的反对者寥寥无几,在其国境内是没人敢于暗杀霸主的。

其次,巴西在南半球,和非洲、美洲以及太平洋地区都有很强的经济联系,那样足以让彼得维持和国际的商务以及政治的联系。

第三,巴西邀请了彼得,而没有别国那样做。

彼得对于霸权组织的未来没有任何错觉,他不期待任何人走近他,而他要去走近他们。

那就是他为什么离开海地穿越太平洋到吕宋岛的原因,那里豆子和他的暹罗军队以及他们解救出的身毒人找到了临时避难所。彼得知道豆子仍然在生他的气,所以他对豆子不只同意见他,而且在他到达的时候公开表示对他的尊重的行为感到释然。他的两百个士兵向他致敬,当豆子把他介绍给佩特拉、萨里文、罗勒密以及其他身毒籍战斗学校毕业生的时候,他的表述好像是他正在把他的朋友引见给一个更高级别的人。

在他们面前,豆子进行了一场小型演讲。"请允许我,向霸主阁下引见这些老兵,他们之间曾经有过战争,曾经是对手,但是现在,由于背信弃义的行为,被从他们的国家和兄弟姐妹那里手拉手地放逐出来了。这不是我的决定,也不是多数人的决定。这里的每个人都做出了选择,选择提供我们的服务。我们人很少,但是我们的国家以前发现了我们的服务是有价值的。我们希望我们现在能够为一个比任何国家都更高的目标服务,而他们的终生将会致力于在世界上建立一个新的、值得尊重的秩序。"

彼得只对他们进行的仪式感到惊讶,而且实际上他们没有事先进行任何商议。他也注意到豆子已经准备好了摄影机,那会是一个新闻。彼得只有做了一个简短的、有引导性的回答来接受他们的服务,赞扬他们的成就并且对他们的人民的受苦受难表示真正的遗憾,那在网络上是个很好的表演——二十秒的图像以及全文发布。

典礼进行的时候,进行了一次全部战力的视察——所有他们能够从暹罗援救出来的装备,甚至是他们的轰炸机以及巡逻艇也想方设法地从暹罗南部到了吕宋岛,眨眼间霸主就有了海陆空三军。佩特拉点头,并且在他观看清单的每个项目时进行了严肃的批评——摄影机仍然在转动。

尽管如此,当他们稍后独处的时候,彼得露出了一个悲伤、自嘲的笑容。"如果不是你们,我根本就一无所有,"他说,"但、但把这些和霸权组织曾经控制的巨大舰队和空军力量相比……"

豆子冷淡地看着他。"机构必须被大量裁减,"他说,"在将我的军力移交给你之前。"

蜜月显然结束了。"是的,"彼得说,"当然得这样。"

"而且由于怀疑霸权组织的实际存在,世界正处于一种绝望的局面里。"

"的确是那样,"彼得说,"而且看上去你有为此而气愤的理由。"

"那是因为,除去阿喀琉斯草菅人命外,我没有看到你和他之间有什么区别。你们都是为了达到你们个人的野心而让大量的人蒙受不必要痛苦的人。"

彼得叹了口气。"如果那就是你看到的所有区别,我不明白你怎么能够为我提供服务。"

"我当然看到了其他的不同点,"豆子说,"但是它们不过是程度的区别,而不是本质的区别。阿喀琉斯签署他根本不想履行承诺的条约,你只需要写写政治随笔就可能拯救国家,但是你延迟发布以便让那些国家失败，把世界放到一个足够绝望的处境来让他们推你成为霸主。"

"你的陈述都是事实，"彼得说，"除了你相信提前公开事实能够有助于拯救身毒和暹罗的短见。"

"在战争的早期，"豆子说，"身毒还有补给和装备来抵抗大唐的进攻，而暹罗的力量却是力道分散。"

"但如果我在战争初期发布的话，"彼得说，"身毒和暹罗不会看到他们的危险，也不会相信我。毕竟，暹罗政府不信你的话，你对他们是倾囊而出。"

"你是洛克。"豆子说。

"啊，是啊。因为我德高望重，会让一个国家颤抖并对我言听计从，但是你是不是忘了什么？由于你的坚持，我已经宣布我只是一个十来岁的大学生，我仍然在努力从中恢复，尽量在海地证明我可以进行实际的统治，我可能在身毒和暹罗还有引起他们注意的声望——但是我也许没有。而且如果我发布得太早的话，在大唐准备好行动之前，大唐会简单地向双方否认那些事情，战争仍然会进行下去，而我的文章将根本没有任何打击价值，我没有能力在你需要我的时候去引发整个入侵。"

"不要假装那一直在你的计划内。"

"那就是我的计划，"彼得说，"保留它一直到能够成为有力的行动而不是无益的行动为止。是的，我是在考虑我的声望，因为现在世界上的政府给我的声望和影响力是我仅有的力量，那是一种很慢很慢积累起来的资本，但是如果无益地使用，就会烟消云散。所以，我非常小心地保护这种力量，而且非常保守地使用它，在以后，当我需要它的时候，它还能存在。"

豆子沉默了。

"你憎恨战争中发生的事情，"彼得说，"我也是。但是那很可能——哦不，是可能——如果我提早发表的话，身毒也许能够进行一次真正的抵抗，他们也许现在还在抵抗，就在我们说话的时候，有上百万的士兵可能会死亡。相反，对于大唐，那是一个干净利落的，几乎不流血的胜利。现在唐人必须统治超过其本身两倍的人口，被统治者的文化都和他们自己的古老文明一样迷人，蛇吞下了一条鳄鱼，那样的问题将一次一次的出现——到底是谁消化了谁？暹罗等国一样那么难以统治，掸邦人连他们自己的政府都不从。我做的是要拯救生命，给世界留下清楚的道德图景，到底是谁在背后捅人，谁被人捅。那样给大唐留下了胜利，给俄罗斯留下了洋洋得意——可对于俘虏来说，是被统治的愤怒的人们，他们在最后的战役到来时，是不会和他们站在一起的。为什么你们认为大唐和旁遮普迅速的和平？因为他们知道他们不能在身毒人起义和破坏的持续威胁下和他国进行战争，而且那个在大唐和俄罗斯之间的同盟——多有趣的玩笑！他们在一年内就会开始争执，然后他们就会各自跨越他们薄弱漫长的边界。对于那些思考肤浅的人来说，大唐和俄罗斯看上去是成功的，但是我从不认为你是肤浅的思考者。"

"我都看到了。"豆子说。

"但是你不在意，你还在对我生气。"

豆子什么都没有说。

"那很难，"彼得说，"所有的一切看上去都是为了我的利益，而且不要责备我从他人的痛苦中牟利。但真正该讨论的是，我接下来可以做什么，可以做成什么事，现在我是名义上的世界领袖，实际上只是一个有很少的税收基础的行政公务员，代理了一点国际航线还有你今天给了我的军事力量，我只在我的能力许可内做了一点事，那样当我得到这个职位的时候，还值得拥有。"

"但最重要的是,你得到了那个职位。"

"是的,豆子。我很自大,我认为我是唯一一个明白去做什么而且有能力付诸行动人。我认为世界需要我,实际上,我甚至比你更自大。那些总结起来是什么呢?我应该感到谦卑吗?只允许有人直率地评估你的力量而且判定你就是做特殊工作的最好人选?"

"我不想要这种工作。"

"我也不想要这种工作,"彼得说,"我想要的工作是——霸主一说话,战争就停止,霸主可以重新判定边界,废除不合理的法律,打破国际企业联盟,给所有的人带来和平正派生活的机会,而且在他们文化的允许下拥有自由。我将要一步一步地为达到这些目标而奋斗。不只如此,我将要在你的帮助下完成,而且你知道,和我做的一样真实,我是唯一可以这样做的人。"

豆子点头,什么也没有说。

"你什么都知道,但还是对我生气。"

"我对阿喀琉斯感到生气,"豆子说,"我对那些拒绝听从我的建议的愚蠢家伙们生气。但是你在这里,他们不在。"

"还不止于此,"彼得说,"如果那就是全部的话,你就会在我们开始这次谈话以前就道出你的愤怒了。"

"我知道,"豆子说,"但是你不会想听的。"

"因为那会让我的节操碎了一地?就让我自己刺出伤口吧。你生气,是因为从我嘴里说出的每个字,我做的每个手势,我脸上的每个表情都让你想起安德·维京。除了我不是安德,我永远也不会是安德,你认为安德会做我所做的,而且你恨我让安德离开。"

"那是没有理性的,"豆子说,"我知道。我知道你通过把他送走而救了他的命,那些帮助阿喀琉斯试图杀害我的人会根本不需要阿喀琉斯的激励就日以继夜地为了杀害安德而工作,他们对他的恐惧远远大于他们对你我的恐惧,我知道。但是你看上去言谈举止都那么像安德,而且我一直在想,如果安德在这里,他不会像我这样的笨拙。"

"从我读到的,我了解到的。如果你没有和安德在一起,他也许在最后才笨拙地修补它。不,不要争论,那不重要。重要的是,现在世界就是这个样子,而且我们处于这样的形势中,如果我们小心行动的话,如果我们思考并且把所有的事情计划好,我们是可以把这些修正的。我们可以做得更好,没有遗憾,不要希望我们能够撤销过去的操作,我们只能面对未来,干好目前的事情吧。"

"我会考虑未来的,"豆子说,"而且我也会尽量帮助你的,但是我还是会遗憾的。"

"足够了,"彼得说,"现在我们达成共识了,我相信你已经知道了,我决定复兴军事官员的办公机构。"

豆子大声地嘲笑。"你要把那个头衔放到指挥两百个士兵、几架直升机、几艘船和一群智力卓越的战略研究家的头上吗?"

"嗨,如果我都可以被称为霸主,那你也可以得到那样的头衔。"

"我注意到你不想让我有那个趋势。"

"不,我没有,"彼得说,"我不想人们在看到一个小孩子的同时听到那个新闻。我希望他们知道你被指定为军事官员的时候看到的是虫族战争胜利时候的资料片,而且听到关于你救援了身毒的战斗学校学员的声音。"

"哦,很好,"豆子说,"我接受,我应该有一套特殊的制服吗?"

"不,"彼得说,"根据你最近的生长速度,我们得超额地支付新制服的费用,你会让我们破产的。"

一种深思的表情浮现在豆子脸上。

"怎么了?"彼得说,"我又犯错误了?"

"不,"豆子说,"我只是在奇怪你的父母会说什么,当你宣称你自己就是洛克的时候。"

彼得笑了。"他们一直都知道,我的父母啊。"

出于豆子的建议,彼得把霸权组织的总部设置在圣保罗州黑河市城外的一个混合区域,那里有方便通往世界各地的航线,而且被小城市和农业区环绕,他们能够远离政府机关,且十分宜居,他们可以在维持任何新战线抵抗进攻的同时,计划和驯良来达成让被俘国家和民族回到自由适度的目标。

德尔菲奇一家从躲藏的地方出来,加入豆子所在的安全区。希腊现在是新华沙公约的组成国,他们已经无家可归了。彼得的父母也到了,因为他们明白他们将成为任何想控制彼得的人的绑架目标。在霸权组织里面,这些人都得到了自己的工作,即使他们介意如此破坏了他们的生活,但他们暂无怨言。

阿卡尼亚一家也离开了他们的故乡,很高兴地来到他们的孩子不会被从身边偷走的地方。萨里文的父母也从暹罗离开了,他们把家庭财产和家族生意也转移到了圣保罗州。那些和豆子的军队或者战斗学校毕业生有联系的暹罗、身毒人都来了,很快你就听不到周边有葡萄牙语的喧哗了。

至于阿喀琉斯,月复一月,杳无音信。大概他就在大唐,正在用自己的方式曲线缓慢地夺权。不过豆子他们还是在关于他的消息闭塞的情况下,去奢望大唐对他是飞鸟尽良弓藏,狡兔死走狗烹,因为他臭名昭著,所以让他远离实权。

在六月的一个多云的冬日午后,[1]佩特拉到达了离圣保罗州只有二十分钟火车车程的阿拉拉夸拉公共墓地,她小心地从一个豆子不

---

① 圣保罗州在南半球,冬夏两季的月份正好和北半球相反。

能看到她过来的方向接近豆子。不久，她就在他的身后看着一个墓碑。

"谁被埋葬在这里？"她问。

"没有人，"豆子说。他一点都不惊讶会看到她。"那是个纪念碑。"

佩特拉阅读了上面的名字。

颇克。

卡萝塔。

没有别的东西了。

"在梵蒂冈城里有卡萝塔修女的墓碑，"豆子说，"但是没有尸体。而颇克已经被那些不知她是谁的人烧成了灰，这个想法是罗勒密告诉我的。"

罗勒密为塞亚基在圣保罗州设置了一块纪念碑，那块纪念碑的碑文记载得稍微详细一点——包括了他的出生和死亡日期，而且把他称作是"一个'非暴力不合作'的男子"。

"豆子，"佩特拉说，"你来这里是很愚蠢的，没有保镖跟随，这个纪念碑可以让那些暗杀者轻易地瞄准你。"

"我知道。"豆子说。

"至少你应该邀请我同行的。"

他转向她，泪水在他的眼睛里打转。"这就是我羞愧的地方，"他说，"我非常努力地干，确保你的名字不会出现在纪念碑上。"

"那就是你的问心自愧吗？豆子，没有值得羞愧的，只有爱，那就是我属于这里的原因，和其他那些把心给了你的孤单女孩站在一起。"

豆子转向了她，伸出双臂拥抱她，在她的肩膀上哭泣。他已经长大了，高到可以这样做了。"她们拯救了我的生命，"他说，"她们给予了我活下去的机会。"

"那就是好人们做的事情，"佩特拉说，"然后她们走了，每个人都是，死得让人羞愧。"

他短短地笑了一下——是因为她的小轻浮还是因为他自己的眼泪，她就不知道了。"没有什么会一直持续的，不是吗？"豆子说。

"但是他们还活在你的心里。"

"我活在谁心里呢？"豆子说，"不要说是你。"

"无论我是不是想要，是你救了我的命。"

"她们从来都没有孩子，两个都是，"豆子说，"没有人像男人对待女人那样对待颇克和卡萝塔，她们从没有等到见到她们的孩子长大，也没有自己的孩子。"

"那是出于卡萝塔修女的选择。"佩特拉说。

"不是颇克的。"

"她们都应成为你之母。"

"是啊，"豆子说，"她们唯一的孩子就是我。"

"所以……全亏了她们你才可以继续生活、结婚，生下很多由于你的缘故而能够记住她们的孩子。"

豆子注视着虚空。"我有一个更好的注意，我告诉你有关她们的事情，你可以告诉你的孩子，你会这么做吗？如果你能够答应我的话，我就什么都可以忍受了，因为当我死亡的时候，他们不会从人们的记忆里消失。"

"我当然可以做，豆子，但是你说话的样子好像你的生命已经弥留了，现在不过才开始而已。看看你，你正在前进，不久你就长成真正的男人了，你将会——"

他碰了她的嘴唇，轻轻地制止了她。"我不会有妻子的，佩特拉。也不会有孩子。"

"为什么不？你想洁身自好的话，我会亲自把你绑架出这个天主教国家的。"

"我不是人类,佩特拉。"豆子回答,"我的种族会和我一同灭亡。"

她嘲笑着他的傻话。

但是当她注视着他的目光的时候,她预感到那根本就不是笑话。无论他意味着什么,他确实相信那是真实的。不是人类,但他怎么能够这么想呢? 在佩特拉认识的人里面,谁能够比豆子更像是一个人呢?

"我们回家吧,"最后,豆子说,"在有人大摇大摆地杀我们之前。"

"家吗?"佩特拉说。

豆子只是一知半解。"对不起,这里不是亚美尼亚。"

"不,我也不认为亚美尼亚是家,"她说,"战斗学校当然不是,艾洛斯也一样。这里是家,虽然我的意思是指圣保罗,但是这里是,因为……我的家人在这里,当然,不过……"

然后她知道她要说什么了。

"不过由于你在这里,因为你是和我一起经历了所有的人,你是明白我说什么的人。我正在想起的是,安德,和邦佐在一起的那可怕的一天,还有在艾洛斯上我在战斗中睡着的那天。你认为你背负着羞耻。"她笑了,"但是有了你,即使你背负着、知道着,仍然救我于水火。"

"这花了我相当长的光阴。"豆子说。

他们离开墓地,向火车站走去,他们手牵手,因为他们现在已经彼此分不开了。

"我有一个想法。"佩特拉说。

"什么想法?"

"如果你的想法改变了——你知道的,关于结婚生子的——就抓紧来找我。"

豆子沉默了很久。"啊哈，"他最后说，"我明白了。我拯救了公主，所以现在我愿意的话，我就可以当驸马。"

"是个交易。"

"啊，是的，我注意到了，你听到我的独身誓言后才提到它的。"

"我想我就是那么乖张。"

"另外，那是个障眼法。我是不是可以因此拥有你的半壁江山呢？"

"我有个更好的主意，"她回答，"你可以爱江山更爱美人。"